Onrustige dagen

Van F. B. Hotz is verschenen bij De Arbeiderspers:

Dood weermiddel en andere verhalen
Ernstvuurwerk
Proefspel en andere verhalen
Duistere jaren
Eb en vloed
De voetnoot
De vertekening (roman)
De vertegenwoordigers

F. B. Hotz

Onrustige dagen

De mooiste verhalen

Gekozen en ingeleid door Thomas Heerma van Voss

Uitgeverij De Arbeiderspers
Amsterdam · Antwerpen

Omslagontwerp: Jan van Zomeren
Portret auteur: Bert Nienhuis
Typografie: Steven van der Gaauw

ISBN 978 90 295 3293 8 / NUR 303

www.arbeiderspers.nl

Inhoud

De verborgen wereld van F.B. Hotz

Een voorwoord

DE WERELD VAN F.B. Hotz bestaat uit dromers, tobbers, toeschouwers, nostalgici, eenlingen en ploeteraars. Het is een verrukkelijke wereld, een om zowel hoofdschuddend als gniffelend in te verdwijnen. Een wereld, kortom, die het verdient om weer zichtbaar te worden en vooral om zichtbaar te blijven.

Weinig auteurs zullen werkelijk geloven dat 'wie schrijft blijft', zoals het afgesleten spreekwoord meldt, of dat ze schrijven voor de eeuwigheid. Maar ook vergeten kent gradaties.

Frits Bernard Hotz (1922-2000) is, ondanks nobele initiatieven om zijn werk postuum weer onder de aandacht te brengen en ondanks de P.C. Hooft-prijs die hem in 1998 werd toegekend, ontmoedigend snel uit het collectieve geheugen verdwenen, zeker voor een schrijver van zijn niveau. Zijn naam valt nog bij hoge uitzondering en dan gaat het voornamelijk om gebeurtenissen uit zijn privéleven. Dat hij fanatiek trombonespeler was voor hij begon met schrijven. Dat hij zijn eerste boek pas uitbracht op 54-jarige leeftijd. Dat hij in de jaren zestig scheidde van zijn echtgenote nadat die een affaire was begonnen met zijn beste vriend, en dat zij enkele jaren later deze beste vriend ombracht omdat die op zijn beurt ook vreemdging.

Misschien blijft er uiteindelijk van niemand meer over dan een dergelijke reeks hoofdthema's en bijbehorende trivia, maar in het geval van Hotz is het spijtig dat men zijn verhalen zelden nog aanhaalt of deelt. Zelfs vergeleken met veel andere twintigste-eeuwse schrijvers van zijn kaliber is hij opmerkelijk snel weggezakt. Hotz' boeken zijn tegenwoordig hoogstens nog antiquarisch te koop. Toen ik ter voorbereiding op deze bundel met De Arbeiderpers sprak, bleek algauw wat een van de redenen was waarom de uitgeverij het initiatief voor dit project had genomen: niets van Hotz' oeuvre was nog op voorraad. De nauwkeurige biografie van Aleid Truijens (*Geluk kun je alleen schilderen*, 2011) is niet meer leverbaar, Hotz' verzamelde werk evenmin en een deel van zijn verhalen moest zelfs worden ingescand omdat er door verhuizingen en fusies geen zetsel meer voorhanden was. Tijdens mijn studie Nederlandse Taal & Cultuur werd Hotz niet eens in een bijzin genoemd.

Dat heeft er vast mee te maken dat hij geen schrijver is die duidelijk past bij een generatie, een oorlog of andere afgebakende Grote Gebeurtenissen – wat overigens een van mijn grootste bezwaren tegen die studie was. Alsof literatuur pas interessant wordt als die direct aan de samenleving of een specifiek tijdsbeeld te linken valt.

Hotz' werk is een overtuigend voorbeeld van het tegendeel. Veel van zijn verhalen zijn weliswaar gesitueerd in een historische periode, maar als de personages al politieke opvattingen hebben zijn die tamelijk conservatief, en maatschappelijke ontwikkelingen worden meestal in nogal feitelijke bijzinnen vermeld. Bovendien: Hotz beschrijft in zijn verhalen veelvuldig andere periodes; wie een van zijn bundels openslaat, treft allerlei tijden en levens door elkaar aan. In 'De thuiskomst' volgen we een wat onnozele mediëvist die in augustus 1914 naar België reist en zich plots tussen de marcherende troepen bevindt: de Eerste Wereldoorlog is uitgebroken. In 'Liebestraum' een jongen die, aan het begin van de Grote Depressie, door zijn ouders verplicht wordt naar bed te gaan en 's avonds laat vanuit zijn slaapkamer hoort hoe zij gasten ontvangen en muziek beluisteren. Een negenjarig jochie is er in 'Ernstvuurwerk' bij wanneer de stoomenergie opkomt en maakt mee dat de eerste trein van Amsterdam naar Haarlem rijdt. Waarna hij, jaren later, deelneemt aan de Krimoorlog en de Russische vijand gaat bestoken, maar tevergeefs: hij verwondt alleen zichzelf en verwordt daarmee tot een typisch Hotz-personage.

Wat de verschillende geschiedenissen bindt: de scherpte waarmee Hotz al die verdwenen werelden oproept. Er zijn volop verchroomde sigarettenkokers aanwezig, krakende platenspelers, jazzconcerten, bulderende stoomlocomotieven, tramlijnen die inmiddels niet meer bestaan. De verteller in het verhaal 'De opdracht' denkt, veelzeggend en zich door en door bewust van alle vergankelijkheid om hem heen: 'Mijn doordringende affectie gold de automerken die uitstierven, waardoor hun laatst rondrijdende vertegenwoordigers een aureool van tragedie en grootheid kregen.' En dat 'aureool van tragedie' is groot: als de verhalen niet in een oorlog zijn gesitueerd, dan weten wij vanuit ons hedendaagse perspectief dat het in de meeste gevallen niet lang zal duren voor die oorlog zich alsnog zal aandienen, en welke naderende rampspoed het gehannes van Hotz' personages nog vergeefser zal maken.

Het tweede dat Hotz' verhalen gemeen hebben, en dat ze ook decennia later nog zo sterk maakt, is de aard van zijn hoofdpersonages, meer dan eens kinderen. Ze willen wel, maar het lukt ze nooit om echt te ontkomen aan hun teruggetrokken bestaan, hun somberte. Ze zijn vooral bezig met overpeinzen en registreren, zowel afstandelijk als welwillend, en het is allemaal opgeschreven in een psychologisch georiënteerde, onderkoeld komisch stijl. Wat mij vooral opviel bij het herlezen van Hotz' bundels is hoe vitaal zijn proza nog altijd is. Dat dwingende ritme, regel na regel, alinea na alinea, tot je als vanzelf verder leest en verdwijnt in die broeierige wereld van verlangen, muziek en afstand.

'Wat een schrijver tot schrijver maakt is de kwaliteit van zijn verwoording, en niets anders,' schreef Hotz tegen het einde van zijn leven, in een beschouwing over de door hem bewonderde auteur J. van Oudshoorn. Het indrukwekkende is dat Hotz' verwoordingen, ondanks die ernst en ondanks de vaak tragische aard van zijn verhalen, nergens al te zwaarmoedig worden. Er zit zelfs een onmiskenbare, bijna verslavende humor in zijn beschrijvingen van wrange, uitzichtloze situaties; nooit is er sprake van leedvermaak ten koste van die arme stumperds die gevangen zitten in deze micro-universums, ook de lulligste situaties worden als Hotz ze beschrijft geen veredelde moppen.

Vermoedelijk is die toon in combinatie met de terloopse humor de reden geweest waarom mijn vader me jaren geleden op het spoor van Hotz bracht. Achttien was ik. Achttien en onbelezen en zoekend, met de kennis van nu kan ik wel zeggen dat ik haast uit een Hotz-verhaal gestapt leek. Geheel tegen zijn karakter in had mijn vader plotseling een vergeeld boek in zijn handen, *Duistere jaren* getiteld. Hij wapperde er zeker voor zijn doen enthousiast mee. 'Dit is heel goed. Echt iets voor jou.'

Algauw ontdekte ik dat het universum van Hotz bevolkt wordt door een overweldigende hoeveelheid onmachtige mannen. Het typische Hotz-personage valt misschien weinig concreets te verwijten, het kiest nauwelijks bewust voor wat er gebeurt maar toch voelt het zich daar op een vreemde, bijna ondoorgrondelijke manier vaak verantwoordelijk voor. De hoofdfiguren belanden in een oorlog waar ze niet om gevraagd hebben, een huwelijk waar elke bezieling uit is weggevloeid, een gezin dat hen is opgedrongen of een situatie waarop ze maar geen grip kunnen krijgen. In een van zijn laatste verhalen, het fraaie 'De herhaling', overpeinst de verteller iets wat voor vrijwel elk Hotz-personage opgaat: 'Ook leek het wel of niet alleen eigenschappen in de genen huisden, maar ook gebeurtenissen.'

Tot op heden heb ik mijn vader niet durven vragen welk aspect van Hotz' werk hij nou zo bij mij vond passen. In plaats daarvan ben ik verder blijven lezen, aanvankelijk nog sceptisch want tja, literatuur over onmacht en afstand is er wel genoeg en Hotz hoorde daarnaast bij een andere tijd, bij de generatie van mijn ouders of zelfs nog eerder – hij had zijn meeste verhalen geschreven voor ik geboren was, hij overleed voor ikzelf ook maar een letter had geschreven, wat kon ik daar nu nog mee?

Nog voor ik die eerste verhalenbundel uit had, was ik om. Die afgewogen toon. De hoofdpersonen waarvan de strubbelingen zo zorgvuldig en invoelbaar werden beschreven.

Voor de goede orde: dit alles betekent niet dat er geen momenten van geluk zijn in de verhalen van Hotz. Heel soms dienen ze zich ineens aan, en door de spaarzaamheid worden ze des te heftiger. Bijvoorbeeld als een kind na paginalang geploeter plotseling voluit grijnzend naar school fietst, de wereld aan het eind van een verhaal ineens weer vol optimisme tegemoettreedt. Of in het titelverhaal van deze bundeling: daar vindt de verteller, een nogal ingedutte man die anno 1914 dagelijks vanuit Bussum naar zijn werk in Amsterdam reist, plotseling geluk door zijn acute, ook door hemzelf onverklaarbare liefde voor een Belgische reisgenote. 'Iedereen in die trein leek geïrriteerd. Behalve ik. Ik hoefde maar aan de bruine gordijnenharen van Fleur te denken en aan mijn stilzwijgende afspraak voor morgen en alle ongemak was draagbaar.' Dat de Eerste Wereldoorlog juist in deze periode uitbreekt, dat deze hoofdpersoon zich te midden van al dat naderende en sluimerende geweld toch volledig stort op een korte, grillige liefde, zet het verhaal extra onder spanning. Het eindigt met een hartverscheurende slotzin, een van de beste slotzinnen uit de Nederlandse literatuur, als de verteller weer terug is in het huiselijke Bussum en met zijn echtgenote samen is: 'Zo staande over haar werk leek ze wel een baal hooi, maar ik wilde van haar houden.'

Er valt meer te citeren, veel meer, en er is sowieso nog meer waarderends over Hotz te zeggen. Over zijn voorliefde voor het korte verhaal, over het in zijn werk eigenlijk altijd cruciale en vaak subliem beschreven contrast tussen binnen- en buitenwereld, over het altijd sluimerende schuldgevoel van de vertellers.

Als er over de vaderlandse literatuur wordt geschreven, glippen regelmatig woorden als 'engagement', 'tijdgeest', 'ambitie' of in het ergste geval zelfs 'on-Nederlands' de zinnen in. Geen van die termen is echt toepasselijk voor het werk van Hotz. Wel zijn zijn verhalen nog steeds buitengewoon overtuigend, bijzonder onaangedaan ook door de tijd. Ik sla ze open als ik zelf vastloop bij het schrijven, gewoon, om even de toon en het ritme op me te laten inwerken: ja, ja, exact zo hoort, nee, moet het, met dit proza reduceert Hotz veruit de meeste Nederlandse schrijvers ook nu nog tot een zoekend stelletje beginnelingen.

Voor het samenstellen van *Onrustige dagen* heb ik zijn zes verhalenbundels chronologisch gelezen en herlezen en steeds hield ik mijn potlood in de hand, arcerend en plusjes zettend. Ik heb bij het maken van mijn selectie geen rekening gehouden met welke verhalen er tijdens Hotz' leven het meest werden gelezen en geprezen, welke er werden uitgelicht in recensies of bij bijvoorbeeld prijsuitreikingen, of welke al in eerdere bloemlezingen zijn opgenomen. Ik heb evenmin gekozen aan de hand van al te nadrukkelijk thematische verwantschap: er zouden beslist ook interessante bundels te vormen zijn met alleen Hotz' muziekverhalen of louter zijn historische fictie. Maar *Onrustige dagen* is juist opgezet als een veelzijdig, door persoonlijke bewondering ingegeven overzicht van de verschillende soorten verhalen die Hotz schreef.

De beste verhalen van Hotz behoren tot de beste verhalen die de Nederlandse literatuur heeft voortgebracht. Deze bundel doet geen recht aan zijn volledige, consistente oeuvre, het is een bescheiden poging enkele van zijn mooiste verhalen af te stoffen; een kleine greep uit een overweldigend aanbod.

Thomas Heerma van Voss, Amsterdam, mei 2019

De thuiskomst

I

LODEWIJK WERKTE AAN Z'N KLEINE studie over een dertiende-eeuws traktaat dat, naar hij aannam, van dezelfde auteur afkomstig moest zijn als het anonieme *De Spiegel der Simpele Zielen*. Het stuk was eveneens van Vlaamse origine en vertoonde dezelfde invloeden van Dionysius en Mechtild van Hackbom. Misschien was de auteur een vrouw.

Lodewijk was negenendertig en rozig, z'n haren waren kleurloos en dun en hij verplaatste zich onzeker alsof z'n schoenen scheef waren. Hij stond op van z'n schrijfbureau en liep naar het gasstel in een hoek van z'n huurkamer. Het was bijna vier uur en hij had trek in thee.

Z'n etage op de Leidse Hoogewoerd was zoals hij zich die wenste, hoewel donker. Het licht van de beide ramen bereikte de diepte van de kamer niet. Maar het bureau lag soms 's middags tussen twaalf en twee in kalm zonlicht. Lodewijk was er trots op dat in zijn straat zowel Haverschmidt als Heine gewoond hadden.

Hij zette water op. Het was oktober en al koud. Overal heerste stilte, al passeerde beneden in de straat af en toe de nieuwe elektrische tram.

Lodewijk dronk thee aan z'n bureau. Hij keek intussen naar het oude manuscript en naar de bladen papier met zijn eigen kleine handschrift. Hij las een passage van zijn voorlopige vertaling uit het Latijn.

'Waar en goed vallen samen in de godheid, maar deze zelf gaat die beiden te boven. En uit het goddelijk schone ontstaat het schone der dingen naar hun aard, bóven goed en waar.'

Lodewijk knikte verheugd. Een kunstenaarsmystiek! Maar wel nog haast helemaal Dionysius.

De trap kraakte en er werd geklopt.

'Ja?' zei Lodewijk.

Zijn hospita opende de kamerdeur en hij schrok: ze droeg een kop thee voor hem aan. De oude vrouw knipperde tegen het raamlicht en zei: 'Och heden meneer, nu hebt u zelf alweer thee. Wat ongezellig nou weer.' Ze draaide zich kwaad om en verdween. Lodewijk zuchtte. Hij tikte met de botte kant van z'n potlood op het papier. Men moest alleen zijn.

Hij las nog dat het goddelijk schone als water was: in zich kleurloos en vormloos vormde en reinigde het.

Hij werkte door tot zijn kamer schemerig werd; dan sloot hij zijn papieren weg. Hij pakte jekker en hoed.

Van het trapje dalend hoopte hij dat zijn hospita in haar kamer zou blijven. Maar toen hij de voordeur opende hoorde hij haar in de gang. Hij keek om en groette. Ze knikte, gekrenkt nog.

Bij lichte regen liep Lodewijk naar de Breestraat. Hij hoopte in De Turk geen bekenden te treffen, ook niet Boré, hoewel hij die bewonderde. Hij zag niet in wat hij die man te bieden had, misschien uitgezonderd zijn werkstuk, en dat was nog niet af.

Het was nog vroeg en er zaten alleen twee onbekenden die over de Balkan spraken. Lodewijk zocht een tafel diep in de lege eetzaal. Indachtig het middeleeuws traktaat bestelde hij bij z'n kleine diner ditmaal water in plaats van wijn. De ober vertrok geen spier, maar in de beweging waarmee hij het wijnglas wegkaapte stak hoon.

Lodewijk at in pijnlijke stilte. Hij was bang dat zijn slikken hoorbaar werd. Maar al gauw kwam een groepje heren de voorzaal binnen.

Iemand riep zijn naam en hij keek gespeeld verrast op. 'O, dag professor,' mompelde hij. 'Kom straks éven bij me zitten,' riep Boré, 'voor een kop koffie.'

'Graag,' loog Lodewijk.

Lodewijk at haastig af en liep naar de voorzaal, waar het nu druk werd en waar men aperitiefs dronk onder gemakkelijke conversatie. Boré wenkte hem naar een grote stoel en Lodewijk zou in beleefdheden zijn blijven steken als de prof hem niet naar zijn werkstuk gevraagd had. Het gesprek raakte op de geografische oorsprong van het traktaat en Boré, breed en beweeglijk, bevestigde dat het stuk uit het Luikse moest stammen. Lodewijk knikte erkentelijk. Hij waagde een toespeling op Dionysius de Aeropagiet, maar verzweeg het glas water bij zijn maal.

De prof bestelde koffie en het gesprek viel stil. Lodewijk nipte ongemakkelijk van de hete drank maar gelukkig vroeg Boré hoever hij was met de vertaling. Lodewijk bekende pas het eerste kapitteltje klaar te hebben. De prof knikte. 'Kijk,' zei hij, 'het zou natuurlijk uitstekend zijn als je eens naar Luik reisde. Je zou die abdij kunnen bezoeken; waar was het ook weer?'

Lodewijk werd rood. 'Voorbij Verviers,' mompelde hij, 'dichter bij Herbesthal, maar ik weet niet of ik...'

Boré fronste. 'Denk er eens goed over na,' zei hij; 'breng je inleiding tot leven, verdiep die met de kleur van het landschap daar.'

Lodewijk knikte. Hij protesteerde inwendig. De kleur van de natuur! Begreep die beroemde man wel waar het traktaat over handelde?

'Leiden zal graag zekere extra reiskosten...' zei Boré decent. Lodewijk hoestte. Boré stond op en stak hem een grote, warme hand toe. Hij keek heeroomachtig.

II

De volgende wintermaanden werkte Lodewijk gestaag door aan inleiding en vertaling. De laatste vorderde goed. Het idee van de reis, in de komende zomervakantie, hinderde hem. Hij haatte reizen. En zou een bezoek aan de streek wel zulke saillante details kunnen toevoegen? De dertiende eeuw bestond niet meer.

Het Latijnse handschrift, zelf een latere vertaling, was hem geschonken door een oom, een miniaturen verzamelende industrieel. Die zou het in Aken gevonden hebben, bij een kleine boekverkoper, samen met andere zaken uit het klooster bij Herbesthal. Door Lodewijks geestdrift aangestoken, verwachtten zowel die oom als Boré dat hij iets goeds zou doen met het manuscript.

Tegen het voorjaar begon Lodewijk toegeeflijker aan een eventuele korte reis te denken. De kleine wrijvingen met zijn hospita namen toe. Hij besefte de oorzaak: hij was te weinig weg met zijn onbezoldigd docentschap. De colleges die hij gaf waren haar te krap bemeten voor haar boenen, en als hij van zijn avondeten in de stad terugkwam trof hij haar soms op zijn kamer met een stofdoek. Beiden zuchtten dan.

Lodewijk bedacht nóg een reden voor zijn reis: hij zou het handschrift aan het klooster terug kunnen schenken. Al was het maar om een entree te hebben. Maar wat moest hij er feitelijk doen! Hij vreesde er het Vlaamse origineel te vinden, wat zijn vertaling overbodig zou maken. En misschien bevonden zich daar wel degelijk oudere commentaren, al had hij over het traktaat nooit iets gelezen bij nieuwe onderzoekers als Waite, Underhill of Von Hügel.

Op een dag in mei liep Lodewijk over de Hooigracht naar de Haven. Daar ging hij het reisbureau van de Nederlandsche Lloyd binnen, waar een man hem te woord stond in een reispak met een belachelijk hoge boord. Lodewijk vroeg naar de gemakkelijkste spoorverbinding met Luik, en naar hotels in die stad. De man, die hier eerder bootboekingen van Marseille naar Indië verwachtte, boog niettemin. Hij begon een verhandeling op de toon van een opgedreunde les. Van de Belgische douane mocht men een kleine hoeveelheid sigaren wel meevoeren mits... 'O, maar ik rook niet hoor,' zei Lodewijk kleurend. 'Juist,' zei de man. Hij grijnsde onaangenaam grote molaren bloot.

Lodewijk vond die eerste kennismaking met het reizen geen plezierig voorteken maar hij kwam naar buiten met een drukwerkje vol Luikse hotels en bezienswaardigheden. En met zijn spoorroute via Maastricht. De reis kostte zeven gulden en een hotel, eten inbegrepen, ongeveer zes gulden per dag. Het wás te doen.

Maar thuis weifelde hij. Zijn wereld was er een van trouvères, geselaars, alchemisten, Teutoonse ridders en hoofse vrouwen. En vooral van de eindeloze stilte van wereldverwerpende godsminnaars in hun cellen. Gods gift in de tijd was de verleden tijd.

Het werd augustus voor Lodewijk vertrok. Hij droeg een koffertje waarin zich ook het Latijnse handschrift bevond. Het was vroeg in de ochtend al warm en hij was klam van reisangst.

In Den Haag had hij moeite het Staatsspoorstation te vinden en in Utrecht moest hij tóch overstappen, wat hij had willen vermijden door niet rechtstreeks vanuit Leiden daarheen te reizen. Bovendien bleek hij later die dag nog in Geldermalsen, Weert en Sittard te moeten overstappen en hij werd voortdurend nerveuzer. Steeds tuurde hij onder van rook zwarte overkappingen naar de groezelige spoorregelingen achter glas. Het was zaterdag en vol in de treinen. Er reisden veel marktkooplieden en jonge miliciens op weekendverlof. Pas tussen Sittard en Maastricht ontspande hij wat, en toen was het al laat in de middag.

Het was op dat traject dat hem waarachtig een vakantieroes bekroop: iets lacherigs, maar vermengd met heimwee naar klein en aardig geluk. Te verwerpen maar knagerig.

In Sittard was een vrouw in de coupé gestapt, met een simpel kapsel, een rechte neus die iets hoog in het voorhoofd begon en tragische, dakvormige wenkbrauwen. Ze was donker en klein. Zou iemand haar zeggen: mooi weer, mevrouw, dan zou ze triest glimlachen onder knikjes, zoals Lodewijk zelf wel deed. Met haar grote pupillen hoog in de kassen keek ze nu op naar de Limburgse heuvels, alsof daarachter onheil lag. Het was wel mooi. Zo'n gezicht kon Mechtild van Hackborn gehad hebben.

Het was hier minder druk in de trein en het station Maastricht was onrustbarend leeg. Hij stapte over op een oud spoortje naar Luik. Hij had buikpijn als een kind.

De trein knarste en hijgde; het landschap werd door de grote heuvelruggen drukkend en het licht bruin als in oktober. De zon scheen in de Maas die heiig was en broeierig. De brug bij Visé verscheen en dan, na veel wissels en een draaiend stadspanorama in de diepte, het norse station van Luik.

Lodewijk pakte zijn koffer en stapte uit met een komische zucht. Wat ben ik begonnen, dacht hij. Sereen was z'n stemming eigenlijk niet. Hij zag de vrouw uitstappen die hij maar Mechtild noemde; ze trok haar rok tot boven haar enkel om van de treeplank te komen. Vorm en kous toonden brutaal én teer, en in de zomer was de begeerte overal.

Aan de uitgang van het station wachtten een paar rijtuigen maar Lodewijk ging lopen. Er was dof zomeravondlicht. Hij had het warm maar hij vermeed zo een gek figuur, want misschien was het hotel dat Boré nog aangeraden had wel vlakbij. Het moest aan de Place St. Lambert staan.

Hij liep de Maaskade langs. De afstand viel hem niet mee en hij pauzeerde even op een bank in het Parc d'Avroy. Het was al tegen acht uur maar in de grote muziektent was nog niets van het blaasorkest te bekennen dat vermeld stond in zijn Leidse drukwerkje. Ook ontbraken de zwierige dames en heren die hij zich daarbij had voorgesteld.

In het hotel strompelde hij, ondanks dat hem de koffer haastig uit handen genomen werd, bezweet een trap op met een te mollige loper. In zijn kamer lag hij lang op het kleine, donkere bed. Zijn voeten zwollen en brandden. Hij vond dat hij wat afwezig ontvangen was.

Het rook hier niet te best en hij opende een raam. Er klonk nog altijd geen muziek uit het Parc. Er waren alleen ratelende wagens en paardenhoeven. Auto's claxonneerden geërgerd.

Lodewijk dacht opnieuw: wat begin ik. Hij zat te ver van het station hier. Een bolle windvlaag trof zijn doorweekt overhemd en hij huiverde. Hij keek uit het raam. Hoog rees de westelijke heuvelrug op. Ze liet de stad in een donker dal. Op de top lag, vaag dreigend, de Citadel.

Lodewijk keek rond in zijn kamer. Het behang was onrustig; het leek wel in de Belgische kleuren gesteld, met bruingeel en steenrood overheersend.

Hij at nog wat in het lege restaurant beneden en hees zich dan weer de trap op. Het was nog geen halftien. Hij sliep snel in en droomde de naam Merswin. Maar in die droom zag hij ook de pseudo-Mechtild uit de trein. Ze stapte opnieuw uit en ontblootte nu in ademstokkende schaamteloosheid haar hele rechterbeen, zodat een knieholte zichtbaar werd die eigenlijk een kniebolte was. Lodewijk werd zwetend wakker en herinnerde zich zulke vrouwenknieën, gezien aan het strand in Noordwijk, onder het gestreepte rokje van een badkostuum.

De volgende morgen, zondag 2 augustus, was hij vroeg op en liet zich met een rijtuig naar het station brengen. Hij had zijn koffertje bij zich met het traktaat en een aanbevelingsbrief voor het klooster.

De temperatuur was goed, zo in de ochtend. De bossen op de hellingen rond de stad geurden vaag. Het was zonnig nu, maar de stad had opnieuw vreemde schaduwen, omdat de zon nog achter de oostelijke heuvels verborgen was.

Zo leeg als het station in Maastricht was geweest, zo druk was het hier. Er heerste zekere *Reisefieber*, of wat anders. Er waren deftige mensen met veel koffers, die zich voor de loketten opstelden met beschaafd ongeduld. Vakantiegangers misschien, maar dwingende zakenreizen leken ook mogelijk. Lodewijk tastte naar pas en portefeuille. Eindelijk aan de beurt kocht hij zich een retourbiljet naar Herbesthal.

De loketbeambte, die veinsde Lodewijks Frans slecht te verstaan, verwonderde zich over dat reisdoel maar haalde dan de schouders op. Lodewijk, niet gewend dat bedienden zich met zijn privéleven bemoeiden, werd vijandig. Zijn verstervende lectuur hielp hem blijkbaar niet: zo goed als begeerte hem soms trof, zo ook woede. Eerder bracht zijn studie hem terug bij zijn oudste gevoelens: hij was niet te gek op mensen. Niet op zijn hospita, niet op Boré en niet op deze beambte. 'Gods vriend, dus aller creatuur vijand,' mompelde hij; het motto dat een dertiende-eeuws kaperkapitein op zijn scheepsvlag gevoerd zou hebben.

Lodewijk achtte de huidige vlaag van klef humanisme een droom, moeilijk in overeenstemming te brengen met het Godsbeeld van 'zijn' eeuw. Alleen helder water kon op aarde de pretentie hebben afspiegeling te zijn van de Gans Andere.

Mopperend op het gedrag van die kerel achter het loket besteeg hij een Belgisch-vuile spoorwagon en wachtte eindeloos op het vertrek. De coupé was gevuld met meest Duitse toeristen.

De trein steeg en liet Luik in de diepte. Het regende zacht. Er was een huiver en Lodewijk verweet zich zijn droom over pseudo-Mechtild. En toen toch weer niet. Het vlees mocht niet god zijn, de geest was het ook niet. Spreken was niet god, noch zwijgen;

vasten noch eten, eenzaamheid noch gezelschap. Hij kon niet gekend worden door enig werk van de ziel of de rede.

De trein naderde Verviers. Daar werd langdurig gestopt. Het was druk op de perrons en men was geïrriteerd. De Duitsers gesticuleerden in open coupéraampjes. De andere reizigers verlieten hier bijna allen de trein.

Lodewijk zocht een leeggekomen coupé op en reed opeens haast verheven verder. Want de lucht verschoot en het landschap werd vaag en ledig als de godheid van de Aeropagiet. Grote vrede kwam over hem. Door participatie in de andere werkelijkheid wist men alles en tegelijk niets, zeurde het traktaat in hem voort.

Na een korte rit en juist toen Lodewijk zich waande op te stijgen tot in de verregende hemel – hij sliep haast – stopte de trein. De locomotief hijgde achterdochtig.

Er was misschien een onveilig sein. Lodewijk trok het venster omlaag en keek of hij de contour van de abdij soms al zag. Er was niets dat erop leek. Maar tegenover zijn trein, op hetzelfde spoor, stond een spook. Een blinde andere locomotief, groot en zwart, en geheel met ijzerplaten beklonken.

Lodewijks trein begon langzaam achteruit te rijden. De locomotief gilde. Hij stopte opnieuw en enkele Duitse toeristen sprongen uit de wagons. Lodewijk dacht te dromen: ze lieten hun koffers langs de baan in het grind vallen en sprongen dan zelf. Ze liepen snel verder in oostelijke richting. Regen of geen regen. Wat een idiote fanaticl.

De trein stond nog lang stil en kroop ten slotte terug naar Verviers. Men kreeg bevel daar uit te stappen. Lodewijk beefde onspiritueel. Het perron was nu leger, maar in de restauratie bleek het propvol. Men keek naar hem toen hij binnenkwam. Hij dorst niemand te vragen wat er was en kon uit de stemmenzee geen wijs. Hij ving iets op over een pantsertrein en veel goederenwagons. 'Alles' te doorgronden bleek toch weer niet zo eenvoudig en het speet Lodewijk voor het eerst dat de halve brouille met z'n hospita hem van zijn vluchtige blikken in haar *Leidsch Dagblad* beroofd had.

Waarom was de muziek in het Parc d'Avroy niet doorgegaan? Waarom was het in zijn hotel zo leeg?

Zo was Lodewijk rond theetijd weer in het hotel terug. Hij wachtte besluiteloos tot vijf uur. Dan dronk hij beneden een aperitief en at wat; de avond bracht hij op zijn kamer door. Hij las met verdeelde aandacht in Von Hügels *The Mystical Element of Religion*.

De volgende dag had Lodewijk een plan: met de tram zou hij de hoogten achter het station bestijgen; het Parc du Champ des Oiseaux bood misschien uitzicht op een landschap niet ongelijk aan dat van de nu onbereikbare abdij.

De toegangsweg tot het Parc helde zo sterk dat de huizen scheef leken te hangen als in een droom. Het was zeer warm. Boven drong van de stad in de diepte geen geluid door. Lodewijk hoorde alleen de vlieg rond zijn hoed.

Het uitzicht naar het oosten bracht teleurstelling. In een vage damp zag hij alleen de honderden rode daken van Cointe. Hij wachtte lang op een tram terug en daalde ten slotte maar lopend af. Dodelijk vermoeid, de voeten brandend als steenkool, bereikte hij zijn hotel.

Die avond, half uitgerust, strompelde hij rond op de Place du Théâtre. Tegen zijn gewoonte zou hij wel eens een voorstelling bij willen wonen van Wagners *Tristan*. Tenslotte óók een verbeelding van de late middeleeuwen. Maar op de deuren van het Théâtre Royal zaten scheve stroken met een enkel woord: Fermé.

Lodewijk, nu toch beschaamd over zijn onwetendheid, bestudeerde een gescheurd en al verregend bulletin. Op zondag de tweede was het Duitse leger gedeeltelijk gemobiliseerd. Dat 'gedeeltelijk' was geruststellend. Het had bovendien betrekking op Rusland. En zolang Duitsers als Von Hügel in Engeland doceerden en publiceerden over zekere spirituele aspecten van de laatgotiek, zou die gedrukte stemming hier wel ongegrond zijn. Hij ging maar vroeg slapen.

Lodewijk werd wakker in de nanacht van gedreun in de verte. Hij hoorde lopen in het hotel. Door de kieren van zijn kamerdeur scheen elektrisch licht van de gang. Er klonk een vragende, schrille vrouwenstem. Mannen, beneden, mompelden een antwoord.

Het geluid was van het noordoosten gekomen en leek alweer opgehouden. Lodewijk gaapte. Hij was wel bang, maar voornamelijk dat hij een figuur zou slaan.

Hij draaide zich op zijn zij. Maar het gerommel begon weer. Op straat hoorde hij snelle voetstappen.

Er volgde een donderende slag die de deuren deed rammelen. Lodewijk zat rechtovereind. 'Idioten,' fluisterde hij. Hij voelde zich wit worden. Maar beneden klonk opgewonden blijdschap. Een mannenstem riep dat het Fleuron moest zijn. Lodewijk begreep dat niet en keek op zijn horloge. Het was bijna halfvijf. Er volgden nog twee zulke sidderende donderslagen.

Lodewijk kleedde zich snel aan. Hij wankelde naar beneden over de dikke traploper en werd daarbij ingehaald door een vrouw. Ze maande hem tot opschieten met wijde angstogen. 'Ce sont les Boches bien sur,' riep ze. Hij knikte beleefd. Ze werden in de wijnkelder gelaten. Het rook er prachtig en geruststellend.

Lodewijk zat daar niet lang. Hij wilde weg, naar huis. Hij sloop naar boven en pakte zijn koffer. Men zei hem dat hij nu de straat niet op kon en hij wachtte nog een uur in die kelder.

Het ging de mensen daar vervelen. Het gerommel was opgehouden en in de stad zelf gebeurde blijkbaar niets. Langzaam kwam buiten het verkeer weer op gang. Er belde een tram. Lodewijk betaalde zijn volledige rekening voor een week en verliet het hotel.

Hij moest lopen naar het station. Rijtuigen of taxi's waren niet te krijgen. Anderen, handiger dan hij, legden er beslag op. De Garde Civique hield particuliere auto's aan. Trams puilden en reden Lodewijks halte voorbij.

Het was nog heel vroeg in de morgen en de zon brandde al. De Maas wolkte vaag en op de bruggen drentelden wat Belgische soldaten met hun vreemde hoge hoeden.

Aan het station heerste een benauwde discipline. Er stonden zwijgende rijen voor de loketten tot buiten de overkapping. Beweging viel er niet in te bespeuren. Alleen de bagage bood een chaotische aanblik.

Lodewijk sloot aan. Het leek wel of hij de laatste was en bleef.

Na een halfuur staan kreeg hij honger. Hij zag mensen onhandig bukkend hun koffers openen voor voedsel. Kleren vielen op de kasseien.

Lodewijk herkende, met gekke nationalistische vreugde, niet ver vóór hem de Nederlandse vrouw die hij Mechtild genoemd had. Ze stond half verborgen tussen grotere mannen, met een mantel over haar arm en een kleine koffer aan haar voet. Lodewijk wilde dat hij haar bereiken kon. Al was het maar om te vragen welk perron hij straks moest hebben.

Er kwam beweging in de rij en de vrouw, die even op haar koffer gezeten had, raakte wat achterop. Lodewijk naderde haar. 'Mevrouw,' riep hij, maar ze keek niet om. 'Pardon, juffrouw,' zei hij blozend, 'reist u ook naar Maastricht?' Sardonisch Vlaams gelach steeg op en de vrouw keek gegeneerd voor zich. Lodewijk schaamde zich. Zweet stak in zijn haarwortels. Want hij begreep opeens vanzelf dat de spoorweg in het noorden wel geblokkeerd zou zijn. Een geamuseerde Hollander naast hem zei: 'U mag blij zijn als u via Antwerpen thuiskomt, meneer.' Lodewijk knikte hevig. Over de deemoed een idioot te zijn ter meerdere ere Gods sprak het traktaat wel, maar het viel in het dagelijks leven niet mee.

De zon begon steeds meer te branden maar na lang wachten en schuifelen stond Lodewijk tenminste onder de overkapping in de schaduw. Hij voelde zich week en ziek. Kinderen in de rijen huilden voorzichtig.

Het rommelen en donderen begon weer en na een pauze vol wonderlijke stilte scheurde en gilde een verschrikkelijk voorwerp hoog over de stad. Op de heuvel bij de Citadel ontstond een wolkje.

Kort daarop viel zo'n granaat in de stad, naar men zei op de Quai des Pêcheurs. Er klonk een schuivend gerommel of er een reusachtige kolenkit geleegd werd en in de rijen ontstond gedrang. Eerst twee, toen vijf en ten slotte zeker twintig mensen stormden het station in. Kinderen krijsten. Men bukte mallotig voor een nieuwe huilende granaat, er werd geschreeuwd en gevloekt maar de rij bleef verder intact.

Het bombardement eindigde abrupt. Een bruine stofwolk bleef bewegingloos hangen boven de stad en maakte het zonlicht vuil. Een trein floot en vertrok richting Leuven, nagestaard door de nog wachtenden. Nieuw aangekomenen brachten een gerucht mee: Duitse geblinddoekte parlementairen eisten overgave van de stad. Zo niet, dan zou die vanuit luchtschepen vernietigd worden.

Wie begon was niet vast te stellen, maar tientallen pakten hun kinderen en koffers, verbraken de rijen en stormden blind het station binnen. In een minuut stond bijna niemand meer buiten. Men vloekte en stompte; de loketbeambten die eerst met gespreide armen stonden, werden tegen hun glazen cabines geperst. Er rinkelde glas. Een vrouw begon te gillen. Een ander riep 'Arrète'. Een man bukte en schreeuwde; hij vocht met de aandreunende menigte. Op de grond, tussen malende benen, lag een gedaante met witte armen om het hoofd.

Lodewijk omklemde zijn koffertje en hield puilende ogen op

Mechtild gericht. 'Niet struikelen,' fluisterde hij in het oorverdovende tumult. Maar hij wist al dat het gebeuren zou. Hij bad dat het afgewend zou worden. Hij was beschaamd over het traktaat: een god hoorde hier rond te vliegen onder de overkapping om te redden wat te redden viel.

Op dat moment zwikte Mechtild en viel voorover. Haar kin werd in de val geraakt door een dravende hak, zodat Lodewijk haar tanden meende te horen dichtklappen. 'Christus,' riep hij. Ze spartelde op handen en voeten en sloeg om. Lodewijk zette z'n koffer achter haar als een kleine borstwering. Een zware vent struikelde erover, viel dreunend op haar en scharrelde overeind. Zij bleef liggen.

Een geluk dat ze tot de achterhoede behoorden. Iedereen was nu het station binnen behalve zij beiden en de gedaante met de witte armen verderop, die zwart bloed verloor en niet bewoog.

Lodewijk begon met zijn koffertje over het verlaten stationsplein te rennen. 'Help,' riep hij en 'Au secours', maar er was niemand. De hemel was potdicht van vuile rook, en hij verbeeldde zich geen gat met God dit keer, zoals in de trein voor Verviers. Hij zag dat een van de sloten van z'n koffer af getrapt was, maar het andere hield, en de inhoud bleef binnen.

Mechtild bewoog en riep. Ze probeerde op te staan. Ze hijgde en haar ogen puilden. Lodewijk ondersteunde haar sidderend van angst. Idiote begeerte kwam zeer ongelegen.

Hij kreeg Mechtild staande. Zelf wankel sleepte hij haar voet voor voet de trap op naar het perron. Haar mond of kin bloedde, ze kreunde en zweette. Hij wilde eigenlijk maar één ding: weg. Hij kon haar niet langer houden en samen vielen ze langzaam zijwaarts op het perron. Honderden aspirant-reizigers stonden verderop te dringen bij een nieuwe trein voor Antwerpen en zagen het niet. Lodewijk stond op en sloeg zijn jas af. Er moest toch een chef zijn of een dokter. Er was niemand. Hij stond besluiteloos naast Mechtild die op haar knieën zat met gebogen hoofd.

Beneden hoorde hij de bel van een ambulance en paardenhoeven. Hij aarzelde, en hinkte dan de trap af. Maar de wagen zette zich alweer in beweging. De andere gewonde zag hij niet meer.

Weer boven rende hij hijgend op de wachtende ruggen toe bij de trein. Hij trok een man bij de schouders en wees naar Mechtild. De man keek even om en zei: 'Jezis.'

Met een nieuwe dreunende slag in de stad, gevolgd door kletteren van stenen of dakpannen, kwam alweer een golf mensen de trap op rennen. Mechtild lag op haar zij op dezelfde plek, boven schaamte miserabel. Lodewijk riep 'Stop', met net zulke gespreide armen als daarstraks de loketbeambten. Hij werd bijna achterovergeworpen maar hield zich staande aan de mouw van een blouse die scheurde. Weer viel er iemand boven op Mechtild en Lodewijk knielde naast haar. Ze was dood, dacht hij. Maar ze bewoog als een geplette vlieg met één arm. Huilerig zelfverwijt beving Lodewijk: hij kon niets en hij kon niets verhoeden. Achter zijn rug ontstond een hijgende veldslag om de trein, waarvan de portieren nu ontsloten werden.

Eindelijk werd Mechtild opgepakt door twee oude hospitaalsoldaten. Ze werd in een goederenwagon van de klaarstaande trein geladen. Lodewijk liep mee of hij haar echtgenoot was. Door de hitte leken zijn voeten van natte klei en hij kon haast niet in de hoge wagon komen. Hij sprong met zijn koffer en viel voorover in vochtig stro, hopend dat de gewonde niet wéér geraakt werd. De grote schuifdeur ging achter hem dicht en in het stikdonker verroerde hij zich niet. Buiten woedde de veldslag om de wagons voort; een kind krijste panisch. Er klonk een revolverschot van dichtbij. Dan siste de locomotief groot en verlossend: de wagons stootten op hun buffers en kwamen in beweging. Mechtild kreunde. Lodewijk tastte naar haar maar vond niets. 'Ik ben hier,' zei hij. Hij luisterde met open mond maar hoorde geen antwoord. In de duisternis meende hij bloed te ruiken.

Het werd een eindeloze reis. Steeds gilde de locomotief en stopte dan. Driemaal tastte Lodewijk in opperste schroom en halve griezel naar Mechtilds stille lijf. In het begin kon hij haar niet in kaart brengen: hij stiet geschrokken op een warm, hard scheenbeen onder de dunne rok. Hij verplaatste zich centimeter voor centimeter en trok zijn koffer mee. Eindelijk vond hij een hand en hield die in de zijne; hij kon niet ophouden met beven.

Hij werkte zichzelf naar paniek. Wat als ze dood gaat, dacht hij; als ze hoest en stikt. Als ze gaat schreeuwen of braken. Hij verzon alle rampen, vond dan een stuk hout tussen het stro en bonkte ermee op het voorste schot om hulp, maar niemand hoorde dat.

Pas tegen Leuven bereikt werd kreunde Mechtild opnieuw. Ze bewoog. 'Wat is dat,' stootte ze hol uit als een oude vrouw. 'Ik ben hier, we zijn veilig in de trein,' zei Lodewijk. 'Ja,' zei Mechtild, en dan: 'Laat me niet alleen.'

Lodewijk schrok van dat laatste. Maar hij beloofde het. 'Ik blijf bij je tot we in Nederland zijn.' Het moest maar, zoals deze hele reis waar hij geen zin in had gehad. Haar duim bewoog als antwoord over zijn handrug en hij was ontroerd.

De trein stopte en er werd 'Leuven' geroepen. De schuifdeur ging bolderend open en Lodewijk staarde in het felle daglicht. Twee wantrouwige gendarmen met karabijnen keken hem aan. 'Papieren,' riepen ze, en: 'naar buiten komen.'

Lodewijk stapte uit, vergat de wagonhoogte en kwam op handen en voeten te staan. Even dacht hij aan zijn groentijd in Leiden. Zijn koffer klapte op de stenen maar het ene slot hield. Hij lachte dom en toonde zijn pas. 'En die gewonde, is dat uw vrouw?' Lodewijk aarzelde en zei: 'Nou, nee, ik heb haar verzorgd en meegenomen, ze lag in Luik op het perron en toen leek het me...' De gendarmen luisterden niet. Ze riepen iets en twee mannen met een brancard daagden op. Ze wipten de wagon in. 'Nee, nee,' riep Lodewijk, 'wacht nou eens even, het is een Hollandse, ze moet dóór naar Antwerpen, ik kan haar niet alleen laten, ik heb beloofd...' De mannen grinnikten. Ze laadden Mechtild uit. 'Ge kunt die vrouw niet in een beestenwagen laten liggen, die moet naar het hospitaal,' zei een van hen geërgerd. Ze vertrokken en Lodewijk hobbelde kinderachtig achter de brancard aan tot men hem met gebalde vuist dreigde: '*Allez*, ingerukt, geilaard!' Hij bleef staan. Mechtild ging op het stro van een ambulance; het achterschot werd dichtgeklapt en de paarden trokken aan. Lodewijk hijgde uit, keek de wagen na en zocht zijn koffer op. Hij liep terug naar de trein. Hij perste zich naar binnen in een overvolle coupé.

Hij hoorde zeggen dat de trein over een kwartier zou vertrekken. Er was dus tijd om na te denken. Waarom niet naar de naam van het hospitaal gevraagd. Lodewijk vond dat hij te moe was om na te denken; hij stond afwisselend op de ene of de andere voet en kleine schaafwonden aan hand en knie brandden.

Maar een belofte was een belofte. En tegelijk dacht hij: oorlog is oorlog; ik moet zien weg te komen.

De trein bleef langer staan. Men zei dat twee Duitse vliegtuigen gesignaleerd waren. Sommige reizigers hingen uit de raampjes om niets te missen. Lodewijk kreunde.

Plotseling voelde hij zich verheven op een aardser wijze dan voor Verviers. Hij was nog niet ver van het portier geraakt en drong naar buiten. Ellebogen en schouders mangelden hem en zijn koffer nog even, maar dan stond hij op het perron. Het begon al avond te worden.

Hij liep het station uit. Hij vroeg naar een hotel en men haalde de schouders op. Misselijk van uitputting en met een soort hinkelstap vond hij bij het Raadhuis het hotel Britannique. Er was een kamer vrij. Hij wilde niet eten maar bestelde wijn. Helder water kon hem intussen gestolen worden. Maar de wijn was op of bestemd voor 'onze soldaten'. Hij viel gekleed op bed en sliep direct als een steen, ondanks gerij buiten, voortdurend hondengeblaf en geagiteerde stemmen. Er was een droom: met Mechtild in een kamer werkte hij aan een aardige kleine studie. Ze maalde koffie en glimlachte.

De volgende morgen wenste Lodewijk zich nu eens goed op de hoogte te stellen van de gebeurtenissen. Kranten waren al uitverkocht maar hij wachtte geduldig aan het slordig ontbijt tot er iemand uitgelezen was. De Duitsers hadden het werkelijk bestaan Luik vanuit de lucht te bombarderen. Zelf onzichtbaar bij nacht hadden zeppelins rustig hun doelen gezocht, met hun infernale elektrische stralenbundels aan en uit. Mannen in gondels wierpen de bommen op vrouwen en kinderen. Er waren doden en gewonden. Lodewijk kon het haast niet geloven. Waar was de Duitse Ziel. Hij dacht aan de dertiende-eeuwse *Gottesfreunden*, aan Rulman Merswin, Tauler en Eckhart. En aan het boek van Von Hügel in zijn koffer.

Hij las nog dat de Duitsers in Luik waren en dat ze verder oprukten. 'Die zijn zó hier,' zei een moedeloze stem aan de ontbijttafel. 'Hier?' zei Lodewijk. 'Hawel! Ze zijn al tot bij Tongeren.' Lodewijk verbleekte weer.

Er stonden gruwelen in de krant over Visé. De Duitsers schoten op vrouwen en kinderen of verkrachtten ze. Mannen spietsten ze aan hun *Uhlanensperen*. Geen steen stond op de andere in die kleine stad.

Zijn geweten deed Lodewijk nog naar de ligging van de verschillende hospitalen vragen. Maar eenmaal buiten in de stralende zon dacht hij: ik wil naar huis.

Leuven was intussen vol grote, feestelijke opwinding. Er kwamen goede berichten van het front. De Duitsers waren onder verschrikkelijke verliezen teruggeslagen bij Tongeren. De getreste ordonnans die het bericht bracht werd op de schouders genomen. Iedereen lachte en zwaaide. Alleen de honden bleven zenuwachtig keffen; Lodewijk zag dat ze voor kleine karren gespannen zaten waar mitrailleurs op stonden. Hij dacht: als de Duitsers tóch uit het land geslagen worden kan ik Mechtild wel gaan opzoeken.

Lodewijk vroeg en zocht eindeloos. Zilt zweet liep in zijn mond en zijn voeten smolten. Hij vond dat het te idioot was, wat hij van zichzelf vergde. Het was overdreven, onder deze omstandigheden. Zijn taak lag elders. Bovendien overviel hem in de blije overwinningsstad een nieuwe angst: hij had een boek van een Duits auteur in zijn koffertje, hoewel die in het Engels schreef. De mensen, vol haat voor de 'Boches', zouden zijn koffer kunnen openen en de naam Von Hügel zien. Hij wilde dat boek kwijt. Hij was hier een vreemdeling maar moest nu één zijn met de Leuvenaren. Hij zocht aan een kade een rustige plek om het boek in het water te laten glijden. Maar dat zou misschien gevaarlijk de aandacht trekken. Beter zich van het hele koffertje te ontdoen. Het in een nis te zetten en door te lopen. Het in een tram te vergeten. Het af te geven aan het bagagedepot van het station. De gedachte aan het station bracht heimwee naar Holland. Maar zijn gelofte deed hem zich voortslepen naar het enige hospitaal waar nog burgers zouden worden opgenomen.

Hij was zo ziek van hitte en moeheid dat hij daar eerst op een houten bank in een gang ging liggen. Verpleegsters en ziekendragers joegen langs hem heen. Het stonk hier angstwekkend. Telkens verscheen de schim van een grote ambulancewagen aan het hoge raam en werden er gewonden binnengedragen.

Na een kwartier joeg een non met een spookachtige kap hem op. Men kon hier niet zomaar gaan liggen. Lodewijk strompelde naar een administratiegebouw, wachtte daar met vele dodelijk ongerusten en raakte eindelijk in een overvolle zaal bij Mechtild. Ze was niet bewusteloos en ze zag hem eerder dan hij haar. Haar ogen werden zwart en glanzend. (Lodewijk schrok erger dan toen op het Luikse perron.) Ze reikte hem haar hand en hij hield die vast. Ze vroeg hem haar ouders in Sittard in te lichten. Ze fluisterde naam en adres; ze heette Henriëtte. Hij noteerde en dorst niet weggaan vóór een verpleegster hem van zijn netelige plek verloste. 'Kom morgen weer, help me,' zei Henriëtte met ogen vol angst, hoop en nog iets. Hij beloofde het bewogen. Maar hij vertrok naar het station.

Buiten ademde hij diep en glimlachte: hij had het koffertje met de voet onder Mechtilds bed geschoven.

Lodewijk wachtte bijna twee uren op een trein naar Antwerpen, in schroeiende hitte. Het kon hem niet onaangenaam genoeg zijn: hij verdiende het. Tot zijn spijt was de trein niet eens zo vol, en te gemakkelijk zittend sidderde Lodewijk voor de wraak van een niet Rijnlandse, maar oudtestamentische God. Want hij verliet de vrouw die op hem rekende. Een minnaar die een meisje verlaat dat hij bezwangerd heeft kon zich niet vreesachtiger voelen. Maar ze was immers niet vervoerbaar? Ze werd nu toch goed verzorgd? Die overwegingen baatten hem niet.

Lodewijk zat heel die lange rit spierwit uit. Hij beklaagde zich niet over het verloren traktaat. Zíj niets, hij ook niets. Zijn verlies van de koffer was een daad. Een afscheid van de dertiende eeuw. Een begroeting van de twintigste, misschien.

Hij kwam pas twee dagen later vermagerd, vervuild en half kreupel in Leiden aan. Hij nam de tram naar de Hoogewoerd en trok zich steunend de trap op. Er volgde een hartelijk weerzien met zijn hospita.

Een week later verschoot de laatste rest kleur op zijn vroeger zo blozend gezicht. Hij had het *Leidsch Dagblad* van de oude vrouw te leen en op de voorpagina stond: LEUVEN VERWOEST.

III

Na een ongedurige periode werkte Lodewijk alweer aan de laatste bladzijden van zijn studie. 'Besluit' noemde hij het slothoofdstukje. 'Het landschap rond Luik,' schreef hij, 'zo lieflijk en dreigend, woest en vol, rijk en ledig, zo zonnig en zo duister van heuvelruggen en bossen, kon geen betere voedingsbodem zijn voor een mystiek traktaat als het onderhavige. Met zijn schitteringen van onaards licht op de brede, maar nederige Maas weerspiegelt het enerzijds de liefde van en voor de transcendente werkelijkheid, terwijl...' Enzovoort, enzovoort. En er volgde de beginregel van Dantes 'Rivier van Licht': *E vidi lume in forma di riviera fulvido di fulgore.*

Lodewijk beëindigde het hoofdstuk met een voor hem nieuw grijnsje. Hij dacht na over een passende slotzin. Hij schreef: 'Het was mijn eminente mentor professor dr. H. Th. L. Boré, die mij het verruimende idee aan de hand deed van een geografische verkenning van de streek van herkomst van het traktaat. Zonder zijn bezielende leiding...' Enzovoort.

Intussen had Lodewijk Boré in De Turk van het zoekraken van het manuscript op de hoogte gesteld. Hij had er met zijn pas verworven weerbaarheid een mooi verhaal van gemaakt: zijn koffer was hem door Duitse officieren uit een pantsertrein, die zijn coupé binnendrongen vóór Herbesthal, ruw afhandig gemaakt.

Lodewijk had ook nog tijd gevonden voor een briefje naar de ouders van Henriëtte. Het had hem moeite gekost en nogal veel tijd. Wat te schrijven! Dat hij die vrouw uitgerekend achtergelaten had in een stad aan het front, die inmiddels verwoest was? Hij wachtte zuchtend op een inval en schreef: 'Ik mocht er in slagen uw lichtgekwetste dochter uit het bedreigde Luik weg te voeren, en ik begeleidde haar tot in het allerwege veilig geachte hospitaal in Leuven.' Dan liet hij het adres daar volgen, maar verzweeg het zijne. Hij postte de brief met een gezicht dat stond op: ik kan er verder ook niets aan doen.

Boré las Lodewijks inleiding en vertaling zodra die persklaar was en hij knikte instemmend. Een aardig werkstukje, waarmee Leiden, de faculteit en de wetenschap gediend waren. Jammer alleen dat het Latijnse handschrift zo klungelig verspeeld was.

IV

Op een donkere winterdag van januari '15 stopte een wagen van Van Gend en Loos voor het huis op de Hoogewoerd. De voerman in pilo belde aan. Lodewijk tekende een reçu uit Sittard en kreeg zijn koffertje overhandigd.

Hij sloop er als een dief de trap mee op. Er zat een glanzend nieuw slotje op de plaats waar het oude afgebroken was. (Misschien is dát pas liefde, dacht Lodewijk beschaamd.)

Hij draaide zijn kamerdeur op slot en opende de koffer. Er lag een brief in. Hij las: 'Weledel Zeer Geleerde Heer, Wij danken U voor wat U voor onze dochter deed in haar laatste dagen. U heeft gedaan wat U kon en meer. Wij zijn U veel dank verschuldigd. Henriëtte heeft zelf nog verzocht U deze koffer terug te sturen. Niet zonder schroom hebben wij ten slotte de koffer geopend teneinde Uw adres aan te treffen in een der boeken. Wij smeken U, komt U ons eens bezoeken en vertelt U ons over onze geliefde dode. Zelf ben ik slecht ter been. Wij vergoeden gaarne Uwe kosten.

Met de meeste Hoogachting, Uw Dienstwillige, enzovoort.'

Lodewijk ademde zwaar en staarde. Maar hij dácht er niet over naar Sittard te reizen in oorlogstijd. En wat die mensen te zeggen. Misschien wisten ze dat hij Henriëtte beloofd had naar haar terug te komen.

Lodewijk pakte het handschrift uit de koffer. Wat ermee aan te vangen. Hij borg het met trillende handen in de onderste en diepste la van zijn bureau.

Angst die berouw wekt, en die vergeving. Er was geen andere werkelijkheid. Lodewijk volgde de laatste weken in de krant de gebeurtenissen. Hij dacht nu aan de doden van Leuven. De aarde was de aarde, gedrenkt in bloed, maar hij hoorde er thuis. Zijn terugkeer uit Luik was een thuiskomst geworden.

Die nacht verscheen Henriëtte nog eenmaal in zijn droom. Lief, schaamteloos, woedend en huiveringwekkend. Het was een onrustige nacht.

En helemaal panisch werd Lodewijk toen Boré hem een week later vertelde dat hij het plan koesterde een protestbrief naar 'de hoogste Duitse autoriteit' te schrijven over de brutale roof van Nederlands cultuurbezit bij Herbesthal. 'Doet u dat nou maar niet,' piepte Lodewijk. Nog diezelfde avond opende hij zijn bureau, pakte het oude manuscript en wierp het in zijn hoog opgestookte potkachel.

Liebestraum

OP EEN ZATERDAG IN OKTOBER hielden mijn ouders een van hun 'dansavondjes'. Al vroeg in de middag brachten kruidenier en slijter overdadig spijs en drank. Vader stapte rond twee uur uit zijn zakenauto, liep de trap op, nam uit de diepe gangkast een paar flessen wijn van het huis dat hij vertegenwoordigde en zette ze in een hoek van de kamer. Het was een jaar na de krach van Wallstreet maar van crisis was bij ons nog niet veel te merken.

Vader rommelde nog in een keukenla en kwam weer binnen met een schroevendraaier en een oliespuitje. Hij opende het deksel van zijn grammofoon, schroefde onderdelen los en oliede het veerwerk. Zijn gezicht ontspande pas toen de draaitafel geruisloos liep en de slinger niet meer piepte bij het opwinden. Het rook naar olie op nikkel in de kamer.

Het was druk in huis op zo'n zaterdag. Moeder beende heen en weer naar de keuken en verdween rond theetijd naar haar kapster. Vader ging met de auto nog iets halen in de stad.

Er was bleke zon en windstilte, maar er lagen al veel gele bladeren op de stoep. Ik had een herfstgevoel: straks zouden de novemberstormen komen en wat zou ik later moeten worden.

Na de haastige avondboterham verdween moeder naar de slaapkamer, waar ze zich mooi maakte. Vader schoor zich eens extra in de keuken en maalde verse koffie voor het bezoek. Mijn stemming veranderde in goede verwachting.

M'n zus en ik werden naar bed gestuurd met een zout koekje en een likeurbonbon. Er waren gehaaste laatste schikkingen: zus moest in mijn kamertje slapen want er kwam een logé. Er werd een kampeerbed voor haar binnengedragen. Moeder was nerveus en zag er overdreven uit met haar verse permanent. Ze leek een halve vreemde.

Mijn kabinet lag aan de voorkant van het bovenhuis, naast de huiskamer en aan de kop van de gang. We hoorden de gasten bovenkomen; vader verwelkomde iedereen met een grap, vooral de vrouwen. Die sprak hij met *kindje* of *meisje* aan. Als laatste werd iemand begroet die ik pas eenmaal vluchtig gezien had: een schrikachtige vrouw met een groot gezicht en puilende ogen. 'Geef je koffertje maar hier, Tine,' hoorde ik moeder zeggen; blijkbaar bleef deze nieuwe logeren. De huiskamerdeur ging open en weer dicht; Tine was opgenomen in de vriendenkring.

Ik dacht er niet over om te gaan slapen. Ik lag als een pelgrim met mijn gezicht naar de kamermuur en luisterde. Op mijn andere zij zou ik bovendien in de richting van de Leidse binnenstad gestaard hebben, waar grote branden gewoed hadden, het vorige jaar.

Binnen murmelden de stemmen geruststellend. Koffielepeltjes werden op schoteltjes gelegd, jaloersmakend hoorbaar. Vader zette een plaat op; hij begon altijd ernstig, ditmaal met het Lener Stringquartet dat Beethoven speelde. Ik zag de grote Columbiaplaat voor me, met het bleekblauwe etiket.

Steeds als de kamerdeur openging klonken stemmen en muziek harder. Het ganglicht scheen dan door een glasruit boven mijn deur en verlichtte m'n voeteneind.

Ik herkende moeders snelle voetstap. Ze ging naar de keuken. Toen ze terugliep werd er kort gebeld. Moeder opende de kamerdeur en riep 'Kom je even?' Binnen klonk juist gelach, en vader zei in de deuropening 'Ik zal straks wat vrolijkers draaien hoor meid, ik ben zo terug.' Tegen moeder zei hij 'Wat is er?'

Er werd opnieuw bescheiden gebeld.

'Ik doe wel open,' zei vader; 'het zal die schlemiel wel zijn natuurlijk.'

Hij liep naar het trapgat en trok aan het touw langs de leuning. De buitendeur sprong los. 'Hé!' zei vader, 'hallo Bert. Wat ben je laat joh.' In dat joh klonk iets meewarigs mee, dat tegelijk ergernis kon zijn.

'Dat is Bert Tuinman,' fluisterde m'n zus. Ze giechelde. Op de gang zei moeder nogal effen: 'Dag Bert, kom d'r in.'

Binnen zaten mensen die wij interessanter vonden dan Bert. Daar was bijvoorbeeld Jan Deyl, die vlieger was in Soesterberg, en Joop Defresne, die waterpolo speelde in het eerste van de Leidsche Zwem Club. Bert stak daar wat bij af en hij wist dat. Bovendien droeg hij een bril, een zwakheid in die jaren. Zijn achterovergekamd dun haar deed die bril sterk uitkomen en hij zag altijd bleek. Hij was 'laks' zei moeder en als hij ja of nee moest antwoorden knikte of schudde hij eerst traag, alsof hij niet geloofde in eigen stem of woord. En z'n grijze pakken, daar was ook iets mee.

'Ik dacht nog wel dat je niet kon komen vanavond,' zei moeder ergens bij de kapstok. Bert mompelde iets. Ze gingen de kamer binnen en er klonken vage begroetingen. 'Ken je Tine eigenlijk?' zei vader, en dan sloot zich de deur.

De stemmen gonsden gedempt verder. Soms was er gelach: vaders rokersgezaag, moeders gemekker en de hinnik van Joops vriendin. Bert hoorde ik niet.

De klassieke platen werden verwisseld voor lichtere. Fritz Kreisler speelde 'Schön Rosmarin' en nog iets. En dan ging vader over op The Revellers, die 'Dinah' zongen. Niet lang geleden hadden mijn zus en ik die vijf zangers in jacquet gezien op een eerste proeve van 'sprekende film' in Leiden. De met geluid onervaren operateur had de knoppen voluit gedraaid in het kleine theater, zodat onze trommelvliezen kraakten. Bovendien leek het of de gebaren van de zangers niet helemaal klopten met de muziek, en hun ogen staarden hol of ze eigenlijk dood waren. Het gaf iets onwezenlijks om van zich af te schudden, maar hoe dat thuis uit te leggen. Moeder had ons ondankbaar gevonden.

Liever hoorde ik die zangers hier, vanuit mijn bed. Ik was niet te gek op die deftige stemmen, en toch ook weer wel: het was vaders keus en ze hoorden bij ons huis als de uitschuiftafel en de rookfauteuil.

En nu werd die tafel dan eindelijk aan de kant geschoven en klonk de eerste dansplaat. Kurken werden uit flessen getrokken en glazen rinkelden. Het praten werd luider en gewoon lachen werd schateren.

M'n zus, die al geslapen had, stapte uit bed en glipte zonder haar fondsbril de gang op in haar nachthemd. Ik keek toe vanaf m'n voeteneind. Ze opende langzaam de kamerdeur op een kier en staarde in de rokerige lichtkolom. 'Zeg, ben jij gek, als de donder terug in je bed,' riep vader. Ze rende terug en sprong in haar bed.

'Wat zag je?' vroeg ik.

'Jan Deyl stond op z'n kop in een stoel! In z'n uniform! Z'n benen omhoog!' (Ze was twaalf en vond Deyl aardig.)

Ik grijnsde welwillend in het donker. 'En wat nog meer?'

'Niks. Dansen natuurlijk. Bert Tuinman danste waarachtig ook: met die nieuwe.' Onze toon was toegeeflijk, alsof de groten clementie behoefden.

De muziek ging eindeloos door, evenals het ontkurken, de lachsalvo's en het geschuifel van voeten. Met het vorderen van de avond ging de kamerdeur vaker open omdat men het toilet bezocht. Het suizen van het reservoir overstemde een tijdlang de geluiden vanbinnen. Juist als er een goede plaat gedraaid werd, vond ik.

Pas heel laat werden de geluiden geheimzinniger. Men praatte zachter. De muziek klonk gedempter: de houten deurtjes van de grammofoon waren dicht of bijna dicht. Paul Whiteman speelde gemoffeld 'Evening Star'.

Ik legde m'n rechterhand met gespreide vingers op de muur alsof ik de muziek zou kunnen voelen. Ik was diep tevreden met de avond en het huis maar ook stroomde ik over van ongedurig verlangen: naar niets nog. O God, dacht ik – misschien om die hang betekenis te geven – laat me iets worden later; niet niets zoals Bert Tuinman.

En laat de wereld niet vergaan. Want die grote Duitse vliegboot, met honderdnegenenzestig mensen aan boord in twee etages, en dat nieuwe Engelse luchtschip de R 101, met honderd passagiers, dat alles was misschien hoogmoed. De ondergang van de wereld was in ons spraakgebruik doorgedrongen. 'Ik eet eerst het lekkerste op,' zei mijn zus soms monter aan tafel, 'als de wereld vergaat heb ik dat vast binnen.'

Ik doezelde en gaapte. Maar ik bleef de titels van de platen noemen in m'n eigen Engels; ik wist wat er op de achterkant stond en welk platenmerk het was. Vader zou die kennis misschien gewaardeerd hebben, dacht ik, als hij ervan geweten had.

Een late tram rammelde leeg voorbij, maar de straatlantaarn voor het huis brandde nog. De grammofoonklank achter mijn muur werd een brei en daarna sliep ik steendiep en zonder begrip.

Midden in die gloeiend warme en zware slaap werd ik wakker van een plotselinge vleug muziek die ik eerst niet herkende, en dan dankbaar weer wel. Violen streken hoog en kantig 'Louise'. Altijd die meisjesnamen! Ik werd er misselijk van of ik was misselijk van slaap, en tegelijk vergaf ik de volwassenen hun kinderachtigheid. En sliep verder.

Muziek begon over te gaan in nachtangst. Ik droomde van het smeulende Leidse Stadhuis en schrok wakker. Dan luisterde ik met m'n hoofd van het kussen getild. Gelukkig waren er nog steeds stemmen, maar ze klonken lispelend. Een man op de gang zei 'O, dat zien we straks wel,' met een dikke tong.

Mijn zus was opnieuw wakker. Ze gaapte, stond opeens rillerig naast haar bed en verdween. Ik zag dat ze de grote slaapkamer binnenstapte, die tussen voor- en achterkamer lag. Toen ze terugkwam sprong ze in haar bed, trok de dekens over haar hoofd en proestte. 'Wat was dat?' vroeg ik. Ze knorde door haar neus. 'Wat was er nou!?' zei ik.

Ze vertelde fluisterend. Vader had zijn grammofoonplaten uitgespreid op het grote bed in de tussenkamer. Nu en dan liep hij door de halfopen schuifdeuren die ruimte binnen om een plaat uit te zoeken. In het schemerig slaapkamerlicht was Bert Tuinman daar binnen komen wankelen met een jeneveradem. Hij liet zich op het bed zakken en onder z'n achterwerk klonk een doffe knak. Hij stond op en staarde naar een plaat in twee helften. Hij had een trillende vinger naar zus opgeheven en gezegd. 'Jij hebt niks gezien hoor! En donder nou op naar je kamer en ga slapen.' M'n zus vond het 'weer echt iets voor Tuinman' en als vader het ontdekte zag het er slecht voor hem uit.

Ik voelde een lacherig medelijden met Bert. Eens, op een zondagmiddag, had hij iets van zijn kinderjaren verteld. Hij was altijd onhandig geweest, zei hij. Op een verjaarsfeest in de tuin van een schoolvriendje deden de kinderen een kaartspel in groepjes. Bert begreep niets van dat spel en samen met een jongen die niet kaarten mócht van thuis, trok hij zich terug bij een kolenhok. De ander klom op dat hok en sprong eraf, steeds weer, in landerige verveling. Bert vond mee te moeten doen, klom, en in z'n sprong bleef hij met z'n tanden aan een waslijn hangen. De moeder bepleisterde z'n lip. 'Dank u voor de prettige middag,' zei Bert bij het naar huis gaan, zoals hem geleerd was. De vrouw had een hoge lach niet kunnen binnenhouden.

Bert Tuinman vertelde die dingen zomaar, waar iedereen bij was. Andere mannen schepten op: Deyl over Soesterberg, Defresne over z'n poloteam, maar Tuinman presenteerde z'n mislukkingen als een soort moppen. Men láchte ook.

De glazen keukendeur lichtte op en er drong een heerlijke geur door tot in mijn kamertje. Moeder maakte het gebruikelijke bord nasi goreng tot slot. Ze bakte kroepoek; ik wist dat die grote bladen uitlekten op kranten als ze uit de kokende olie kwamen. Ik kreeg honger. Wat later klonk binnen het geklik van lepels en vorken. De muziek was opgehouden. Er sprongen beugelflesjes bier open.

Men praatte en lachte nog steeds. Iemand ging wat halen in de keuken en liet de deur aanstaan. Eindelijk kon ik iets verstaan uit de kamer. Jan Deyl – die altijd over luchtvaart sprak – zei: 'En met de R 101 beginnen ze nou zelfs een dienst op Brits Indië! Wisten jullie dat?' Moeders stem, wat dwepend door wijn, antwoordde: 'Het zou prächtig zijn als die luchtschepen de mensen eens meer tot elkaar konden brengen. Dan zou er misschien nooit meer oorlog...' De deur sloot weer.

Het gesprek murmelde verder. Ik was moe.

Ik wilde nu niet meer slapen. Straks was alles afgelopen en begon het gewone leven weer. Ik zweefde toch weg maar werd wakker van koffiegeur. 'Nee, laat maar,' zei moeder op de gang, 'dat achterbrengen doen wij wel straks.' Maar er ontstond toch geloop.

En dan een rinkelende slag van versplinterend glas. Een man vloekte en een andere schaterde. Iemand, beneveld, had de glazen keukendeur niet op tijd gezien. Mijn zus zat rechtop. 'Hoorde je dat?' zei ze hol, 'dat zal Bert wel weer zijn.' Ze ging liggen en sliep door.

Ik hield me wakker tot de laatste gasten op hun tenen het huis verlieten. Eén praatte nog op de gang maar moeder zei: 'Ssst!

Denken jullie nou een beetje om de kinderen, die slapen hierachter!' maar haar stem klonk lacherig. Men ging de trap af en de buitendeur werd zacht dichtgetrokken.

Bijna fluisterend zei moeder: 'Ik zal je even voorgaan, Tine', en de zoldertrap kraakte nu. Vader zei tegen een ander: 'Alleen nog op de bank in de achterkamer, als je dat voor lief neemt.' Die ander mompelde; moeder kwam van de zolder en zei hem: 'Neem dan tenminste deze plaid nog mee.' Ze rommelde in de gangkast.

Er werd gedempt welterusten gewenst. Het reservoir van het toilet suisde lang. Toen werd het pas goed stil.

De laatste tram was allang in de remise en de straatlantaarn voor het huis was onverbiddelijk uit. De stilte werd totaal. Op een elleboog geleund keek ik nog door een kier van mijn gordijn. De brede weg met zijn stoepen en fietspaden lag onbeweeglijk verlaten in het maanlicht. Ik gaapte vervaarlijk, ging met een zucht liggen – afgewend van de stad – en sliep al gauw.

Ik droomde dat ik door het vissersdorp van onze laatste vakantie liep. Het weerlichtte. De zee brulde. M'n zus was er ook en we gingen de boulevard op en keken uit over zee. Een menigte vissers stond plechtig op het smalle strand en staarde zonder een woord naar de horizon. Ik scheen te weten waar men op wachtte.

Op het einde! De ondergaande zon leek wel een scheve blaar. De branding was klaar voor een ramp.

Mijn zus en ik, boven op het duin, waren milde heersers. (Een bebrilde *infanta* met polkahaar en een bleek broertje.) Ons volk stond aangetreden. De golven zouden ons allen overspoelen.

We groetten nu en dan haast onmerkbaar een enkele zwakke onder het volk, die zich omdraaide en smekend naar ons opkeek. We knikten bemoedigend naar Bert Tuinman, die straks van al z'n flaters verlost zou zijn. We negen vol schijnbare kalmte naar ouden van dagen. Ergens knetterde al vuur. Een monstervliegboot, ver aan de horizon, verloor hoogte en naderde de gruwelijke zon.

Ik worstelde me wakker met bonkend hart en zat bezweet rechtop. Er was een soort onheil gaande in huis, dacht ik. Het was diep in de nacht en ik meende iets gehoord te hebben op de gang. Ik zat verlamd en opnieuw kraakte het daar. Misschien had moeder, vergeetachtig door wijn, een pan op het brandend fornuis laten staan.

Ik sloop m'n bed uit en opende m'n deur. Er gloeide wat op in de zwarte gang; ik schrok maar begreep dan dat het een sigaret moest zijn. Een gedaante glipte stil de zoldertrap op. Een tree piepte; het wezen stond stil en ademde door de neus.

Ik fluisterde bevend: 'Wie is daar?' en een man siste terug: 'Ga in je bed, gauw. Vlug dan.'

Het ganglicht sprong op. Ik kneep m'n ogen dicht en opende ze knipperend. 'Wat heeft dat te betekenen, wat doe je uit je bed?' vroeg moeder me. Ze was in pyjama, met een haarnet, en keek me borend aan. 'Ga nou niet in de gang lopen, er kan nog glas liggen,' snauwde ze. Ik gebaarde in de richting van de zoldertrap. 'Ik zag een vent,' zei ik.

Moeder kwam boos dichterbij. Ze keek omhoog, de afbuigende treden langs. Ze riep: 'Wel allemachtig! Kom onmiddellijk naar beneden!' Haar stem klonk laag en een beetje gemeen, alsof ze een hond tot de orde riep. Bert Tuinman liep langzaam de trap af. Hij had een grote pleister op zijn voorhoofd, van de keukenruit waarschijnlijk.

'En jij naar je kamer en slapen, als de bliksem,' zei moeder me nog. Ik ging, sloot de deur, maar bleef erachter staan luisteren. Moeder ging gesmoord verder tegen de zwijgende Tuinman. Ze zei: 'Kleed je aan en verlaat onmiddellijk m'n huis. Ben jíj gek! Je moest je doodschamen! Ik geef je vijf minuten.' Er klonk een mannenhoest en wat heen en weer geloop op kousenvoeten.

Verwonderlijk snel was de zondaar aangekleed. Ik hoorde hem z'n jas en hoed van de kapstok pakken. 'Smeer 'em en laat je niet meer zien,' zei moeder nog. Voetstappen daalden af, de voordeur ging open en Bert trok die zó zacht achter zich dicht dat het slot nog tweemaal opensprong. 'Schlemiel!' siste moeder. Ze had vaders woord overgenomen.

Ik keek langs het gordijn naar buiten. Daar sloop Bert naar het tuinhekje en sloot het zorgvuldig achter zich. Ik zag z'n wit gezicht en de pleister die gek onder de hoed uit stak. Hij begon door de geluidloze nacht naar het station te lopen. De maan scheen nog.

Ik huiverde en stapte in bed. Het zou nog uren duren voor het station openging.

Nog eenmaal werd ik wakker die nacht. Regen striemde mijn raam. Het stormde; de wind floot door de zolderkieren. De maan was weg.

De volgende morgen ontbeten we vroeg want moeder wilde naar de kerk. Ze ging niet iedere zondag, maar het leek of ze het wereldse avondje wilde gladstrijken. Tine zat mee aan tafel. Ze staarde met humeurig puilend oog op haar bord. De regen was opgehouden.

Er werd gezwegen. Dan zei moeder maar eens dat het weer opgeknapt was en rustig voor oktober. Vader probeerde een grap, maar Tine bleef zwijgen. Ik keek m'n zus aan die haar wenkbrauwen op trok. Alleen het bestek was hoorbaar.

Opeens zei moeder: 'Hoor 'es Tine, ik kon ook niet weten dat...' Tine legde vork en mes neer en barstte in snikken uit. 'We zouden samen naar het station lopen en samen reizen,' piepte ze; 'waarom hebben jullie hem al zo idioot vroeg weg laten gaan! Ik begrijp er niets van.'

'Ja, Jezus!' zei vader. Hij grinnikte. Tine keek hem woedend aan, pakte haar bestek en at zwijgend verder. 'Ik leg het straks wel uit, onder vier ogen,' zei moeder. Na het ontbijt verdwenen beide vrouwen in de achterkamer.

Ik waste me, vrijwel symbolisch, in de keuken en kleedde me aan. Terug in de huiskamer bleek vader in goed humeur, want hij ging – alweer – platen draaien. Hij zette 'Liebestraum' van Liszt op, gespeeld door pianist Dirk Schäfer. Moeder kwam binnen en zei dat ze die melodie een beetje vond lijken op 'Waar liefde woont gebiedt de Heer zijn zegen'. Vader sloeg z'n ogen naar het plafond.

Toen de plaat afgelopen was zei hij met een lichtzinnig lachje: 'En nou zal ik jou hetzelfde stuk laten horen, maar dan in een arrangementje van Whiteman! Eens kijken of je het toch herkennen kan.' Ik keek hem verbluft aan en lachte dan gretig. Maar eerst kwam Tine afscheid nemen. Ze verontschuldigde zich voor het ontbijt. 'Alright,' zei vader. Moeder liet haar uit. Tines bolle ogen stonden ondoorgrondelijk.

Vader hurkte bij het platenkastje onder z'n grammofoon. Hij zocht. Hij keek een paar stapels door, fronste en mompelde. Hij vloekte. 'Liebestraum' van Whiteman was weg. Nog gehurkt draaide hij zijn hoofd om en snauwde me toe: 'Heb jij aan die platen gezeten?' Het idee was absurd: we mochten niet eens in de buurt van de grammofoon komen. 'Nee,' zei ik.

'En jij?' zei vader tegen m'n zus die binnenkwam in een zondagse jurk. Ze kreeg een kleur. Vader ging plechtig staan en nam een sigaret uit zijn zilveren koker. 'Vertel op!' gebood hij. En zus verried met enige verve Bert Tuinman. 'Hij ging er per óngeluk op zitten,' zei ze er nog wel bij.

Vader was woedend. 'Wat had die idioot daar te zoeken?' zei hij, en hij vond dat Bert die plaat moest betalen. En de keukenruit eigenlijk ook. Hij kreeg woorden met moeder, die zei: 'Je wéét dat die jongen geen cent heeft. En geen werk.'

'En waarom moest jij hem dan bepaald aan die Tine zitten plakken gisteravond,' vroeg vader. 'Dat krijg je nou, met dat verdomde gekoppel.'

Moeder bloosde, wilde iets zeggen maar zweeg.

'Je vindt het zelf een slappeling!' zei vader.

'Ik vind het een stumper en ik dacht: hij is altijd alleen op die avondjes...' Maar vader gebaarde met een vlakke hand en een getuite lip dat het zo wel genoeg was. Hij zag er onuitstaanbaar uit. Hij sloot de grammofoon.

Moeder, rood in het gezicht, trok haar mantel aan om naar de kerk te gaan. Ze groette binnensmonds en liep de trap af. In de vestibule raapte ze iets op en ze kwam er mee boven.

Het was de zondagochtend-*Telegraaf* en moeder staarde, met net zulke ogen als Tine, op de voorpagina. 'God beware me!' zei ze, 'daar heb je het nou al.' Vader stak met afgewend hoofd zijn hand uit om het blad in ontvangst te nemen. Een kop over de volle breedte meldde dat het nieuwe luchtschip, de R 101, het grootste ter wereld, op weg naar Karachi in storm en regen was vergaan. In de afgelopen nacht had het, zwaar van slagregens, hoogte verloren boven het Kanaal en was op een Franse heuvel gestoten en verbrand. We staarden naar de telegrafisch overgebrachte foto van het monsterwrak.

Moeder vertrok. Vader ging zoeken in de tussenkamer. Diep onder het brede bed vond hij 'Liebestraum' in twee stukken. Hij legde die delen aan elkaar op tafel, schroefde z'n oranje Parkervulpen los en noteerde het bestelnummer van de plaat vastberaden in een zakboekje.

Onrustige dagen

OOK DIE MORGEN WEER hetzelfde lied bij de spoorwegen. Met aan de rechterkant uitzicht op het Naardermeer – mooi, maar al gauw vervelend – begon de trein steeds langzamer te rijden en kwam met tergend gepiep en gestoot van buffers tot stilstand. Omdat de locomotief slaapverwekkend bleef doorhijgen – steeds een hogere en een lagere zucht stoom als de ademhaling van een gedwee dier – dachten we iedere minuut weer in beweging te zullen komen, maar dat duurde nog zeker een kwartier. Van de Amsterdamse kant naderde eerst traag een troepentrein, voor Naarden-Bussum waarschijnlijk of voor Utrecht. Het was al warm en veel blauwe uniformen hingen losgeknoopt en de kepies lagen in de netten. De lange trein passeerde traag en we zwaaiden glimlachend.

Ook onze trein bleef beneden normale snelheid en je kon nu veel meer langs de lijn onderscheiden: van de berm wegvluchtende hazen zelfs en veel onrustige vogels.

Aan de Muiderpoort opnieuw oponthoud: er werd een wagon afgehaakt en alle passagiers daaruit moesten in onze coupés worden geperst. En het was al zo vol! 'Gevorderd,' werd er gemompeld, maar het publiek neemt de dingen zoals ze zijn en kankert niet. Of nog niet.

Nieuwe geruchten kwamen mee binnen. Ik hoorde zeggen dat een Taube de citadel van Luik had gebombardeerd. Het zou wel weer moeilijk worden om aan het Centraal Station een krant te krijgen.

Er was een dame uit de afgekoppelde wagon naast me komen zitten. Ze was van schoenen tot hoed in het wit en door het gewillig inschikken op de banken zat ze dicht tegen me aan. Ze rook naar lavendel; een prettig contrast met de lucht van stoom door de geopende ramen. Die stoomgeur schijnen sommigen hardnekkig avontuurlijk te vinden, maar een forens als ik ruikt er niets meer in dan vervluchtigd slootwater. Ik vroeg haar of het open raam haar niet hinderde, maar ze glimlachte melancholiek en schudde even het mooie hoofd met in het midden gescheiden haar. Dat haar kwam als gordijntjes onder haar hoed uit. Ze had donkere ogen.

We sukkelden Amsterdam CS binnen en stonden op in het rijtuig.

'Kunt ge me misschien helpen menier, alstublieft,' vroeg de vrouw en ik begreep dat het een vluchtelinge was. Dat wond me niet weinig op. Een soort vogelvrij verklaarde of, mocht dat overdreven zijn, dan toch een mooie vrouw alleen in een vreemd land, waar ze waarschijnlijk de weg niet wist. Ik had een zweterig gevoel van macht of mogelijkheid van macht. Ik zou haar verkeerd of goed kunnen wijzen en haar aan de praat kunnen houden met een plattegrond van Amsterdam.

Maar ze wilde alleen haar koffer uit het net hebben.

Ik droeg die koffer voor haar tot buiten de kap. We spraken over Leuven, over het schandaal van de verwoesting. Amsterdam was goudachtig vaag van zon en augustusnevels. Ze vond het hier ook wel mooi. Het was ruim kwart over acht.

Een enorme mensenmassa was al op de been voor het station. Het wemelde van uniformen en taxi's waren er al niet meer te krijgen. Ik zag juist een aapje binnenkomen en loodste er haar heen; ik hielp haar instappen en reikte haar de koffer. Door nog wat te treuzelen hoorde ik haar de koetsier een adres opgeven op de Rozengracht.

Ik ging maar lopen naar mijn werk. De trams hoopten zich op tot aan de Dam en steeds was de rijweg versperd door colonnes. Men zag alle maten militaire karren en wagens, ook motorlorries met ratelende kettingaandrijving. Er waren veel losse paarden, begeleid door sloffende landstormmannen. Ploeg- en luxepaarden: fijnbenige rijpaarden naast zware oldenburgers. Gevorderd, begon ik ook al laconiek te denken.

Ik kwam drie kwartier te laat op mijn werk maar niemand nam aanstoot. Er heerste ook hier het prettige, verruimende, of bijna verkneukelende van het nieuwe. Je kunt ook gewoon zeggen: van de sensatie. Alles was doordrenkt van leven, hevig en direct, nu er zoveel dood moest zijn. Men bestond zwaar in zijn gewrichten, alsof het tijdgenoot zijn zelf belangrijk was, alsof het lijfsgewicht van ons levenden toenam steeds als er daarginds een afviel.

Ik vroeg de ochtendbladen aan een collega. 'Een Engelse kruiser getorpileerd,' zei hij (getorpileerd ja, zo zei hij het) 'vlak bij onze kust.' Het scheen niet verrukkelijker te kunnen – hoewel hij pro-Engels was. Hij had gesproken met korte flinkheid, en een soort schijnheilige zucht. Iedereen las zo de oorlogsberichten voor hier; de Haagse tramstaking en Madame Caillaux waren totaal vergeten.

Jammer vonden de heren het dat de kleine Loes weg was. 'Met het Rode Kruis naar Maastricht,' meldde een ander me streng, 'het moet daar vol liggen met gewonde Duitsers uit Visé.' Ik knikte begrijpend. Mijn naaste medewerker, Van Delft, was nog opgewekter dan gewoonlijk al. 'Die Loesje!' zei hij lachend. 'Ze werd hier al naar als iemand zijn vinger openhaalde aan een briefopener.' Men grinnikte. Er heerste trouwens af en toe een giechelige saamhorigheid als voor een bedrijfsuitstapje. Van Delft riep nog naar een kalende man twee tafels verder: 'Nou De Groot, waar blijf je nou met je Engelsen?' Die glimlachte maar eens.

De benauwenis van de eerste dagen was alweer weg. Ik had

toen, zelf benard, voor de firma in de kilometerslange queue gestaan vóór de Bank op het Rokin: papiergeld inwisselen. (Ongure handelaars bewogen zich tussen de rijen en lispelden dat ze twintig zilveren guldens boden voor een biljet van vijfentwintig.) Nu drukte de regering allerlei papieren pasgeld en we vonden het gewoon. We manipuleerden in trams of cafés met de zilverbons of die er altijd geweest waren.

De oude De Roo was de zwartkijker van het kantoor. Vanuit zijn hoge staande boord, die z'n onderkin aardig maskeerde, murmelde hij voortdurend over geld. Over de noodwet die bepaalde dat de metaalreserve nog maar twintig procent hoefde te bedragen en die het land naar de bliksem zou helpen. 'Er circuleert 50.000 gulden aan waardeloze vodden,' zei hij nu, op een zilverbon tikkend. Van Delft stak grappig begerig een hand uit en riep: 'Gééf maar op', waarna de oude het biljet geërgerd wegstak. 'Dat papier is gegarandeerd door de Nederlandse Stáát meneer,' zei de nog oudere Lachmann, de afdelingschef die er fier op ging dat hij de mobilisatie van '70 nog meegemaakt had en derhalve fijn glimlachend rondliep met een kalmerend genepen lip. 'Méégemaakt, méégemaakt!' mompelde De Roo soms achter z'n hand, 'hij was toen misschien net een jaar of vijftien.'

Ik moet erkennen dat de vrouwen hier zich waardiger gedroegen: ze kletsten niet zo lang en waren al aan het werk. De angst van de eerste dagen lag nog op hun ernstige, wat klein geworden gezichten. In het 'Wilt u dit nu even tekenen, meneer Van Delft,' lag enig verfijnd verwijt.

Maar Van Delft kletste door. Of ik die sleepboten wel gezien had op het IJ, ieder met zeker vijf of zes platte schuiten erachter vol met kanonnen, op weg naar Naarden? ('Met *vestinggeschut*,' corrigeerde De Roo, die een reserveluitenant als neef had.) Ik dacht aan die oude vesting, zo dicht achter mijn huis in Bussum, en luisterde toe. 'Die hele stad gaat aan puin als er wat gebeurt,' zei De Roo, 'dat Duitse belegeringsgeschut gaat door alles heen.' Een ander wees hem er glimlachend op dat die Dikke Bertha's hier, in ons drassig terrein, niet eens ópgesteld konden worden. Die zouden in de grond verzinken. 'Tweeëndertig paarden zijn ervoor nodig om ze te trekken,' voegde hij eraan toe.

'Ik dacht dat ze door stoomtractoren getrokken werden,' zei Van Delft.

'Nee, paarden.'

'Nou ik dacht het niet hoor.'

'Ik weet het wel zeker.'

'Heren, heren,' riep de oudere juffrouw Van Duyn, cheffin over de dames, 'zullen we nu eens beginnen.' Maar de heren waren opgewonden kinderen. Ze leken gelukkiger dan vroeger. Bevreemd kwam me opeens die dienst in de Grote Kerk van Naarden weer voor ogen, in de beklemming van de eerste oorlogszondag bijgewoond. (Je had toen nog geen verlofpas voor de stad nodig.) Slikkend van ontroering hadden we staande gezongen:

'*Gelukkig* is het land,
dat God de Heer beschermt,
als daar met moord en brand
de vijand rondom zwermt.'

Eindelijk, na de koffiepauze, was men doende. Ik dacht eerst aan Loesje en Visé, dan als vanzelf aan de mooie Vlaamse. Ik stootte Van Delft aan en fluisterde bij z'n oor: 'Er zat iets in de trein vanmorgen! Daar was Loes een worm bij vergeleken.'

Hij grinnikte vet. 'Wat dan?' vroeg hij gretig.

'Een Vlaamse,' zei ik, 'een vluchtelinge met een zware koffer.'

'Hoe weet jij dat die koffer zwaar was?!' Hij lachte alweer verkneukeld. Fluisterend vertelde ik verder en we besloten in de middagpauze de Rozengracht te verkennen.

Het weer was stralend. Ik liep in mijn overhemd; Van Delft als gewoonlijk in colbert met vest en strohoed. De randloze bril, die hem voor militaire dienst behoed had, stond hem niet kwaad. Met zijn wandelstok wees hij op een van de vele gemeentelijke aanplakbiljetten en lachte zich alweer kraaienpoten. 'Hier,' zei hij, 'iets voor jou!'

AAN DE BELGISCHE UITGEWEKENEN stond er; op Singel 453 konden ze zich melden voor inlichtingen over zoekgeraakte familieleden. Het bracht me op een idee en ik onthield het nummer, maar zweeg erover tegen Van Delft.

We gingen eerst langs de Nieuwe Zijds voor de laatste telegrammen: met krijt op borden geschreven ongeluksboden. Honderden mannen met strohoeden stonden er al stil naar te kijken. Een handvol vrouwen las mee en sommige schudden hun hoofd. Kleine meisjes in lange witte schorten staarden – verre van dromerig – met lelijk ingespannen en afwerende frommelbekjes; de vele jongens lazen met begerige ogen en het algemene zwijgen kostte ze moeite.

> 20 Aug. 1914. Alle forten rondom Luik thans in Duitsch bezit. Het Belgische leger trekt zich terug op Antwerpen. Hedenmorgen 11 uur: De Duitschers bevinden zich tusschen Leuven en Brussel. Antwerpen wordt in aller ijl in staat van verdediging gebracht.

Een paar Rode Kruisbakfietsen met bruin zeildoek overhuifd passeerden ons op de Raadhuisstraat. Natuurlijk lag er nog niemand in maar ik plaagde mezelf toch even met de gedachte aan een scherf in mijn lijf; de gruwel van lans of bajonet schudde ik van me af. 'Jaja,' zei Van Delft peinzend. Wat sneller liepen we voort.

Voor een kruidenier in diezelfde straat stond een lange rij vrouwen – meest dienstboden in schorten met kruisbanden op de rug – en ik keek scherp tussen de weinige dames met hoeden of de Belgische daar niet bij was. Het zou wel erg toevallig zijn geweest. Ook op de Rozengracht was natuurlijk niemand te zien. We staarden als schooljongens even naar het afgeluisterde nummer en wisten het verder ook niet. Misschien verscheen ze voor een raam, maar wat dan nog.

'Ga je mee?' zei Van Delft. 'Dat wordt toch niks.'

We liepen terug. Het was heet en heel de stad rook naar paarden. Er was nog tijd om op het Damrak iets koels te drinken (bier mocht niet van de baas in de middagpauze). Daar op het terras was de stad opnieuw feestelijk of althans kermisachtig; we verbaasden ons alleen nog over een bedrukt karton voor een der ramen, waarop vermeld stond dat het de huiskapel verboden was de volksliederen te spelen. Ook het Nederlandse. Van Delft schaterde alweer. 'Dat is pas even neutraliteit!' zei hij.

Terug op kantoor had ik het een klein halfuur druk met correspondentie. Dan dacht ik na over mijn plan. Het was hier niet voor niets een assurantiekantoor. Misschien kon ik de Belgische bezoeken namens het bedrijf onder voorwendsel haar te willen verzekeren voor het een of ander. 'Zekerheid in een onzekere wereld' klonk niet slecht. Ze had een gegoede indruk gemaakt en haar koffer was niet alleen zwaar maar ook van goed en soepel leer. Ik kon een hoop papieren bij me steken en tegenover haar gezeten, al lezend en mompelend nader met haar kennis maken. Haar naam en leeftijd zou ik te weten komen, en haar nieuwe omstandigheden. Ik kon hulp aanbieden met geld wisselen of deponeren. Als gespreksopener had ik ook dat adres Singel 453.

Zo'n gesprek zou wel uiterlijk om een uur of vier moeten plaatshebben, zodat ik om vijf uur naar huis kon en op tijd of bijna op tijd in Bussum terug zou zijn. De treinenloop was al onregelmatig genoeg en laat was ik bijna dagelijks.

Ik stelde steeds idioter plannen op. Een speciale polis Oorlogsrisico voor Uitgewekenen. Of bestond zoiets al. Ik zou wel wat kletsen.

Om vóór halfvier werd ik al onrustig. Het moest me nu ook weer mijn baan niet gaan kosten, in deze tijden. En wat dan thuis te zeggen! Veel beter misschien, het zakelijk aan Lachmann voor te leggen.

Ik zocht hem op en moest wachten. Zenuwachtig trok ik een paar maal m'n horloge in de mosgroene wachtkamer met de portretten aan de wand. Lachmann Sr., al jaren dood, keek sonoor langs me heen vanuit een zwarte ovale lijst.

De huidige verscheen om tien over halfvier en vroeg wat ik wenste. Ik stelde dat een Belgische kennis, een jonge vrouw van goeden huize, naar Amsterdam uitgeweken was en vroeg of dergelijke gevallen niet interessant waren voor ons bedrijf. Of daar al eens aan gedacht was.

Lachmann keek me verbaasd aan. Ten eerste was hij geen initiatieven van me gewend en ten tweede vond hij waarschijnlijk dat ik onzin sprak. 'Hoe heet die vrouw?' vroeg hij wantrouwig.

Ik kleurde een beetje. 'Ja,' zei ik, 'dat is het hem juist, ik ben van die naam niet helemaal zeker. Maar het adres heb ik natuurlijk.' Hij knikte. 'Wat wilde je?' vroeg hij iets vriendelijker.

'Een bezoekje, namens het bedrijf. Even laten weten dat we er zijn en waar. Voor haar en haar familie; vrienden die nog komen misschien. Een drukwerkje achterlaten of zo.'

'Ik heb je nog nooit zo actief gezien,' zei Lachmann nu glimlachend. 'Opslag krijg je in deze tijd toch niet van me, dat weet je, hoop ik?'

Ik lachte hartelijk en opgeruimd. Ik vroeg – en verkreeg – vergunning 'eerst even' die zaak te gaan aanpakken. 'Je doet je best maar,' zei de oude nog.

Nog geen minuut later stond ik met mijn aktetas buiten. Onderweg nam ik nog snel een nieuw aanplakbiljet door waarboven STELLING VAN AMSTERDAM stond en een dwingend BEKENDMAKING.

Op de Rozengracht leek het huis in diepe rust. Ik belde benepen. Niets bewoog.

Ik wachtte nog even en kreeg het warm. Natuurlijk had ik nu mijn vest en colbert aan en mijn hoed op. Ik voerde een overbodige opgerolde paraplu.

Ik belde nogmaals luider en een oude meid verscheen met een toet boven op haar kop. Ik gaf haar mijn kaartje (waarop ook de firmanaam) en vroeg haar dat de Belgische dame te willen overhandigen.

Een oudere vrouw, geheel in het zwart, verscheen even later met het kaartje in haar hand. 'Heeft juffrouw De Stoute u ontboden?' vroeg ze onaangenaam, het kaartje ronddraaiend in haar rimpelige hand.

'Het is ánders gegaan, mevrouw,' antwoordde ik zoet glimlachend. 'Ik heb mejuffrouw De Stoute al ontmoet en haar toegezegd nog eens een zakelijk gesprekje met haar te voeren in verband met haar nieuwe omstandigheden.'

'Ze is anders vanmorgen pas aangekomen,' zei het wijf, mij scherp aanziend.

'Ik weet het, mevrouw. Mejuffrouw riep m'n hulp in met haar koffer en zo raakten we in gesprek over de oorlog en ik bood haar de hulp van mijn firma aan.'

De vrouw zweeg en verdween. Ik hoorde haar een trap op sloffen.

Dan kwam De Stoute. Ze daalde mild glimlachend die trap af en schudde heel licht haar hoofd alsof ze zeggen wilde: dat is ook een vasthouwer. Misschien was het ook haar schitterend stengelnekje wat haar hoofd wat deed bewegen. Of had ze toch van bovenaf meegeluisterd?

Het was goed dat ze uit haar vaderland gevlucht was, dacht ik; één detonatie van een vurend 42 centimeterstuk, binnen een straal van zeg vijf kilometer, en het nekje zou gebroken zijn. Intussen hief ze haar zwarte glimogen naar me op alsof ze zeggen wilde: nou, laat dan maar eens horen wat voor smoes je bedacht hebt.

Toen ze daar zo compleet en droomachtig mooi voor me stond dacht ik één moment wat begin ik, maar mijn blijkbaar verlegen aarzeling bracht zo'n celestiale glimlach op haar klein gezicht, zo hartelijk aanmoedigend ook, dat ik wist of meende te weten dat het er niet eens zoveel toe deed wat ik kletste. Mejuffrouw vond mannen wel aardig.

'Juffrouw,' zei ik – en als bij goddelijke ingeving kwam me het aanplakbiljet over de Stelling van Amsterdam voor de geest – 'ik moet u ernstig spreken. U weet misschien niet dat uw verblijf hier in deze stad, volgens een verbod dat verband houdt met de Staat van Beleg...'

Ze schrok niet zichtbaar maar glimlachte toch niet meer. 'Komt u toch even verder,' zei ze een beetje verward, alsof haar eerste analyse wat geweld aangedaan was.

Ze droeg nu een witte blouse met een soort matrozenkraag en een zwart stropdasje. Haar haren bedekten links en rechts een groot deel van haar voorhoofd en wangen. Zelfs de buitenste ooghoeken waren bedekt. Ze leek jonger dan 's morgens in haar reiskostuum en hoed.

We zaten in een druk gemeubeld vertrekje dat naar politoer rook. De oude dame in het zwart liep in en uit of ze op patrouille was en vroeg – niet te toeschietelijk – of ik thee beliefde. Ik bedankte hoffelijk. 'Doet u toch geen moeite.' Het wijf zag daar duidelijk alleen maar in dat ik haar weg wilde hebben. (Ze had gelijk.)

Ik legde De Stoute uit dat verblijf in Amsterdam slechts achtenveertig uur was toegestaan voor vreemdelingen. Ze keek wat spottend of ze me niet geloofde maar knikte toch even bloemstengelachtig.

Ik vervolgde dat ik – door mijn firma – mogelijk iets voor haar zou kunnen doen als bijvoorbeeld spoedig vertrek naar elders in Nederland haar tijdelijke financiële zorgen zou berokkenen. Ik kletste nu maar aan en beweerde ook voor haar na te gaan waar ze zich zoal wél zou mogen vestigen.

Ze begreep mijn firma niet erg, maar mij des te beter. Terwijl ze ongeïnteresseerd een reclamedrukwerk doornam dat dan ook amper op haar geval betrekking had, boog ze zich naar me over en sprak zeer zacht: 'Ge kunt beter een ander keer eens komen. Morgen. Kunt u morgen om dezelfde tijd? Dan is tante er niet, ze is wat nieuwsgierig, weet ge.'

Het zweet brak me uit van een opvliegerig soort heerlijkheid. Ik dacht dat het buiten op slag vrede was en dat iedereen de oorlog gewonnen had. Toch knikte ik nogal onopvallend, alsof tante achter mijn stoel stond. Die liet trouwens niet lang op zich wachten en kwam binnen met thee. Voor haar zuidelijke nicht en voor zichzelf. Ze schoof aan het tafeltje.

Ik vertelde de oude levendig over de Stelling van Amsterdam, een kring van forten rond de hoofdstad waarbinnen geen vreemdeling opgenomen mocht worden.

'Och kom,' zei ze.

'Het staat al aangeplakt!' zei ik, kwaad wordend.

'M'n nichtje is geen spion!'

Ik haastte me glimlachend te verzekeren dat er wel niemand in Europa zou zijn die dat dacht. Maar het was nu eenmaal een militaire wet in oorlogstijd. De oude vrouw slurpte haar thee of ze zeggen wilde: je smoesjes zijn best. Zelf constateerde ik verbaasd dat ik bezig was De Stoute uit mijn omgeving weg te krijgen. Maar ik had toch echt gelijk.

Ik nam afscheid van beiden. Dat stemde de oude iets milder: 'Dag menéér,' zei ze opgeruimd – of opgelucht. Ik noteerde nog even zakelijk naam, voornaam en geboortedatum van mijn Belgische cliënte: 'zodat de firma u gegevens kan toesturen.' Ze bleek Fleur te heten. (Ik knikte goedkeurend.) Ze was 31 jaar. Ze drukte mijn hand op een wijze waarop ik nog terugkom.

Ik begaf me direct naar het Centraal Station. Agenten regelden op verschillende punten het verkeer van burgers en militairen. Troepen sloften van de warmte. Overal lag platgereden paardenmest.

Ik huiverde plechtig ondanks de hitte. De allermooiste vrouw had me een hand gegeven, en wat voor een hand, en wat voor een handdruk. Het was een soort weerlichtsnelle miniatuurkoestering geweest. Misschíén uit dank voor verleende toezegging van veiligheid; die handdruk kwam dan het gehele Nederlandse volk toe. (Maar ik had hem losgekregen.)

En die glimlach, daarover zeg ik niet dat ze me de oorlog deed vergeten. Dat zou een frase zijn uit de laatste treinlectuur. De oorlog was er eerder in begrepen. Alles was goed. De hele wereld, met al zijn worstelingen, was zoals hij zijn moest. Of ik daarin ook het 42 centimeterbelegeringsgeschut van de Duitsers betrok ben ik vergeten.

In het milde nazomerlicht meende ik alles verzoenend én scherp te zien. 'Liefde maakt blind,' zegt het vulgus. Maar angst en liefde maken helderziend. (Dat van die angst zou ik nog bevestigd krijgen.)

De perrons waren overvol. Een stampvolle trein vertrok juist voor mijn neus en ik moest meer dan een halfuur wachten. Uiteraard gingen mijn gedachten terug naar de Rozengracht. Fleur kwam uit het Luikse. Geen wonder dat ze gevlucht was. Ze zal geen zin gehad hebben in bommen van Zeppelins of Taubes op haar mooie kop.

In de volgende trein was alleen plaats in de goederenwagens, waar we opgepakt stonden in het halfduister want de schuifdeuren werden van buitenaf gesloten en gegrendeld. 'Als er nóú iets gebeurt kan je het Onzevader wel opzeggen,' zei een landweerman met een vredelievende boodschappentas.

In Naarden-Bussum kon ik er pas uit na op de deur gebonkt te hebben met een stuk hout dat in de wagon lag. 'Jaja,' zei een oude conducteur geagiteerd, 'niet alles tegelijk.'

Iedereen in die trein leek geïrriteerd. Behalve ik. Ik hoefde maar aan de bruine gordijnenharen van Fleur te denken en aan mijn stilzwijgende afspraak voor morgen en alle ongemak was draagbaar. Ik was licht buikpijnachtig van goede verwachting.

Thuis was mijn vrouw stil en nadenkend. 'Wat ben je laat,' zei ze. De dag van morgen maakte me opeens meer bezorgd dan blij. Ach, wat een rotzooi deze wereld, wijzelf, iedereen, alles. Ik keek door het voorkamerraam en Bussum had iets afwachtends. Het was stil op straat.

Voor het slapengaan zei mijn vrouw: 'Wil je wel geloven dat ik gewoon bang ben vandaag? Ik heb zo'n voorgevoel dat er iets naars gebeurt morgen.'

Ik schrok en zei, veel te snel: 'Hoezo? Wat voor naars nou weer?'

'Nou ja,' zei ze verlegen, 'misschien is het ook onzin.'

'Wát dan, wat bedoel je dan?'

'Ach, het is niks.'

Ik huiverde weer, maar niet zo plezierig als een paar uur eerder in Amsterdam. Ik vond haar intuïties altijd nogal eng en licht griezelend streek ik over haar geel, Hollands haar. Er kwam iets donkers en hoofdpijnachtigs boven mijn ogen als de klep van een te nauwe pet; 'Maak je nou maar geen zorgen,' zei ik. Ze keek me onderzoekend aan.

De volgende dag op het werk was alles zoals steeds die maand. Het was vrijdag en men trok elkaar de juist uitgekomen geïllustreerde weekbladen uit de handen. De oorlogscorrespondenten hadden hun best gedaan, en vooral de fotografen. Men zag alles of men erbij was: Visé in puin, de Duitsers in Luik en de verwoeste bibliotheek van Leuven. Daarnaast veel wrakkige karren, dode soldaten die eruitzagen als jammerlijke hoopjes kleren, pathetisch uitgestrekte paarden en nu en dan een vliegtuigwrak als een doodgeplette mug.

De dames van de afdeling veegden hun ogen even met minuscule zakdoekjes. 'Ach God,' zeiden ze hoofdschuddend, 'al die arme jonge jongens.'

Het ergerde me een beetje. Ja, kon ik het helpen dat ik er niet bij was. En dan dat 'jonge' jongens steeds. Was het voor de iets ouderen niet zo erg om dood te gaan? Wat zanikten die vrouwen. Hadden Van Delft of ik die jongens soms gestuurd? Waarom keken ze nu en dan naar ons of we profiteurs waren?

Er ontstonden weer ellenlange gesprekken over de oorlog. Ik luisterde maar half. En soms juist weer heel goed: ik dacht niet alleen aan Fleur de Stoute, maar alles wat Belgisch was – en dat was nogal wat deze maand – had opeens mijn volle aandacht. Het vluchtelingenprobleem. Het vluchtelingencomité (in oprichting). De francs-tireurs, de steden met de namen die opeens een stekend indringende, wereldomvattende betekenis kregen. Alles Vlaams of Belgisch was overgoten met een treurig maar schitterend waas. Generaal Leman, het koningspaar en de Burgers van Antwerpen leken figuren uit een antiek drama.

Van Delft vond dat ik wat stil was vanmorgen.

In m'n middagpauze liep ik alleen en herlas de bekendmakingen. Wat zou ik nu eens wérkelijk voor haar kunnen doen. Ik zou moeten vragen waar ze dacht te gaan wonen; in háár belang. Ik voelde nog steeds die smalle hand in mijn lompe kantoorklauw. Nu en dan hield ik bij het oversteken mijn hand hoog aan een paal of hek om het bloed uit de door de warmte gezwollen aderen te laten teruglopen. Mijn hand leek dan iets meer op de hare.

Om halfvier stond ik op en sloot het werk weg in mijn bureau. ‘Moet je niet even op thee wachten?’ vroeg Van Delft. ‘Nee,’ zei ik onprettig. ‘O, neem me niet kwalijk, ik vroeg het maar,’ zei hij.

Ik had Lachmann al ingelicht dat ik nog even naar mijn relatie moest. Hij wist ervan. Niets wat me nog kon tegenhouden. Ik haalde diep adem. Ik ging naar Fleur, en op háár verzoek. Ik drong me niet op. Ik had de aanmoediging van haar woord en haar handdruk. Misschien was het nog iets te vroeg, maar ik ging. Men was maar eenmaal jong, zou Van Delft zeggen. En inderdaad wist niemand wat de toekomst bracht. Veel goeds kon het niet zijn. Nee, ik had geen vrouw die ‘me niet begreep’; ze begreep me best. Vrouwen doen dat. Alleen Fleur wist niets van me.

Besluiteloos voor wat de tijd betrof draalde ik nog staande bij het bureau en trok mijn horloge. Het was één minuut over halfvier. Ik zou nog een paar minuten wachten. (Had ik dat maar niet gedaan.)

Er klonken gehaaste voetstappen op de gang achter de matglazen ruit. Er werd driftig geklopt. ‘Ja?’ riepen Lachmann en de oude juffrouw Van Duyn gelijktijdig en voornaam.

‘Het meisje’ kwam binnen. Het was de remplaçante voor onze onder de wapenen geroepen jongste hulp. Ze deed van alles, tot koffie en thee rondbrengen toe. Ze liep recht op me af, mooi dribbelend in haar lange, strakke rok. Ze staarde me angstig aan en zei verontschuldigend: ‘Een telegram voor u.’

Teleurstelling moet zich op mijn gezicht hebben gelegd, daarna vrees. Want eerst dacht ik: dat is van Fleur, die verhinderd is. Maar het was nogal zelfingenomen te geloven dat ze zoveel moeite voor me genomen zou hebben. Direct drong dan ook – terwijl ik het omineuze papier aanpakte – de waarheid door: het zal wel van mijn vrouw komen. Ik scheurde het stuk onwaardig gehaast open en zei tegen het meisje: ‘Ja, ga je gang maar.’ (Ze vertrok boos; had ik haar soms de inhoud voor moeten lezen?!)

Ik las – nog steeds staande – en verkleurde. Ik las nog eens. Maar dat betekende wel degelijk onraad. Brak het gedonder los, had mijn vrouw juist gevoeld? Was er internationaal gezien iets op til? Wist men in Bussum, zo dicht bij de Vesting Naarden, al méér? Militair geheim nog misschien (de ochtendbladen meldden niets) maar al alarm voor bevelhebbers en regering?

Kom direct thuis huis moet ontruimd worden.
Hetty.

Opeens schoot me te binnen wat Van Delft had gezegd, de vorige dag, over de vele kanonnen, per schip aangevoerd voor de vesting. 'In allerijl in staat van verdediging brengen', heette zoiets op de bulletins, ik had dat op de Nieuwe Zijds pas nog zelf over Antwerpen gelezen. Ik woonde op nog geen drie kilometer van de vuurlijn; 'ontruimen', dat betekende afbraak, en afbraak: oorlog. Ik moest naar huis en direct. Naar Hetty; ze moest weg daar.

'Moeilijkheden?' vroeg Van Delft. 'Ja, zoiets,' zei ik, en liep snel en doelbewust naar Lachmann. Ik legde hem het telegram voor. Hij keek niet vrolijk. 'Heb je een idee wat er aan de hand is, jong,' vroeg hij. 'Niet precies,' zei ik. Ik mocht direct naar huis.

In de gang kwam hij me nog achterna. 'En die Belgische vrouw nou?' riep hij. 'Weet ik dat,' wilde ik zeggen maar ik bedacht me. Ik slikte tweemaal en antwoordde: 'Ik stuur Van Delft wel even.' Lachmann knikte.

Haastig lichtte ik Van Delft in, maar niet méér dan dat hij even de door mij geselecteerde papieren aan haar brengen mocht. 'Aha! Zozo, schalk, dus jij had een afspraak geforceerd!' zei hij grijnzend. 'Nou, hartelijk dank zeg, God zal het je lonen. Maar wat moet ik zeggen tegen die meid?'

'Dat mag je zelf uitzoeken, dat weet je toch altijd zo goed.' En ik verliet dravend het gebouw.

Aan de uitgang weer een verrassing, want daar stond – geen twijfel mogelijk – de oude vrouw in het zwart van de Rozengracht me op te wachten. Ze smeekte, moe en rimpelig, me te mogen spreken.

'Ik heb nou net vreselijke haast, mevrouw,' zei ik – toch aarzelend van verwarring – 'ik moet naar m'n huis, ik kreeg een telegram...' Ze keek verlicht naar me op. Met iets minder antipathie maar geëmotioneerd zei ze snel: 'Gaat u toch niet naar m'n nicht, meneer.'

'Ik gá niet naar uw nicht; iemand anders brengt haar de papieren en ik moet naar huis. U hébt uw zin al.'

'Ik dank u wel, meneer,' zei ze. Ik groette kort en wilde doorlopen maar ze hield me vast bij m'n arm. Ze boog zich triest naar me over en mompelde: 'Ze heeft al zoveel narigheid.' En er volgden korte bijzonderheden. Ik knikte en zei: 'O, ja, dat wist ik niet; maar nu moet ik echt gaan.'

Het was weer druk op straat en op het Damrak elleboogde ik me door slenterende en gezellig kletsende vrouwen, schoolkinderen, oude mannen en soldaten. Wacht maar, dacht ik. Morgen piepen jullie wel anders als die grote Zeppelins verschijnen of als de ruiten springen van het gedreun van belegeringsgeschut. Ik keek met één oog naar de straatwand of er nog geen bulletins werden aangeplakt met oorlogsverklaringen over en weer. Misschien sidderde de aarde al bij mijn huis en Hetty zat daar als een rat in de val.

De reis duurde extra lang. Een trage goederentrein stond ons forensen ter beschikking en heel de weg werd het rammelen van de wagens begeleid door stommelende en angstig hinnikende paarden in een veewagen. Paarden voelen vooruit.

Ik was trillerig van alles maar dacht in de halfduistere bagagewagen toch ook weer aan de Belgische die ik nu misgelopen was, dubbel voor misgrepen behoed door oorlog en tante. Wat de vrouw Fleur zelf betreft, ik had eens gelezen: God openbaart zich misschien alleen in crisis en catastrofe. (De strijdende partijen in Europa meenden Hem al om beurten te zien vliegen in wolken boven slagvelden.) Ik dacht nu opeens iets van een gevaarlijk soort genade tegenover me gezien te hebben aan dat tafeltje op de Rozengracht. Want niemand heeft me horen zeggen dat die mooie Belgische 'de schrik en de ellende van haar verscheurd Vaderland nog in de ogen meedroeg' of ander hedendaags oorlogscorrespondentenproza. Ze zag er integendeel aardig onaantastbaar uit. Ze liet de oorlog begaan; ze was er al te groot voor. Ze had de moed tot zeer matige interesse. Die afstand was een beetje God; wel in contrast met de begerige nieuwsgierigheid op kantoor en straat hier.

Zonder dergelijke boven-inspiratie leven er miljoenen; Van Delft, die aardige burger was er een. Nee, er zou hém niets overkomen.

Zij had haar kind verloren bij Luik ('haar natuurlijke kind' had de oude in het zwart met voor deze tijden overbodige gêne in m'n oor gemompeld) en er kon haar niet te veel meer gebeuren. Haar huurkamer was versplinterd.

Ik griezelde van de dingen. Ik had Fleurs geheim aangetast en thuis wachtte misschien oorlog en verwoesting als een soort correctie op vaderlandse luchthartigheid. Als Hetty maar heel bleef.

Toen ik uit de trein stapte klonk hatelijk geknetter in de lucht en met een vlaag van paniek trok ik mijn hoofd in. Anderen staarden met de hand boven de ogen omhoog: een vliegtuig trok over. Maar het was gelukkig geen Taube, het was een goed vaderlandse Farman-tweedekker, ik herkende hem aan de dubbele wielen onder het schuitje.

Ook anderszins gonsde de gemeente Bussum van opwinding. Mensen stonden in groepjes op straat. Iemand liep naar zijn buren met een papier in de hand.

Mijn huis zag er van verre uit of er een dode was: de gordijnen waren gesloten en van andere ramen verdwenen.

Ik viel Hetty in de armen als jaren geleden en overlaadde haar met kussen, zodat ze een beetje verbaasd opkeek.

'Kijk,' zei ze, maar ik kuste haar opnieuw. Ze lachte blij.

'Kijk,' zei ze weer, 'ik heb haast alles al klaar. Eén kamer mogen we voorlopig houden om in te wonen en één kleinere om in te slapen; de rest moet leeg zijn zodat we zó kunnen wegtrekken.' Overal stonden inderdaad volle koffers en alle wanden waren al kaal. 'Er zijn er een heleboel in de buurt die alles laten opslaan in pakhuizen en zelf ergens anders gaan wonen,' zei ze nog met dat verdachte enthousiasme wat ik al kende van mijn kantoor, 'en kom eens mee!' Ze nam me bij de hand en leidde me door een leeggeruimde kamer naar de achtertuindeuren. Ik staarde naar buiten in een nauwelijks veranderd maar toch onvatbaar gedeformeerd landschap. Vervlakt of vervaagd. 'Wat is dat?' vroeg ik.

'Zie je het niet?' zei Hetty opgewonden als een klein meisje. 'De bomen worden gerooid. Voor het schootsveld, zeggen ze. Er staat in de brief dat we in de verboden kringen van de Vesting zitten. Er had hier eigenlijk helemaal niets van steen mogen staan, wist jíj dat?' Ik had het niet geweten.

Ik vergaf haar graag de kinderlijke opwinding, vooral toen haar gezicht betrok en ze kleintjes fluisterde: 'Er komt hier toch niet echt oorlog?' Er was een huivering door haar smalle lijf gegaan.

Ik drukte haar opnieuw wild tegen me aan. 'Nooit,' zei ik gesmoord. Het klonk idioot, en ik bedoelde ook eigenlijk een ander nooit.

'Wat heb je toch de laatste tijd,' vroeg Hetty nog bezorgd, 'je bent zo geëmotioneerd; je trekt je die oorlog veel te veel aan, geloof ik.' (Vooral het lot van die Belgen, zei een kleine duivel in mij, maar ik gebood die te zwijgen.)

Die nacht in de vrijwel lege en daardoor vreemd nieuw geworden slaapkamer waren we zeer samen als op een geheime huwelijksreis. Dat samen klinkt nogal wijverig, als uit een damesboek, maar ik weet geen ander woord, niets mannelijkers, ik ben maar een kantoorheer, een verzekeringsagent – een absurd beroep in deze tijd zonder zekerheden – en géén soldaat. (Een openbare zonde tegenwoordig. 'Are you in Khaki?' zingt men vermanend in Engeland, zoals we hoorden van de inderhaast uit dat land teruggekeerde kale De Groot.)

Er zat iets smekends en bijna boos' in m'n omhelzing, alsof ik de goden snel dwingen wilde. En werkelijk, ik bad zoiets onthutsends als 'God vergeef me', toen ik Hetty's kleine kop in mijn armen verborg tot ze haast smoorde, alsof die goden met zo'n eenvoudige schaarbeweging tot verzoening te brengen zijn. Die bede klonk als de vloek die misschien duizenden stervenden nu uitstootten, maar het was wel degelijk een verzoek om vergeving. Ik had nog wel niets misdaan, naar menselijke maatstaf, maar men hoort samen te blijven als het overal ziekelijk weerlicht en davert.

'Wil je weg hier, óók ergens anders wonen?' vroeg ik Hetty fluisterend, terwijl ik haar hooiig haar streelde.

'Nee,' zei ze, 'liever niet. Ik zal mijn neef wel eens vragen wat die van de toestand denkt.'

Even trok (in het donker onzichtbaar, gelukkig) wrevel over mijn gezicht. Die neef was een mooie eerste luitenant in onberispelijk buitenmodel, die zich geloof ik verbeeldde in telegrafisch contact met keizer Wilhelm zelf te staan. Hij wist alles en vrouwen hingen aan zijn lip. Maar ik glimlachte alweer en zei dat ze hem maar eens moest uitnodigen. (Hij kwam, en stelde ons gerust. Weken later berichtten de militaire autoriteiten ons trouwens dat we alles weer mochten uitpakken en dat het huis kon blijven staan.)

De volgende dag op kantoor deed Van Delft geheimzinnig. Op mijn vraag hoe het gegaan was op de Rozengracht zei hij: 'Tjáá! Dat zou je wel eens willen weten, hè mannetje!' Hij wreef zijn handen en grinnikte erbij. Hij zweeg een tijdje met kleine pretogen maar vertelde toch nog dat er plotseling een oud wijf in het zwart was binnengekomen, enigszins buiten adem, toen hij met De Stoute alleen in een klein kamertje zat.

Het verbaasde me niet.

Een paar dagen later kregen we bericht dat De Stoute uit de stad vertrokken was. Misschien naar Den Haag of Rotterdam of nog zuidelijker, waar het de vluchtelingen wel vergund was verblijf te houden; er waren er intussen al een hele stroom. Of misschien was ze wel terug naar haar 'verscheurd vaderland' zoals de kranten hardnekkig bleven schrijven.

Loes kwam op een zaterdagmorgen op kantoor in een krakend uniform met Droste-achtige verpleegsterskap. Van Delft en ik maakten weer de oude grappen tegen haar en plaagden haar goedmoedig met haar modeluitmonstering. Maar ze reageerde er geërgerd op. Ze was bleek en lang geworden.

De herfst van '14 werd koud. Op een avond dat ik veel Bussumse vrouwen bijeen zag in een zaaltje waar ze hun zelfgebreide borstrokken, polsmoffen en sokken voor 'onze jongens aan de grenzen' tentoonstelden, dacht ik toch weer even aan Fleur. (Eén rook er hier onrechtmatig naar lavendel.)

Al die innemend lispelende dames hadden geen andere zorg dan hun nationale liefdadigheid of voor thuis een voorraadje bloem en koffiebonen. De geëxalteerde gastvrouw beweerde zich op de kennismaking met een handvol aarzelende echtgenoten te verheugen omdat ze 'mensen áltijd interessant vond'. Ik wist niet wat dat voor een humanitaire nieuwigheid was: bijna niemand die ik kende op kantoor was interessant.

Fleur was het geweest, en meer dan dat. Even vroeg ik me af of er op Singel 453 alsnog naar haar te informeren zou zijn, maar verwierp dat snel. Hetty stond achter in het zaaltje bij haar werktafel en hield een vormloze borstrok trots en verlegen voor me

omhoog. Ik knikte aardig, met waarderend wenkbrauwenwerk.
Zo staande over haar werk leek ze wel een baal hooi, maar ik wilde van haar houden.

De leerkracht

I

TOEN ZEGERS ACHTENTWINTIG WAS en als musicus te weinig geld verdiende voor kamerhuur en voedsel, kwam hij op het denkbeeld 'normaal' werk te gaan zoeken. Het was in het voorjaar van 1956.

Hij kreeg een intelligentietest af te leggen, omdat ambtenaren van het arbeidsbureau meenden dat hij 'omgeschoold' zou dienen te worden. Men vermoedde dat musici maar niet zó op de maatschappij konden worden losgelaten.

Zegers werd naar een universitair instituut verwezen, waar de proef zou plaatshebben.

Het was een oud gebouw, waar hardboard voor de nodig geachte indeling zorgde. Twee jongelieden in zwart pak, maagden op ieder gebied maar academisch voor hun taak geschoold, onderwierpen hem aan een reeks testjes die leken afgestemd op het beroep van jeugdherbergvader. Hij moest blokjes inpassen, op een wandbord een touw via pennen in een geometrische figuur leggen, en een verhaal verzinnen bij een reeks amateuristische tekeningetjes. (Hij liet dat blad met tekenwerk later aan een bevriend graficus zien die verbaasd riep: 'Maar dat is absoluut niet gekúnd!')

Na z'n verhaal ingeleverd te hebben diende Zegers nog de leden van het Koninklijk Huis op te noemen en een voorgezegd getal van negen cijfers achterstevoren te herhalen. Toen dat klaar was stonden de beide jongens op en keken elkaar blij aan. Ze knipoogden gelukkig naar elkaar. Dan draaiden ze hun weeë kindergezichten tegelijk in Zegers' richting en straalden. Ze hielden nog even fluisterend ruggespraak wie van hen het mocht zeggen. Dat was de langste: hij hoestte en zei: 'Meneer! We hebben een fijn bericht voor u! U hebt genoeg intelligentie om een academische studie te volgen!'

Daar was Zegers mooi mee. Het arbeidsbureau suggereerde er maar een typecursus van te maken. Zoiets was altijd te gebruiken en ook niet zo begrotelijk.

Zegers dacht aan een examen met tabulatorstoppen en voelde zich komisch op de verkeerde weg. Het leek achteraf beter gewoon zelf naar een baan uit te kijken.

II

Een bevriend musicus raadde Zegers aan gitaarlessen te gaan geven aan een muziekschool. Die vriend werkte daar ook en men kon er steeds gitaarleraren gebruiken want de meeste leerlingen – kinderen nog – kozen dat instrument. Zegers bracht geschrokken in het midden dat hij geen noot gitaar kon spelen maar zijn vriend glimlachte. 'O, maar dat geeft niks natuurlijk,' zei hij, 'dat is het minste, je leert het zó.'

Aan dat laatste twijfelde Zegers sterk. Hij had wel eens een gitaarsnaar ingedrukt en die staaldraad sneed in z'n weke vingertop of die gekliefd moest worden. Bovendien klonk het moeizaam gevormde akkoord steeds vals.

Z'n vriend, die Hans heette, wilde van dit alles niets horen. 'Je speelt zelf klarinet,' zei hij, 'dus ik schrijf je in als klarinet- en blokfluitleraar, en daarbij geef je gitaar. Je krijgt van mij een gitaarleerboekje. Je leert het gewoon mee met je eerste leerlingen.'

Zegers protesteerde nog, maar Hans vond dat als hij maar het gezicht van een leraar trok, alles in orde zou zijn. Zegers grinnikte, dacht aan openstaande rekeningen en accepteerde.

Twee dagen later had hij zijn eerste lesuur en liep de muziekschool binnen. Die was ondergebracht in een verveloos kantoorpand en al in de gang klonk een zielige geluidenkermis op. Gitaren bonkten, een viltloze piano rinkelde en boven blies iemand z'n eerste kreten op trompet. Daartussen waren kwetsbare, dode blokfluitjes hoorbaar.

In een kamer aan het eind van de gang stond een bebrilde man met een wit smal gezicht. De directeur. Hij keek verbaasd op.

'Ik ben de nieuwe leraar,' zei Zegers. De man antwoordde: 'O gut ja, goed hoor,' ging zitten aan een tafel met papieren en bladerde daarin. Zegers dacht dat hij z'n naam zocht, of z'n lokaal, maar er kwam niets.

Hij hoestte en zei z'n naam.

'O ja,' zei de directeur, blind opziend door de bril, 'dat doet Hans altijd. Ga maar naar Hans.' Zegers knikte.

Hij wist Hans' lokaal niet en opende verschillende deuren in het grote pand. Overal keken nieuwsgierige kinderbekjes hem aan; de meeste meisjes. De geluidsorgie werd bij dat deur openen steeds even versterkt en op z'n gemompeld 'pardon' draaiden geergerde leraren zich half om, maar ze zwegen.

Zegers kwam op de bovenetage bij een lerares terecht die haar les onderbrak en hem licht spottend aankeek door haar bril. 'Bent u de vader van Lieneke?' vroeg ze. Ze vond vaderschap duidelijk vermakelijk. Ze was donker en klein en had snelle knikkerogen die zeiden: ik ben misschien niet zo mooi, maar ik heb 'het', 'it', 'etwas'. Zegers ontkende ieder vaderschap nadrukkelijk en keek verschrikt naar het wichtje waarvan de ogenstand vervormd werd door te strakke vlechtjes. Een blokfluit lag sereen op haar knieën. De lerares stond katachtig op en vroeg: 'De nieuwe collega?'

'Ja,' zei Zegers, 'dat wil zeggen, ik moet het nog worden, tenminste voor gitaar dan.'

Ze zei 'O', en keek alsof ze dacht: mannen, daar snap je toch nooit iets van. 'Nou ja,' zei ze, 'hoe dat ook zij, ik wens je veel succes hier.'

'Dank je,' zei Zegers, 'maar weet je ook waar Hans zit?'

'Hans?'

'Ja, het hoofd van de leraren, of hoe hij hier heet.'

'O, die Hans,' zei ze en lachte weer meewarig, 'eind van de gang rechts.'

Hans liet een krachtig 'Ja' horen toen Zegers op z'n deur klopte. Z'n gewone muzikantenjovialiteit was weg en hij stond recht en ernstig in het lokaaltje. Tegen een dikke jongen in een soort jagerspak zei hij oudeheerachtig: 'Zo Edo, dit is nou je nieuwe leraar.' De jongen stond op en wist niet of hij zijn hand moest uitsteken. Zegers wist het ook niet, zodat de jongen ontmoedigd weer ging zitten. Hans gaf Zegers een paar schemerachtig gestencilde papieren – lesroosters – en ging hem voor naar het lokaal dat voorlopig het zijne zou zijn; het lag naast dat van de lerares. Edo volgde.

Hans vertrok en Edo pakte z'n gitaar uit. Zegers vroeg hem hoopvol of dit z'n eerste les was, maar de jongen schudde het hoofd. 'Derde,' zei hij toonloos. Hinderlijk blokfluitgepiep klonk door de dunne wand.

'Laat maar eens horen,' zei Zegers, 'wat heb je doorgenomen, de vorige lessen.'

De leerling wurmde de vingers van z'n linkerhand een voor een in een bepaalde positie en gaf met z'n rechter een lusteloze slag op de snaren.

'Mooi,' zei Zegers, 'wat was dat nou voor een akkoord?'

De jongen wist het niet en Zegers eigenlijk ook niet. Met de benoeming en enige herhaling kwam die eerste les om.

De volgende leerling stond al op de gang en glipte langs Edo naar binnen. Ze was een jaar of tien en had een pruilende babymond. Ze was in smetteloos wit en waarschijnlijk verwend.

'M'n moeder zegt dat u nieuw bent,' zei ze, terwijl ze haar gitaar handig uitpakte.

'Dan heeft je moeder gelijk. Hoe heet je ook weer?'

'Monie,' zei het schepsel met een ingehouden lachje.

'Jij héét geen Monie,' zei Zegers, 'hoe heet je echt?'

Ze zweeg. Ze bewoog een doorschijnende hand door een baan zon bij haar stoel: een skeletje in bloed. De deur stootte open en het ronde hoofd van de lerares stak naar binnen. 'Ze heet Monie hoor,' zei ze.

'Goed,' zei Zegers. 'Bedankt.' De vrouw verdween.

De les verliep bijna zoals bij Edo. 'Meneer Hans pakte altijd m'n vingers en zette ze goed,' zei Monie en keek de nieuwe leraar benieuwd aan.

'Ik doe het weer anders,' zei Zegers. Ook dit halfuur kwam om.

Toen hij de trap afdaalde waarvan de leuning kleefde van zuurtjes, kwam een langer meisje van een jaar of veertien naar boven. Ze stond stil, bloosde, pakte een propje kauwgom uit haar mond en plakte dat aan de binnenzoom van haar rok. Ze vroeg of hij de nieuwe blokfluitleraar was. Hij bevestigde dat. Het wezen, dat lange benen en stroblond ponyhaar had, zei: 'O, dan krijg ik ú!'

Zegers lachte. 'Tot zo dan,' zei hij, 'ik ga even theedrinken.' Ze knikte toestemmend.

Bij de thee maakte hij kennis met de andere leraren. Er was een zwaar geworden en wat groezelige ex-muzikant bij die hem jaloers bekeek. 'Jij speelt tenminste af en toe nog,' zei de man; 'ik zit hier misschien tot m'n vijfenzestigste vast. Als ik dááraan denk, spring ik zó uit het raam de gracht in en verzuip me.' Zegers troostte hem door te beweren dat hij misschien, wie weet, in de toekomst nog wel eens iets voor hem had. Een bassist kan altijd wel ergens invallen. De oudere man schrok ervan. 'Ja ik weet niet of ik dat nou nog kan natuurlijk,' zei hij haast boos.

De lerares met het ronde hoofd schonk thee. Haar glimlach, die leek te bedoelen: ik hoor hier eigenlijk niet, irriteerde Zegers nu al. 'We hebben nog geen kennisgemaakt hè?' zei ze. Hij noemde zijn naam. Ze heette Yvonne. Ze waarschuwde hem voor Monie: 'Die windt jullie mannen om de vinger, pas maar op!' Hij glimlachte en knikte. Drie andere leraren roerden suffend in hun thee. Hans stond uit het raam te staren op de gracht en gaapte.

Boven aan de trap wachtte de blokfluitspeelster op Zegers. Hij keek naar haar als naar een fris kunstwerkje achter glas. Zijn blik was vol open instemming met de afwachtende aanzetten van de natuur, vóór ze haar schepsels toerust met de uitmonstering van haar eeuwige wederkeer.

Ze volgde hem met de langbenige stap van een melkboer achter z'n kar. Ze keek hem niet aan maar glimlachte voor zich uit met halfdichte ogen.

Verlegenheid waarschijnlijk. Binnen vroeg hij hoe ze heette en ze fluisterde 'Ankie' alsof dat eigenlijk ongepast was. Ze plaatste haar blokfluitetui op de grond zodat ze bij het uitpakken haast op haar kop moest staan. Het haar viel voor haar gezicht en ze liep rood aan. 'Zet hem even op je stoel,' zei Zegers.

'Het gaat wel,' zei ze, maar dan hurkte ze toch naast het etui. Te grote, witgespannen knieën staken daarbij naakt onder haar rok uit, schaamtelozer dan het meisje zelf kon zijn. Dat stemde Zegers mild.

Ze nam wat krom plaats en zette de fluit aan haar mond. 'Rechtop hoor,' zei hij. Ze lag hem wat beter dan de afstotend strikjesachtige Monie.

En haar muzikale vorderingen mochten er zijn. Ze had al meerdere lessen van 'meneer Hans' achter de rug en speelde goed. Ze had een haast professionele toon, wonderbaarlijk breed voor zo'n dun wezen. Zegers' interesse in deze leerling vermeerderde.

Hij zette haar een stukje voor met een hoge *d* en wachtte af. Ze speelde het feilloos en die *d* klonk als op een zilveren dwarsfluit. Die noot zong bosnimfachtig. Hij was verbluft; zo zou ik het voorlopig niet kunnen, dacht hij.

'Mooi!' riep hij. 'Die hoge *d* is erg mooi. Speel het hele ding nu nóg eens, maar dan iets langzamer en aandachtiger.' Hij moest toch wát zeggen als leraar.

Ze deed het. Ze eindigde weer met haar zilveren *d*, haalde de fluit van haar lip, bekeek het instrumentje opeens met diepblauw liefdesoog en zei: 'Gôh!' alsof niet zíj, maar dat stuk hout die toon maakte.

'Ja,' zei Zegers, 'dat is even een toon hè!'

Ze knikte ijverig, maar meer met lof voor de fluitfabrikant dan voor zichzelf. Zegers liep op haar toe en gaf een streel over haar pony. Haar ogen schoten omhoog als om z'n hand te volgen.

De eerste weken kwamen om. Met de andere leerlingen had Zegers geen opvallende ervaringen. Wel had hij tegenover sommige het gevoel tekort te schieten in zekere intelligentie. Ze waren hem vaak op mysterieuze wijze de baas. Ze glimlachten soms maar wat om de volwassenen. Pas later zouden ze zichzelf tot de kudde bekeren, tot species of soort, om niet op te vallen.

's Avonds thuis oefende Zegers moeizaam wat grepen op een kaal gitaartje van de muziekschool. Met leukoplast om z'n vingers. Hij wilde z'n leerlingen ten minste één les voor blijven.

Zelf kocht hij aan de school een blokfluit, met kinderkorting, waar hij minder moeite mee had gezien de overeenkomst met zijn eigen instrument, de klarinet. Z'n vriendin kwam langs en keek bij z'n gepiep op die fluit lachend toe. 'Nou nou,' zei ze, 'je pakt het wel serieus aan, moet ik zeggen. Maar ik geloof niet dat het wat voor je is, dat leraarschap.' Zegers geloofde het eigenlijk ook niet.

Iedere nieuwe week trof hij weer z'n eerste trits: Edo, Monie en Ankie. De laatste twee hadden van lesuur gewisseld, op verzoek van de verwende Monie natuurlijk.

Edo werd iets minder mismoedig, en dat Zegers een nieuw, makkelijk te grijpen akkoord voor hem wist, scheen hem alles mee te vallen.

Aan het eind van Ankies derde les – ze had weer zilvertonig geblazen – vroeg ze plotseling met de wimpers omlaag en sterk kleurend of ze niet eens mocht komen kijken, als Zegers ergens moest spelen met zijn orkest. 'Ja, ga maar eens mee hoor,' zei hij, 'tenminste als je moeder het goed vindt.'

'Ik zal heel stil zitten,' zei Ankie en op dat moment had hij wel een vaderlijke arm om haar willen slaan. Hij lachte en verzekerde haar het in gedachten te houden. Hij liet haar uit en verbeeldde zich dat Yvonne hem op de gang zonderling aankeek.

Het was niet alleen Yvonne, die vreemd deed na die les. Monie, die met een ongeduldige frons in de gang klaarstond, was dit keer extra nuffig, ongezeglijk en verwend. 'Wil je even m'n gitaar stemmen,' zei ze direct al op een niet te weerspreken toon. Toen Zegers weigerde en zei dat ze dat zelf moest gaan leren was ze woedend. 'Hans deed dat áltijd,' zei ze. 'Dat moet Hans weten,' antwoordde hij. Hij deed het stemmen voor (uit een boekje) maar ze keek amper. Ze zuchtte en draaide. Ze snoof. Zegers dacht: die heeft zeker aan de deur geluisterd.

Dat bleek. Want Monie vroeg opeens, zonder overgang en met vleiogen, of ze óók mee mocht als hij moest spelen. 'Nee,' zei hij bot. Ze keek hem aan als een veertigjarige vrouw die een bontjasje geweigerd krijgt.

's Middags wachtte z'n vriendin hem op in z'n kamer. Ze had een avond vrij en hij ook. Ze gingen eten in de binnenstad en daarna bleef ze nog op z'n kamer tot elf uur. (Later mocht niet van zijn hospita.)

Hij bracht haar weg naar de kliniek waar ze werkte. Op straat vroeg ze: 'Moet ik eigenlijk niet jaloers zijn op al die meiden in je school!?' Hij lachte en zij ook. 'Zij hebben mij als beginner de kleintjes toebedeeld,' zei hij.

Het begon Zegers op te vallen hoe steriel de andere mannelijke leraren zich gedroegen tegenover de vaak formidabel vrouwelijke wezens in hun lokalen. Voldijige, lichtborstige zestien- en zeventienjarigen werden door die heren behandeld of het ongeslachtelijke hybriden waren. Smalle polsen werden met een klap van pianotoetsen geveegd en hij zag dat Hans met een gaap de breekbaarste vingers haast platdrukte op gitaarsnaren. Op een bemoedigend tikje aan het achterhoofd schenen ze niet te komen.

Zegers wel. Hij had Ankie met zo'n klopje al eens de deur uit gelaten en dát kon Yvonne wel gezien hebben. In ieder geval groette ze steeds koeler. Op zijn vraag: 'Ankie doet het erg goed op blokfluit hè?' had ze geantwoord: 'Vind je? Ik heb er die verder zijn hoor.'

In die weken moest Zegers nog meerdere malen 's avonds spelen met z'n orkestje. Omdat het nachtfeesten betrof, die meestal in de vroege morgenuren pas eindigden, nodigde hij Ankie natuurlijk niet uit. Ook zij deed daardoor op haar volgende les licht humeurig, terwijl de leraarbassist vroeg of het aanbod soms vergeten was. Zegers zei beiden dat er zich binnen afzienbare tijd iets voor zou doen waar ze mee naartoe konden. Dat was juist, maar eerst is er nog een andere gebeurtenis te melden.

Het was tijdens een les aan Monie, die onderuit in haar stoel hing en Zegers woedend maakte door tweemaal haar gitaar kletterend te laten vallen, dat Hans zonder kloppen binnenkwam.

'Ja?' snauwde Zegers.

Hans keek hem verbaasd aan en zei: 'Of je even bij de baas komt.'

‘Bij wie?’

‘Bij de directeur.’

‘Wanneer? Nu?’

‘Ja, nu direct maar.’

Zegers gooide het gitaarboekje van Monie op de piano en zei haar: ‘Je hoort het.’ Ze haalde haar schouders op en zweeg.

Hij liep de trap af. In de kamer aan het eind van de gang zag hij de man met het witte hoofd staan lezen in een stencil.

‘Zo,’ zei de baas ter begroeting, ‘nu ben ik waarachtig weer even je naam kwijt.’

Zegers noemde die.

‘O ja,’ zei de directeur. Hij legde het papier weg en ging zitten. Hij liet Zegers staan. Hij keek op door de spiegelende bril en zei niet onvriendelijk: ‘Kijk, het kan me niets schelen wat jullie in je vrije tijd doen hoor. Maar hier binnen moet ik natuurlijk wel oppassen voor de naam van de school. Ik hoorde dat je de meisjesleerlingen te... nou ja, hoe zal ik het zeggen... te weinig op afstand behandelt. Ik kan het me best voorstellen hoor...’

Zegers lachte, maar de ander lachte niet mee. ‘Het gaat mij om mijn school. Nog eens: je doet maar hoor, maar niet hier. Zullen we het zo maar afspreken?’

Hij reikte Zegers een koude witte hand. Die knikte geschrokken en ook erkentelijk. Hij vond de baas een goeie kerel en nam zich voor Ankie voortaan te benaderen als een blok ijs.

Maar kort daarop kondigde zich het evenement aan dat misschien geschikt was voor Ankie en de ex-bassist. Zegers’ vaste groep had een contract voor twee uur werk op een AVRO-landdag bij Apeldoorn, de tiende mei, Hemelvaartsdag. Twee van de musici vonden dat vervelend werken en lieten zich vervangen; zo kon Zegers de leraar vragen in te vallen. En misschien dat Ankie onder leiding van twee leerkrachten van een gerenommeerde muziekschool wel mee mocht. Het optreden was van zes tot acht uur en ze kon dan op tijd thuis zijn.

Het meisje was verkneukeld op haar volgend lesuur bij het vooruitzicht van zo'n uitgaansdag. Ze smeekte Zegers met haar mooiste hazelnootogen haar moeder te bewegen toestemming te geven. Hij gaf haar een briefje mee.

Hij liep naar de docentenkamer voor de theepauze. Vóór hij de deur opende luisterde hij op de gang naar Yvonnes stem tussen dof mannengemompel. 'Dat kleffe voortrekken van één leerlinge boven de anderen...' verstond hij. Hij vroeg zich af of zíj de directeur ingelicht zou hebben.

Toen Ankie eenmaal wist dat ze mee mocht, wat Zegers betrof, vermeed ze kunstig het woord meneer. Ze zei nog wel u, maar aarzelend of het tussen aanhalingstekens stond.

Op een van de laatste lessen voor Hemelvaartsdag verscheen ze met een hoog opgebonden paardenstaartkapsel. Ze keek er slaperig volwassen bij, maar het dunne nekje, eerst bedekt door stromend haar, stak nu kaal en hoogst infantiel uit.

'Stáát het niet?' vroeg ze op Zegers' blik. 'Nee,' zei hij. Tot z'n verbazing trok ze het elastiekje van de staart en schudde zeer volwassen haar gele haren uit over nek en schouder.

'Zo,' zei ze. Hij stond verbluft. Het leek waarachtig wel of ze een paar waren en dat stond hem niets aan.

Ankies moeder kwam later op die les binnen. Haar 'Dag!' tegen Zegers was onderzoekend en aardig. Ze glimlachte niet helemaal overtuigd bij z'n ode op Ankies fluitspel, en over de landdag zou ze overleggen met Ankies vader.

Ankie mocht mee, op Hemelvaartsdag, maar alleen in gezelschap van een vrouw van onduidelijke leeftijd met een grauwe jas en een brilletje. Een tante. Het motregende op die tiende mei.

Zegers' medemuzikanten keken wél op toen hij de wachtende AVRO-bus naderde met een meisje, een vrouw en een oude man die een bas versleepte. Ankie knipperde tegen de fijne regen en trok zowel haar wangen als haar schouders op. Zo, met haar gele haren nat en plat, leek ze een kikker. Zegers' vrienden hadden allerlei gemompeld commentaar. Of dat z'n complete schoonfamilie was, vroegen ze. De pianist tilde z'n verregende bril op z'n voorhoofd, keek Zegers scheel aan en zei: 'Moeten we niet eerst even langs een speelgoedwinkel voor je nieuwe vriendin?'

De rit duurde lang. Naar het oosten ontbraken nog veel snelwegen in '56. De lucht betrok nog meer en sloot zich. De eerste dichte regenstralen kletterden aan de busramen en Ankie kwam dicht tegen Zegers aan zitten. De vrouw met de bril, één bank daarvoor, staarde in een denksportboekje en keek niet om. Zegers kneep gezellig in Ankies bovenarm. Ze lachte geheimzinnig.

De oude leraar kwam achter hem zitten en vroeg zenuwachtig om te spelen titels, toonsoorten en akkoorden. Zegers moest in de schuddende bus een en ander voor hem opschrijven en Ankie keek met een frons toe.

Tegen zessen naderde de bus Apeldoorn en de beboste feestterreinen. Het was er grauw en de regen stroomde. Toch stonden er al veel geledigde touringcars en particuliere auto's, waarvan de grillmuilen waterig glinsterden.

De acht muzikanten met Ankie en haar chaperonne stapten uit. Ze hoorden alleen het geroffel van water op een dak en het sijpelen en ruisen van bomen. Daardoorheen klonken vaag kreten. Er was nogal wat wind en de natte AVRO-vlaggen kletterden.

Bij de toegangshekken moesten ze aansluiten achter een zwijgende colonne bezoekers die langzaam vorderde op weg naar het hoofdterrein met de muziektenten. De colonne werd telkens tot spoed gemaand door mannen met vale regenjassen en vilthoeden, die een band om de arm droegen. Ze schreeuwden als korporaals.

Het begon nog harder te regenen en een paar bezoekers probeerden de weg te bekorten door over het gras af te steken. Ze werden door de vloekende oppassers bij een arm gegrepen en terug in de rij gekwakt. Wie zich in de toegangspaden vergiste werd door die heren honend terechtgewezen.

Het werd een wolkbreuk en samen met een honderd man schuilde de groep onder een zinken golfdakje bij een zwembad. Soms dorst een enkeling door de dreunende waterkolommen te breken en rende, jas over het hoofd, naar een langgerekt gebouw aan de boszoom. De regen vulde vier verlaten zwembassins tot aan de rand. Caféstoelen en tafeltjes daaromheen leken te vergaan in een mist van opspringend water.

De lucht werd geler en lichter en de muzikanten waagden de overtocht. Hun schoenen vulden zich met iedere stap. Het water viel nog altijd gestaag en druipend betraden ze het gebouw, een restaurant. Ze grinnikten; Ankie giechelde.

Honderden stonden hier al dicht opeengepakt tussen de bezette tafeltjes en de lucht van natte jassen overtrof die van de koffie. Men zweeg en luisterde naar muziek uit een luidspreker.

Geen der hier verwachte radioartiesten werkte blijkbaar al, en Zegers' vrienden wachtten af. Ze stonden zeker een kwartier bewegingloos op hun natte schoenzolen, toen recht boven hun hoofd in het plafond een luik openging. Een man in hemdsmouwen wenkte, en over een houten trapje mochten de acht met hun twee dames – en zij alleen – naar boven. De instrumenten bleven beneden, veilig achter de tapkast.

Boven de dampende mensenzee lag een stille huiskamer. Ze kwamen bleu binnen. Er zat een familie rond de tafel; de moeder knikte vriendelijk en zei: 'Wachten jullie maar hier hoor.' Er werden stoelen bij gehaald. Twee kleinere kinderen speelden op de grond.

Van buiten begonnen nu toch flarden muziek door te dringen uit de tenten op het terrein. De groep werd onrustig. Het water droop schaamteloos uit hun kleren op het kleed en ze wisten niet wat te zeggen. Het oudste dochtertje presenteerde thee; Ankie kreeg ook, maar beide meisjes staarden langs elkaar als de voorname etalagepoppen bij De Bonneterie.

Een klok tikte. De moeder zat kalm aan een breiwerk en zei: 'Het zal zo wel opklaren.' Over het eigenlijke feest sprak niemand en de muzikanten zwegen over hun werk. Er was een stille Horeca-verstandhouding met de familie: ook zij hierboven verdienden hun dagelijks brood met zulke feesten, al distantieerden ze zich er nog zo koel van. De horde beneden leek als een gezamenlijke vijand beschouwd te worden.

Toen het 'zo goed als droog' was, namen ze afscheid, met dank. De kinderen groetten beleefd; de kleinsten speelden door op de grond. Blijkbaar waren ze zulke indringers gewend.

De man ging voor op de trap. In het volle restaurant wees hij de richting van hun tent aan en noemde het nummer.

Buiten kwamen de massa's opnieuw in beweging bij strenge bevelen. Uit de tenten klonk tussen het bolderen van tentzeil dunne muziek. Het publiek stelde zich er gedwee voor op en keek zonder merkbare emoties toe. Bekende radiosterren bezag men stil en met zekere teleurstelling. Regen ontluistert.

Om hun tent slenterden niet meer dan een dozijn kijkers rond. Het miezerde nog en met verkleumde vingers stelden ze de instrumenten op. De oude leraar zag grauw van zenuwen en mimeerde met z'n dikke lippen iets in Zegers' richting. Hij bleek de papiertjes met aantekeningen te bedoelen. Ankie en haar tante waren ongeduldig geworden. 'Moeten we hier nou in de regen blijven staan?' vroeg de vrouw. Zegers wist het ook niet.

Ze begonnen te spelen. De akoestiek van de buitenlucht is nooit zo kwaad, maar nu verdronk het geluid van de kleine groep in zeilgeklepper en geroffel van regen op het tentdak.

Ankie en haar tante hadden er na twee nummers genoeg van en beduidden dat ze naar het restaurant vertrokken. Zegers vond het best. Vrouwen trotseren zelden ongemak voor muziek, dacht hij.

Ze speelden door voor een vrijwel lege plek bosgrond. Een enkeling luisterde soms even verbaasd en vertrok dan weer. Zegers kreeg nog twee solonummers te doen en was zo onvolwassen zich te ergeren dat Ankie juist nú weg was.

Na bijna een uur werken kwam Ankie alleen terug. In een korte pauze vroeg ze Zegers wanneer hij nu z'n solostukken ging spelen.

'Die zijn allang geweest,' zei hij onvriendelijk.

'Dat kan ík toch niet weten,' snauwde ze terug.

Ze zwegen even. 'Ik heb het koud,' zei ze opeens vleierig. 'Ga dan terug naar het restaurant,' zei hij; 'hier, wacht even, ik zal je wat geld meegeven.' Maar ze had zich al omgedraaid en vertrok zonder groet. Hij keek haar smalle rug na, waarmee ze gebelgdheid wist uit te drukken.

Om kwart over acht speelden ze hun slotnummer. Ze waren te laat begonnen en eindigden dus ook later. Ze braken op en pakten de instrumenten in. De oude bassist kwam met bevende handen naast Zegers staan en vroeg: 'Klonk het een beetje?' Zegers loog dat het best geweest was en de ander lachte schuw. Ze praatten nog door. Ankie en haar tante waren terug en staarden vol ongeduld naar Zegers. 'Ik kom zó,' riep hij, met een vleugje ergernis.

Ze trokken de jassen aan, pakten hun koffers op en daalden van het plankier. Ankie keek Zegers dringend aan maar hij richtte zich eerst tot de tante. Hij zei dat het hem speet dat het allemaal zo gelopen was, door die regen. Ankie trok ongeduldig aan z'n mouw. 'Wacht nou even zeg,' zei hij, want hij wilde die vrouw de onkosten vergoeden die ze in het restaurant gemaakt had. Hij trok z'n portefeuille; eerst weigerde ze op haast dezelfde manier als Ankie maar dan nam ze een paar gulden aan.

Ze vertrokken. Het begon al zo donker te worden dat op verschillende punten in het bos schijnwerpers aangingen, die de paden verlichtten. Ze hoorden tot de laatsten die naar de uitgang liepen en Ankie slenterde humeurig mee, dwars door modder en plassen.

De leider moest nog in het restaurant zijn voor de gage; de rest wachtte voor het gebouw. Het was eindelijk droog. Ankie zuchtte om dit oponthoud en gaapte met wijd open mond.

Het duurde lang, het was al kwart voor negen en Zegers vroeg zich af wat Ankies ouders wel zouden zeggen. Hij keek om naar haar, maar zag haar niet. 'Waar is Ankie!?' vroeg hij de chaperonne. Die keek snel om zich heen en staarde hem aan. Ankie was verdwenen.

Zegers ging de anderen achterna die opliepen naar de bus. Hij riep: 'Het kind is weg.' Hun gezichten betrokken. 'Jezus, ook dat nog,' mompelden ze. Ze stonden bij de uitgangshekken en de schijnwerpers gingen uit. Het bos lag vijandig in onbeweeglijke schemer. Dat werd kwaad zoeken tussen de zwarte stammen.

'Ga jullie eens vragen of ze die lampen weer aansteken,' riep Zegers, 'dan ga ik wel zoeken.' De oude bassist sukkelde dikkig naar het restaurant. De leider was daar juist uit gekomen en keek betekenisvol op z'n horloge.

Zegers zocht gehaast op de paden, op de open plekken tussen de verlaten tenten en hij drong tussen de boomstammen. Overal droop het nog na. Hij zocht onordelijk en panisch en natte takken zwiepten in z'n gezicht. Hij riep, te zwak van volume door gêne, haar naam. In gedachte beloofde hij haar van alles als ze maar snel tevoorschijn kwam. Rolschaatsen zelfs. Of was ze daar alweer te oud voor? Tien minuten dwalen en roepen leidde tot niets.

Koud zweet brak hem uit bij de gedachte aan de vier overlopende zwembassins in dit halve duister. Hij rende in die richting en kwam vanzelf weer bij de uitgang, waar nog twee muzikanten stonden te praten. Hij dacht dat de anderen trouwhartig meezochten maar die bleken al in de wachtende bus te zitten.

De vrouw met de bril kwam tevoorschijn. 'Nog niets?' vroeg ze. 'Niets,' antwoordde Zegers. Dan kreeg hij een inval en verzocht haar bij de rij houten damestoiletten te gaan kijken. Ze liep erheen. De twee muzikanten verspreidden zich om te zoeken. De oude leraar kwam uit het restaurant met de mededeling dat de man van de lichtinstallatie al naar huis was met de sleutels van de schakelkast, maar dat hij opgebeld werd.

Zegers liep alleen verder, tot de bassins, met weke knieën. Het was daar lichter want het strakke water weerspiegelde de lucht. Er dreef niets in dat water. Hij stond nog op de half overspoelde rand en tuurde of hij de bodem kon zien. Het was te donker daar beneden.

Hij beefde. In gedachte zag hij al dreggers bezig. De wachtende open muil van een ambulancewagen. Het was hier doodstil: hij hoorde geen snelle voetstappen op brekende twijgjes en geen ingehouden snuifadem van iemand die zich verbergt. Maar ook geen openbrekende luchtbellen aan het wateroppervlak. Het had niets meer met Ankies zilveren blokfluittoon te maken, nog minder met haar onbeholpen witte knieën, maar Zegers hield opeens van haar, kwaad en compleet. Ze won. Hij zou wel met haar trouwen als de tijd daar was. Als een nieuwe Ruskin met z'n Rose La Touche zou hij jaren wachten op de volwassenheid die hij zich nu niet voorstellen kon. Dan zou hij haar alles geven: absolute trouw als eerste; hij zou haar z'n vrijheid en z'n werk offeren en z'n weinige bezit. Maar dan zou ik oud zijn intussen, dacht hij, haast veertig en kaal. Ik zou me laten bedriegen: ze zou zich een snuiter van twintig kiezen, zo'n academische melkezel als van die test, met een titel en zonder een sprank muziek in z'n lijf.

Ja, ze mocht doen wat ze wilde over tien jaar, als ze nú opdook.

Terug in het bos schrok hij op van een bukkende schim tussen krakende takken. Het was de pianist die hem woedend toeriep:

'Als ik die meid vind krijgt ze een pak voor haar blote kont van me. Dit is geen manier.'

Die kwaadheid herstelde Zegers; het droombeeld van z'n offer verdween snel. Misschien is het beter nu, hier, de politie te gaan waarschuwen, dacht hij. Hij schold perfide op de buschauffeur, die een ongeduldig claxonsignaal liet horen.

'Nóg niks?' riep de chauffeur toen Zegers de bus naderde. Op Zegers' hoofdschudden beweerde de man nog hoogstens tien minuten te willen wachten. De leider zei: 'Zie je nou dat het ellende wordt, dat meezeulen van allerlei mensen naar je werk?' Zegers knikte beschaamd.

Hij liep zonder hoop door het bos en zonder nog echt te zoeken. Het was koud maar hij was doorweekt van zweet. Z'n vriendin had hem eens verteld dat ze, op haar vijftiende, van huis was gelopen om zich van kant te maken. Voor een oudere man die haar niet bekeek.

Zegers hoorde een van de muzikanten schreeuwen: 'Ankie, kom tevoorschijn of ik breek allebei je poten.' Dan kwam hij opnieuw bij het hek en vond de tante in tranen. Haar bril besloeg. 'Dat arme kind,' snikte ze, 'ze heeft zich vast wat aangedaan.'

'Hoezo?' snauwde Zegers. Ze zweeg onheilspellend.

'Ik ga de politie bellen,' zei hij.

In het restaurant bleken de aardige mensen die boven woonden al op de hoogte. De man zocht mee in het bos. De vrouw verzocht nog éven te wachten met de politie; haar man had een lantaarn mee en kende iedere vierkante meter van het terrein. Het oudste dochtertje kwam door het luik naar beneden en zei vinnig: 'Waarom gaan jullie niet allemaal in de bus! Als je de motor start komt ze heus wel tevoorschijn hoor. Ik kén die kuren.'

Zegers kende die kuren niet en z'n angst steeg. Als het kuren waren, des te erger. Des te meer zijn fout. Hij had te weinig afstand genomen tot z'n leerlingen, net zoals de directeur al gezegd had.

Nog eenmaal ging hij op de smalle paden tussen de steeds donkerder stammen lopen. 'God Ankie, kom nou,' riep hij en het klonk bijna als gejank.

Dan, vlakbij, aan de rand van een pad, stond Ankie onbeweeglijk tussen de bomen. Geen tak had gekraakt. Ze staarde hem aan als een betoverde kat. Hij was in drie passen bij haar. Ze kreeg weer dat verdachte glimlachje met kierogen als op haar eerste les en hij sloot haar in z'n armen. Hij vloekte zacht en stamelde: 'O liefje.' Ze smolt en zuchtte door haar neus; ze nestelde zich tegen zijn borst en opende haar kleutermond half op de wijze van de verschrikkelijke Marilyn Monroe. Op dat moment flitste een van de geweldige schijnwerpers aan; ze stonden in een baan van wit licht. De man van de schakelkast moest terug zijn.

Zegers maakte zich snel los, nam Ankie broederlijk bij de hand en ze begonnen over de lichtbaan naar de uitgang te lopen. Hij riep maar zo hard hij kon: 'Ja! Alles in orde! Gevonden!'

De tante kwam hijgend aandraven. Daarna, met z'n zaklantaarn, de restaurateur. 'Hoe kan dat nou?' vroeg hij. Hij keek Zegers vreemd aan. De pianist kwam erbij staan en wierp een dodende blik op Ankie. Er werd ongemakkelijk gezwegen.

Ze zochten en vonden de andere zoekers. Zegers bedankte iedereen en gaf de man van de lichtinstallatie twee papieren rijksdaalders. Die grinnikte. De moeder van het bovenhuis nam Zegers van hoofd tot voeten op en verdween zonder groet.

Ankie wipte met gebogen hoofd snel de bus in; ze ontsnapte maar net een klap van de leider. De andere muzikanten mompelden kwaad. Eén zei: 'Het is verdomme haast halftien!' Alleen de chauffeur was weer vriendelijk. 'Zo, meneer,' zei hij Zegers, 'ú blij dat uw dochtertje terecht is.' Zegers gaf ook hem vijf gulden; bijna de helft van z'n gage was nu opgebruikt.

De hele rit dacht hij na, wat tegen Ankies ouders te zeggen. Hij had een plaats alleen als op een strafbank. Ankie zat als geketend aan haar tante. De oude bassist sliep met open mond.

Over twaalven draaide de bus Ankies straat in. De ramen van haar huis waren verlicht en de ouders verschenen in de deuropening. 'Dat is geen manier van doen,' riep de vader al. Zegers probeerde de regen de schuld van alles te geven en verried Ankie niet. De tante zweeg als een grauwe medeplichtige. Onder het verwijt 'Had u dan tenminste even opgebeld meneer', besteeg Zegers de bus weer. Ja, waarom niet opgebeld, dacht hij.

Thuis belde hij, zo laat nog, z'n vriendin die nachtdienst had. Hij zag uit naar een volwassen vrouw met volwassen gedachten, oordelen en borsten. Hij had genoeg van die sprotjes met gloeiende ogen van de school.

Hij kreeg een telefoniste en daarna alleen geruis en het treiterend elektronisch gereutel van een kiesschijf ver weg. Ten slotte meldde dezelfde stem dat zijn vriendin er niet was. Ze had van dienst gewisseld met een ander.

III

De volgende dag, in de school, wachtte Yvonne Zegers op in de gang. Ze blaakte van kittige triomf. Haar ogen rolden weer monter achter de dikke glazen en ze zei lachend: 'Ik hád je gewaarschuwd voor Ankie, hè!?'

'Nee,' zei hij kwaad, 'voor Monie.'

'Voor Monie ook, ja,' zei ze, en dan genadig: 'ik wil Ankie wel overnemen hoor, als je het niet aankan.'

Die avond werd hij opgebeld bij z'n hospita. Hij dacht: m'n vriendin, maar het was de directeur. Of hij even langs kon komen aan diens huis. Hij kreeg het adres.

Zegers pakte z'n fiets. Zijn haar regende plat en zo meende hij een onbetrouwbare indruk te maken.

Een vrouw deed open. Ze liet hem vrijwel zwijgend in de vestibule. Dan kwam de baas.

‘Ga je even mee?’ zei hij. Hij wees, ironisch deftig, met z’n witte vlakke hand naar de trap. Boven gingen ze een kabinetje binnen; er stond een bed zonder matras. Ze gingen zitten op rechte witte stoelen.

De directeur zei: ‘Ik heb erover gedacht hoe ik je zou kunnen handhaven, maar ik zie het niet. Het is niet alleen dat geval in Lunteren, of nee: Apeldoorn, maar er zijn nog meer klachten.’

Zegers zweeg verbaasd. De directeur dacht na en zei: ‘Je hebt ook dat kleine dikke kind met al die frutsels te veel aangeraakt.’

‘Monie?’ vroeg Zegers. Hij werd woedend.

‘Ja,’ zei de baas, ‘en die is goddomme net uit de wieg!’

Zegers ontkende heftig. ‘Dat is godverdomme gelogen,’ riep hij.

‘Nou ja, ze zégt het, en dat is eigenlijk al genoeg. Ik hád je gewaarschuwd man. En waarom zou ze het verzinnen!’

Zegers zweeg. Hij geloofde het te weten: omdat dat kleine kreng jaloers was op zijn voorkeur voor Ankie en omdat ze niet mee gemogen had naar Apeldoorn waarschijnlijk. Maar het was niet geloofwaardig uit te leggen.

‘Dus!’ zei de directeur. Hij maakte een spijtig gebaar en ging Zegers voor naar de trap. In de vestibule wilde hij blijkbaar met een lichtere toets besluiten. Hij zei: ‘Yvonne en ik vroegen Monie waar ze geknepen was en toen veerde ze door haar knieën, stak haar achterste uit en sloeg erop.’ De beide mannen grinnikten maar. Het was een vreemd afscheid.

‘Het beste hoor,’ zei de baas, overhandigde decent een loonenvelopje en opende de buitendeur. Hij had niet één keer Zegers’ naam genoemd.

Op straat had Zegers al gauw vrede met zijn ontslag. De onrechtmatigheid van z’n leraarschap was door de gebeurtenissen zelf ongedaan gemaakt. Hij verlangde z’n trouwe vriendin te zien met haar aseptisch heldere verpleegstersschort. Maar wat moest hij haar vertellen?

In het begin van de nieuwe week bracht hij de geleende gitaar naar de school terug, met een paar instructieboekjes. Hij legde die zaken in zijn voormalige lokaal. Op de trap naar beneden trof hij Ankie. 'Dag,' zei hij. 'Dag meneer,' zei ze. Haar wimpers rustten devoot op haar hoge konen, die niet meer rood werden. Haar ogen openden zich even een millimeter maar hij kon niet zien hoe ze stonden. Ze wipte los naar boven en kauwde kauwgom.

De vertegenwoordigers

MIJN VADER NODIGDE ME UIT een dag met hem mee te gaan in de auto. Hij had het rayon Arnhem, die week, schreef hij.

Zijn briefje verbaasde me. Wie zou hem op dat idee gebracht hebben? Ik was veertien en betwijfelde of we elkaar konden verdragen, een hele dag.

En hoe dit m'n moeder te zeggen! Van enthousiasme mocht daarbij natuurlijk geen sprake zijn.

's Avonds aan tafel bleek moeder op de hoogte. Ze zei: 'Heb je je vader nou teruggeschreven?' Ik beweerde het vergeten te zijn, en beloofde hem op te bellen.

De volgende dag stond ik tegen sluitingstijd bij onze bakker, de enige met telefoon in de buurt. Het rook er naar warme pudding. Na verkeerd draaien en een telefoniste die me niet verstond kreeg ik mijn vader aan de lijn. We spraken af om acht uur de volgende ochtend, op het kruispunt bij de kerk. Ik bevestigde uur en plaats met waarachtig een superieur lachje: de held durfde me niet van m'n huis af te halen.

Het was een bleke augustusmorgen met een sprank najaar. Moeder zweeg aan het ontbijt.

Toen ik opstond volgde ze me tot de voordeur en zei: 'Je zou wel eens voor me kunnen nagaan of je vader soms al plannen heeft om te gaan hertrouwen, of zo.' Ik knikte kort. Dan haastte ik me met gepoetste schoenen naar het kruispunt.

Ik was te vroeg, zoals altijd, overal. Het was er nog stil. Een lege

Blauwe Tram vertrok in de richting zee, en ik had daar liever in gezeten.

Eindelijk verscheen de wijnrode Ford v8 en stopte. De wagen zag er rank en onberispelijk uit, evenals mijn vader. Ze pasten bij elkaar als ruiter en paard.

Ik opende het portier. 'Zo jongeman,' zei hij, 'uitgeslapen?' Ik lachte en knikte, ging zitten en wist toen al niet meer wat te zeggen.

Mijn vader ook niet. Hij schakelde in en we reden richting Leiden. Hij droeg een lichtgrijs maatpak en leek dertig, geen veertig. Op de achterbank lag een aantal flessen in geschenkverpakking.

We wachtten voor de gesloten overweg en vader vroeg hoe het op school ging. 'Ja, goed wel,' zei ik. Ik zag hem zoeken naar een volgende vraag en kwam hem te hulp. 'De directeur van de school heeft net zo'n Ford als deze,' zei ik. 'Zo?' zei hij.

De weg langs de Rijn was wel mooi, met al die geluidloze bedrijven aan het water. Het was heiig hier.

Voorbij Alphen hoestte ik maar eens.

'Ben je verkouden?' vroeg mijn vader, die een hekel aan infecties en ziekten had. 'Nee,' zei ik, en met een eerste proeve van ironie: 'Ik wou zeker laten horen dat ik er nog zat.'

Hij trok zijn wenkbrauwen op en zei: 'We zijn zó in Utrecht, dan nemen we een kop koffie.'

In die stad was het druk. Op een kruispunt raakte de Ford bijna een fietsende pastoor. 'Kijk je uit, zus!' riep mijn vader en ik geneerde me. Reizigershumor, dacht ik.

We stopten bij Heck. Eenmaal in een horecabedrijf was vader in z'n element en spraakzaam. Hij liep direct op een dienster af en zei: 'Hé, Janny, breng ons even een lekkere verse kop koffie!' Hij knipoogde. 'En geef er maar zo'n ding bij.' Hij zei nog iets en ze lachte en kleurde.

We gingen zitten en ik vond dat ik nu iets moest zeggen. Maar voor de opdracht van thuis was het hier de plaats niet. Daarom vroeg ik maar waarom het handelsmerk van het wijnkopershuis dat mijn vader vertegenwoordigde niet meer op de nieuwe Ford stond. 'O, dat is allang geen mode meer,' zei hij. Voor hem een beslissend argument.

In Zeist en Driebergen begon het landschap te veranderen. Het was hier vol groen en hoge bomen. We passeerden oude stadjes die mijn interesse nog niet hadden; wel lette ik op de roestig geworden reclameborden van Michelin, Miss Blanche en Chief Whip. Vader merkte op dat het hier nog steeds dezelfde ouwe rommel was van tien jaar geleden. 'Maar ze gaan een autoweg aanleggen,' zei hij, 'van Zeist rechtstreeks naar Arnhem.' Ik speelde intense interesse.

Er begon nu al een soort heimwee in mij op te komen. Naar wat wist ik niet. Thuis zou ik toch maar een eind zijn gaan fietsen. Ik dacht aan het stapeltje grammofoonplaten dat ik had.

Ik zei: 'Die koffergrammofoon van mij, weet je wel?'

'Ja?'

'Die ik toen van jou heb gekregen?'

'Ja? Is die kapot of zo?'

'Nee, helemaal niet.' Ik vertelde dat ik er een pick-up bij gekocht had, die je er zó kon op schroeven en op de radio aansluiten. En dat het een hele verbetering was.

Mijn vader knikte.

'Van His Master's Voice,' zei ik. Hij knikte nu instemmend en zei niet onaardig: 'Meneer doet het niet minder!'

Ik wilde weten of hij zijn oude platen nog had. Maar hij keek nooit om. Zijn vroegere voorkeuren verloochende hij met gemak, zoals haast iedereen. Hij antwoordde dat hij alles weggedaan had.

'Ook de Revellers en Whiteman?'

'Ja, wat wil je! Dat is allemaal van jaren geleden! Ik heb trouwens geen grammofoon meer, ik heb genoeg aan de radio. Je kan nou eenmaal niet alles bewaren.'

Ik zweeg verbijsterd, want ik herinnerde me de zelfingenomen kennersblik waarmee hij vroeger een plaat opzette. Maar eigenlijk wist ik dat iedereen er zo over dacht: voorbij is voorbij en weg is weg. Ik vond genoeg gepraat te hebben.

In Arnhem was het zomers warm en feestelijk druk. Iets lichts als aan zee doemde op. Het was de Rijn, die schitterde. Er was een grote, nevelige brug die me bedrukte.

We sloegen af naar het centrum en een oude Hudson sneed ons. Mijn vader claxonneerde kwaad en tikte op zijn voorhoofd. Daarna zei hij dat zijn eigenlijke werk nu begon, en dat hij me een paar keer alleen zou moeten laten.

Hij stopte aan een plein met verkeer uit alle richtingen en parkeerde langs een brede stoep. Er waren veel winkels. Een stadsklok wees kwart over twaalf.

Hij nam een van de geschenkflessen van de achterbank en toonde me de rood-zwart-gele verpakking met vak trots. Ik prees het ontwerp. 'Dat is van Jac Jongert!' zei hij. 'Zo?' zei ik.

Voor hij uitstapte tastte mijn vader in het dashboardkastje en overhandigde mij *De Lach*. Dan hoefde ik me niet te vervelen.

Ik keek naar buiten. Het verkeer dreunde om het plein en er was een oud spoorwegviaduct dat ik mooi vond. Een locomotief trok in wolken stoom langzaam een rij coupéwagons. Ik draaide het raampje open en rook de stad.

Het ging lang duren. De onafgebroken stroom wandelaars maakte me slaperig.

Ik begon te bladeren in het tijdschrift en werd wakker. Er waren foto's van vrouwen in badpak, op een strand. Eén lag op haar zij en staarde in de lens; haar dijen waren wit en ongehoord bloot. Een oude man schuifelde langs, keek door het open portierraam en riep: 'Viezerik!' Ik schrok en sloeg het blad dicht.

Eindelijk was mijn vader er weer. Door dat onverwachts verschijnen tussen al die onbekenden, zonder jas en opgewekt, vond ik hem opeens aardig. 'Zo!' zei hij. 'Vijftig fles Samos geplaatst en twintig Springbok. Niet gek hè?' Ik knikte geestdriftig.

En nu had ik ook iets te melden. Ik zei dat er een ouwe vent langsgekomen was die wat te zeggen had van *De Lach*. Vader grinnikte. 'Het lijkt je moeder wel!' zei hij, en startte de wagen. Ik lachte mee en voelde me een judas.

We reden naar een volgende klant. Tijd om in een restaurant te eten was er niet, zei vader. Voor hij uitstapte gaf hij me een dubbele boterham, onberispelijk verpakt in vetvrij papier. Een vrouw kon het klaargemaakt hebben. Er zat dure deventerkoek op; thuis niet over praten, dacht ik.

Ook bij deze klant, een slijter, begon alles lang te duren. De dag werd eindeloos. Het was of de stad stil kwam te liggen als op een saaie foto. Niets bewoog. De tijd liet het afweten, of was tijdelijk uitverzonnen. Hoofdpijnachtige verveling kwam op, beschamend.

Maar in de lege straat kwam een meisje aanlopen van mijn leeftijd. Ze stond stil. Ze zette haar schooltas tussen haar voeten, bukte en zocht iets met overstrekte blote benen. Ze stond weer recht en zag me. Zweet brak me uit en ik keek snel voor me.

Ik wist nu hoe ze eruitzag: halflang blond haar, zodat je haar korte nek zag overgaan in ronde schouders. In de lage zon waren haar ogen halfdicht geweest en raakten de wimpers een soort kinderkonen.

Toen ik weer opkeek was ze weg natuurlijk. Ik vloekte en stond in een tel naast de auto, klaar voor een onopvallende achtervolging. Ik kon haar inhalen en tegen me aan trekken zoals vroeger bij een spel dat 'buutvrij' heette. Maar het was hier de lagere school niet, met z'n betegelde speelplaats. Ik ging weer zitten, achter het stuur ditmaal. Maar ze kwam niet terug.

Mijn vader bezocht nog twee of drie andere klanten. Steeds nam hij zo'n geschenkfles mee. Ik verlangde krankzinnig naar huis.

Bij het laatste adres, een restaurant aan een buitenweg, mocht ik mee naar binnen. Met tegenzin – hoe mij daar te gedragen – volgde ik hem naar een zaal die nog bijna leeg was. Het was er schemerig. We gingen aan een tafeltje zitten dicht bij de grijpautomaat. Het was halfzes.

De eigenaar aan de teek, met ijzeren bril en holle wangen, begon al nee te schudden zodra hij ons zag. 'Ik heb helemaal niks nodig,' riep hij. Mijn vader wenste dat niet te horen, liep naar de teek en legde zijn geschenkfles erop. De heren argumenteerden gedempt. Ik verstond niets, maar na geruime tijd kwam vader terug met een grijns.

De baas zelf bracht twee glazen port. 'Is dat je zoon?' zei hij humeurig. 'Yes, sir,' zei mijn vader met een soort gêne.

Hij pakte uit zijn vestzakje een paar kwartjes, stond op met een superieur gezicht en wierp ze in de automaat. Hij draaide snel aan twee wieltjes tegelijk en een nikkelen hijskraantje achter glas begon te bewegen. Het opende z'n grijpbek en hapte naar de geschenken rondom. Vader mikte op een verchroomde sigarettenkoker. Hij kreeg het voorwerp te pakken, het rees, maar het gleed uit de grijper. Hij nam opnieuw wat kwartjes en probeerde het nog eens. En daarna nog tweemaal. Hij vloekte binnensmonds.

Er kwamen twee mannen bij staan die zwijgend toekeken; maar ook de volgende poging mislukte. De eigenaar kwam aanlopen en zei: 'Zeg, laat je m'n klanten d'r ook even bij?' Mijn vader deed weer of hij niets hoorde maar gaf het binnen een minuut op. Toen we naar de auto liepen zag hij er kwaad en verlegen uit.

We begonnen aan de terugweg. Vader nam plaats maar startte de motor niet. Hij keek omhoog, krabde op z'n kop, streek z'n haar weer achterover en zei: 'Wacht even, ik ben zó terug.' Hij graaide de laatste geschenkfles van de achterbank. Hij was vrij gauw terug en we vertrokken.

De weg naar huis was lang en saai. Er was niet veel verkeer meer. De dalende zon schitterde hinderlijk door de boombladeren. Ik keek maar omlaag, naar de glanzend zwarte molière die op het gaspedaal rustte. Met daarboven de gestreepte zijden sok en de kamgaren broekspijp met messcherpe vouw. De auto rook naar sigaretten, leder, nieuwe lak en benzine. Thuis waren alleen vrouwen met hun Chanel 5.

Ik was geen alcohol gewend en het glas port begon te werken. Opeens kon niets mij wat schelen en van de opdracht van mijn moeder zag ik af. Men deed allemaal maar. Ook was ik niet meer genegen omzetcijfers te bewonderen.

Voorlopig ging ik aan dat meisje met de schooltas zitten denken. Ze had een gezicht om Inez te heten, zoals in dat boek van Van Genderen Stort dat ik net gelezen had. Een verhaal dat zich ook in Arnhem afspeelde. De slotregels van dat boek kende ik uit m'n hoofd: 'De grote oorlog was uitgebroken en menige windstille nacht hoorde Peter de deur van zijn werkkamer met geregelde tussenpozen sidderen in het slot, flauwe weerklank der verre gebieden waar de verschrikking heerste.'

Mijn vader leefde toen al! Ik wilde hem ernaar vragen, maar bedacht op tijd dat hem dat zou ergeren. Hij wilde zich niets herinneren.

Misschien wilde mijn vader alleen en volledig handelsreiziger zijn. Met alle kwaliteiten en hebbelijkheden van dat vak. Hij wilde listig en geliefd zijn, opgewekt en humeurig. Een vakman. En daarom rommelde hij aan speelautomaten, net als zijn collega's, die hij wilde overtreffen. Hij hield van zijn Haarlemse wijnhuis, en net als die werkgevers was hij verzot op Ford. Hij was die baan van het begin af toegedaan; het enige nadeel was dat mijn superieure moeder die betrekking voor hem gevonden had, tien jaar eerder.

De terugweg leek langer dan de heenreis. Mijn alcoholnevel trok op; ik had honger. Ik bedacht dat ook ik een vertegenwoordiger was, niet van een wijnhuis, maar van mijn eigen huis. En daarmee kwam de noodzaak om mijn moeders opdracht eindelijk uit te voeren weer boven.

We stopten nog in Utrecht, bij Heck. Maar die aardige dienster was er niet meer. We aten een paar broodjes.

Mijn vader keek op zijn horloge. Het was hier warm en vol, en het stond blauw van de rook. 'Wat zie je wit, joh!' zei hij geërgerd. Ik werd onmiddellijk kwaad. 'Ja, ik kan er niks aan doen hoor,' zei ik. 'Dát zeg ik toch niet!' snauwde hij.

Dat laatste stuk langs de Rijn leek eindeloos. Ik wilde wakker blijven: slapen stond kinderachtig. We zochten zelfs niet meer naar conversatie.

Ik verlangde naar mijn huis, en naar een soort verzoening. Na Woerden sloeg regen tegen de voorruit, en het zwijgen werd onverdraaglijk. Ik schuifelde met mijn voeten maar vader merkte niets. Of deed alsof. De woonboten hier veranderden in zwarte dozen door de invallende schemering.

Na Alphen zag ik tussen regenvlagen een huizenhoog zwart schip de rijweg kruisen. Ik zette me schrap: we zouden erbovenop te pletter slaan. Het hoofd van mijn vader zou verbrijzeld worden door de versplinterende voorruit. Ik proefde bloed in mijn keel; hij lag dubbelgeslagen op zwart asfalt. Het schip was weg.

'Idioot!' riep mijn vader. Niet tegen mij. Ik schrok wakker: hij manoeuvreerde in de laatste seconde om een stilstaande vrachtwagen zonder achterlicht.

Mijn slaperigheid was over en ik wist nu ook wat te praten. Ik zou het merk Ford prijzen. Niet dwepend, zoals m'n moeder het zou doen, maar nuchter. Het bleek moeilijk, en ondanks de goede bedoeling klonk het eerder kwetsend. Want ik zei het vreemd te vinden dat Ford nog steeds geen hydraulische remmen had. Mijn vader keek me even vinnig aan en zei: 'Eén lekje in je remleiding en de druk valt weg, en dan zit je tegen een boom.'

Bij donker reden we mijn dorp binnen. Ik hoopte een paar aardige slotwoorden te vinden. Pas bij de kerk aan het kruispunt had ik iets bruikbaars. Vader stopte aan de stoeprand.

'Moet je nou de wagen nog helemaal naar de zaak brengen?' vroeg ik. Hij was niet kwaad meer. Hij lachte. 'Ja, ik ben daar gek!' zei hij. 'Nee, die zet ik rustig voor m'n deur. En morgen zie ik wel weer!'

Ja, morgen zou hij wel weer zien, zoals vroeger thuis al. Terwijl ik het portier opende vond ik dat eerder sterk dan onverantwoordelijk – mijn moeders woord ervoor. Ik bedankte en wilde uitstappen maar mijn vader zei: 'Ja, ho, wacht eens even.' Hij aarzelde. Hij dacht na. Toen tastte hij in zijn binnenzak en zei, op bijna gepikeerde toon: 'Alsjeblieft, jongeman.' Hij overhandigde me de verchroomde sigarettenkoker uit de Arnhemse automaat.

Verbaasd keek ik hem aan, maar hij stak zijn hand op als een verkeersagent. 'Niks vragen,' gebood hij.

Ik wilde opnieuw uitstappen maar hij was nog iets vergeten. Hij keek omhoog, en daarna op zijn horloge. 'Had ik je eigenlijk al verteld,' zei hij zonder me aan te kijken, 'dat ik met een vrouw heb kennisgemaakt laatst, een verdomd aardige meid trouwens.'

Ik keek naar m'n schoenen.

'Ze vond het direct een goed idee om je eens een dag mee te nemen in de wagen.'

Ik grinnikte.

'Nou ja, enfin,' zei mijn verwekker, 'als je eens aan wilt komen zou ze dat erg op prijs stellen, zei ze. Zie maar eens. Het heeft geen haast, natuurlijk.'

Ik keek opgewekt. We hadden beiden onze opgaven vervuld en mochten weg.

Door de donkere lanen liep ik naar huis. De koker heeft hij geruild tegen die laatste geschenkfles, dacht ik. Ik floot een solo na uit een van mijn oude grammofoonplaten. Er kwamen wel tien onderwerpen boven waarover ik met mijn vader had kunnen praten.

'Nou nou, dat was wel een overdreven lange dag zeg,' zei mijn moeder toen ik de kamer binnenkwam.

Ik knikte.

'Maar ja, daar ben je voorlopig weer van af.'

'Ja,' zei ik, een beetje verbaasd.

'Heb je nog aan mijn vraag gedacht? Over eventuele plannen van je vader?'

'Jazeker. Maar hij heeft niemand, en dus ook geen plannen.'

'Heb je eigenlijk warm eten gekregen?'

'Ja,' zei ik.

Vóór ik die avond in mijn bed stapte, verborg ik het cadeau diep in de muurkast van mijn kabinet. Als mijn moeder hem vond, kon ik altijd zeggen het ding geruild te hebben met een jongen van school.

De tramrace

AL DE VOORAFGAANDE VRIJDAGAVOND was het bijzonder warm. Kikkers waren overal hoorbaar en een bruine damp van muggen hing over het hele dorp. Bij open voordeuren, achter horren en vooral in de twee cafés werden weddenschappen afgesloten.

In Zuid werd het bierglas geheven naar Joop of 'de Lange' en z'n stoker. De eerste vertoonde een brutaal gepunte snor boven een brokkelgebit; de laatste werd met weinig vindingrijkheid de Wrat genoemd: nek, hals en handen waren overdekt met die uitwassen. In De Oranjeboom hield men het op machinist Ypema, die weliswaar niet 'van hier' was, geen bijnaam had, maar als een goed christen en vakman gold. Zijn stoker, niet meer schoon te wassen, kon vijfendertig of zeventig zijn en keek als een mensdodende aap. Hij paste nauwelijks bij de haast uitgestreken Ypema. Dat beide mannen weinig spraakzaam of nogal stug waren viel hier amper op. Vriendelijkheid was maar zelfverheffing of hovaardigheid, tenzij natuurlijk bij dominee zelf.

Deze laatste was overigens niet aanwezig, al dronk hij wel eens een glas bronwater of ranja in De Oranjeboom. Hij las thuis en had gedachten over volksvermaken die met de komst van de techniek ontaardden in kansspelen met een satanische inslag. God gaf geen stoom voor spel maar voor eerlijke nering. De dominee liefhebberde in natuurwetenschappen, geloofde meer in Moleschott dan in God en sprak vaker van evolutie dan van openbaring. Toch bad hij, en voor hij naast z'n eeuwig gaperige vrouw in bed stapte vroeg hij deze avond dat de genadeloze krachten der natuur in toom gebracht zouden worden en de mens ter hand gesteld tot zijn heil. Stoom fascineerde hem; hij bezag Ypema – die bovendien goed protestants was – met respect. Intussen zat de pastoor in Zuid nog aan de pils; z'n tonsuur glom van zweterige voorpret. Het was daar lawaaiig.

Een magere kromme boer, die – alweer weinig geniaal – 'de Boon' of Boer Boon genoemd werd in het dorp, zuchtte in zijn bedstee. Het weerlichtte een beetje zonder nog te rommelen; Boon werd daar onrustig van en zag muizenissen. (Eenmaal was hij bij fel onweer naar het bureautje van de veldwachters gestrompeld en had daar huilerig gestameld dat hij het nooit meer doen zou, waarop de brigadier hem lachend naar huis gebracht had.) Boer Boon geloofde niet in Moleschott of Büchner maar in God. Hij wist dat God kon straffen. Z'n vrouw had hij verloren aan een soldaat uit het naburig kamp. En hoewel iedereen, Boon niet uitgezonderd, dat eerder als een weldaad van de Heer beschouwde, geloofde hij dat het toch wellicht oorspronkelijk als straf bedoeld was.

Op de zaterdag van het evenement ging de zon stralend op. Men zou echter nog tot vijf uur in de namiddag moeten wachten omdat het interlokaal verkeer van de Zuider Tramway Company tot dan doorgang moest vinden om alle boeren en handeldrijvenden van en vooral naar het dorp te vervoeren.

Reeds om twee uur in de middag – de hitte was verschrikkelijk – hadden alle dochtertjes van de weduwe Haman haar witte matrozenpakjes aan en liepen daarin stil langs de rails. Om drie uur waren beide cafés al overbezet. Gemeentewerklieden, bekogeld met kiezel of paardenvijg door balorige jeugd, waren bezig de tramlijn te versieren. Op een hondenkar lagen een vijftiental aangepunte rondhouten palen, waarop oranjewimpels geschoven waren. Ze dienden ter markering van de baan. Aan het beginpunt, bij café Zuid – tevens wachtlokaal van de gelijknamige Tramway – was een soort erepoort opgericht in samenwerking met de timmerman. Aan het geïmproviseerd eindpunt, een vijfhonderd pas voor de wissel die naar enkel spoor voerde, bevond zich al sinds de vorige dag een spandoek tussen een telegraafpaal en een boom die het woord 'finish' behoorde te vertonen maar waarvan de 'h' was weggevallen ten gevolge van de eensluidende uitspraak van dit vreemde woord in het dorp.

Drommen volk liepen omstreeks vier uur op en neer door het dorp, meest bij de dubbele trambaan die aan haar buitenzijde een evenwijdig lopende sloot had die doezelig stonk. Boer Boon had het het warmst van allen, ondanks z'n magerte. Van ruiten, spiegels en water kaatste stekend zonlicht hete vlekken in z'n geel gezicht en hij hield z'n hand bijna voortdurend voor z'n ogen alsof hij naar iemand speurde. Hij keek naar meiden in witte kanten blouses en zwarte nauwe rokken. Hij zag ook Mathilde Haman in haar matrozenpak; op één na het grootste dochtertje van de weduwe, die terzijde van haar kudde zusjes liep. Hij draaide z'n ogen weg en volhardde in die zijwaartse blik tot ze voorbij was. Het kind had wezenloos gekeken, bezorgd noch blij, maar met een halfopen mond. Ze zag weer witter dan ooit. De Witte, noemde hij haar dan ook voor zichzelf. Maar zelfs die naam dacht hij niet ten einde, God was er ook nog. Hij schrok van de blik van de boswachter die voor de gelegenheid blijkbaar vrijaf had. Toch stroopte Boon nooit, en hij betrad geen enkel bos, tenzij in z'n droom. Om voor halfvijf begonnen de mensenmassa's al rijen te vormen, aan weerszijden van de rails. De roomsen doorgaans aan de westzijde, met de sloot en de al vrij lage zon in de rug, de protestanten aan de oostkant, met de petten en hoeden diep op de ogen voor het tegenlicht en menigeen nu, als Boon, met de hand op het voorhoofd. Allen staarden met puilende ogen naar Zuid, alsof de locomotieven uit het café moesten komen. God keek wat verbaasd naar de twee rijen Zijner volgelingen, gescheiden door zilverglanzend smeedijzeren staven. Waarom verschilden ze in hoofddeksels, gang en gebaar? Hij had geen voorkeur. Allen waren onbekwaam tot enig goed, zoals Hij al eeuwen her geopenbaard had. Het meest hield Hij nog van de kleine potentiële zondaren die alvast berouw hadden en Zijn Ogen om zo te zeggen in hun nek voelden.

Nu en dan werd het wachten bekort met een loos 'daar hebbie ze' maar pas om drie voor vijf kondigde rommelig gesis de eerste deelnemer aan. Het was een vierkante grauwe locomotief zonder wagons; twee ovale ramen in het hoge, rechte front keken goedig en star op de rails voor zich uit, alsof ze al die aandacht te veel eer vond. Het was Ypema's machine en er klonk zwak applaus, vermoedelijk alleen van de protestanten.

De andere mededinger had nog dienst en moest z'n laatste vracht passagiers nog binnenbrengen. Ingewijden verwachtten hem van de zijde der finish, maar de meesten waren zó gericht op het Zuid als vertrekpunt, dat een lacherige gil van prettige huivering opklonk uit vele vrouwenkelen toen hij plotseling opdook uit de andere richting en waarschuwde met een broeierige roep van z'n weinig gebruikte stoomfluit. Een ovationeel applaus – van beide zijden langs de rails? – beantwoordde die waarschuwing, terwijl men elkaar glimlachend achteruitdrong van de baan. 'Niet te dicht op, mensen,' riepen de beide veldwachters nu ook, glunderend, want het spel zou gauw beginnen.

Gauw, dat was te veel gezegd. Eerst moesten de passagiers, lichtelijk verraste en duidelijk oningelichte boeren uit een ver dorp, nog uitstappen en dan begon een eindeloos rangeren met de rijtuigen die de laatste locomotief had binnengebracht. Lange Joop raasde daartoe al een keer in z'n slingerende machine achteruit tot voorbij de finish, een wagon opduwend die op het enkel spoor afgekoppeld werd en wat verlaten afwachten moest. Terugstomend naar het vertrekpunt barstte al een gejuich los: van de roomsen omdat lange Joop een van hen was – evenals de Wrat trouwens – en van de protestanten omdat hij van het dorp was. Ten slotte stonden de beide machines om bijna tien voor halfzes klaar voor de race. Naast elkaar tot op de halve duim en vol onder stoom. De beide stokers hijgden evenzeer als de machines. De koolzwarte locomotief van Joop had in z'n front een derde ovaal raam, iets hoger tussen de beide andere geplaatst. Dit gaf de bek iets loerends en onwezenlijks ook; kinderen waren er een beetje bang van, maar vele ouderen zeiden vertederd tegen elkaar: wat een lelijkerd, niet!

Vele bekenden stonden langs de ruim 2000 el lange baan. De dominee, ruimdenkend aan de roomse kant, of misschien vanwege de zon. De burgemeester had een plankier aan de finish en vormde het hoofd van de jury. De pastoor stond wat achteraf bij Zuid; hij keek benard alsof hij niet zeker van de overwinning was. Of misschien had hij alleen maar erge dorst. Herenboeren zweetten volop in het zwart onder zijden petten. Een notaris droeg z'n cilinder. En overal vrouwen met doeken en zelfs een elegante hoed met veren. Halverwege tussen start en finish stonden de dochtertjes van Haman, beschermend door ouderen naar voren geduwd opdat ze goed konden zien. De meisjes hadden allen een papieren rood-wit-blauw vlaggetje in de vuistjes met 'Hollandia Tafelwater' erop, een geschenk van De Oranjeboom. Ze hielden die aarzelend omhoog maar de driekleur wilde niet uitstaan door gebrek aan wind. Het bleven meer of minder strakke rolletjes. Boer Boon, die nog achter de rij groten stond en over de vele schouders naar het groepje gekeken had, pakte plotseling met lange arm het vlaggetje van de schrikkerige Mathilde af en rolde het naar de andere kant voor haar op. Toen het papier terugsprong stond het er iets beter voor, al bleef het krullen. Enkele mensen keken vertederd achterom, andere neutraal als koeien.

Vrouw Haman bleef in haar huisje. Met haar ongewone dikte had ze het te warm. Ze had de race al vorig jaar gezien. Ze bedacht hoe ze toen haar Mathilde grinnikend tegen Boon geduwd had en hem plagerig gezegd had: je wacht maar een jaar of tien, ouwe smeerlap; maar het ís m'n liefste, net d'r moeder toen die zo oud was.

Ondanks de vorderende dag trilde alles nog van hitte. De witte latten waaruit het wachtlokaal van Zuid was opgebouwd schitterden pijnlijk als op een overbelichte fotografie. De oranje vaantjes – waarvan er telkens een omviel (die ten slotte vanwege de veiligheid verwijderd werd) – hingen slap omlaag. Er volgde nog een controle van de rails door conducteurs der Company.

Toen werd het stil. De ogen puilden weer. Ieder moment kon de rangeerder de hoorn pakken die aan een vuil koord om z'n hals hing en de drie stoten blazen die het startsein vormden, net als het vorig jaar. Rustig lag de grote roze hand van Ypema op de afsluiter. Lange Joops bovenlip kroop wat omhoog. De rook steeg in dubbele kolom pikzwart omhoog. De Wrat en de leeftijdsloze aap glommen als met olie overgoten. Ze stampten bukkend in de ketels en waren vanaf de weg nauwelijks zichtbaar. De stoomschuiven lekten sissend, nu en dan brulde een veiligheidsklep en spoot een straal aanvankelijk onzichtbare stoom omhoog uit het beroet dak. Stoomcilinderolie en lagerpotten geurden naar warme levertraan. Boven het hele dorp hing trouwens een stank die opkwam en wegtrok als kiespijn. Het was een combinatie van vee, uien, duivenhokken en tonprivaten. (De burgemeester beloofde ieder jaar dat 'thans een einde zou worden gesteld aan de nog resterende tonnen' maar ze stonden er nog.)

In volkomen stilte wachtte men de laatste seconden door. De dominee bad in zichzelf, verward, over de blinde wetten van het heelal, en of God de mens wilde leiden. Boon zweette erger dan de stokers. Het was of hij uit kokend water was opgerezen, hij had Mathildes wit polsje aangeraakt maar God wist, moest weten, dat het volledig per ongeluk gebeurd was. Ze had hem trouwens niet eens aangekeken toen ze haar vlag terugontving; even hadden haar lippen een beverige stulping gemaakt, aanloop tot een glimlach, en dat was alles. Maar hij vond het genoeg. (Hij zou haar trouwens nog zien glimlachen.) Hij vond het genoeg als vreugde en vergrijp: hij zweette van angst, dát was het. Mathilde was mager, een beetje scheef in de schouders en licht adenoïde, maar ze had een bovenaardse weerschijn van melkwit over het weinige wat Boon van haar huid zag: het stengelnekje, een koon met een babbelaar erin en die polsen. Lager wilde Boons blik niet komen. Haar roestig haar rook naar melk. Dat was ook goed.

Iedereen was er nu. Ook de dorpsgek, die één hand steeds malend om de ander sloeg en een natte imitatie van ontsnappende stoom gaf. Ook de Kroep, die z'n gezwel – met paarswit en rood gespikkelde gespannen huid – onder z'n open mond leek tentoon te stellen door steeds naar boven te kijken, in de blakerende lucht.

De rangeerder knikte naar een voor het publiek onzichtbare, grabbelde nerveus aan z'n koord en zette het koperen hoorntje aan z'n lippen. Hij liet het ding weer vallen en riep naar lange Joop: 'Ken die nauw?' Joop knikte met opgetrokken lip. Ypema leek een standbeeld. Ten slotte klonken drie te gehaaste, nerveuze stoten op het instrumentje. 'Da's geen blazen,' riep een boer.

De beide machines braakten echter gelijktijdig opzij en vanboven stoom en kwamen langzaam en stroef in beweging. Er werd gelachen. Met verfijnde psychologie had men weer een valse start geënsceneerd – het vorige jaar was het een andere chicane geweest – en grinnikend vlagde een 'lijncommissaris' af. Het traject was kort en het feest moest gerekt. Iedereen wist het en grijnsde. De rangeerder speelde de komediant, sloeg zich kwansuis voor de groezelige mond en beloofde mimisch beterschap. Men lachte traag en met open monden.

Het volgend sein was goed en Joop, in de binnenbaan langs de steenslagweg en de huizen, leek direct iets voor te liggen. Z'n zwarte 'drieoog' stampte boosaardig op, de spuitende stoom stonk naar slootwater en er was een vage knoflooklucht van de slingerende carbidlamp. Men schreeuwde met rode koppen en opgeheven armen; ook de protestanten gilden mee voor roomse Joop nu hij toch aan de winnende hand was; ze kenden hem zo goed. Maar Ypema kwam aardig bij; hij reed gestager en het was onmiskenbaar dat hij in ging lopen op Joop.

De burgemeester op z'n stellage aan de finish richtte een kijker op de rechte, lange baan. In de achterstraten, nog achter het plein, begonnen paarden te hinniken, want velen waren met kar of brik uit de omtrek gekomen en uit voorzorg moesten alle dieren ver van de lijn vastgebonden staan. Ook enkele honden jankten begriploos in hokken of delen.

Nu Ypema succes leek te gaan halen imponeerde hij weer in z'n bijna deftig geachte koelheid. Fanatiek applaus, beschaafder dan het schreeuwen voor Joop, klonk op. Met de donderende en blazende koffiemolens nu op vrijwel gelijke hoogte begonnen de partijen zich weer te splitsen en in beide kampen gilden vooral vrouwen en jongensstemmen aanmoedigingen.

Lange Joop vertrok mond en snor nu zó, dat hij een hazenlip scheen te krijgen. Knobbels als kieuwen maalden op z'n kaken. Omdat hij een halve el achter dreigde te raken leek hij z'n machine met rukken naar voren te willen werpen; de Wrat bleef met paarse kop gebukt over het vuur. De schoorstenen van beide locomotieven gaven nu al korte vonkenregens van zich. De hoogste capaciteit leek genaderd of overschreden.

Het geschreeuw nam toe, armen breidden zich extatisch uit als bij dronkenschap. Zondagse petten vielen in het gras. Een zwarte meid met naar voren krullende spuuglokken op haar slapen gilde: 'Toe nou Joop, laat die Friese klerelijer de pest krijgen.' Daar werd zowel afwijzend over gemompeld als over gelachen. Maar een ander gelach steeg op, meer hilarisch, nu bijna in het midden van het traject. Daar ging iets verkeerd maar het scheen grappig te zijn, want men wees en proestte. Die aan het beginpunt gingen op hun tenen staan en met de handen boven de ogen om te zien wat het was. Misschien had Joop te ruw gereden, of te bruusk stoom afgesloten maar zij die dichterbij stonden zagen dat van z'n 'drieoog' de achteras juist naast de rails kwam. De locomotief hipte idioot met de achterwielen over de biels 'als een in het achterwerk getroffen haas op de vlucht' zoals de boswachter later zei. Een ratelende serie slagen klonk op als van een voorwereldlijke specht. En dan hield het lachen op al bleven de monden open. Want de briesende machine keerde zich met een nijdige ruk een kwartslag; grind spoot omhoog, biels versplinterden en de zwarte ovale ogen grijnsden een seconde naar de meisjes in matrozenpak, die onbeweeglijk stonden omdat het te vlug ging. Omdat de achterwielen haakten in aarde en achter schrapende rails ging de vooras omhoog en het monster leek een triomfantelijke hap te nemen. Men meende een zuigend geluid te horen. In die schrokkende muil verdwenen drie of vier kinderen; toen wankelde het gevaarte en z'n zwarte flank zakte langzaam naar Mathilde, die misschien nog achteruit had kunnen springen.

Ze weerde het vallend monster af met een verlegen glimlach, het vergeeflijk lachje van het allerzwakste tegenover het allersterkste, dezelfde vage lach waarmee ze op school voor zich uit keek als ze iets heel doms opgenoemd had en de kinderen krakend schaterden. Ze stak haar stokarmen wel voor zich uit maar keek daarbij achterom of zo'n gebaar wel passend was.

Ze lag met beide witte benen onder het sissende, namokkende monster en glimlachte zeer verontschuldigend naar de boer, die lijkbleek naast haar knielde en God fluisterend aanriep.

In de nog altijd blikkerende hitte – die wel iets van een luchtspiegeling had – was het een langdurig moment absoluut stil. Ook de dieren zwegen, maar broedend en argwanend. Pas met de volgende zucht ontsnappende stoom uit de gekantelde machine begon, aarzelend en bescheiden, een diep gedempt krijten, eigenlijk haast neuriën, rijzend en dalend als van zeer zwakke sirenes. Niemand verroerde; men stond met beschaamde kaken. Een vrouw lachte kort. Dan kwamen enkele mannen als mieren in beweging. Ypema, die zijn machine een vijftig pas verder had stilgezet, kwam over de biels aanlopen en riep met z'n snerpende stem: 'De kaapstander!', als gold het een toverspreuk die alles ongedaan kon maken. Twee boeren hielden zorgelijk lange Joop in balans, die een bebloede kop had en scheen dubbel te slaan. De Wrat kroop als een schimmelige krab achterstevoren uit de locomotief maar leek ongedeerd. Men zou touwen halen, katrollen, een ladder. Iemand schreeuwde dat de majoor gewaarschuwd moest worden. De harige stoker van Ypema stond diep fronsend toe te kijken bij de andere machine; hij had gebalde vuisten alsof hij het bezit van zijn meester tegen mogelijke volksongunst wilde beschermen. In de verwarring zag men aanvankelijk over het hoofd dat een der rondhouten uit de grond gereden was. Die had, als een granaat, oranje wimpel en al, het voorhoofd van het kleinste meisje getroffen en het op slag gedood. 'Ik hoorde een holle knak!' zei een glimmende boerin wel twintigmaal met grote ogen.

Intussen hing er opeens een nevel die op vuil zand leek boven het dorp, waaruit de gelijkkleurige muggenwolk scheen uitgezuiverd. Maar op dun sijpelend bloed kwamen nu dikke steekvliegen af.

Verschillende mensen van beiderlei geloof en kunne baden. De roomsen knielden soms; de protestanten stonden diep gebogen alsof ze een nekslag toe verwachtten.

De dominee stamelde: 'God, Uw wetten die U gegeven hebt tot heil, hebben we gebruikt tot –' verder stokte hij. De burgemeester zonk ook op de knieën; de kijker aan het riempje slingerde, z'n hoge hoed legde hij voor zich in het gras. Hij verzekerde God in ruil voor hulp dat hij de tonprivaten zou doen opruimen, definitief; de komende week zelfs nog.

Vrouw Haman, gretig gewaarschuwd, wierp zich gillend voorover op de keukenvloer, stampte met een vuist en een kwabbelend been op de plavuizen en bezwoer God dat ze nooit meer Boons onbestorven weduwnaarschap belachelijk zou maken, als ze haar kinderen terugkreeg.

God zag al die beroering wel, ook het nieuwsgierig dringen om de plek van het onheil – sommigen hipten op de tenen om wat bloed te kunnen zien –, maar Hij lette nog het meeste op Boon, die in nimmer aflatende concentratie smeekte met iedere knook van z'n aan beenderen zo rijk lijf.

De zwarte meid met de spuuglokken, die Joop zo onoorbaar had aangemoedigd – een mollige zigeunerin die in het dorp inadequaat 'de Italiaanse' genoemd werd – draaide het tafereel letterlijk de rug toe en begon terug te lopen naar het soldatenkamp. 'Gedverdemme,' riep ze kwaad. Ypema's locomotief liep intussen langzaam, zeer langzaam, naar z'n uitgangspunt terug. Iedereen week nu ver achteruit van de baan om hem ruimte te geven; sommigen huiverden even zichtbaar en de kleinste kinderen waren gaan jengelen.

De majoor, de militaire arts van het kamp, was eindelijk gewaarschuwd door een boerenzoon op een trekpaard. Hij en z'n oppasser verschenen op de weg langs het enkelspoor te paard. Verder naar achteren bolderde een Rode Kruislegerkar, hoog op de poten. Nog verder op de dijk volgde een peloton manschappen in witte werktenues, aangevoerd door een zwetende en vermoedelijk vloekende sergeant. Ze droegen houwelen en scheppen, als gingen ze een schans opwerpen. Op een handkar lagen takels, palen, en een paar lege kruittonnen.

De boer bij Mathilde had onveranderlijk geknield gelegen, de handen gevouwen, en hoewel er hier geen binnenkamer was om zich terug te trekken, zoals de Schrift gebood, had hij aan één stuk gebeden. God, laat het niet waar zijn; laat het gisteren zijn. God, keer de tijd terug, het is te erg met Uw permissie; God, U kunt het toch, laat het gisteren zijn, of één uur geleden. Ik zal dan op de rails gaan liggen, ik zal met de armen uitgestrekt voor de locomotieven staan. God, wees ons zondaars nog één enkele maal genadig. Z'n knieën kraakten op het grind en dat was best. Ze staken al of ze zelf versplinterd waren.

God zat in Zijn Eeuwig Wachthuis en keek naar de boer. Men had Zijn Tekens weer eens niet verstaan. Overigens was het Hem niet duidelijk of Boon alleen Mathilde, of álle kinderen wilde redden. De zon hinderde God, maar uit Z'n eeuwige wijsheid emaneerde de regenwolk die wij al signaleerden en verbleekte het licht. Slagschaduwen markeerden de boer. God zag de groezelige tranen en verstond de woorden. Hij luisterde. Hij hoorde ook dat zangerig kreunen en vond met Boon dat het te erg was. Hij overzag de glimmende rails en de dijk. Kon het nog, vroeg God Zich af. De militaire arts was er nog niet, de manschappen van de Genie nog lang niet. Maar wat hun te laten zien als ze arriveerden? Wat moest de zin van hun vertrek zijn? God glimlachte bij een inval. Zijn Genade zag scherper dan Zijn Gedachte: in een letterlijke bliksemflits combineerde Hij Zijn Intuïtie met de verkleinde schaal van Z'n Gedachte, de noodwendigheid, tot voor menselijke denkvorm inschuifbare proporties die beneden 'realiteit' schenen te heten. 'Laat het een uur geleden zijn,' had de boer gesmeekt. God rekende. Een halfuur was ook goed. Een kwartier zelfs; het kon nog.

God stak Z'n Oneindige hand uit naar een reusachtige hendel in het Hemels Wachthuis. Zijn hand was rustig en sterk, alle liefde zetelde nu in de Spieren. Hij duwde het staketsel, dat van een soort kunststof vervaardigd leek die op aarde vooralsnog onbekend was, een kwartslag van Zich af.

Een explosie leek te volgen; een slag als tachtig jaren later wel op aarde gehoord kon worden wanneer men de geluidsbarrière zou leren doorbreken. Zonder aarzeling, zoals op aarde een trouw kanonnier van de koning, maar dan onbegrijpelijk verhevener nog, beroerde Hij die kunststofstaaf, die in een oude geelkoperen huls uitmondde tot in een ondoorgrondelijk scharnierbekken onder de vloer van het groot Wachthuis.

Beneden in het dorp had haast ieder even een hand of onderarm voor de ogen gehouden. Een bliksemstraal schoot tot vlak bij de kleine hooiberg van Boer Boon. 'Gods toorn,' mompelde de dominee, maar hij was weer mis, het was immers Gods genade. De Kroep, die altijd omhoogkeek, zei later steeds een komeet gezien te hebben; anderen voelden tijdens die flits een lichte pijn op de plaats van hun gouden horloge.

Toen de bruingebrande dokter in z'n hooggekraagde uniform bij de omgeslagen locomotief kwam vond hij de boer zwaargewond. De benen waren zo goed als afgekneld. Sinds Atjeh voor geen kleintje vervaard zaagde hij erop los; een veldamputatie als in z'n beste jaren. De boer schreeuwde niet en weigerde jenever. De Rode Kruiswagen kwam zo nog goed van pas. Ook de kruittonnen. De arts stak de beenstompen in de tonnen ter stelping en de boer zag eruit als een reusachtige gevelde duikelaar. Aan de majoor werd uitgelegd dat de boer blijkbaar de hitte in de kop gekregen had: hij was met uitgespreide armen voor de aanhijgende tram gaan staan. Door het plotseling afremmen was die ontspoord en omgeslagen. De dokter knikte. Alles was verklaard. Z'n soldaten hielpen de zwartgeblakerde machine overeind met touwen en katrollen, krikken en dommekrachten, en de kaapstander, uit een verlaten schuur tevoorschijn gekomen, deed toch nog dienst. Dan kregen ze bier in Zuid en vertrokken boerend en ginnegappend terug naar het kamp. De majoor werd bedankt. 'Jullie torenklok staat stil,' zei hij.

Mathilde zag nog wat wit van schrik en liep trillerig – maar met al haar zusjes – naar huis. Niemand plaagde haar nu: álle meisjes hadden even gehuild, niet zij alleen. Alleen de jongste jengelde nog wat na: ze had een schram op haar voorhoofd en haar vlagje was geknapt. Mathilde gaf haar het hare.

's Avonds in De Oranjeboom werd op een met bier besprenkelde vergadering besloten dat de tramrace het volgend jaar in ieder geval door zou gaan. 'Het had erger kenne wezen,' zei een wethouder; hij ging voor de vierde maal wateren waarbij hij, langs de tapkast komend, nog een bier bestelde. 'Dat rondhout sloeg rakelings langs dat kind d'r kop,' zei hij nog. De waard knikte.

In zijn huisje langs de baan hield lange Joop als een vorst audiëntie met een bruinbebloed hoofdverband.

Toen Mathilde bij haar moeder kwam viel die in haar onderjurk (vanwege de hitte) op het kind en drukte haar knellend aan de zwetende en puilende borst, zodat een slorpend geluid optrad als at iemand soep toen het meisje zich glimlachend losrukte. Na telling van alle zusjes werd God gedankt waarbij allen eerbiedig zwegen, maar Mathilde had de hik gekregen van de omhelzing en giechelde met de handpalm op de stulplippen, zodat haar wangen doorschijnend blauw opbolden.

Het dorp had er nu na korte tijd een bezienswaardigheid bij: een gewezen boer zonder benen 'op een plankie', zoals de jeugd zei. De timmerman had een lage kar voor hem gespijkerd met vier wielen. Boon, die nu niet Boon meer heette omdat hij niet lang meer was, zat met een paardendeken over z'n stompen op dit getimmerte. Hij kwam niet hard vooruit omdat hij met één hand een achterwieltje moest beroeren en met de andere het touw voerde, dat de vooras – gemaakt uit een van de rondhouten van het feest, maar zonder wimpel natuurlijk – moest bijsturen. Hij werd dik en z'n blik was ingekeerder dan ooit. Eerst had hij passief zittend gebedeld aan het perron bij Zuid, later kreeg hij van de burgemeester een toelage (op aandringen van de dominee) en in de beide cafés kwam een collectebusje te hangen waar het schuldig volk bij het naar huis gaan iets in stopte, de eerste maanden.

Als hij Mathilde ontmoette op de steenslagweg of het plein sloegen beiden de ogen nog verder neer dan vroeger, alsof ze oude medeplichtigen waren. Ze werd erg lang; jammer dat 'de Plank' – Boons nieuwe naam – nu zo kort was.

Ernstvuurwerk

I

IK WAS NEGEN JAAR TOEN HET eerste spoor liep en grootvader me beloofde dat ik een keer met hem naar Haarlem mocht om mee te rijden.

Hij was toen notaris en raadslid en kwam zelden ver buiten ons dorp, maar z'n verlangen naar beweging had hij omgezet in bewogenheid voor stoom: hij werd van het begin een spoorwegenthousiast. Mede door hem kwam de Spoorwegmaatschappij gemakkelijk aan de benodigde concessies op gemeentegronden hier, maar z'n liefde bleef platonisch want bij al z'n – voor mij erg theoretische – bemoeiingen vergat hij z'n belofte: er kwam niets van meerijden.

Maar hij had wel een mooi handgeschilderd tinnen model van de Arend met kolenwagen en char-à-bancs. Het stond deftig op z'n bureau en soms mocht ik ernaar komen kijken: zelfs een tinnen stukje rail ontbrak niet met ertussen gestileerd opschietend groen.

Grootvader was nogal buikig en hij begon te kalen; een rand grijs krulhaar en donkere ogen imponeerden menig dorpeling. Hij kon lyrisch spreken over water en vuur, de ingrediënten voor de nieuwe kracht die alles bezielen zou, en hij probeerde mij eveneens tot aanbidding van die elementen te brengen.

Hij moest daartoe mijn aanvankelijke vuurvrees te lijf. Eens had ik bij de meid in de keuken gestaan juist toen die onverwachts de fornuisdeur opentrok; een lange blauwe vuurtong sloeg razend naar buiten en ik vloog de keuken uit, de gang door en de trap op, waar grootmoeder me furieus tot staan bracht. Stel je niet aan, zei ze hees en haar ogen in het bolbleek gezicht stonden afwijzend. Ze leek teleurgesteld en ik schaamde me diep.

Bij z'n zoon – m'n vader – was het grootvader niet gelukt z'n stoomliefde over te brengen. Die was administrateur van een Leidse lakenfabriek geworden en grootvader sprak niet veel met hem.

Grootmoeder, die toen nog haar kap en oorijzers droeg, luisterde koel toe als haar echtgenoot met nogal dwepende blik over de omzetting van steenkool tot mensheidsdienende arbeid sprak. Omdat ze alleen kúchte als antwoord op de vraag wat zij ervan vond, richtte hij zich doorgaans tot mij. Ik liet me fascineren, maar toen ik boven de veertien of vijftien was en nogal mokkend, werd die mensendienst me vreemd, zodat ik van de twee genoemde elementen het water liet vallen: in vuur alleen moesten geheime machten schuilen oneindig groter en directer dan in hun vereniging.

Maar eerst was er nog de stralende winterochtend geweest dat ik met grootvader mee mocht op z'n inspectievoettocht naar het toekomstig tracé van de spoorweg, voor zover dat ons dorp raakte. We haalden daartoe eerst een ander raadslid op – die grootvader de Baron noemde – om daarna gezamenlijk een heer van de Maatschappij te ontmoeten bij de ligplaats aan de trekvaart. Die heer zag er deftig uit en droeg een Engelse ruitjas in oker en bruin. Kros heette hij. De heren lichtten hun halfhoge hoeden.

We liepen door de bedauwde velden en grootvader waarschuwde me korzelig van agitatie uit te kijken voor koeienvlaaien. Het ging oostwaarts tegen de opkomende zon, met links de bossen van Warmond en Poelgeest en rechts de beplante wallen van Leiden. Boeren tikten zwijgend aan de pet bij onze groet. We naderden de Maredijk en de trekvaart naar Haarlem. De drie mannen hielden een hand boven de ogen tegen het laag winterzonlicht. Het was een vrijdagochtend in februari '42 en er stond een scherpe wind.

Grootvader en de baron behoorden tot de gecommitteerden uit de gemeenteraad van Oegstgeest die belast waren met een onderzoek van het door de Hollandsche IJzeren Spoorwegmaatschappij ingezonden 'voorstel tot overname van de op de kadastrale registers ten name van de Gemeente bekendstaande gronden'.

We liepen heel wat, die dag. Op verschillende punten, van de Holmaren af tot de Hoge Morsch, gaf de heer Kros met wijde armgebaren, meetstokken en in de wind fladderende tekeningen aanwijzingen. Na veel praten bleek alleen bij zekere watering met duiker, op de scheiding van Lage en Hoge Morsch, sprake van eigenlijke inbezitname van grond. Grootvader kreeg nog bevestigd dat op het voetpad van de Maredijk een gemetselde opening door de spoordijk zou komen van tenminste 2,50 el hoog en 2 el wijd, en er kwamen details van bruggen over Holmaren, Broekweg en Zandsloot. De Lage Morschweg zou van flauw hellende opritten voorzien worden evenals de overgang aan de Hoge Morsch.

Grootvader zocht de avond van die dag de belangen van z'n gemeente wat te combineren met z'n liefde voor het ijzeren paard; de heer Kros logeerde in z'n huis en grootvader liet zich bij een glas wijn aan tafel overtuigen dat het eenvoudiger was, gezien veelvoudige bezwaren van overdracht van gronden, de raad in overweging te geven met de Spoorwegmaatschappij een algemene overeenkomst te treffen: een Vergunning voor de spoorweg tegen betaling van een jaarlijkse recognitie aan de gemeente.

De heer Kros vertrok de volgende morgen na vriendschappelijk afscheid met de postwagen van 10.20 uur naar Haarlem en vandaar verder per spoor natuurlijk. Grootvader zou op de volgende raadszitting het directievoorstel overbrengen. (De gemeente Oegstgeest zou nog blijken er genoegen mee te nemen. Ze vroeg, na eindeloos delibereren, veertig gulden 's jaars en kreeg dertig.) Nogmaals: grootvaders sporenliefde was van theoretische aard; hij zou er niet eens in durven rijden zei grootmoeder die morgen toen beide heren het huis uit waren.

Een jaar later stond ik met grootvader te kijken bij de aanleg van de spoorbrug over de trekvaart. Tientallen mannen reden met kruiwagens duinzand – aangevoerd op platte aken – voor de verhoogde spoordijk. Grootvader stond erbij als een opzichter, alsof het toch ook een beetje zijn werk was, die spoorlijn. Zelf kon ik m'n ogen niet afhouden van de roet en vonken spuwende, ratelende en kwaadaardig sissende locomobiel die, naast de handkracht van kaapstanders en katrollen, de energie leverde voor een machtig werktuig dat kon heien en hijsen. De lucht van teer, olie, kokend slootwater en sintels was opwindend. Soms, op z'n onverwachts, sprong de veiligheidsklep van de ketel open en het loeien van de ontsnappende stoomstraal was oorverdovend. Grootvader had tranen in de ogen. Ja jongen, schreeuwde hij boven het tumult, de nieuwe tijd is begonnen. Maar hij hield mij en zichzelf ver weg van de verzengende stookplaat van het monster.

Ik wilde nu het vuur zien en tarten. Ik probeerde te schatten hoever de gloeiende turfdeeltjes uit de hoge beroete schoorsteen omhoogkringelden. Een soort vuurwerk. Opeens rukte ik me los van grootvaders hand en keek met de hitte op m'n gezicht gebakken in de hel van het ketelvuur. Een werkman, die net brandstof bijgevuld had, gooide een brok steenkool naar m'n kop en raakte m'n jukbeen, waar een vurige streep ontstond die licht bloedde. Oplazeren hier, riep hij met de kwaaie stem die ik later begreep als door zekere bezorgdheid ingegeven.

Kinderen zijn hinderen en grootvader meende dat hij met me terug naar huis moest om die wond – zo dicht onder m'n oog – te laten schoonwassen. Node en mokkig namen we afscheid van het nijver werkterrein. Thuis was grootmoeder afwezig en ik werd aan één arm naar de keuken geduwd waar Pietje de meid me maar moest verzorgen. Grootvader haalde nog een pleister en Holloway-zalf uit z'n voorraad en verdween.

Pietje was een lange en magere, bruinachtige meid met slaperige ogen die iedere dag van Rijnsburg kwam lopen en die voor de donkere terugreis op winternamiddagen een stok onder haar rokken droeg tegen aanranders. (Die zal zij niet nodig hebben, zei grootvader eens grinnikend aan tafel, maar grootmoeder kuchte en zweeg.)

Pietje beplakte m'n wond, en van zo dichtbij roken haar vingers en kleren naar uien, want die teelt men rond haar dorp en soms, bij westenwind, ruikt men die velden tot bij ons. Ik nam haar haar aangewaaide lucht nog niet kwalijk en praatte gewillig met haar. 'Heb je naar 't machien weze kijken,' vroeg ze, met iets van prettig griezelende weemoed in haar stem – ze was misschien vijftien – en ik antwoordde argeloos: morgen gaan we weer, je mag best mee hoor van grootvader. Ze lachte opeens vrouwachtig hol. 'Maar niet van je grootmoeder,' zei ze.

Grootvader vond het licht teleurstellend, later, dat ik na lager onderwijs en een paar jaar Franse school in Leiden, als leerjongen in dienst ging van de vuurwerkfabriek buiten de Leidse wallen. Als ik dan toch niet studeren kon had hij me liever naar de werkplaats van de spoor in Amsterdam zien vertrekken. Hij had daar een kosthuis voor me willen zoeken en betalen. De heer Kros zou hem zeker terzij gestaan hebben, zei hij.

Nu bleef ik thuis in Oegstgeest wonen en liep iedere morgen vroeg naar de fabriek, tot de Rijnsburgerpoort en dan linksaf de gracht langs. Grootvader verzoende zich al gauw met dit plan, alles was beter dan een pennenlikker te worden zei hij als vader er niet bij was.

Vanaf de lange lommerrijke weg naar de Rijnsburgerpoort

keek ik iedere morgen naar de oostelijke horizon; nieuw wit zand stak daar als een dun streepje af tegen al het monotone groen: de langzaam vorderende spoordijk. Ter hoogte van de tol op de weg stond ik vaak stil en tuurde. Geheimzinnig zou het spoor – 'die felle salamander' zoals Da Costa gedicht had – komen aanzetten vanachter het hoge groen dat het dorp Warmond aan het oog onttrok, om dan met een wijde boog vóórlangs de stadspoort het te bouwen station te naderen. (Grootvader had me al een schets van het stationsgebouw laten zien: het lijkt wel een schouwburg zei hij trots. Eens vroeg ik grootmoeder onverhoeds waarom grootvader zo ingenomen was met de spoorweg. Ze keek me verbaasd aan en schudde haar hoofd. Omdat hij er geld in heeft zitten natuurlijk sufferd, antwoordde ze. Haar gouden ijzers vonkten koud bij die hoofdbeweging. Van die dag af nam ik grootvader z'n spoorliefde kwalijk. Ik kreeg met jeugdige wrok het land aan bezitters en vond dat ikzelf meer eerzaamheid in eigen liefhebberij moest betrachten. Vandaar misschien ook m'n volontairschap op de fabriek.)

In dat bedrijf – een verzameling lage en brokkelige loodsen – vorderde ik niet snel. De bonkige werkers lachten om m'n onnozele kinderhanden en voorlopig deed ik niet veel anders dan gemorst salpeter, houtskool of meelpulver van werkbank of vloer verwijderen. Ik herinnerde me intussen hoe bang ik geweest was voor vuurwerk: nog bij de kroning van Willem II voelde ik het skelet in m'n lijf opspringen bij iedere baldadige explosie. Schichtig bleef ik voor alle vuur en als er buiten een proefpijltje aangestoken moest worden deed ik dat met dichtgeklemde ogen en een verfrommelde neus. De anderen lachten rimpelig. 'Ja, zó ken je niet zien wat je doet,' riepen ze schor en met de superioriteit van handwerkers boven notarissen.

Rijnsburgse Pietje had me bang gemaakt voor de fabriek. Er leefde een man zonder armen in Leiden beweerde ze, die 'geeneens zelf naar het privaat kon'. Ze grinnikte daarbij. 'Ik het je gewaarschouwd,' zei ze.

Ze kon gelijk hebben. Als m'n moeder geleefd had zou ik daar niet terechtgekomen zijn. Die was in het kraambed gebleven en m'n twee oudere broers waren naar Den Haag vertrokken, waar ze een kleine werkplaats hadden, een metaaldraaierij. Zelfs grootmoeder had me liever daar aan het werk gezien.

Om m'n vuurliefde kracht bij te zetten – of misschien om die rest vuurvrees te beteugelen – begon ik omstreeks deze tijd te lezen over wat direct of zijdelings met m'n nieuwe vak had uit te staan. Ik had van een jonge werkmeester op de fabriek gehoord dat een zekere Congreve in de grote oorlog tegen de eerste Napoleon vuurwerk gebruikt had als wapen. Ik las nu Sibornes verslag van Waterloo, waarin die Engelse uitvinder overigens niet aan bod kwam. Ik raakte gefascineerd door ballistische gegevens en m'n vroegere veronderstelling dat het element vuur een dubbelzinnige betekenis had vond hier voedsel. Ik raakte geboeid door de zo nabije geschiedenis van 1830 en mee doordat de meesterknecht me verteld had hoe Congreve verwarring gesticht had onder de befaamde kurassiers van de Keizer, daagde een soort theorie van eigen vinding voor m'n nog zo wankele geest, die stelde dat als Chassé op de citadel van Antwerpen de beschikking gehad zou hebben over een stelsel van reusachtige, vuurbrakende pijlen, de Fransen door panische vrees overmand uit hun batterijen verdreven zouden zijn. Willem I zou er dan anders voor gestaan hebben. En de Leidse studenten, zo dicht bij m'n bed naar de afstand gemeten, zouden niet hebben hoeven uit te rukken naar Hasselt en Boutersem, en die Beeckman zou nog leven. Of wat ik verder zanikte om m'n drijverij een diepe zin te geven.

Ik probeerde na een saai jaar van drijfsas wegen, kardoespapier met stijfsel inwrijven en vloeren schrobben, te experimenteren op het terrein achter de fabriek. M'n bevende vingers kreeg ik nooit helemáál onder controle, maar toch bouwde ik van in het geniep vergaarde resten een onverantwoordelijk lange *rocket* die ik, al dan niet naar Congreve, aan voor- en achterkant van metalen ogen voorzag, zodat hij los opgehangen kon worden aan een ijzeren lanceerstaaf. Die staaf, onder zekere elevatie in de grond gestoken, zou het projectiel een feilloze richtingsimpuls meegeven.

In een middagschaftuur sloop ik tot voorbij de achterste loods met uitzicht op de inmiddels voltooide spoorbaan. Ik richtte m'n ijzerstaaf onder zo'n 30° wat wrokkig op de verwijderde kromming van grootvaders rails. (Ook met de feestelijke opening van de lijn tot Leiden – met gepavoiseerde locomotief en schutterijmuziek – was er van meerijden weer niets gekomen en ik begon geloof te hechten aan grootmoeders opmerking dat de oude man bang was.)

Ik zou het beter doen. Zonder althans naar buiten zichtbare angst hing ik m'n vuurpijl op aan de staaf en na drie keer omgekeken te hebben naar het verwijderd schaftlokaal ontstak ik de lading. Ik had gelezen dat in de toekomst de spoorverbinding wellicht militaire betekenis zou krijgen en voelde me een voorloper op strategisch terrein. Intussen trilde het lange projectiel, rookte en zoog dan plotseling weg als een monsterlibel. Ik stond er zelf van te kijken. Ik volgde gespannen z'n baan, die overigens teleurstellend onstabiel bleek. M'n rokende pijl duikelde op het eind van z'n traject in de lucht om en viel in twee helften vér voor hij de spoordijk bereikt had. Tegelijk had ik een stomp voor m'n kop beet van de werkmeester, die me op z'n tenen genaderd moest zijn. 'Bei je helemaal zot geworden,' siste hij, maar niet eens zo luid, vanachter z'n brokkelgebit. In z'n ogen glinsterde een soort lachje.

Samen met hem bouwde ik een verbeterd exemplaar met een houten lat als roer in de hoop op een stabielere gang. We verzamelden daartoe weer resten en gapten ook wel eens nieuw kardoespapier, salpeter of zwavel. Ditmaal voegde ik suiker toe voor een regelmatiger verbranding van het kruit en in de kegelneus ging een halve kei mee als blinde springlading.

De werkbaas wilde geen verantwoording dragen en toen de nieuwe raket klaar was, zou ik die weer alleen opstellen en lanceren. Ik verzweeg daarbij een nieuw plan: ik had aan het station een dienstregelingskaart gekocht en het leek me van gewicht de trefkans van m'n projectiel tegen een 'bewegend doel' te meten en, gelet op m'n achterwaarts in de geschiedenis gedachte Chassé-project, de ontsteltenis van treinpassagiers waar te nemen bij het zien aansuizen van zo'n rokende buskruitpijl. Tegelijk kon de spoorbaan, die door grootvader voor mij zo ondoordringbaar veraf leek, aldus misschien een symbolische afstraffing ondergaan.

Opnieuw sloop ik op een middag achter de magazijnen en stelde m'n staaf zorgvuldig op. De lanceerhoek had ik intussen beter leren berekenen en ik stelde die zo goed mogelijk in met een geleende koperen gradenboog. Ik begon de pijl op te hangen en schoof, toch weer benard, eerst het achterste oog op de staaf en dan het voorste. Het kleurloos voorwerp hing roerloos klaar en ik luisterde buikpijnachtig toe of ik uit de richting Warmond het rommelen van de locomotief al hoorde. Het bleef doodstil, op af en toe een koe na, en ik probeerde – maar veel te gehaast – de resterende minuten af te tellen.

Juist wilde ik nogmaals de kreukelig geworden dienstregeling uit m'n werkbuis pakken toen ik achter me een geluid hoorde alsof een infernale ijzeren reuzenknikker van het ene eind van de magazijnloods naar het andere rolde; dan nam een buitenwereldse zuiging me op en kwakte me in een heg. Boven me steeg in een seconde een krankzinnige halve bloedzon op in een regen van kleine voorwerpen, en tegelijk sloegen m'n oren dicht onder woedend gekraak.

Ik bleef als verlamd in de heg hangen en beefde; ik beefde zó dat het schokken leek en was banger dan ooit dat grootvader het geweest was of zijn zou, tot iemand me toebrulde weg te rennen, de weiden in, want een nieuwe explosie dreigde.

Die bleef uit, maar drie loodsen schroeiden weg tot de funderingen. Een magazijnknecht was dood. (Ik zag een flits van z'n dubbelgevouwen verfrommeld lijk maar keerde me snel af.) En van m'n raket was geen spoor terug te vinden tussen verwrongen ijzer, glas en baksteenresten.

Ik had een arm uit de kom en een sleutelbeenbreuk en moest lopen naar het hospitaal van de academie, waar ginnegappende jonge studenten aan die arm draaiden en me met deftig hoge stemmen toeriepen dat ik verdomme niet zo scheef moest staan. Ik gehoorzaamde slaafs en slikte in dat ze, voor zover ooit lid van hun Vrijwillige Jagers, in de nabije toekomst wellicht met grote dankbaarheid de defensieve werking van m'n vuurpijlen zouden gedenken. Weet je wel wie je voor je hebt lag op m'n lippen.

Ik liep de lange weg naar huis met m'n schouder in een zeer strak verband. Grootmoeder was kwaad van schrik of anderszins en smeet met deuren: grootvader liet zich niet zien.

Ik lag in bed met het snijdend en schroeiend verband en Pietje kwam binnen. Eerst zat ze zwijgend naast m'n bed als een overbodige dodenwaakster maar wat later bracht ze koude verse melk en met een papier als waaier koelde ze m'n brandende schouder. Tot grootmoeder haar met een beweging van het bollend wenkbrauwloos hoofd wegstuurde.

Ik mocht voor m'n grootouders niet terug naar de fabriek. Bovendien vonden ze dat ik jong wat van de wereld moest zien en de heer Kros, die wel eens sprak met de Engelse machinisten van de IJzeren Spoorwegmaatschappij, zou informeren naar werkgelegenheid voor mij in Engeland.

Daar ging nogal wat tijd mee heen. Intussen hield ik me onledig met boodschappen doen voor grootmoeder, brieven bezorgen voor grootvader en Engels leren bij een van diens cliënten. Ook riep grootvader me 's avonds vaak bij zich in z'n studeervertrek. Naast het tinnen modelletje van de Arend lag altijd het boek met roodlederen rug dat de moeilijke titel droeg *Praecepta Philosophiae Logicae*, en dat van Daniel Wyttenbach was, de Zwitserse professor die eens in Leiden doceerde, die lange tijd in ons dorp woonde en er z'n praalgraf had. Via die 'Oegstgeestse' denker – die hij 'goed' gekend had – was grootvader op Leibniz gekomen en met een docerende wijsvinger trachtte hij me nu ook nog bij te brengen dat deze wereld de best mogelijke van alle was. Ik kwam in een leeftijd om dat te betwijfelen en spotte met de rechtlijnige logica en het herhaalde 'dus' van Leibniz, Wyttenbach of de oude heer voor me, wiens gemengde enthousiasmen me op de zenuwen begonnen te werken.

Ter afwisseling bracht ik eenmaal in het donker Pietje een eind weg op de smalle zandweg naar Rijnsburg. Ter hoogte van het klooster hield ik haar staande of ik wat vergeten was, keek peinzend in de onzichtbaar zwarte verte en trok haar met enig tragisch misbaar tegen me op. Ze zweeg. Het was maar zoiets als loon voor haar goede verpleging bij m'n sleutelbeenbreuk, hield ik me voor.

Vóór ik naar den vreemde vertrok ging ik afscheid nemen van vader in Leiden, die me bezag of ik een vage bekende was, en van m'n broers in Den Haag. Samen met grootvader reisde ik daartoe per spoor op het laatst geopende traject. De oude man was zwijgzaam en zag zeer bleek. In de wagon kneep hij z'n volle lippen op elkaar en volhardde in een krampachtige greep met beide handen om de houten zitbank. Toen de ijzeren brug over de Rijn ratelend langs de ruiten draaide sloot hij, als dodelijk vermoeid, z'n ogen. Nuchtere en koude vrouwen hebben altijd gelijk: hij was bang.

11

Op een zaterdagmorgen in januari '48 vertrok ik met de stoomboot Sea Horse van Rotterdam naar Sheerness en vandaar met een klein rivierraderscheepje naar de Thames Ironworks. Ik kreeg een piepklein vlieringkamertje bij een werkbaas in een zwartbesmookte steeg aan een havencomplex, waar ik 's avonds stom glimlachte tegen man, vrouw en hun rossige horde kinderen, want met het Engels vlotte het niet erg.

In de immense fabriek leerde ik het bankwerkersvak aan vermolmd houten werkbanken, waarop de koude blauwe bankschroeven vijandig mat glommen. Iedere morgen vertrok ik rillerig en benard naar die werkplaats. Ik probeerde vlak te vijlen en dreef beitels in metaal tot de hete ijzerkrullen tegen m'n voorhoofd sprongen, maar vorderde traag. Bovendien was er het besef dat ik dit net zo goed bij m'n broers in Den Haag had kunnen doen. Ik miste hier de conspiratieve werkmeester uit de Leidse vuurwerkfabriek en ook wel Pietje. Die was wel lang en lelijk, maar dat was ik intussen ook.

Na twee maanden vijlen en hakken ontmoette ik eenmaal op de smalle wenteltrap naar m'n vliering het oudste dochtertje van m'n baas. Schemerlicht van een roetig dakraam viel op haar wit klein gezicht met doorschijnende wipneus. In het voorbijgaan streek ik even met een maaguithollende vertedering over haar naakte dunne onderarm, die ze flitsend terugtrok. Tegelijk draaide haar hoofd en ze spuugde naar me met een tuitbekje. Door haar oudachtig gezicht had ik haar leeftijd misschien ook verkeerd geschat.

Van de ongeregeldheden in Europa hoorde en las ik intussen wel eens wat, maar m'n eigen ambitie ging vóór en die bestond er simpelweg in van de bankwerkerij in de smederij te komen. Daar zou ik ijzer in vuur kunnen steken en hoewel al bij voorbaat het angstzweet me uitbrak als ik zag hoe bij de eerste klap op het witgloeiend ijzer de oplichtende vonkenregen in het rond sprong, zeurde ik toch door en kreeg een plaats.

Vanuit de smederij ontdekte ik dat men in machinehallen verderop in het bedrijf ook lopen goot voor scheepsgeschut en toen ik wat meer Engels sprak sloot ik vriendschap met een leerling van die afdeling, die Burleigh heette en die een klein hoofd had met afwerende bruine knikkerogen.

Hij werkte aan de geschutsboorbank en wist alles van massieve kogels tot kartetsen en granaten, en van de daarbij horende buskruitladingen, hoewel die zaken hier niet gemaakt werden. Met een liefhebbende kleine krul in z'n mondhoek sprak hij over die dingen als een kunstkenner. Ik huiverde maar vermande me zoals ik het voor grootmoeder gedaan had, en voor Pietje.

In plaats van het glimlachend gezwijg in m'n kosthuis te moeten aanzien verdween ik nu 's avonds vaak naar Burleigh, die alleen woonde in een soort afgekeurd havenloodsje, waar hij me z'n collectie roestige kanonskogels toonde en z'n gescheurde boeken over *ordnance*, *calibre* en *carriage*.

Ik vertelde hem uiteraard van m'n geheime Leidse wapen en overdreef dat ik een homp uit de spoorbaan *between* Amsterdam *and* The Hague had geblazen met m'n satanische libel, van grote afstand afgevuurd met een kleine springlading in z'n kop. Burleigh was geïnteresseerd en bovendien gevleid dat ik van z'n landgenoot Congreve vernomen had.

Smeden kon ik niet goed leren met m'n slappe handen en omdat ik bij iedere hamerslag achteruitweek vanwege de vonken, werd ik teruggezet naar de bankwerkerij. Ik vertelde Burleigh van m'n besluit het bedrijf dan maar liever te verlaten en naar Holland terug te keren, maar hij had een ander voorstel. We zouden samen ontslag nemen en op een van 's lands grote munitiefabrieken gaan werken. Bijna zeker zou ik daar verder kunnen experimenteren.

Ik huiverde van dat voorstel, sliep drie nachten slecht, zag weer de explosie in de Leidse fabriek en accepteerde.

Om geen last te krijgen met de werkbaas die verantwoording aan Kros voor mij zei schuldig te zijn, vertrokken we op een zondag in westelijke richting en liepen naar Woolwitch, een reis van een dag. Burleigh trok daarbij een zelfgetimmerd wagentje waarin onder een jute zak z'n kogels en z'n boeken.

Op de munitiefabriek was alles schoon, geordend en streng en het leek onmogelijk hier iets mee te nemen voor experimenten.

Ons werk in deze naar zwavel en ammoniak geurende ruimte bestond voornamelijk uit het vullen van serge zakken in verschillende maten: de kardoezen voor allerlei kaliber geschut. Het poeder moest steeds bestaan uit 75 delen salpeter, 10 delen zwavel en 15 delen houtskool. Vocht van welke aard moest daarbij vermeden worden en vooral frictie van metaal. De hele barak, en zelfs de deurscharnieren, waren van hout en we wogen af met beukenhouten lepels. Soms werden onze producten getest in de 'eprouvette', een soort schommel waar een loop in opgehangen was; de kardoes werd ontstoken en de terugslag kon op een kwadrant afgelezen worden.

Er ging twee jaar voorbij met de plicht van deze nauwkeurig dulle arbeid voor we gelegenheid hadden wat materiaal te vergaren. Burleigh had intussen m'n theorieën over tactische vuurafschrik moeten aanhoren – vermengd met een vleugje Wyttenbach – en hij had waarachtig iets als respect ontwikkeld. Hij bejegende me met ironisch beschermende glimlachjes waarbij z'n ogen rolden. Ik was een soort onmondig wonderkind.

Zelf studeerde ik veel in z'n boeken en later in die van het laboratorium van het bedrijf, waar een argeloze opzichter ze me ter hand stelde met de smile die zegt: dat mag ik zien, zulke leergierigheid. Op een stuk land buiten de stad lieten we eindelijk onze eerste pijlen op.

's Avonds in bed, met aan de andere kant van het huurhok een monter snurkende Burleigh, begon ik vaak aan Pietje te denken, die vast niet zo lelijk was als ik me in feite herinnerde. Eenmaal kon ik m'n mond niet houden tegen Burleigh, die maar weer eens grinnikte. Hij stak z'n wijsvinger omhoog alsof hem goede raad inviel en nam me de volgende dag mee naar een onooglijke achterstraat bij een riekende huidenopslagplaats. Daar werd ik de deur binnengeduwd van een vrouw even lang en smoezelig als Pietje, maar driemaal zo oud en veel witter in het gezicht. Ze ontblootte zich erbarmelijk en ik zat machteloos met toegeknepen keel en wachtte. Toen ging ik gekleed naast haar liggen met een bevroren arm om haar hoekige schouder en streelde het kurkdroge haar. Ik zag de korte torenspits van Rijnsburg en had een uienveldhallucinatie; de vrouw mompelde en pakte m'n hand. Ik stond op en betaalde, toch kwaad, en veegde buiten het vocht uit m'n oog dat Burleigh niet zien moest. Hij verscheen overigens pas twintig minuten later achter in de straat en zwaaide opgewekt.

Grootvader had ik toch maar eens geschreven waar ik uithing en ik maakte m'n wens kenbaar voorlopig in Engeland te blijven. Burleigh meende dat onze toekomst bij het rakettencorps van het Britse leger lag: in Meerut in Bengalen had men de deugdelijkheid van het wapen beproefd. We bleven overigens toch maar hangen waar we waren.

Men kan niet zeggen dat er zich 'donkere wolken boven Engeland samenpakten' in begin '54, maar de straten van onze stad waren vol oorlogsgerucht en zowel de krant als de man in de straat sprak van Poor Turkey, dat geholpen diende te worden tegen een schandelijk overmachtige en onrechtvaardige vijand. Niet lang daarna verschenen er aan de muren oproepen voor dienstname in het leger. Duizenden jongemannen meldden zich voor 'the event of war against Russia' en in de havens werden in naam der Koningin koopvaarders geconfisceerd om als transportschepen te dienen of als 'armed merchant cruisers'.

Burleigh en ik deelden in de koortsachtige opwinding; lag hier inderdaad geen mogelijkheid voor onze prachtwapens (zielkundige afschrik versus dom lood) en zouden we in het leger geen gemakkelijke en betrekkelijk veilige carrière in de achterhoede tegemoetgaan, tevens tot heil van Engeland en Poor Turkey?

We meldden ons bij het plaatselijke depot van het Royal Engineer Corps en waren verbaasd dat ons ernstvuurwerkersverleden geen verpletterende indruk maakte op de kalende militaire ingenieurs met hun harde, droeve ogen. We kregen eerst een gewone soldatenopleiding op het exercitieveld bij de kazernes, leerden een oude Brown Bess laden en afschieten, en in gesloten formaties manoeuvreren als marionetten. Burleigh had het in zich een goed krijgsman te worden, hij was alert en vlug van begrip en hij loodste mij geduldig door de opleiding. Hij kreeg er een instructeursgezicht van en hij keek al even koel onthecht starend als z'n kalende superieuren. Ik voelde me hier alweer niet op m'n plaats maar hoopte op later.

Na eindeloze papieren aanvragen, na onderzoeken en verhoren werden we toch ingedeeld bij het ongeveer honderd man tellende rakettencorps van de Engineers. Hier waren we wat teleurgesteld dat men intussen verder op de oude Congreve vooruitlag dan wijzelf: men had lanceerbokken ontwikkeld waarop meerdere pijlen tegelijk afgevuurd konden worden en er waren werproeren op wielen, die zware pijlen van geslagen bladijzer met een grote aanvangssnelheid konden wegschieten. Toch deden we op den duur aarzelende voorstellen tot verbetering van raketvorm of drijfsas, wat weliswaar niet geaccepteerd werd, maar we hielden er een korporaalsrang aan over en kregen een kleine sectie manschappen onder ons, die we zelf moesten oefenen in het opstellen van de bokken en in het model over de schouder dragen van de lange lanceerstaven. De soldaten leken zo op lanciers zonder paard of op antieke piekeniers.

Pas nu we een uniform droegen keken meiden op straat ons na met opzettelijk gewiebel van hoofden op dunne nekken, met bewegende wenkbrauwen en stulplippen. Burleigh kreeg zo nog een vaste vriendin die 's avonds op hem wachtte aan de kazerne.

Een beetje onverwachts brak de even vergeten oorlog werkelijk uit en we zaten eraan. In plaats van de gedroomde technische adviseurs – de *brains behind the troops* – werden we gewoon ingescheept met duizenden infanteristen in het rood.

Van de reis per raderstomer naar het verre oorlogsterrein herinner ik me vooral ongeduld, gelach, gevloek, verveling, sentimenteel gezang, geladen geslachtelijke goesting en eindeloze grappen daarop. Maar er was ook saamhorigheid: *to be one of the boys*. Vele vrijwilligers bekenden hun tredgang zat te zijn en dat dit althans iets anders was dan 's avonds het eeuwig herhaalde kolen scheppen voor het fornuis, een glas drinken en het liggen naast een gapende vrouw met hoofdpijn. Ook waren er wat grootogige jongelieden met kwetsbare rozige wangen die de Tsaar als de verkrachter hadden leren zien van de katholieke rechten op de heilige plaatsen in Jeruzalem, of als de grote vernietiger van de Europese revolte van '48.

In de haven van Varna was er een dagenlang oponthoud en hier gingen de eerste zieken van boord, wat de autoriteiten prikkelbaar stemde. De oversteek van de Zwarte Zee maakte ook de gewone soldaat wat ernstiger; bovendien werd het weer rauw en menigeen was voortdurend zeeziek. Er kwam een tekort aan drinkwater en men raakte vermoeid van slaapgebrek.

III

Voor grootvader was – via Leibniz of Wyttenbach – het wezen der substantie kracht. En niet wat uit zichzelf bestaat is een zelfstandigheid, maar wat uit zichzelf handelt. (Hij had dat handelen wel erg letterlijk genomen: geld in de spoorweg stoppen en geld in de Leidse Grofsmederij, al was dat laatste tegengevallen want dat bedrijf was te duur gebleken voor de levering van spoorrails). Misschien had de oude man ook m'n vader met de vensterloze monadegedachte van Leibniz besmet; in ieder geval was dat een afgesloten mens geworden wie het goed uitkwam dat ik volgens die doctrine toch geen invloed kon ondergaan. Dan kon hij net zo goed alleen op een kamer bij z'n lakenfabriek gaan wonen. Voor de een vertrok ik nu ten strijde, niet door de ander gehinderd.

Op het moment dat de vijandelijke kust in zicht kwam zweeg iedereen omdat er niets te zien was. Nog geen vogel bewoog boven het strand. De hitte was niet te harden en het enige geluid was het kloppen van de Caradoc voor ons. Lord Raglan en een groep officieren in ceremonieel verkenden vanaf dat jacht met kijkers de heuvels.

Burleigh was zichzelf en genoot. Bij een onverwachte trilling in het schip – een kabel richtte zich even uit het water op – begon hij weer aan z'n grappen. 'We gaan terug, het is afgelast,' zei hij. Ik glimlachte laf en wilde dat het waar was.

Uit het schip steeg een walm van zweet en bederf, iedere ruimte was benut om er mannen in te stouwen en ik stond al een uur aangetreden met dorst en keelpijn van het gezouten vlees. De veldflessen waren allang weer leeg.

Er gebeurde niets, behalve nu en dan geschuifel tussen de wachtende mannen, onderdrukt gevloek en geërgerd geduw. Daarop dan een ingehouden commando en het geluid van plotselinge waterverplaatsing: opnieuw een choleralijder die overboord ging. De gewichten waarmee de voeten van de lijken verzwaard waren bleken onvoldoende: ze dreven rechtop om onze schepen met de schouders boven water. Ze dobberden jaknikkend op de luie golfjes en werden snel zwart in de hitte. 'Het lijken onze mohammedaanse bondgenoten wel,' zei iemand.

Ik had geen zin in grappen; ik was moe, wilde liggen en probeerde het ook. Maar Burleigh trok me overeind; 'zo kom je in de ziekenbarak beneden terecht,' zei hij kwaad, 'dan kan je je net zo goed ineens verzuipen.'

Er volgde die dag geen landing en in de koude nacht werden tot ieders verbazing boord- en mastlichten van alle schepen ontstoken. De baai leek wel een jaarkermis en men giste vergeefs naar de bedoeling van die illuminatie. De volgende morgen vroeg zou aan land gegaan worden.

Ik kon Burleigh gebruiken. Niet alleen als vriend en hulp, ook als bewonderaar. Want hoewel hij zelf meer gezond verstand had dan ik, meende hij steeds meer een geleerde in mij te moeten zien. M'n educatie – godbetert – op het continent maakte onnodige indruk. Om hem niet in z'n trouwhartige broederschap teleur te stellen debiteerde ik met jonge arrogantie nu en dan een grootvaderlijke wijsgerige stelling, die hij met goedkeurende trots aanhoorde, alsof ik een schepping van hemzelf was. Tegen de morgen, met god weet een vijand in zicht, meende ik Burleigh nog te moeten vergasten op een stukje toepasselijke metafysica. Ik fluisterde zo ongeveer dat er in de wereld een vast quantum kwaad en pijn is, dat nu eenmaal opgebruikt moet worden en dat het de 'werkelijke' zin van deze oorlog kon zijn ('kon zijn'!) dat quantum te helpen souperen. Leibniz verhaspeld. Hij vloekte me niet uit, de formule beviel hem wel. 'We zullen na het ontbijt wel direct aan het souperen slaan,' zei hij opgewekt. Ik schaamde me.

Het viel anders uit bij de landing. Er viel niets te souperen en het leek meer op een picknick. Er klonk geen schot. Een gedempt bevel en een enkel hoornsignaal, dat was alles. En het gezuig en gesijpel van duizenden voeten door laag water.

We stonden op het strand bij opkomende vage zon in onze eigen vage schaduwen. Die zon steeg snel en binnen een halfuur was de hitte alweer ondraaglijk. Maar er mocht niets uitgetrokken worden; officieren droegen hun witte handschoenen en overjassen en de Guards hun berenmutsen.

Op het schip was gezouten vlees en scheepsbeschuit voor drie dagen uitgereikt en daar stonden we nu mee in onze handen want de ransels bleken zoek. Geweren zaten in kisten op een schip dat nog gelost moest worden en van de pijlen en lanceerbokken was helemaal geen spoor te bekennen. Intussen gingen veel mannen, waarschijnlijk dysenterielijders, ondanks het verbod in het zand liggen. Er werden wankelende paarden uitgeladen onder beschaafd gevloek van deftige cavaleristen. Een pistoolschot deed liggers en zitters snel overeind komen maar het was een lander die z'n gemaltraiteerd rijdier afmaakte. Men begon beschuiten en vlees in het schroeiende zand te leggen.

Er gingen uren voorbij met wachten en ik werd zo moe en dorstig dat een soort verdoving intrad. De gedempte geluiden nam ik niet meer op, behalve vaag het rammelen van lieren. Burleigh ging nog monter helpen sjorren aan de wegzakkende wielen van juist aangekomen veldgeschut. Ook wilde hij kijken of de vrouwen al uitgeladen waren, zoals hij zei. Daarover deden waanzinnige speculaties de ronde: in Varna zouden ze op het laatste moment toch nog ingescheept zijn, na gillend rennen langs de kade omdat ze bang waren zonder geleide, geld of onderkomen achtergelaten te worden in een haven duizenden mijlen van huis.

Er kwamen geen vrouwen en er kwam geen drinkwater. De zon stak en velen liepen met opgestroopte broekspijpen door het zeewater, met de schoenen in de hand als op een vakantiedag. Van decorum was geen sprake meer. Men lag op het strand met de tuniek over het hoofd en wachtte.

In de middag veranderde het weer: het werd nevelig en de groene zee rees. Het debarkeren van nieuwe schepen moest worden uitgesteld. Het begon te regenen en Burleigh trok me mee naar een stuk strand vol kleine kuilen. Pas nadat de regen in stromen viel begon vuil water de putjes te vullen en we probeerden er wat van in onze veldflessen te krijgen. Sommige mannen hielden hun hoofd dwaas achterover met wijd open mond of hieven pathetisch hun veldflessen. Maar de meesten bleven liggen en raakten doorweekt. In de verte, zuidwaarts, zaten de Fransen droog in hun kleine eenmanstentjes, die de onze hondenhokken noemden.

Laat die middag werd het droog en een stralende zon verdampte het vocht uit de kleren. Een walm van nat vuil goed overstemde de brakke geur uit de baai. Hele groepen mannen rezen overeind en wezen landinwaarts toen een bereden Russisch officier op een heuvel verscheen in een parelgrijs uniform en op een schitterende vos. Onder vuurbereik bezag hij onze dampende, halfgeklede troep. We staarden terug maar er was geen bevel tot vuren.

De avond van onze aankomst viel op de dertiende en de zee-engte hier heette Calamita-baai: als voorteken geen vriendelijke coïncidentie. Maar het bleef een schertsexpeditie. Ongelovig gelach steeg op toen bekend werd dat een handjevol mannen de kleine stad Eupatoria, noordwaarts langs de kust, 'veroverd' had. De garnizoenscommandant daar had zich zonder meer overgegeven bij hun nadering. Met kijkers kon men Hare Majesteits vlag zien wapperen van een wit gebouwtje op een heuvel. 'Nog voor we alles uitgepakt hebben is er al een stad gevallen,' zei Burleigh.

Nog drie dagen bleven we waar we waren: op het strand. Ik sliep nu en dan een paar uur en werd dan wakker van dorst. Weinig en lauw water kwam af en toe binnen uit Eupatoria. Er werd op van alles gewacht, men gaapte of staarde geprikkeld. Niemand sprak nog over doel of oorzaak van de oorlog, al citeerde Burleigh voor wie het horen wilde nog graag de parlementariër die gezegd zou hebben: we gaan de Tsaar beletten de christenen tegen de mohammedanen te beschermen. Soms tuurde ik met enige hoop de zeereep af op onze Congrevese uitrustingsstukken. Mijn nog vage vrees zette ik stelselmatig opzij met de gedachten aan een vriend en vijand verbluffende tactische ingreep met raketvuur. Langs zee stapelde zich van alles op maar het gezochte was er niet bij. De tenten waren er nu, maar er waren geen lastdieren om ze te vervoeren. Het vertrek werd definitief vastgesteld op de negentiende, 's morgens om zes uur.

Op de ochtend van de negentiende was ik om vier uur wakker. Het was al zo lauw in de grijze lucht dat ik het in de tent niet uithield. Velen zaten al buiten. Rond halfzes werden de laatste zieken in het laatste transportschip geladen en de gedachte kwam even op me te laten meenemen. Er klonk een hoornsignaal en er moest in lange rijen opgesteld worden bij de veldkeukens waar het vlees gekookt zou worden. Maar na een uur keerden we terug met het rauwe vlees in de hand: de rest van het water moest gespaard worden voor de veldflessen. Terwijl handwapens, munitie en opnieuw proviand voor drie dagen uitgereikt werd, stonden de Fransen zuidwaarts in marscolonnes aangetreden. Er was enerverend ongeduldig tromgeroffel en driftig trompetgeschal dat als getreiter in de oren klonk. Bij ons werden zo veel mogelijk zaken nog op karren geladen; Burleigh sloeg me op de schouder met een verdachte grijns: er was een kist raketten gevonden met een erbij horende lanceerbok. Ik verbleekte onprettig maar zei: 'Goddank.' M'n grootste angst voor het moment was iets verkeerd te begrijpen en oorzaak van ergernis te zijn.

Het werd negen uur in de morgen voor we vertrokken. Het meeste vlees raakte bedorven en werd onder het zand gestoken. Maar we hadden zeebeschuiten en water. Er was nu toch zekere plechtigheid in mij en Burleigh keek vroom. We hoorden erbij en marcheerden van het strand in de grassteppe achter de zeeheuvels.

Dankzij een laatste minutieuze inspectie zag het Britse expeditieleger er magistraal uit. De vaandels staken boven ons uit: kleurige doeken met trotse motto's als 'Ne Obliviscaris', 'Sans Peur' of 'Quis Separabit'. De regimentsorkesten bliezen, alle ruiters zaten vóór in het zadel als voor een parade en wapens, helmen en kurassen kaatsten voortdurend zonlicht. De Grenadier Guards met hun spierwitte kruisriemen en berenmutsen, de Argyll en Sutherland Highlanders met hun kilts en pluimen, al dat scharlaken en kersenblauw bewoog krachtig en ritmisch en werd aan de landzijde geflankeerd door het goudgeel van de cavaleristen. Wel was alles zeer stil zodra de muziek zweeg en er hing een drukkende lavendelgeur.

Ik probeerde een geril – alsof ik het koud had – de baas te worden en hield me voor dat hier pas alles van het leven samenkwam: inspanning, saamhorigheid, stiel, muziek, doel, hitte en kou, vriendschap en haat, trots en een beetje gêne. Maar het wilde er bij mezelf niet helemaal in: ik hoorde niet genoeg bij al die rustig overtuigden. Mijn grootste verwachting begon uit te gaan naar een vermoeid soort zaligheid aan voldoening na pijn. (Of bedoelde ik: met goed fatsoen afgehaakt zijn?) Was geraakt worden spelbreken of bijdrage? Hoe een goed soldaat te zijn.

Misschien ging het erom, iedere eigen wens te laten varen. Misschien was dat sterk. Zulke sterkte meende ik om me heen te zien. Er liep een witgehandschoende officier schuins achter me met wat me een prachtige mystiek lege blik leek: het ontpersoonlijkt gezicht van een volledig gemortificeerde. Zoals de monniken in de kloostertuin bij Rijnsburg, waar ik met de meid gewandeld had. Z'n lijf behoorde hem niet toe maar z'n regiment; alleen vandaar die fiere houding. Zelfs z'n kinnebak, die de riem van z'n gepluimde helm droeg, deelde mee in die onthechte trots, als was het geen deel van z'n gezicht. Tegelijk met deze overweging barstte ik in een zenuwlach uit: misschien was het een gewone kaffer. (Burleigh keek me bij die lach met opgetrokken wenkbrauwen aan. In ieder geval had hij niets van een monnik, hij had de ogen van iemand die zich grinnikend verontschuldigt dat hij gaat slagen en dat hij terecht is).

Ik hield me voor dat hier behalve de 'gehoorzamen' ook avonturiers van allerlei slag meemarcheerden. Juist speelde een regimentsorkest 'Marching with the 7th Fuseliers' en het was idioot dat men zich om dit lied met duizenden juist bij dit onderdeel gemeld had. Het aanbod overtrof de vraag vele malen en het verloop van een oorlog kon afhangen van een populair marsliedje met – het zij toegegeven – een zalig verschuivende syncope ergens in het midden.

Na verloop van tijd stopten de blazers en de doedelzakken van het 39ste die hen hadden afgewisseld. Het was te heet. Je hoorde nu alleen leeuweriken in de ongeloofwaardig blauwe hemel en af en toe een paardenhinnik of het piepen van assen. Gesproken werd er niet meer en ook het geluid van de duizenden voetstappen werd gesmoord in de zachte grond en de helm. Ik was doorweekt van zweet.

Op sommige glooiingen was tussen de heuvels door weer even de zee te zien achter de Fransen op de rechterflank. Rustig dreef een van onze oorlogsschepen mee in de baai.

Met enige trots zag ik dat Burleigh z'n vriendschap niet aan iedereen gaf. Tegen een lange blonde soldaat die dubbel dreigde te slaan en om Burleighs veldfles smeekte zei hij: 'Je kan verrekken.' Honderd meter verder liep de witharige uit de rijen en sloeg tegen de grond. 'Eerst alles opzuipen en dan bij een ander bedelen,' gromde Burleigh kwaad.

Tegen het middaguur werd het schaduwloos landschap verzengend. Er werd ingehouden gehijgd en gekreund, een gestaag murmelen dat een soort slaap verwekte. Burleigh keek strak voor zich uit toen hij z'n mokerhand om m'n bovenarm schroefde en me door hobbelig dor gras sleepte. Ik was misselijk en dreigde steeds achterop te raken. 'Gooi je ransel af,' siste hij; hij nam de beschuiten eruit en wierp het jute met een boog opzij. Behalve met uitgeputte soldaten was onze weg al bezaaid met uitrustingsstukken als sjako's, kolbakken, sjerpen en pluimen. Het leek of er al slag geleverd was.

Na nog een halfuur, of hoelang ook, was er voor geen indruk meer plaats op m'n netvlies. Ik zag en hoorde alleen water. Alle veldflessen waren leeg en het steeds meer wemelende beeld van de rode stoet trok naar m'n uiterste ooghoeken: m'n pupillen lieten zoals bij overweldigende slaap alleen troebele beweging door zonder betekenis. Ik had zieke dromen van volle drinkbekers die vlak voor m'n lippen barstten als een granaat en van helder water dat in het zand liep en als stoom opsprong. Voor angst om alleen achter te blijven was ik te moe; ik had geen voldoende ik om wat ook te zijn, behalve een bundel slecht scharnierende beenderen. Misschien was men zó pas gehoorzaam aan dat idioot schitterend heelal daarboven, dat volgens grootvader doortrokken was van Leibniz' harmonia praestabilita. Intussen strompelden we. Dysenterielijders hurkten in groteske houdingen langs de kant en kwamen in de achterhoede terecht. Er moesten meerdere marspauzes gehouden worden waarbij iedereen in het schroeiend zand ging liggen.

Nadat onder collectief gehijg een steile helling genomen was strekte zich onverwachts, vol kaatsend zonlicht, een kleine rivier voor ons uit. Een seconde staarde men verbijsterd en dan werden de gelederen stompend verbroken. Alle paradediscipline – of wat ervan over was – verdween op slag. Niemand luisterde naar brullende officieren; het werd een stampede met achterlating van paarden, geschut en zelfs handwapens. Lanciers probeerden met hun snuivende dieren de weg te versperren maar men was blind en doof voor alles behalve dat flonkerende water en onder baldadig gejuich stortte men zich de glooiing af. Men bukte en dronk. Sommigen stonden tot het middel in het water.

Het was op dat moment dat van de heuvels aan de overkant van de rivier een schreeuw klonk. En direct daarop een salvo uit vele geweren. Het was twee uur in de middag van de negentiende september 1854 en we waren gestoten op wat bijna een vreemd abstractum geworden was: de Vijand. Dichte drommen kozakken, met nog rokende karabijnen, stonden plotseling op de hellingen aan de overkant.

Bevelen daverden in onze vallei en men begon met halfgevulde veldflessen terug te rennen. Er was verlegenheid op de kaken als bij ongehoorzame kinderen. Dekking zoeken werd niet gecommandeerd want de schootsafstand was voor de vijand te groot: de kogels sloegen nietig in het opspattend rivierwater.

Ook voor onze wapens was de afstand te groot en zo gebeurde er niets. Ik keek Burleigh vragend aan en wees op onze ene kist pijlen. Hij grijnsde maar eens.

We bleven op de oevers en bivakkeerden die nacht aan de Boelganek, zoals de rivier bleek te heten.

Die nacht met zes mannen in een kleine tent dacht ik aan grootmoeder en of ze nu tevreden over me zou zijn. De meid zou haar benige schouders over me opgehaald hebben. Ik glimlachte in het donker.

We konden niet slapen en Burleigh sprak over de vrouwen die zodra we een basis hadden, een haven, daar ontscheept zouden worden. 'Je schijnt je er nogal wat van voor te stellen,' zei ik. Hij gaf me een schooljongensstomp. 'Precies,' zei hij, 'reken maar dat er tegen die tijd al veel weduwen bij zijn, al weten ze dat dan nog niet.' We grinnikten langdurig. Bij alle vermoeidheid en slaapgebrek meende een soldaat nog een gesprek te moeten beginnen over het Stoomgeschut van Perkins. Ik had daar vroeger door Burleigh van gehoord: een bijna bovenwerelds gietijzeren monster met hoge schoorsteen, dat tot duizend loden kogels per minuut zou kunnen uitbraken door een vrij beweegbare loop. (Een stoomketel spoot hoge drukstoom via een cilinder door die loop, waarop een trechter stond waarin men naar believen kogels kon laten lopen.) Het vijfwielige zwarte gevaarte was destijds in Regents Park gedemonstreerd voor de Hertog van Wellington en Peel en zou een geluid als van zware donder hebben veroorzaakt. De pers had bij die gelegenheid z'n verbijstering uitgesproken. 'Die uitvinding zal de Oorlog vernietigen,' schreef een krant en een ander: 'Dit zal tot algemene vrede dwingen; hoe zou een volk een verlies door zulke werktuigen veroorzaakt kunnen herstellen.'

In onze tent wist niemand waarom het wapen in deze eerste veldtocht sinds z'n uitvinding niet werd ingezet: was het inderdaad te verschrikkelijk? Of moesten we Burleigh geloven die zei dat het ding onvervoerbaar was en z'n bereik niet groot. Het was een mysterie. Ik sliep toch nog in en droomde van een spookachtig vervormde locomobiel bij de spoorweg aan de trekvaart thuis. Stoom is de universele kracht van de toekomst, had grootvader gezegd. Perkins had een stoomkanon voorspeld dat van Dover naar Calais kon schieten.

De volgende ochtend vroeg bleek de vijand vertrokken. We waadden door de rivier en vervolgden onze mars ongehinderd. Over de rest van de veldtocht kan ik kort zijn; de slag aan de Alma is intussen te bekend. Op de steile rotsachtige heuvels over die rivier wachtten tienduizenden gehelmde Russische infanteristen ons op. De rivier lag onder geschutsvuur van twee in de heuvels uitgehouwen redouten. Hier zag ik de eerste gewonden vallen ver in onze voorhoede; ik herinner me dat Burleigh me zei de baan van de zwarte ronde kogels in de lucht te blijven volgen om ze straks te leren ontwijken. M'n hoofd was vol eerbiedige, weeë treurigheid.

Ik liep als een klein kind dat naar de tandendokter moet mee in de richting van de rivier. Er was een vaag besef dat ik met m'n gehoorzaamheid aan wie of wat ook te ver was gegaan. Het werd te gek hier. Men stijgt niet ongestraft boven het meegekregen zelf.

Enig soelaas gaf in de gele kruitnevel de aanblik van Lord Raglan, die rechtop en langzaam langs de rivierbedding reed, in het volle vuur en met z'n vreemde kardinaalshoed op. We juichten hem toe: ik kort en met dunne keel.

Terwijl de echo's van het kanonvuur tot boven zee vibreerden en ik de rivier tot op twintig meter genaderd was, met Burleigh bijna trekkend aan m'n arm, kwam een bereden officier langszij en brulde ons tweeën toe terug te gaan naar het artilleriepark, pijlen en lanceerbok te zoeken en die op te stellen. We zouden de overkant van de doorwaadbare plaats van de rivier moeten bestrijken; voor ons licht veldgeschut was het doel te ver. Ik kon een kreet van vreugde amper onderdrukken waarbij ik niet wist of dat de uiteindelijke vervulling van m'n opdracht betrof ofwel het achteruitgaan in plaats van vooruit.

Na dom rennen om de vele wagens en stukken, waarbij de kapitein op z'n doodsbang paard krakend naar ons vloekte, vonden we de ene kist pijlen en een bok waarmee er twee tegelijk gelanceerd konden worden. We sukkelden ermee terug naar de rivierbedding. Ik hielp mee opstellen en de lanceerhoek schatten. Een spijtige angst kwam op dat onze raketten werkelijk doel zouden treffen en dat de beide redouten een woedend vemietigingsvuur op onze kleine installatie zouden uitbrengen. Dat was niet onwaarschijnlijk; er liep hier trouwens al een bruingeel spoor van geplet gras waar een ronde kanonskogel uit gelopen was.

Ik probeerde de bok een te kleine elevatie te geven maar Burleigh trok de sextant uit m'n handen en stelde opnieuw in. De lange ijzeren raketpijlen werden opgezet en wezen naar de concentratie vijanden die afdaalde naar de ondiepe plaats met flonkerende bajonetten. Alles stond klaar. Zelfs ik moest toegeven dat het best rakettenweer was: zonder een sprank vocht en zonder een zucht wind. De kapitein brulde met wijd open mond of er nog wat van kwam.

Burleigh stak een lont aan. Ik vervloekte de zwakte die me hier gebracht had, duizenden mijlen van m'n dorp, en brandde me aan eigen lont die ten slotte toch vlam vatte.

Burleighs raket zoog zich eerder weg dan de mijne; zwaar ademend bleef ik de projectielen volgen in hun baan. Ze bleven elkaar op zo'n dertig meter volgen door de schelle hemel boven de rivier. Ze gilden en rookten. M'n darmen knaagden.

Dan boog Burleighs exemplaar bijna 90° naar links, stootte eerst omhoog en begon dan te vallen. Hij schoot de rivier in, zonder een rimpeling te veroorzaken. De mijne zweefde door en ik wist niet wat te hopen. Intussen waren de voorste gelederen van onze infanterie al haast aan de overkant; er klonk geweervuur. Burleigh stelde tierend twee nieuwe pijlen op.

Mijn raket scheen recht op de geconcentreerde groene massa over de rivier af te gaan. Ik telde en keek verbijsterd toe maar het voorwerp sloeg tegen de begroeide rotswand, nog hoog boven de gehelmde hoofden, en vernietigde zichzelf tot een onbenullig stofwolkje. Er kwam geen enkele reactie. Men sloeg er niet meer acht op dan op een mus.

Burleigh was weer vlugger dan ik met de volgende twee pijlen; de zijne bereikte de overkant maar op een punt ver naar links waar niemand stond. Mijn exemplaar begon boven de rivier te kantelen en zakte. Ik riep nog kinderachtig 'nee!' – in het Hollands – maar hij kwam neer tussen onze eigen mensen in het water. Ik staarde blind naar de grond; later hoorde ik dat ook daar niemand gereageerd had behalve de Schot die zich omdraaide naar onze oever en lachend zwaaide.

'Hou maar op met die rotzooi,' riep de kapitein vanaf z'n snuivend paard, 'en sluit je aan bij de lijn.' Hij wees met z'n zwaard als een aartsengel naar de rivier.

Door de vertraging in m'n lijf van vrees en zenuwen stak ik nog tijdens z'n woorden de lont van een volgende pijl aan; tegelijk besefte ik onder verbijsterd staren naar de gepluimde ruiter dat het bevel anders luidde. In een reactie greep ik naar de al rokende pijl die in de volgende seconde hatelijk onder m'n hand wegschoot. Het ijzer schuurde wel heet maar ik voelde verder niets. (De pijl, blijkbaar uit z'n baan gedrukt, sloeg op onze eigen oever in de modder en verdween.)

Ik keek naar m'n hand – onder honend gevloek van zowel de kapitein als Burleigh – en zag verbaasd hoe middelvinger, ringvinger en pink snel opzwollen. Ook begon dun bloed op te komen als door vloeipapier.

Burleigh begon me intussen naar de rivier te duwen maar m'n hand ging schroeien en toen ik probeerde m'n geweer op te pakken verschoof er week iets in twee vingers. Het bloed liep langs m'n pols en als een huisvader die bij het ophangen van een prentje op z'n vingertoppen geslagen heeft, viel ik voorover in zwijm.

Ik kwam bij en werd door een onbekende geërgerd naar achteren gecommandeerd, naar de muzikanten, die immers tevens verplegers waren. Daar moest ik lang staan wachten in een geur van ongeluk: de eerste gewonden – echte gewonden – werden hier gehaast en nerveus behandeld. Voordat ik eindelijk aan de beurt was voelde ik me zwevend ziek en ging liggen. Terwijl het geschut over zee donderde, keek een Franse *vivandière* met een lange mannenbroek onder haar rokken naar m'n hand en glimlachte.

De slag aan de Alma had zonder mij plaatsgevonden en ik lag – aan de strategisch verkeerde kant van de rivier – die nacht in een lazarettent met een krankzinnig soort koorts. Ik zag pal boven de rivier een stad oprijzen zo mooi als ik nog nooit gezien had: paleizen en torens van spierwit ivoor, zoals Bavelaar ze in het klein gesneden zou hebben in ons Leids museum. Kon dat Sebastopol zijn? Ik dreef boven die stad, vereend met alles en ieder, en ik beheerste m'n leven. Ik was vredig ontroerd, zelf geschiedenis, afgerond. Tot ik ontwaakte en me herinnerde zelfs niet echt gewond te zijn; toen was er alleen nog gêne en diepe angst voor vergelding.

De volgende morgen lag ik tussen honderden gewonden aan het strand te wachten op een transportschip. Ik sliep telkens en droomde dan. Ik droomde dat een harig chirurgijn m'n beide armen amputeerde en dat ik eruitzag als de man van de Leidse vuurwerkfabriek, waar Pietje van verteld had. In werkelijkheid boog een arts met een lijst zich wat afwezig over me. Ik werd aan dek van een schip gedragen.

Na vier dagen varen belandde ik in het grote hospitaal van Scutari. Daar werd later een stuk van m'n ringvinger geamputeerd.

Drie maanden later was ik terug in Engeland. Het sneeuwde en sommige burgers liepen rond in een kopie van het jak dat Lord Cardigan in de Krim gedragen had. Ik werd naar de infirmerie van Fort Pitt vervoerd; m'n genezing vorderde niet snel genoeg en ook van de pink werd een stuk weggenomen. Hoe vaker m'n kleine wonden behandeld werden, hoe minder bang ik was. Angst is het erge van pijn. Zonder angst zou een theodicee mogelijk zijn.

De Koningin bezocht ons en de onderscheiding die ze liet uitreiken – en die ik met diep schaamrood aanpakte – heb ik nog. Ik die aan de Alma geen schot gelost heb.

De kleine vorstin was niet meer het mooie meisje van het portret in de kazerne van de Royal Engineers. Ze was dik geworden en liep langs de bedden of ze likdoorns had. Bij m'n ontslag uit de infirmerie vertelde iemand me dat Burleigh alles overleefd had zonder een schram: óók de bestorming van de redan vóór Sebastopol. Ik schreef hem, maar kreeg geen antwoord.

Ik trad uit de krijgsdienst – die trouwens alleen gold voor de duur van de campagne – en vertrok met m'n medaille (die ik nooit, nooit zou vertonen) in de nazomer van '56 naar Holland. M'n grootouders had ik datum en uur van aankomst geschreven.

Het schip kwam te laat in Rotterdam, ik miste de aansluiting van het spoor naar Leiden en moest twee en een half uur wachten. Ik was erg ongeduldig.

Toch werd ik aan het Leids station afgehaald door grootvader, die kleiner en kaler leek geworden, en grootmoeder, nu grijs en zonder kap. Ze drukten me de hand, maar nogal haastig, en leidden me naar een opzichtig geelgeverfd rijtuigje dat wachtte. Behalve de koetsier zat er een vrouw in met voorname kleren en een overvloedige sleeprok. Ze stak haar hand vreemd naar me uit (ondersteboven of achterstevoren leek het wel) naar de wijze van het volk dat manieren geleerd heeft. Ik kuste die hand en rook uien; dan begreep ik dat het Pietje was of Nella, zoals ze zich nu noemde.

We reden stil over de oude weg die weer schitterend groen was en waar de tolboom wijd voor grootvader geopend werd. 'Tja,' mompelde de oude man nu en dan. Grootmoeder zei nog dat Nella nu getrouwd was met een Rijnsburgse tuinder en dat ze rijtuig hield – zoals ik merken kon. We glimlachten. De vroegere meid gluurde telkens onderuit naar m'n gedeformeerde hand.

Thuis in de oude huiskamer – waar niets veranderd was – vertelde ik iets (weinig) van het Tartarenland en 'm'n Engelse kameraden'. Terwijl ik praatte of vragen ontweek dacht ik: aan al de theoretische wensen van m'n opvoeders heb ik vrijwel voldaan; ik ben zesentwintig en moet nog aan m'n eigen leven beginnen. Ik kan niets.

Tijdens m'n hakkelig verhaal keek Nella naar me met de half spottende, half meedogende vrouwenblik die zegt: Tja! Je had me kunnen hebben destijds, maar nu is het te laat.

Bij toeval – ik ging m'n handen wassen vanwege de lange treinreis – was ik nog even alleen met haar in de keuken, als vroeger. 'Je hoort niet tussen soldatenvolk,' zei ze voor zich uit kijkend naar de koffiemolen die ze nog eenmaal voor haar vroegere meesteres zou bedienen. Ze kon gelijk hebben.

Misschien had ook die Leibniz een beetje gelijk en was ik in de Krim een monade zonder venster geweest: ik had de kleurige stoet op weg naar Sebastopol wel gezien, maar alsof het mij niet helemaal aanging. Wat ik zelf wilde, dat moest uit mij komen.

Wat later ben ik door bemiddeling van grootvader op een notariskantoor gekomen. M'n hand met de halve vingers is wat vergroeid maar ik oefende eindeloos en heb nu een extra regelmatig handschrift. Ik kan afschriften maken van alle mogelijke akten zonder klacht van opdrachtgever of cliënt.

En nu moet ik nog de moed hebben eigen zaken – of hart – te volgen. Al in de hitte van de Krim dacht ik dat het prettig zou zijn, ooit iets over Rijnsburg op te tekenen: het dorp waar ik in den vreemde met een soort heimwee aan dacht. Tenslotte woonde daar niet alleen Pietje, maar ook de wonderlijke Peter Poiret – zoals ik onlangs zelf ontdekt heb –: tijdgenoot en tegenpool van Leibniz, en die niet z'n doel zag in de bevestiging van een harmonisch geheten abstract heelal, maar in de confirmatie van een individu op weg naar eigen zaligheid.

Op grootvaders bureau was het tinnen model van de Arend verdwenen en Wyttenbach zag ik gewoon tussen andere lederen banden staan. De oude sprak van een stukje land dat hij wilde kopen in het drooggemalen Haarlemmermeer.

De auditie van mevrouw Stulze

HET WAS EEN GEWOONTE GEWORDEN bij het doorlopen van de winkel – op weg naar boven of naar buiten – iets van de voorraad bij zich te steken; de afrekening met mevrouw Stulze, onze hospita, kwam later wel.

Ze vond het trouwens best, ze vond ons aardige jongens en natuurlijk hoogst betrouwbaar, en het stimuleerde immers haar omzet. Eén enkele keer maar had ze bezwaar gemaakt – hoewel glimlachend – toen Armand, de drinker in ons gezelschap, 's nachts om vier uur per se het onderste blikje leverpastei van een piramide van honderdvijftig stuks had uitgekozen en het bouwwerk deed instorten. Een aangrenzende fles slaolie, die daarbij brak, had mevrouw Stulze niet eens op de rekening geplaatst.

Mevrouw Stulze bemoederde ons, ze hield van ons en had een klein, ingehouden pretglimlachje voor ons. Als niet helemaal alles wat we meenamen op de rekening kwam, dan beleefde ze voor dat restant wat plezier aan ons. We zagen het wel. Het vergemakkelijkte een duik in de winkelvoorraad. Als we vrienden over kregen, hoefden we niet door de kou. Want deze zelfbedieningszaak (we bezigden het woord al met een grijns) had ook bier en wijn.

Naarmate de rekeningen opliepen, was het zaak mevrouw Stulze nog meer van ons aardig zijn en van onze betrouwbaarheid te doordringen. Had zij ons bemoederd, wij begingen nu niet de fout ons als zoons te gedragen. Zóveel scheelden we ook niet in leeftijd. Als wij rond vijfentwintig waren, zal zij nog geen veertig geweest zijn. Nee, we beantwoordden haar zorgzaamheid met een permanent en halsstarrig onderschatten van haar leeftijd. We zeiden soms per ongeluk 'je' en 'daaag'.

Armand was de eerste die niet meer uit de snel oplopende schuld kwam. Hij moest wel de lieveling van mevrouw Stulze zijn: hij was bescheiden, knap en de jongste van ons. Met z'n zachte stem en treurige blik had hij haar altijd nog de baas gekund. Nu had ze hem met een opgeheven wijsvinger lief terechtgewezen: meneer Stulze – zo heette het – had op betaling aangedrongen. Deze Stulze was een Duitser die in de Eerste Wereldoorlog bij Loos gas binnen had gekregen. Hij was nooit helemaal hersteld. Hij had na veertig jaar invaliditeit een grote afstand genomen tot de dingen om hem heen, en z'n steeds minder getrainde hersens, z'n toenemend weigerachtig lijf ook, maakten hem minstens even ongeschikt voor geslepen zakendoen als z'n vrouw dat was. Maar helemaal weerloos was het echtpaar Stulze nog niet en toen het eindelijk doordrong in het aangetast brein van de oud-strijder dat een van de jongens niet betaalde, verrees er nog iets van de soldaat in hem en met stentorstem (maar veel te vriendelijk en onthecht van blik) beval hij genoegdoening, want anders... Ja, wat anders? Armand schrok er niet van en toen mevrouw later die eis nog eens privé herhaalde antwoordde hij opgeruimd: 'Stulze kan toch nog best even wachten!' Want hij wist, of giste, dat er van haar huwelijk met de oude soldaat niet veel over was en dat er voor de laatste niet veel meer in kon zitten dan een vaag conciërgeschap over dit uitgesleten huis. Mevrouw Stulze schudde glimlachend het hoofd. 'Je bent me er eentje,' zei ze verliefd; 'als het de andere maand dan maar in orde komt, want anders krijg ik last hoor.' Armand beloofde plechtig, bijna gepikeerd, dat het natuurlijk in orde kwam.

Onze regering besloot dat jaar juist tot een algemene 'bestedingsbeperking' en we ondervonden in ons vak daarvan onmiddellijke gevolgen. Omdat onze dorst en trek in iets hartigs bij nachtelijke thuiskomst niet met onze verdiensten mee afnam, liepen onze rekeningen verder op en Armand betaalde wel eens wat af maar kon geen afdoende vat meer op de situatie krijgen. Eenmaal nog verscheen Stulze duister en groot met z'n vierkante soldatenbros, coupe 1914, in het trapportaal bij Armands kamertje en bulderde: 'U moet bezahlen ob anders u moet de hois oit.' Maar Armand keek zo verdrietig dat de oude zich zuchtend weer meteen liet zakken, meer trekkebenend dan ooit, naar de winkel. Die avond, na haar lange werkdag achter de toonbank, verscheen mevrouw Stulze bij ons met haar gewone plezierblosje en ze zei: 'Stulze meent het zo kwaad niet. Maar' (dit tegen Armand) 'je moet echt je best doen af te betalen, hoor.'

Armand deed z'n best. Hij vond iets essentieels. Als moeder Stulze hem zo graag mocht, dan was het geen zonde haar ook eens graag te mogen. En na maar korte voorbereiding (hij bezag haar dan op de trap of in de winkel met een plotselinge blik die haar diep deed blozen en haar grijze ogen oplichten) stond hij op een nacht, nog met z'n klarinetkoffertje in de hand, zo van de straat in haar kamer voor haar bed. Hij had de situatie tevoren goed verkend en er was dus geen sprake van het door hartstocht overvallen zijn dat hij opvoerde. Stulze was weer aan een van z'n zwerftochten door Vlaanderen bezig, zogenaamd voor inkopen, maar misschien zwierf hij over de oude slagvelden.

Het experiment mislukte, tot Armands verbazing. Weinig vrouwen weerstonden z'n stem en zwierigheid. Niet dat mevrouw Stulze boos was. O nee, ze kon het bést begrijpen, maar het kon niet jongen, het mocht niet. Armand liet zich hiervan verdacht snel overtuigen, zette z'n treurigste glimlach op, pakte z'n klarinetetui en verdween naar boven; niet dan na in de winkel twee pullen bier en een blikje ganzenlever ingeslagen te hebben. Hij vertelde ons van de mislukking ('Is dat wijf gek? Nou krijgt ze helemáál geen cent meer.') en we stelden gezamenlijk vast dat er nu iets gebeuren moest om de aandacht van mevrouw Stulze voor onze rekeningen af te leiden. Het ging er vooral om dat de nachtelijke zelfbedieningen niet te minutieus genoteerd gingen worden want we waren veel thuis deze weken. Een min of meer symbolische afrekening leek ons in ruil voor onze kleine attenties niet te veel gevraagd, vooral als ze voor de grotere blijkbaar niet in aanmerking wilde komen.

Merkte ze onze ontvoeringen in de nacht – en ook wel overdag in een volle winkel – van eet- en drinkwaar nu ja of nee. In ieder geval moest ze mild gestemd blijven en bereid tot toegeeflijkheid. Iets erg aardigs (maar op oorbaar terrein) dus. We zochten ernaar in een bijeenkomst op Armands kamer.

Weet niemand een vent voor haar? We wisten het niet. Trouwens, misschien wilde ze haar invalide trouw blijven. We spraken voorlopig maar af onze kleine attenties te verdubbelen. We nodigden haar op onze kamers voor een glaasje (uit haar eigen flessen) en ze genoot innig en vertederd. We zetten haar vuilnisbakken buiten. Armand viel bijna dood op de binnenplaats toen hij, vierhoog, haar jammerende kat uit de dakgoot viste. Cees plakte voor haar op een middag – zij het onder gevloek – de band van haar fiets. Deze Cees was trouwens ook erg populair bij mevrouw Stulze. Hij miste twee vingers van z'n rechterhand (van toen hij als kleine jongen experimenteerde in scheikunde) maar beweerde dat het een souvenir aan de bezetting was. Mevrouw Stulze had blijkbaar toch een zwak voor oorlogsinvaliden en ze was diep bewogen toen 'haar' Cees, met 'die hand' nog wel, haar fiets gemaakt had. Ze streelde hem bij die gelegenheid even over z'n kort stekelhaar en schrok daar zelf van, getuige de diepe blos. De band stond de andere dag alweer leeg maar mevrouw bezwoer ons dit niet aan Cees te zeggen omdat dat zo 'reuze zielig' voor hem zou zijn.

Mevrouw Stulze had kleine voeten maar nogal mollige wreven, waarmee ze rechtstandig stapte alsof haar enkels niet buigen konden. In het begin dachten we wel eens dat we haar met iets beledigd hadden, zo hoekig als ze van ons wegliep, maar haar gang was eenvoudig altijd zo. Misschien waren het ook alleen maar winkelbenen. Armand sprak van toonbankpoten omdat hij meende dat ze daarachter ook beter verborgen konden blijven.

Ze was een klein beetje dikkig maar ze had sluik, jong, halflang haar, dat haar iets weerloos gaf. Ik denk dat we haar wel mochten om dat haar: zelfs de kraaienpootjes kregen er iets meisjesachtigs van. Ze had er alle leeftijden tegelijk door.

Het ging wel soepel met onze rekeningen en zeker de helft van onze wijn of worstjes verdween als quantité négligeable in onze magen – en die van onze vriendinnen, die we onder schalks toeknikken van moeder Stulze nu en dan naar boven loodsten. Maar er is soepel en nog soepeler. Zouden de drankjes niet eigenlijk als toegift op onze welwillendheid in dit oud en vochtig pand te willen wonen, opgevat mogen worden? En kon een goedlopende zaak kwaad bij de illegale afname van wat zoutjes? Dit laatste vroeg Armand zich op een avond af toen hij van beneden kwam met in z'n armen en jaszakken acht flesjes bier en twee grote blikken kaasbiscuit. Hij meldde nog als terloops niemand te zijn tegengekomen in winkel of gang. De noodzaak echter van een moreel vergelijk, van een grote attractie die moeder Stulze zou verplichten ook van de baten van de andere helft onzer verteringen af te zien, drong zich op. Want soepelheid leidt tot overbesteding en wat de regering ons onthield moesten we voor onze magen zelf aanvullen.

Onverwachts deed zich op een avond een mooie kans voor mevrouw Stulze aan ons te binden en we lieten die kans niet onbenut.

Ditmaal had Cees haar gevraagd een glas wijn te komen drinken op z'n hokje; Armand en ik waren daar al aanwezig. We waren al zo ver dat we, toen we mevrouw Stulzes wat stramme stap op de onderste tree hoorden, haar toeriepen: 'Ach mevrouw Stulze, breng even een flesje wijn mee naar boven', zeker wetend dat deze bijdrage aan de gezelligheid rond haar persoon niet genoteerd zou worden. We hoorden haar terugkeren, rondscharrelen en weer de trap bestijgen. Met haar liefste glimlach en helste ogen reikte ze decent onmerkbaar gastheer Cees de fles over. Ze ging zitten of ze jarig was.

Ze vertoonde een prentbriefkaart van een desolate vlakte bij Zillebeke, die Stulze haar gestuurd had en waar hij zeker oude herinneringen ophaalde, want het landschap deed in morbiditeit nog niets onder voor dat op de illustraties uit 1917, die de donkere ruimte achter de winkel sierden. Zelf bleek mevrouw Stulze (na haar zoveelste glas – Cees was niet zuinig met de gekregen fles) ook aan herinneringen toe te zijn. Het was hier dat wij oplettender haar verlegen spreken aanhoorden en weer eens van die blikken wisselden, waarvan we later niet begrepen dat zij ze nooit bemerkte. Ze bloosde dieper dan ooit en haar ogen leken nu die van een grote moederpoes op een vensterbank in de zon.

'Heb ik jullie wel eens verteld dat ik vroeger óók wat aan muziek gedaan heb?' Ze liet dit even bezinken en zweeg met een geheimzinnig glimlachje en bescheiden geloken wimpers. Armand reageerde het eerst: 'Wát zegt u me nou?!' En Cees zei warm: 'En dat zegt ze nou pas!' Mevrouw Stulze haastte zich, met afwerende gebaren (maar genietende, lachende ogen) teleurstellingen te voorkomen en ze zei sussend: 'Ja, amateurwerk hoor, niet zoals jullie, zomaar een beetje voor m'n plezier.' Dit laatste veinsden we nauwelijks te horen. Daar ging het hier niet om. 'Vertel op,' zei Armand streng maar teder. Ze aarzelde. Een nieuw glas gaf haar verlegen hart moed. Ze maakte ruimte voor haar verhaal, dat deed ze waarachtig goed. We speelden ongeduld.

'Waar hebt u aan gedaan,' vroeg ik, 'gezongen, piano?' Ze keek me blij verrast aan. 'Ja,' zei ze verbaasd, 'gezongen, hoe raad je dat nou zo?' Cees antwoordde snel voor mij dat we dat direct zagen: echt het type van de zangeres.

'Maar het is al lang geleden hoor,' zei mevrouw Stulze bescheiden, 'vóór de oorlog.'

'Nou en?' zei Armand, 'er werd toen beter muziek gemaakt dan nu!' Hij keek alsof het hem speet die periode niet meegemaakt te mogen hebben en mevrouw Stulze glunderde. Plotseling stak ze van wal. 'Kennen jullie Koos de Hout? Die begeleidde me altijd.' Alle drie vielen we bijna verontwaardigd in: 'Koos! Natuurlijk kennen we Koos.'

'Heb ik nog mee gewerkt vroeger,' gokte ik lukraak maar Armand beduidde me met de ogen niet te ver te gaan. Tenslotte wisten we niet eens welk instrument die Koos gespeeld had. Cees vond daar iets op: hij zei ernstig dat Koos altijd een uitstekend begeleider geweest was. We grijnsden een seconde om deze vondst en ik vervolgde snel met het stereotiepe: 'Doet hij tegenwoordig nog wat aan muziek?'

'Nee, allang niet meer,' zei mevrouw Stulze melancholiek, 'hij heeft die zaak toch!'

'Ach ja, dat is ook zo,' zei ik. Een lotgenoot van mevrouw dus.

We vroegen verder. Had ze op de Bühne gestaan? Ja, één keer, op een buurtfeestje. Wie waren er nog meer bij? Wim Bosch, de gitarist. Cees deed verrast. 'Echt?' riep hij ongelovig, 'Wim Bosch die nog in het grote orkest van Willebrands gezeten heeft samen met Pietje van Dijk?' Hij kletste maar wat. Mevrouw Stulze keek even onzeker en zei aarzelend: 'Ja, dat kan wel, dat geloof ik wel, het was een uitstekende gitarist die jongen, en zo'n áárdige jongen. Ik zie hem nooit meer.'

We begonnen opgewonden te praten. 'Maar dat waren geweldige muzikanten,' riepen we tegen elkaar, 'vakmensen!' Weer keek mevrouw Stulze naar de grond: 'Toen waren het nog maar amateurs natuurlijk,' zei ze, 'maar ze wáren goed, dat kan je op de platen nog horen.'

'Wát!?' We rezen als één man overeind. 'Platen? Hebben jullie platen gemaakt!? Heb je ze nog?' (Nu ze muzikant was, werd het natuurlijk 'je'.) 'Dát is verschrikkelijk interessant. Heb je ze hier in huis?' We schreeuwden nu door elkaar heen. Mevrouw Stulze veinsde onzekerheid of de platen er nog wel waren. ‘Halen,’ riepen we enthousiast, ‘halen en direct!’

‘Nou,’ zei mevrouw Stulze verzaligd trainerend, ‘ze zijn zo ouderwets en slecht opgenomen natuurlijk.’

‘Onzin,’ riep Armand, ‘doe nou niet flauw en ga naar beneden.’ Hij trok haar lief plagerig aan haar wat weke witte arm uit de stoel. Ze liet zich snel overeind zetten. Ze giechelde. ‘Vooruit dan maar, ik héb jullie gewaarschuwd,’ zei ze. ‘Als ik ze nou maar vinden kan.’ Ze stommelde al naar beneden. Cees ging even op het trapportaal en riep haar gedempt na: ‘Ach, breng nog even een flesje mee, ik vind het nu juist zo gezellig en we zijn door de vorige heen.’

‘Natuurlijk,’ fluisterde mevrouw Stulze met een grote knipoog.

Ze was verwonderlijk snel weer boven. De platen – in een keurig koffertje – hadden natuurlijk al twintig jaar hun vaste plaats gehad. Ze zette terloops twee flessen wijn op de grond en peuterde opgewonden aan het koffertje. ‘Wacht maar,’ zei Cees gedienstig en had de sluiting zo open. Uit de koffer kwamen twee metalen grammofoonplaten, papierdun, waarvan de onbedrukte etiketten met potlood beschreven waren: enkel titels, onleesbaar geworden. Voor mevrouw Stulze bevatten deze vlekkerige hiëroglyfen geen geheimen. Ze bekeek ze melancholiek. Cees bracht z’n grammofoon in orde. ‘Ga je ze echt draaien!?’ vroeg ze verschrikt. ‘Natuurlijk,’ riepen we, ‘wat dacht je anders?’

Ze leek nu toch onzeker, nerveus. Ze staarde naar de grond alsof ze spijt had. Cees liet de saffier zakken in de metalen groef. Er ontstond een korrelige ruis.

Dan een gitaarintroductie en een paar pianoakkoorden – die Koos zeker –, wat dof en veraf. Cees draaide aan toon en volumeregelaar; het maakte niet veel uit. De stem begon. De met opzet lage, maar ongevoileerde alt van een schoolmeisje dat graag een vrouw wil lijken, alles anno 1937.

We luisterden, bijna echt geboeid. Hoe verouderd – inderdaad – was dit type stem. Hoelang geleden dit klankideaal. Hoe bijna kuis romantisch, juist deze opgelegde femme-fataleduisterheid, deze vamp-immoraliteit die toen fascineerde. We keerden terug tot ons spel. We keken elkaar verrast en vervoerd aan. 'Verrot goed,' mompelde Armand voor zich uit. We hoorden wel wie ze geïmiteerd had, hoe ze in de mode had willen zijn (net zo goed als die meiden van nu hun voorbeeld van de dag hebben) en ook hoe schools het nog was, hoe zonder veel eigen inzicht, hoe ontroerend muloachtig bedeesd bij een voorzichtige improvisatie of een moeilijke passage. Toch kon ze al wat; het zou wat geworden zijn en het was niet vals of onritmisch. Eenmaal was ze er even uit en liep een maat voor op haar begeleiders die decent een steek lieten vallen om haar in te halen. Maar de mevrouw Stulze van nu hoorde verzaligd toe.

We draaiden alle vier kanten. 'Solitude' was erbij en 'Stormy weather'. We waren vol lof en prezen ons gelukkig om deze ontdekking. Bij ingeving keek ik even recht in haar ogen met een glimlach van oudere connaisseurs onder elkaar en zei: 'Ik hoor er ook veel van Greta Keller in.' Ze zette haar glas neer en staarde me ernstig aan. Bijna verbijsterd. Armand en Cees bestonden niet meer, ik had voor het ogenblik gewonnen. Zag ik nu een traan aan haar wat bol groen oog? 'Jongen!' zei ze. Ze legde ontroerd een hand op mijn hand en vergat die terug te halen. 'Weet je wel hoe me dat nou treft?' Ik keek haar innig aan en knipoogde met beide ogen naar haar, niet zonder het te menen. Haast onhoorbaar zei ze nog: 'Ik wilde toen altijd zo graag op Greta Keller lijken. Dat is nou het mooiste compliment.' Ze kon niet meer spreken. Ze had trouwens ook wel veel gedronken voor haar doen.

Even leek het of Cees, die zichzelf bij drank wel eens meer een kleine krenking van de gezonden toestond, de stemming zou bederven. Tenminste, hij informeerde met malicieuze kaken of Herr Stulze die platen nu geen entartete Kunst had gevonden.

Maar mevrouw keek zonder verwijt en geïnteresseerd naar hem. ‘Hij heeft ze nooit gehoord,’ zei ze met een triest lachje.

We dronken nog wat en draaiden de platen nóg eens. ‘Goede uitspraak,’ zei Armand nog landerig, want het Engels was wankel. We werden moe van de complimenten en wilden het er niet te dik meer op leggen. Zo ontstond een slaperige stilte. Het leek of mevrouw Stulze soesde. Haar hand lag nog op de mijne en haar duim streelde haast onzichtbaar mijn pols. Eén seconde kreeg ook ik genoeg van haar argeloze goedheid, zoals Cees daarstraks, maar ik liet alles zoals het was.

Misschien zouden we allen in slaap gezakt zijn als niet Armand plotseling opstond. Mevrouw Stulze zag hem glazig aan. Ze zuchtte diep alsof ze zich haar geluk weer opnieuw bewust werd. Armand zei ernstig, bijna plechtig: ‘Mevrouw Stulze, we hebben een voorstel. Ik weet dat ik ook namens de andere jongens spreek als ik u vraag, als ik u verzoek, of tenminste, als u in overweging zou willen nemen...’ Hij zweeg verward. Mevrouw Stulze keek hem aan met een gestileerde Toorop-blik vol vrome, blije aandacht. Ze wist opeens wat komen ging.

‘Enfin,’ zei Armand, z’n quasibeschroomdheid overwinnend, ‘we wilden gelijk maar weten hoe u erover zou denken volgende maand met ons mee te gaan op dat tourneetje door Duitsland. Het is maar één maand. We zoeken een zangeres. U hebt ondergrond, routine. Natuurlijk zouden we een paar keer moeten repeteren, maar dat kan desnoods ’s avonds hier in huis, gezellig bij een glaasje wijn, gewóón, onder elkaar. Wat denkt u ervan?’

De traan, die daarstraks al gedreigd had, viel nu. ‘Maar jongens, jongens, ik kan *de zaak* toch niet alleen laten?’ (Een nerveuze vergeving zoekende glimlach; ze was bijna mooi nu). We wisten dat, het was een hele geruststelling. ‘Maar dan kan je man toch wel eens één keer in de zaak staan,’ riepen we verontwaardigd, met teleurgestelde koppen. ‘Voor dat ene maandje.’ Ze scheen waarachtig te gaan twijfelen. Cees zei snel: 'Ja, we willen natuurlijk ook weer niet dat de zaak er gevaar door zou lopen, u moet natuurlijk denken: één maand een bescheiden gage, is dat het risico waard. Ú moet weten of het zakelijk verantwoord is.' (We keken hem al te dankbaar aan, merkte ze het weer niet?) 'Nou goed, goed,' zei Armand, 'laten we in ieder geval deze weken wat gaan repeteren. Een of twee avonden in de week. Dan kunnen we altijd nog zien of je mee kan naar Duitsland, ja of nee.' Zo werd afgesproken. Mevrouw Stulze stond vermoeid op maar trok ons alle drie om beurten naar zich toe. Haar ogen waren fosforescerend. Ze gaf ons alle drie een zoen. Op onze wang.

De paar weken van de 'repetities' in Armands kamer, waar een oude piano stond, kwamen er geen extra posten op onze huurkwitantie. Mevrouw Stulze bracht steeds wat wijn of bier mee en na afloop – laat in de nacht – maakte ze uitsmijters en koffie. Op iedere volgende repetitie had ze een mooiere jurk aan. Ze was ernstig en nerveus. 'Maak nou geen onzin, jongens,' zei ze bij onze grappen. Er werd weinig muziek gemaakt en meer gedronken. 'Solitude' en 'Stormy weather' bleven op het repertoire maar met het aantal maten en de zuiverheid wilde het minder vlotten dan twintig jaar geleden. 'Het gáát niet meer,' riep mevrouw Stulze eenmaal angstig uit maar we troostten haar. 'Oefenen, oefenen, oefenen! Muziek maken is moeilijk, mevrouwtje.' Ze kreeg er nóg meer bewondering voor ons door. Voor ons vak, voor onze bereidheid, voor ons geduld met haar. 'We zetten door,' zei Cees nu en dan vaderlijk, terwijl hij met z'n beknotte hand gesticuleerde.

Toen Herr Stulze van z'n omzwerving terugkwam, weinige dagen voor onze Duitse tournee, was alles afgelopen. Mevrouw verscheen niet op de laatste repetitie. 'Wees jullie alsjeblieft niet boos,' zei ze schor, 'het kan echt niet, het gaat niet, ik kán niet mee. Stulze is nou eenmaal invalide, het is ook z'n hoofd zie je. Hij kán de zaak niet besturen, hij heeft mij nodig, ik mág hem en de zaak niet alleen laten, ik weet het niet meer, hoe moet dat nou?' We zwegen geslagen en zuchtten. We droegen het moedig. We glimlachten alweer een beetje en waren aardig. 'Nou ja, als het niet gaat, dan gaat het niet, niets aan te doen. 't Is alleen een beetje jammer dat we het nú pas weten, hoe vinden we nu nog zo gauw een goede zangeres.' Mevrouw Stulze schaamde zich diep. Ze was erg wit en dit deed haar neus te veel uitkomen, zoals bij sommige vrouwen die gehuild hebben. 'Weet u niemand die nog mee zou kunnen?' (We zeiden weer 'u'.) Ze schudde het hoofd. 'Nee,' zei ze toonloos, 'echt niet. Het spijt me.' Armand keek nadenkend. 'Had u het maar wat eerder gezegd,' zei hij nog. Mevrouw Stulze sloop de trap af. Ze moet haar wreven geweld aangedaan hebben, zo zachtjes.

Op een morgen met vrolijke, lage herfstzon laadden we het Volkswagenbusje in, dat geparkeerd stond in de nauwe straat voor de winkel. De winkeldeur stond open, want we liepen heen en weer met de instrumenten en delen van het drumstel. Stulze hielp ons – was hij zo bereidwillig omdat we ditmaal naar Duitsland gingen? – de basdrum met riemen op het dak van de bus te bevestigen. We waren, als altijd wanneer een goed engagement ons wachtte, in de beste stemming, vol met de esoterische muzikantengrappen die ons dat gevoel gaven uitverkorenen te zijn. En in Duitsland was geen bestedingsbeperking. Mevrouw Stulze verscheen bij zulke gelegenheden meestal goedkeurend glimlachend in de deur, maar ditmaal ontbrak ze. We deden Stulze de groeten aan z'n vrouw.

Ze bleef een boetvaardige die ons ontliep. Onze rekeningen bestonden alleen uit de huishuur en Armands achterstand kwam niet meer ter sprake. Toen we in Duitsland waren, was ze alleen met haar invalide; toen we terug waren bleef ze met opzet alleen met hem. We zagen haar nog uitsluitend als we overdag de winkel door kwamen. Voor de tournee had ze haar haren laten permanenten – dat maakte haar tien jaar ouder.

Liefde

I

M'n vader kwam de kamer binnen met sneeuw op z'n hoed. De kraag van z'n winterjas stond nog op.

Hij legde vier grote peren op het tafellaken. Hij was laat; het dessert stond al op tafel: warme griesmeelpap. Moeder bloosde om die prijzige vruchten.

Vader had de auto laten staan in de garage van z'n werk: de carburateur lekte. Hij was met de trein gekomen. 'Het is stil buiten,' zei hij, 'geen mens op straat.'

Moeder pookte de kachel voor hem op; de sneeuw tikte bij een windvlaag aan het raam. Het was de koude winter van '28 op '29.

We hadden zwijgend gegeten toen vader er nog niet was, maar nu kwam er enige beweging in de kamer. Moeder bukte bij de hooikist en daar kwamen de pannen op tafel waaruit wij al opgeschept hadden. Proppen krantenpapier die voor warmte hadden gezorgd vielen op de grond. M'n zus raapte ze op.

We beëindigden ons toetje. Vader at verder, nogal afgezonderd.

Hij was stil. Moeder schoof haar hand over tafel naar de zijne en zei: 'Wat is 't? Druk gehad?' Vader knikte aarzelend.

De stilte werd drukkend en de sneeuw tikte. Vaders gezicht stond ongewoon ingekeerd en verlegen. Hij was snel uitgegeten en stak een sigaret op. Om z'n mond kwam een glimlachje of hij wat vertellen ging.

'Wil je geen griesmeel?' vroeg moeder teleurgesteld. 'Nee,' zei hij, 'echt niet; je suis penoe.' (Altijd bij toenadering spraken vader en moeder glimlachend een paar woorden in Frans-Maleise verhaspeling, zoals ze zich dat herinnerden van 'deftige' Indische families in Batavia.)

Terwijl moeder voorzichtig zo'n mooie grote peer schilde en voor allemaal een part afsneed, vroeg vader me wat ik op school gedaan had. Ongewone aandacht! Ik keek verbaasd naar hem op en zei: 'Niks; gewóón.' Moeder zei: 'Zing dat liedje dan eens, wat je vandaag geleerd hebt.'

Ik was zeven en zong gegeneerd en lacherig 'Daantje zou naar school toe gaan'. Vader zei: 'Daar kan je op charlestonnen!' Hij stond op, neuriede het liedje en liet z'n voeten bewegen. Ik lachte onzeker.

M'n zus keek naar hem op met een geheim dat geopenbaard ging worden. 'Ik kan het ook al haast,' zei ze. 'Laat zien!' zei vader. Zus steunde met haar handen op het pianokrukje en sloeg haar hielen ritmisch uit. Vader prees haar. Ik mocht het ook proberen, draaide een voet weg, maar het duurde veel te lang voor die terug was. Het leek naar niets. Vader lachte goedig. Moeder keek sprakeloos naar hem.

Vader ging weer zitten. Hij wachtte op koffie met het *Leidsch Dagblad* voor zich op tafel. De stilte begon weer. M'n zus ging naar haar kamertje.

Een zekere bezorgdheid was bij moeder niet verdwenen. Vreesde ze dat vader de spreekwoordelijk verdachte bloemen voor peren had verruild? Was hij ondanks beloften 'afgedwaald'?

Moeder vroeg iets in het Maleis (*Apa ietoe*?) waarvan ik wist dat het betekende 'Is er soms iets?'

'Ach niks bijzonders,' zei vader over z'n krant. Hij kreeg z'n koffie ingeschonken en roerde lang. 'Een of andere idioot in de trein.'

Ondanks dit nogal geruststellend begin kon moeder niet glimlachen. Ze keek hem smekend aan. Vader ontweek haar hand over tafel.

'Een vent. Een gek, denk ik.'

'Wat had die dan?' Moeders stem klonk dun.

'God, niks ergs of zo,' antwoordde vader kregel, 'maar hij ging tegenover me zitten, zat me aan te staren en zei opeens...'

Vader keek in mijn richting. Ik acteerde op te gaan in de fotopagina van *Het Nieuws van de Dag* van die morgen. Ik had het blad óók uitgespreid op tafel.

Moeder gebaarde dat vader door kon spreken.

'Die vent zegt ineens tegen me: "Ik zie jou nog wel. In de hel."' Vader glimlachte vergoelijkend. Maar daarna keek hij, het was voor het eerst dat ik zoiets zag, haast hulpzoekend naar moeders gezicht. Misschien beschouwde hij, die zelf nooit bad of naar de kerk ging, haar opeens als een ingewijde. Als een vertrouwelinge van hemel en hel.

Moeder, geschrokken toch, probeerde een lachje. 'Onzin,' zei ze. 'Die vent is gek. Een patiënt of zo.' Ze sprak ferm, maar haar ogen waren zoekend.

Vader leek gerustgesteld. Ik bekeek de sneeuwfoto's in de krant: de eindeloze sneeuw van de poolcirkel waar Amundsen heldhaftig zocht naar de verloren expeditiezeppelin van Nobile.

'Is er al wat nieuws over de expeditie?' vroeg moeder neutraal.

'Niks,' zei vader met een blik op het avondblad, 'geen steek. Geen teken van leven.'

Dan bleef er alleen de stilte waarin de sneeuw – onze eigen vaderlandse sneeuw – nu en dan hoorbaar bleef aan de ramen. Een gordijn woei vaag op. De wind zeurde even aan het kozijn.

'Het tocht hier,' zei vader en moeder stond op om de groengeruite tochtdekens uit een kast te gaan halen. Samen spanden ze die lappen voor de onderkant van de ramen waar de wind nu gemoffeld floot. Een zwakke kamfergeur steeg op.

'Zullen we een glas madera toe nemen?' zei vader. 'Hè ja!' riep moeder met intense ogen en een kindergebaartje. Vader bekeek haar even of hij 'Nou moe!' zou gaan zeggen, maar hij zweeg. Hij ging naar zolder waar in een diepe kast de monsterflessen van z'n baas stonden. Hij kwam terug met een fles die nog in een rietomhulsel stak.

Ze dronken dat glas.

Ik ging spelen in een donkere kamerhoek en liet een kartonnen vliegtuigje in het eeuwig poolijs naar luchtschipbreukelingen zoeken. Moeder tikte vader op de mouw en wees met een knipoog in mijn richting. 'Ja, ik zíé het wel,' zei vader opnieuw kregel. Moeder versomberde. Ik moest naar bed.

In m'n kamertje dacht ik aan de gek, die door het witte landschap stormde in een trein.

De volgende dag was moeder somber en nerveus. Ze sprak veraf. In m'n schoolpauze moest ze 'even naar dominee J.' en ze bleef lang weg.

Maar 's avonds was ze opgewekt, ja, je kon haar zekere blijmoedigheid niet ontzeggen.

Terwijl het eten klaarstond en we op vader wachtten zei ze onverwachts: 'De hel bestaat niet hoor. God vergeeft ons steeds weer, altijd opnieuw. Dat is nou juist de blijde boodschap.' We knikten onrustig.

Vader was vrijwel op tijd ditmaal. En de Ford stond weer voor de deur. Met een besneeuwd dak.

De hooikist was maar net gevuld of de pannen konden er weer uit. Vader kwam binnen, nu weer zonder jas en hoed, zoals altijd. We hadden gehoord hoe hij beneden in de gang z'n schoenen sneeuwvrij stampte.

'Zo?!' zei moeder innig, 'de auto weer in orde?'

'Dat zie je, ja,' zei vader met een knik naar het raam. 'Het was trouwens maar een kleinigheid.'

‘Dat ze dat nou gisterávond niet even konden verhelpen toen je naar huis wilde!’ zei moeder.

‘Ja, hoor ’ns,’ zei vader.

Hij kwam aan tafel zitten en vroeg, vriendelijker: ‘Wat eten we?’ M’n zus tilde verkneukeld een deksel op. Het was lof, z’n lievelingsgroente.

‘Zo zo!’ zei vader. Hij liet een moeizaam glimlachje zien.

‘Erg moe?’ vroeg moeder. ‘Zal ik voor je opscheppen?’

‘Ben je gek!’ zei vader, want hij wilde nooit ziek, moe of oud zijn. Het werd een gewone avond.

‘Heb je gehoord,’ begon vader al etend, ‘dat die Amundsen nou zelf ook zoek is?’

‘Nee, ach God, echt?’ antwoordde moeder. Toen lachte ze. Ze dacht waarschijnlijk dat het de eerste zin van een reizigersmop was.

‘Nee, nee, waarachtig!’ riep vader verbaasd, ‘het zal al wel in het avondblad staan; ik hoorde het van de baas, die heeft radio.’

Het sneeuwde nog, maar de wind was gaan liggen en je hoorde nu zelfs geen tikken aan het raam. Heel ver weg kwamen Amundsen en Nobile nu misschien allebei om.

‘Het is hier warm,’ zei vader. Moeder stond op en temperde de kachel. In de stilte hoorde je de trein van Amsterdam hol het station binnenratelen, ver weg.

‘Ik denk erover een radio te kopen,’ zei vader. ‘Dan kan ik zulke berichten eerder horen en dan hebben jullie wat muziek als ik weg ben.’ (Hij had niet eenmaal van ‘we’ gesproken.) Moeder ging met een ruk recht zitten. ‘Wat bedoel je met: als ik weg ben,’ zei ze met grote ogen. Vader lachte. ‘Als ik aan het wérk ben,’ zei hij. Toen drong de komende gift pas moeders brein binnen en ze zei schor en ontroerd: ‘Dat is maar weer lief van jullie vader, een radio. Hoorden jullie dat wel?’

We knikten verheugd. ‘Fijn pap,’ zei m’n zus.

De volgende middag – een woensdag – speelde ik thuis in m'n kamertje. Ik parkeerde blikken auto's in een hoek die een garage voorstelde. Vaders garage bij z'n wijnimportbedrijf.

Moeder kwam met een wit gezicht binnen en zei haastig: 'Ik moet éven weg; nergens aanzitten in huis, blijf maar hier in je kamer.' Ze was al weg.

Het werd al donker toen ze terugkwam. Nu stampte zíj haar schoenen af en ze borg haar bontjas, die plekkerig nat van sneeuw was, afwezig in een kast. Ik was tevoorschijn gekomen maar ze zag me niet. Haar ogen waren rood.

Een halfuur later kwam m'n zus thuis. 'Wat is er?' vroeg ze aan moeder op de toon van vader. Ze was bijna elf jaar en bereid haar moeder aan te horen.

Moeder vertelde aarzelend. Ze had opgebeld bij haar kruidenier, de enige bekende met telefoon op onze weg. Vaders auto, zo had de portier van z'n werk gemeld, was die week niet in de garage geweest voor reparatie. Op maandag was vader er trouwens de hele dag mee in Noord-Holland geweest.

'Misschien heeft hij dan dáár pech gekregen,' zei m'n zus een beetje kwaad. Moeder haalde de schouders op.

Toen vader thuiskwam wenkte moeder hem met de ogen. 'Ga even mee naar de keuken,' zei ze dof, 'ik moet je even alleen spreken.' Vader volgde timide.

M'n zus en ik gingen de huiskamer binnen, waar we bleven staan, zonder een woord. Zo'n keukengesprek was er al eerder geweest, maar ditmaal hoorden we moeder huilen.

Ze kwamen beiden terug. Moeder droogde haar ogen. 'Ga jij eens kijken voor je vader of het *Leidsch Dagblad* er al is,' zei ze mij, 'die is tegenwoordig zo laat met die sneeuw.'

Ik rende de trap af. Beneden, in de vrieskoude gang waar de brievenbus tochtte, raapte ik het blad op. Er was een natte plek waar het krantenpapier week werd en scheurde. De krant rook heerlijk naar vorst en verse drukinkt. Ik liep ermee naar boven en bekeek alvast de voorpagina. Grote letters meldden dat Amundsen dood was. Z'n portret stond in een ovaaltje met een kruisje erboven.

Korte tijd later bracht een man in bestellerspilo en met beenkappen een grote, zware doos. Er zat een rodekoolpaarse en gehamerd ijzeren Philips-radio in.

II

In het voorjaar van '29 was het feest in huis. Vader en moeder waren twaalfenhalf jaar getrouwd. Er kwamen veel mensen.

M'n zus en ik hadden een versje moeten instuderen, door moeder gemaakt. Ze had er ook een uitmonstering bij bedacht: we zouden gekleed gaan als het boertje met kinawijnfles, het handelsmerk van vaders wijnimporteur. Moeder zat er dagen voor achter haar naaimachine en wij repeteerden de tekst tot we die dromen konden. Bijna verdween de betekenis van de woorden door die herhaling.

De dag was geanimeerd. In de voorkamer, waar nu zon binnenkwam, zaten onze ooms en tantes en onze grootouders. Er werd, begrijpelijk, veel wijn geschonken. Een collega-handelsreiziger van vader zat naast een jonge nicht en maakte gekheid. Moeder lette op hem. Er werden verschillende voordrachten gedaan en een andere vriend van vader speelde 'Kitten on the Keys' op de piano.

Op een teken van moeder slopen m'n zus en ik ongemerkt naar een zolderkamertje. Daar lagen onze boerenkleren klaar.

Ik was gegeneerd en nerveus. Ik vond het vers nogal kinderachtig. Toch bleef ik het in mezelf eindeloos opzeggen.

Terwijl we in ons ondergoed stonden, klaar om in de wijde broeken te stappen, kwam een oude tante binnen. Ze gaf overbodige raad. We wilden ons geheim voor vader tot het laatst bewaren; daarom zwegen en keken we haar dood. We namen de witte klompen in de hand en pakten de klaarstaande kinawijnflessen.

Beneden kwamen we binnen in een wolk sigarettenrook, wijngeur en parfum. We stelden ons tussen de schuifdeuren op. Moeder keek tragisch, liefderijk, wrokkig en bescheiden tegelijk. De tantes zetten mooie, dierbare gezichten op, hun rood aangezette monden vormden iets als 'Ach gut'. Vader fronste verlegen. Het was bijna stil. De collega fluisterde z'n laatste grap in het oor van de nicht. Ze proestte en iedereen keek nijdig naar haar om.

We zongen. We articuleerden als moeder het voorgedaan had. Eén regel is me bijgebleven. Er ging een geamuseerd en tegelijk wat ongemakkelijk gemompel door de toehoorders. Vader mimeerde er jongensachtige gêne bij. Het waren de woorden:

> Als paps in z'n autootje jacht,
> en stiekem de meisjes toelacht...

Misschien mompelden de mensen van opluchting. Deze milde strofe, dit understatement, was alles wat aan kritiek op vaders levenswandel naar buiten kwam. Het was, opnieuw, liefde.

Vrouwen winnen

HET WAS NAJAAR '59 of '60.

Armand zat achter het stuur en de andere zeven sliepen. Z'n vermoeidheid naderde een punt waarop hallucinaties hem noopten telkens een voet boven het rempedaal te houden. Nadat hij achtereenvolgens op de inktzwarte weg een losse vliegtuigvleugel en een huizenhoog schip voor zich uit had zien stormen, zette hij het busje op een parkeerstrook. 'Wat ga je nou doen,' zei iemand geeuwerig, maar Armand had zichzelf al toegestaan te slapen. Z'n krullig hoofd, dat vrouwen mooi vonden, lag al op het stuurwiel en hij leek dood.

Allen sliepen nu vast. Om een uur of drie in de morgen is er weinig verkeer en de enkele vrachtwagen die passeerde wekte niemand. Binnen was alleen langs neusvleugels aangezogen lucht te horen en soms een kinderlijk gesmak. De leider, op de dodemansplaats naast Armand, sliep kaarsrecht als een zittend lijk dat door het voorhoofd geschoten is. Een van de koperblazers drukte een vormetui tegen z'n borst als een moeder haar kind, en de bassist omarmde, half liggend en met z'n hoofd tegen de canvashoes, de steel van de bas die tot over de achterzitting reikte. Nu en dan was de wind hoorbaar, die zacht door de rubberspin op het dak streek waarmee de bassdrum bevestigd was.

De slaap van rechtvaardigen of beter, gerechtvaardigden. Want hun leven was niet minder dan goed besteed. Ze konden iets en deden het; ze verdienden – in dubbele betekenis – het geld dat ze hun vrouwen of vriendinnen afstonden. Wat ze konden, deden ze bovendien met intens plezier, al liet geen van hen dat zo merken. Het was goede toon te schelden op dit vak, dat eigenlijk spelen was en trouwens spelen heette. 'Wat een rotvak' (met verlegen tegensprekende glimlach) was nog het minste. Soms werd het metier als zodanig ontkend en men lanceerde een standaardgrap: er werd jaloersheid voorgewend op toevallig passerende bakkers, buschauffeurs of kantoorheren en men zei bedroefd: 'Ach, had ik toch maar een vák geleerd.' Die glos kwam ook voor op het podium, als men iets verschrikkelijks te spelen had, een polonaise bijvoorbeeld.

Alles rond hun beroep deelde in dat haast volledig ontkende plezier. Vooral het reizen met de eigen bus en de gezamenlijke koffiepauzes langs de weg waren verzwegen hoogtepunten. Er werd alleen gewag gemaakt van tocht en kou.

Maar weinig uren na aankomst in hun doodstille huizen, die nacht, gingen ze opnieuw op weg. Ze gaapten, scholden en boerden.

De herfst is een mooi seizoen voor muzikanten. De zakboekjes zijn dan goedgevuld en men vertrekt bij feestelijk nevelige zon rond koffietijd.

Zo ging het ook deze morgen; de begroeting op de afgesproken plaats waar de Volkswagenbus wachtte was zoals gebruikelijk: men knikte traag en ernstig naar de al aanwezigen en mompelde iets als: 'Ja, ja. Dus toch', of: 'Jesis, jij gaat toch niet wéér mee, hoop ik.' Alles bedoeld en gewaardeerd als esoterische, de burger buitensluitende vriendentaal.

Niemand die zo welgemoed naar z'n werk gaat als een muzikant, meestal na grinnikende pseudoruzie over de route. Vrouwen kunnen niet mee want zo'n busje heeft maar net plaats genoeg voor het orkest en de bas, zodat niemand op z'n vingers gekeken wordt en een etmaal van volledige en zinvolle vrijheid aanbreekt. Een blinde met één been zou dan nog vrolijk zijn. Bovendien werd onderweg nog wel eens opgeschoven voor een buitenechtelijke liftster.

Het inladen verliep die morgen weer met zekere hilariteit en dat was tot een ceremonie geworden alsof de goden met steeds herhaalde grappen goedgunstig te stemmen zouden zijn. De bassdrum, met de krabachtige rubberbanden aan de imperiaal van het busje vastgezet, sprong als gewoonlijk eerst een keer los. 'Waarom lachen jullie daar nou iedere keer wéér om,' vroeg de drummer, 'drie- of viermaal is natuurlijk leuk, maar dit is intussen de zestigste keer.' Hij maakte zich niet werkelijk kwaad, hij was zelfs zichtbaar vereerd met de aandacht voor z'n speeltuig, al schudde hij nog zo mismoedig het hoofd.

Nadat nog op straat naar een oliespuitje gezocht was – men acteerde de kruipende gebaren van botaniserende veldbiologen tot het met kinderlijk gejuich vanonder de bus tevoorschijn werd gebracht – kon men eindelijk vertrekken. Een kwartier te laat, zodat op de hoofdweg hard werd gereden.

Terwijl ze moesten wachten voor het IJ-veer deelde Tom krachtige eucalyptuspastilles rond. De trombonist spuwde de zijne direct uit en zei, werkelijk geschokt: 'Dat rotding kost me m'n lip.' De anderen grinnikten. 'Ja kijk,' zei Tom, 'dat is embouchureweerende snoep; als je die eet en je kan dan tóch nog blazen, ben je pas een échte muzikant.'

'Gooi die rotzooi nou niet op de vloer, dat gaat allemaal in de mat vastzitten,' riep de leider, tevens eigenaar van de bus, geërgerd. Zijn nogal nasale tirade werd geparodieerd, want waar men zoveel samen reist en werkt ontstaat behoefte aan een gezamenlijke halve vijand. En zo ging het nog een tijd door met zouteloosheden die juist als zodanig gesavoureerd werden, vooral als ze zijdelings met het vak van doen hadden.

Na een uur begon men lallend het gebruikelijk koffielied te zingen. De stemmen snerpten trillerig tegen het gestaag geluid op van de motor achterin. De leider waarschuwde dat er niet veel tijd was.

Hoewel allemaal rond de dertig duwden ze elkaar als schooljongens uit het busje en renden naar een als wegrestaurant verbouwde hoeve waar een colavlag wapperde. Men zat studentachtig onderuit op de houten klapstoeltjes en twee gooiden er met bierviltjes naar elkaar ('Héren!' vermaande de leider.) Toen een boerenmeid met koffie binnenkwam werden er ontuchtige geluiden gemaakt, zodat ze morste en zweterig kleurde. Men had plezier. Dat het op iedere reis hetzelfde soort plezier was deed geen enkele afbreuk.

Weer op weg tikten ze bij gesloten spoorwegovergangen naar wachtende meisjes en, als die al keken, trokken ze verfrommelde debielenbekken, een gedrag dat minder geëigend leek om mogelijke liftsters te werven. 'Schei nou uit,' verzuchtte de leider dan, 'denk er nou eens aan dat onze naam buitenop staat.'

De leider met z'n groot zorgenhoofd en rechte neus – waarover hij wel eens bedenkelijk streek alsof muziekmaken hem achteraf tegenviel – dacht meermalen per dag: ik zorg voor hun contracten, vervoer, publiciteit; ik repareer hun instrumenten en schiet hun gages voor, en nooit enige erkenning. Als kleine kinderen laten ze zich bedienen. Maar het was met hem als met de overigen: gemopper was organisch overgegaan in muzikantenbloed en net zomin als zij hém, wilde hij hen kwijt zijn. Opkomende gedachten aan een ander vak werden snel (maar met een zucht) onderdrukt. 'Kijk nou uit, Armand,' riep hij intussen, 'wat doe je nou man, we hadden hier rechtsaf gemoeten.' Hij moest overal op letten.

Dat ze zo gek deden kwam omdat ze zich superieur aan iedereen achtten. Ook aan andersoortige kunstenaars, die van toegeeflijk tot honds bejegend werden. Eens werkten ze op de Amsterdamse Kring en toen een gerenommeerd dichter in donkere trui hun zei: 'Wat jullie doen met klanken is eigenlijk hetzelfde als wat wij hier doen met verf of woord,' antwoordden ze, ook omdat ze zoiets al vaker hadden gehoord, bot met: 'O.' (Ze noemden zichzelf overigens nooit kunstenaars maar muziekarbeiders.) Ze hadden een Calvijngelijke notie van uitverkiezing: zo idioot konden ze zich niet gedragen of er was heil bij de hand door hun muzikantenschap. 'Als ik zin heb helemaal aangekleed in een vol bad te gaan liggen,' zei Armand eens, 'blijf ik toch Armand B.' Dat was de essentie. Ze geloofden dat het publiek het ook geloofde, en meestal was dat zo. Ze waren tovenaars en heersers, al kwam dat gevoel misschien mede tot stand omdat ze hun publiek altijd bezig zagen met die meest futiele, nogal belachelijke en doorgaans mislukkende occupatie: plezier hebben.

Maar ze moesten er wel wat voor kunnen. Er bestond een soort natuurlijke hiërarchie onder hen: niet direct de oudste was de hoogste, ook niet wie de beste stilist of specialist op z'n terrein was, maar wel degene met de onmiskenbaarste algehele ambachtelijkheid daarnaast. Zo iemand die voor geen enkele toonsoort vervaard was, die 'las als een raaf' en bovendien de akkoordenschema's van achthonderd classics zó op kon dreunen (en daarvan niet zelden op repetities vermoeiend blijk gaf).

De najaarszon verdween en het werd koud. Er werd geroepen dat de kachel aan moest. Het humeur van de tweede trompettist daalde; hij vreesde dat dat trage ventiel hem weer parten zou kunnen spelen en z'n instrument, kwetsbaar bloot zo zonder etui in een rijdende nauwe bus, werd aan de leider overgereikt. Die schroefde het ventiel uit en weer in. 'Ik zie er niets bijzonders aan,' zei hij. Dat maakte de eigenaar pas goed kwaad. 'Ik zeg toch niet dat hij blijft hangen als er niks mee is!' grauwde hij naar de leider. De anderen stonden achter hem en riepen dat hij daarin gelijk had. 'Kalm, kalm,' zei de leider, 'ik zal dat ding vóór we beginnen in de zaal nog wel even nakijken.'

De lange rit begon landerig te maken. Eerst zong men nog met opzettelijk kinderachtige kopstem een paar schoolliedjes, daarna vielen er enkelen stil terwijl anderen zacht spraken met hun directe buurman over auto's, afspeelapparatuur en vooral andere muzikanten. 'Die jongen van x kan er ook geen hout van,' wisselde af met: 'Maar dan Y; die is de laatste tijd nakend goed geworden!' Ook kenden ze hun eigen klassieken en spraken met verfijnde connaisseursglimlach over Beiderbecke, Rank, Trumbauer, Lang, Nichols, Busse en Mole. Zonder het zelf te beseffen leken ze daarmee bladzijden uit John O'Hara op te voeren.

Tegen dat het reisdoel werd bereikt leefde men op. Er werd gekakeld als in een volle schoolbus. 'Ik ga een jezussolo blazen in *Body and Soul*,' riep iemand, en een ander antwoordde: 'Ik hoop het, maar ik kan er haast niet meer in geloven.' Leuk doen werd weer strikte voorwaarde.

De bus draaide een schoolplein op. Het was tien over negen 's avonds, een minuut of tien te laat, maar het gebruikelijk schooltoneelstukje zou toch nog wel aan de gang zijn. Die liepen altijd uit. Er werd geparkeerd tussen veel lerarenauto's. 'Deze kant op, heren,' zei een puistige jongen met een band om z'n arm.

Op de stenen trappen aan de ingang stonden al wat leerlingen – die zich blijkbaar te oud achtten voor het feest binnen – om 'de band' te verwelkomen. De meisjes onder hen keken kritisch, brutaal en mogelijk licht spottend naar de naderende mannen met hun instrumenten. Ze draaiden hun ogen niet weg toen het orkest tot op een meter afstand passeerde, maar enkele bloosden toch licht. Een prachtige blonde, die overigens evengoed zevenentwintig als zeventien had kunnen zijn – alleen een iets te cherubijnige wang verried schoolleeftijd; de rest was meer dan volwassen – fluisterde naar een vriendin: 'Die ene kijkt zo chagrijnig!' Ze bedoelde Koos, die zich nog steeds zorgen maakte over z'n instrument. 'Vind je?' vroeg Tom niet te vriendelijk, waarbij hij abrupt met z'n niet geringe lengte en breedte vóór haar bleef stilstaan. Burgers van beiderlei kunne moesten zich gedragen tegenover muzikanten. Zekere afstand moest niet bewaard, maar geschapen worden. 'Pas op,' zeiden ze vaker, alsof ze zelf leraren waren. En het ontbrak Tom toch zeker niet aan uitbundig tongklakkende appreciatie voor vrouwenmooi.

Het meisje had even met haar lange wimpers geknipperd maar de puistige jongen kreeg de rest van Toms wrevel over de ontvangst op het hoofd. De jongen had gewaagd op te merken: 'U bent een beetje laat, heren', wat Tom bestrafte met: 'Jij bent geloof ik overál een beetje laat mee', waarbij hij de schrale kleine gestalte van hoofd tot voeten opnam. De jongen zweeg verder.

Via een stampvolle, halfdonkere en onbenullig versierde zaal die naar lauwe cola, kinderzweet en lammetjespap rook, ging het in de richting van het podium. Men droeg in het gedrang de instrumenten als koelies boven het hoofd en raakte met het lijf – de een meer opzettelijk dan de ander – de rijen meisjes die langs de zijmuur stonden. Ook de kleinsten onder hen fluisterden commentaar op uiterlijk en kleding van de muzikanten, maar leraressen verzochten sissend om stilte omdat het toneelstukje inderdaad nog in volle gang was. Armand en Tom zagen verschillende glimmende ogen in het donker op zich gericht, terwijl ze zelf vrij luid 'sorry' riepen en, 'maak nou eens even een beetje plaats zeg'. Je moest dat prachtig tuig met woorden in toom houden, was je een 'heer' dan ging het fout en werd je later op het podium in de maling genomen.

De kleine openingsstrijd was nog niet afgelopen. Toen alle acht doende waren in de ruimte direct achter het podium de instrumenten voorlopig op te stellen (op de bühne zelf ging het onbeholpen acteren oneindig voort en was de wanhopige souffleuse duidelijk hoorbaar) kwam dezelfde blonde meid van bij de ingang met draaiend, aandacht eisend achterwerk het trapje op.

Toegeeflijk glimlachend bleef ze geruime tijd de drummer op z'n handen staren, die zijn bekkens opschroefde en zijn voetpedaal monteerde. 'Zo kriel, wat mot je?' vroeg hij haar vriendelijk. Ze schrok maar even, glimlachte dan weer en keek hem in de ogen. 'Tom,' riep hij, 'hier kan ik niet zo goed tegen, kom jij even.' Tom kwam, pakte haar bij een mollige bovenarm, stuwde haar naar het trapje terug, wees omlaag en zei: 'Kijk, daar moet je wezen lelijkerd, of zoek je soms de wc.' Grofheid kon nooit kwaad. 'Weg jij daar zus,' zei de leider, die Koos' trompet zat in te slijpen, nog ten overvloede. 'Ssssst, sssssst!' klonk het kwaad uit de zaal. Maar als je er één op het podium toeliet stond het straks zwart en vertrapten ze als olifanten de instrumenten. En ook wisten ze uit hun eigen schooljaren nog hoe die meiden eeuwig voorgetrokken werden: leraren werden eng verliefd en leraressen zweefden theorieën voor de geest over de superioriteit van eigen sekse. Die jongetjes waren niets. Men was nu even in de gelegenheid de rollen om te draaien als dat zo uitkwam.

Intussen scheen er geen eind te komen aan het toneelstuk. De zaal werd rumoeriger en de kleine acteurs schreeuwden zenuwachtig om erbovenuit te komen. Baldadige leerlingen riepen al iets van 'ophouden' of 'genoeg!' Gelach uit de zaal gold niet langer de teksten zelf maar de onbeholpen voordracht. Een ontembaar ongeduld kwam overal op.

'Daar heb ik me nou rot voor gereden,' zei Armand. Een ander stelde voor de zaal nog even in te gaan en hoewel de leider 'geen sprake van' riep, gingen ze toch.

De bassist streek, bij het passeren in het gedrang, een wat kleiner, niet zo brutaal kijkend meisje even over het haar. Het babykopje vlamde rood op, daarna sloeg ze dubbel en proestte. 'Sssssssssst,' riep een lerares; 'het zijn altijd dezelfden die ze daarvoor uitkiezen,' zei ze geërgerd tegen een mannelijke collega. Die knikte.

Het leek of het ongeduld snel begon over te gaan in iets anders. Straks – want eens moest dat hakkelig opzeggen op het podium toch ophouden – zou er eindelijk iets gebeuren. Het gezamenlijk groot zenuwachtig infantiele zou zich oplossen en de leerlingen verspreidden op voorhand een giechelig fluïdum van direct erotische verwachting. En niet alleen de leerlingen. Leraren keken vanuit hun stoelen zo vaderlijk mogelijk naar bepaalde meisjes langs de wand en de muzikanten werden wat grabbelig in de nauwte: in plaats van met de stem verplaatsten ze nu in de weg staande meisjes met de handen. De leider stond nog naast het trapje voor de bühne en trachtte z'n mannen terug te wenken: hij meende dat men nu zó zou moeten beginnen.

Inderdaad klonk cynisch gejuich en een hatelijk opgelucht applaus op. Spelertjes – eersteklassers – en regisseuse werden gehuldigd. Ook de souffleuse kreeg wat bloemen.

Maar nu kwam eerst nog de pauze.

'Jezis,' zei Armand weer, 'het is onderhand over tienen; ik ga precies om twaalf uur weg, contract is contract.'

'Dat doe je tóch niet,' zeiden de anderen glimlachend. Ze besloten naar de door kinderhanden gewrochte bar te gaan.

Aan die noodbar namen gehuurde obers met indringend ironische buiginkjes de bestellingen der jongeheren-leerlingen in ontvangst. 'Twee cola zei u toch, hè?' Het lawaai van kinderstemmen was als een taaie brij om de oren, nergens was men er veilig voor. Jongens kraaiden schor en meisjes snerpten. Iemand klom op het podium en riep af – na eerst geluidloos voor een uitgeschakelde microfoon gehapt te hebben – dat de twee laagste klassen naar huis moesten. De kleine die over haar hoofd gestreken was stampte nijdig op de parketvloer. 'Hè getsie, nou al,' riep ze met verrassend volume, voor zo'n gering lijf, maar ze werd door een veel grotere blonde in de richting van de uitgang geduwd. 'Kom mee,' zei de leider zenuwachtig en hij trok zijn mannen aan de schouders van de barkrukken. Ze hadden juist zwijgend en genadig wat handtekeningen uitgedeeld aan verlegen afwachtende jongens.

Intussen hing er zelfs op de gangen – en met name rond de toiletten die druk werden bezocht in de pauze – iets van een onnawijsbaar maar onsmakelijk soort benedenmaatse bewaarschool-erotiek. Meisjes slopen weg met uit de hoeken loerende ogen die bijna onzichtbaar bleven onder decent neergeslagen wimpers. Ze keken en keken niet naar de jongens aan het andere eind van de gang, die naar elkaar schreeuwend de hun daar toebedeelde ruimte in en uit gingen onder gênant geruis van spoelbakken. Buiten de feestzaal was in het hele gebouw gedurig een vage fröbellucht waar te nemen, alsof volwassen schooljuffrouwen nu en dan in hygiënisch opzicht zouden hebben in te grijpen.

Stoelen, standaards en drumstel werden naar voren geschoven tot op de eigenlijke bühne, het toneelgordijn bleef daarbij nog gesloten. Iedereen had zijn humeur terug, het werk begon en het was zo lang uitgesteld dat ze er felle zin in hadden. Er werd extra virtuoos ingeblazen, gestemd en opnieuw ingespeeld. Een microfoon werd langdurig getest. 'Klaar?' vroeg de leider vanachter zijn piano. Ze knikten. Alleen Koos zat krom en keek somber en had niet geknikt. 'Koos?' zei de leider, 'ook klaar?' Koos gromde iets als lul toch niet man. Bezorgd pakte hij, met dat eigenaardig manuaal waarvoor hij bekendstond, z'n trompet bij het mondstuk tussen wijsvinger en duim en richtte op z'n lippen. 'Net kuikentjes seksen' had Tom dat gebaar eens genoemd.

De leider hief één hand boven de toetsen – laatste attentiesein – en de anderen keken al gespannen uit hun ooghoeken naar zijn voet, die zacht en kort het tempo begon af te tikken: eerst alleen een eerste en derde tel, dan alle vier erachteraan zoals ze gewend waren. Het orkest sprong los en werkte als een machine. Eindelijk glimlachte de leider. Het doek ging langzaam open onder applaus.

Het was een korte herkenningsmelodie en baldadig gejuich klonk op na de laatste maat. Oudere leraren keken verbaasd maar vergevingsgezind naar de fanatieke kinderkoppen die met open monden schreeuwden.

De leider stond op van de vleugel en kondigde de eerste serie nummers aan. 'Er is al direct een verzoeknummer bij,' beweerde hij en de oude truc werkte ook hier: opnieuw gejuich en dankbaar applaus.

Bij het derde nummer begon het naar muzikantensmaak wat te worden. De beide trompetten beten de melodie met zelfingenomen gespierdheid; het was of die instrumenten een beetje boos waren op de betrekkelijke zoetheid van het te spelen materiaal. Maar de trombone groeide er juist in: hij zong vibrerend als een vroom weesmeisje in z'n hoogste register, bescheiden en iets week, maar dragend genoeg om gehoord of gevoeld te worden. Niet door het publiek misschien, maar door andere – denkbeeldige – muzikanten, waar dan ook. Hier waren alleen te jonge kinderen en te oude leraren. Hij beeldde zich in 'a musicians' musician' te zijn.

De scholieren dansten ernstig. De meisjes zakten daarbij week verend als berinnen op iedere eerste en derde maattel door hun knieën; ook leek het of ze soepel rijst stampten. Maar de heupen van zelfs de kleinsten kneedden en pulseerden als van bronstige panterwelpen, geheel in lachwekkend contrast met hun weeë, niet zelden bebrilde maagdenbekjes. 'Rituele schaamdans,' zei Tom in het oor van Armand, die net aan een nuffig en slim klarinetsolootje bezig was. De kleine jongens klosten aritmisch door de zaal, benard en kuis.

Tot halftwaalf werkten ze gestaag door. Op de bühne maakte men elkaar complimenten met een verder in de wereld ongehoorde oprechtheid. 'Dat was een vigoureus trompetsolootje, Tom,' zei de drummer. Ze schoven het goede in hun muziek het publiek onder. Ze speelden verzoeknummers, maar de ziel erin bleef op het podium: frasering, raffinement, toon, vondst, lyriek, arrangement en gistend geswing was voor hier, het liedje voor de zaal.

Er werd een korte pauze aangekondigd waarin onder de leerlingen een verloting ging plaatshebben. Het doek bleef open, het orkest bleef zitten en keek, in zichzelf gekeerd en hautain, met de instrumenten op de knieën rustend, afwezig de zaal in. Alleen Koos schroefde aan zijn trompet.

Vlak vóór hen op de bühne stond, met de rug naar ze toe, een forse meid achter de microfoon. Ze haalde loten uit een mand en riep de nummers om, waarbij telkens wild gejuich van de winnaars opklonk. Toen ze een keer diep doorboog richtte Armand zijn klarinet even op haar rond achterwerk; de anderen grinnikten zachtjes. Tom zag van opzij dat het dezelfde blonde was die hij vóór het begin van het podium had gejaagd. Op hetzelfde moment keek ze achter zich naar hem op en haar volwassen vrouwenogen verduisterden. Ze zei niets.

Ze pakte nog twee of drie loten uit de mand, las de nummers hardop voor en riep dan glimlachend in de microfoon: 'Even één moment.' Ze liep, nog steeds lief lachend, van het podium.

Intussen zeurde Koos tegen de bassist: 'Heb je nou gehoord hoe rot ik speel vanavond, met dat ventiel?' Deze keek nadenkend naar het plafond en antwoordde opgewekt: 'Nee, ik hoor geen enkel verschil met anders!' Koos knikte zwaarmoedig. Ook hij verliet met zijn trompet het podium. Hij wilde in een fonteintje van de toiletten het ventiel dat hem in de ziel stak nog eens schoonspoelen.

Aan één kant van de lange, verlaten gang bevonden zich deuren waarop 'meisjes' stond, en omdat Koos geen andere zag en geen tijd had lang te zoeken, trok hij zo'n deur open die toegang gaf tot een binnenruimte met wastafels en spiegels. Iedereen was in de zaal en er zou wel niemand komen, dacht hij. En anders was zijn aanwezigheid gauw uitgelegd. Bovendien kon men hem bezig zien met trompet, ventiel en oliespuitje.

Hij was amper een minuut bezig toen de deur waardoor hij was gekomen hoorbaar op slot werd gedraaid vanaf de gang. Hij riep: 'Hééé', maar het was te laat.

'Waar is Koos nou, verdomme!' zei de leider. De verloting was allang afgelopen. Honderden leerlingen keken vol geërgerde verwachting op naar het podium en leraren raadpleegden decent maar gaperig hun horloges. Maar 'de band' begon niet. 'Kom heren!' zei een rector met opgetrokken wenkbrauwen tegen de leider. Die antwoordde bijna huilerig dat er een man weg was. 'Heeft zich opgehangen denk ik,' zei Armand, die een voortdurende vakplicht tot geestigheid voelde. De bassist moest gaan zoeken; hij wist wél waar de herentoiletten waren en liep daar rond, goedig 'Kobus' roepend, maar dat bleef uiteraard onbeantwoord. Op de terugweg zag hij wel dat die blonde bij de ingang van de zaal stond te betogen tegen een rector en een oudere lerares, hij hoorde haar zeggen: 'Op het podium zaten ze me van achteren aan te raken.' De lerares bloosde geërgerd.

Omdat de jeugd hatelijke spreekkoren begon aan te heffen – sommige meisjes keken er scheel bij en staken hun tong uit – en omdat de directeur vragend in zijn richting keek, begon de leider te spelen zonder Koos.

De arrangementen klonken opeens verdacht leeg en bijna kinderachtig; een tweetrompettenspecialiteit moest vervallen en Koos' solonummer bleef uiteraard ook uit. Dat laatste was misschien maar beter, met dat ventiel. Deze gedachte bracht de muzikanten tot een misverstand: ze meenden dat Koos gevlucht was om aan dat solostuk te ontkomen. 'Hij had míjn trompet toch even kunnen lenen,' zei Tom schouderophalend. 'Je laat de rotzooi toch maar niet zo in de steek.' (Bijna klonk hier iets in door van de concurrentie tussen trompettisten onderling.)

Er ontstond ruzie omdat de leider een nummer wilde doorzetten, uit vrees voor tekort aan repertoire, dat volgens Tom idioot klonk met één trompet. Ook de trombonist weigerde. Armand zette balorig alvast een ander stuk in, maar de leider tikte woedend af. In de zaal ontstond hoongelach en boegeroep. De blonde leerlinge, die nu met een kalende leraar stond te praten zei: 'Wat een rotband, hè meneer.'

Men begon opnieuw en werkte ingespannen, zonder het gebruikelijk plezier. Met een vloek brak de gitarist nog een snaar; ongelukjes komen ook in dit vak zelden alleen. Tijdens de stille bassolo – die de even uitgeschakelde gitaar verving – hoorde men eindelijk het zielig en pathetisch bonken op een deur vanuit de gang. Publiek en orkest lachten gelijkelijk.

De gitarist ging op het geluid af – gevolgd door een paar proestende leerlingen – en vond Koos, die achter z'n deur krakende vloeken uitkraamde. De sleutel bleek echter weg.

Het orkest stopte. Ze waren verontwaardigd. 'Eerst die jongen eruit, anders spelen we geen noot meer,' riepen ze.

Het zoeken naar de sleutel duurde lang. Ten slotte was het de blonde, die zich opeens met welwillend autoritaire glimlach zoiets als een duplicaat scheen te herinneren. Genadig liet ze de wat kromme gestalte van Koos vrij. Met z'n trompet mallotig in z'n hand, omstuwd door grijnzende scholieren en op het podium honend toegejuicht door de zaal, struikelde hij naar z'n stoel. 'Waar kom jij nou vandaan,' vroeg de leider lijzig, maar Koos vloekte opnieuw krachtig en riep dat hij z'n enge kop moest houden. De microfoon ving die dialoog en er weerklonk satanisch applaus. In dat tumult besteeg de blonde snel als een kat het podium, griste naar de microfoon en liet gillerig weten dat op het volgende feest, de zoveelste december, een góéde band gehuurd zou worden. Een staande ovatie was haar deel.

Op het moment dat men zo vlug mogelijk verder wilde spelen om de blonde te overstemmen, betrad een leraar met kalende schedel en felle hondenogen de bühne en beduidde met wijdgespreide armen te stoppen. 'Komt u eens even mee, meneer,' zei hij tegen Koos die hem dom aankeek en weigerde. Daarop trok de man hem aan een arm overeind en siste: 'Mee vrind, of ik haal de politie.' Tom wilde vechten, maar de leider sprong achter de vleugel tevoorschijn, suste, en beduidde Koos mee te gaan. Er waren weer sarrende spreekkoren.

De puistige jongen met band, dezelfde van bij de ingang, sprong onhandig tussen de instrumenten en schreeuwde of er verdomme nog muziek kwam of niet. Ook omdat hij daarbij Koos' trompet van de stoel af liep, werd hij door Tom met één vuistslag van het podium geveegd. Even was het volkomen stil in de zaal, dan brak er een boosaardig tumult los. 'Vuile flikkers!' riepen twee of drie overslaande stemmen. 'Viezeriken!' schreeuwde een meisje met rode kop. Dat laatste werd door veel anderen overgenomen.

Achter het podium hoorden degenen die daar het dichtstbij zaten de leraar briesen: 'Wat voerde u uit in dat meisjestoilet! Zeg op!' Het antwoord was onverstaanbaar. Twee of drie muzikanten sprongen op de leraar af, scholden en riepen: 'Die jongen moest z'n instrument schoonmaken maar dat snap jij toch niet, lul, jij zou daar inderdaad voor wat anders gekomen zijn.'

'Heren, héren!' riep zowel de spierwitte leider als de toegesnelde directeur nu vrijwel gelijktijdig. Een jonge gymnastiekleraar drong dezelfde ruimte binnen en raakte in schermutseling met de bassist en drummer, die beiden sterk ontwikkelde polsen van hun metier hadden overgehouden en hem snel terugdrongen.

Tom en de trombonist pakten intussen hun kwetsbare instrumenten in. Het was half voorzorg, half dwangmaatregel. 'Ik speel hier geen noot meer,' zeiden ze elkaar. De anderen begonnen ook te pakken, na 'hun' Koos ontzet te hebben. De kale vertrok met de boodschap dat hij de politie zou waarschuwen, z'n kaken maalden van drift.

Ze zaten met ingepakte instrumenten op het podium, de armen over elkaar. De zaal loeide. De drummer demonteerde nog rustig door en toonde de woedende massa z'n rug en bukkend achterwerk. Hij liet z'n glinsterende bekkens met oorverdovende slagen plat op de bühnevloer neerkomen; het leek een luide oorlogsverklaring.

Leraren, leraressen, obers en oudere leerlingen met banden liepen wat bleek door elkaar. (Het was verbazend hoeveel er met zo'n band om liepen; iedereen wil al vroeg belangrijk zijn.) 'Dit is contractbreuk,' riep de kale, die van de telefoon in de directeurskamer terugkwam. De kinderen, in een frontcolonne zo breed als de zaal aaneengesloten, staarden van hem naar het stakend orkest en begonnen, als door een collectief onbewuste indianenimpuls gedreven, het podium te bestormen. Althans zeker twintig jongens klommen of sprongen omhoog als zelfmoordsoldaten op het glacis van een fort.

Tom, de drummer en de bassist verdedigden grinnikend hun stelling met de luie gebaren van beroepsboksers. Het ene na het andere scholiertje werd teruggekwakt in de bewegende massa lijven. Hun pijn en woede werkten besmettelijk; ook werden ze door meisjes met rode koppen opgeduwd. Onder bang krijgsgeschreeuw volgde een nieuwe aanvalsgolf uit een klas die die middag nog over Wereldvrede had gediscussieerd.

De obers, met het instinct van de getrapt gewaanden, kozen onmiddellijk partij voor wat ze óók als personeel aanzagen en knokten mee met de muzikanten. Een lange bebrilde sloeg twee jongens met de koppen tegen elkaar alvorens ze terug te gooien.

De directeur trachtte met opgeheven armen de microfoon te bereiken, die aldoor dof stond te rommelen. Z'n geschreeuw bleef onverstaanbaar zonder elektronen. Een lange meid sprong juist vóór hem op de bühne en ritste Koos' gezicht open met een middelvingernagel. De bassist greep haar kop en drukte die omlaag, alsof hij haar onder een kraan hield. Ze draaide weg onder z'n hand en hij voelde haar hijgende mond warm en nat tussen z'n vingers. Dan beet ze, en met een schreeuw liet hij los, maar tegelijk schoot z'n knie tegen haar mager achterwerk zodat ze naar voren klapte tegen de microfoon die omsloeg op de directeur en hem zo goed als velde. (Hij strompelde weg.)

'Nu is het godverdomme genoeg!' brulde iemand met een bovenwereldse stem vanaf een verder leeg balkon recht tegenover de bühne. Men hield op, maar het was niet duidelijk of dat door die stem kwam, of door wat men tegelijkertijd ontdekte in de stille gang.

Sommige meisjes snikten. Op de gang lag, eerst ongezien, een jongen uit de lagere klassen met een toeval. Een lange baan van z'n water liep, zich langzaam en stil uitbreidend, vanonder hem over de stenen vloer. Het leek of die ongelukkige een zoenoffer had willen brengen.

De gestalte van boven naderde stampend uit het trappenhuis in een bewogen stilte. 'Ik kan niet werken met die hand,' dacht de bassist nog, 'dat gaat geld kosten.'

De dalende man bleek een brede politiefunctionaris te zijn, met grijs broshaar en gevoel voor theater. Het was een Hindenburg-type in burger. Hij dirigeerde de aanvallers met gestrekte arm en trillende wijsvinger naar hun uitvalsstelling terug en maande de muzikanten met verachtende bovenlip tot kalmte. 'Plaatsnemen!' gebood hij hun, met een knik naar de gedeeltelijk omgeslagen stoeltjes. Alleen Tom en de leider gehoorzaamden niet. Wie is die griezel helemaal, schenen ze elkaar met opgetrokken wenkbrauwen te vragen, vereend alsof ze in het orkest gelijken waren.

De politieman regelde met een zelfingenomen glimlach. De gekwetsten – meest builen en schrammen – werden afgevoerd en verzorgd. De voortvarende lange meid bleek een EHBO-cursus te volgen (ze kon best bloed zien), wat van pas kwam, en ook de gymnastiekleraar ging rond als Dunant te Solferino.

De kleine patiënt in de gang werd behoedzaam in een leraarsauto naar huis vervoerd. Een licht blozende lerares schrobde, geholpen door de conciërge, het schaamteloze vocht weg, dat opeens een soort beschaving aantastende bovennatuurlijke oorsprong en betekenis leek te hebben. Tenzij dat door de gangbelichting kwam. Beiden zwegen bij dat werk.

Intussen begonnen de eerste ongeruste ouders – het was bijna halfeen – de hoofdingang te betreden en aan de grote zaaldeur te rammelen. 'Wat is hier aan de hand,' riep een vibrerende vrouwenstem door het glas. Het alwetend politiebrein trad nader, sprak sussende woorden en hield de zaal gesloten. Hij voorzag blijkbaar een nieuwe charge op het podium.

Ten slotte was ook de directeur bijgebracht; hij wilde alsnog spreken, maar gelukkig bleek de microfoon door de val defect. Onderwijzend personeel en politie samen organiseerden nu iets wat op een tribunaal leek, alles werd humaniserend 'uitgepraat' waarbij de muzikantencyniek weer bovenkwam en afbreuk dreigde te doen aan de ernst van het gesprek. De bassist mompelde iets over de Verenigde Naties; hij had er overigens op gestaan een pleister op z'n hand te ontvangen van zijn eigenste belaagster. 'Kan je m'n knie ook niet verbinden,' vroeg hij bij die gelegenheid, 'want ik wist niet dat je zo'n stenen kont had.' Ze had de hand commentaarloos verbonden als een volleerde verpleegster.

De geelblonde mooie leerlinge, die al die tijd superieur ingekeerd glimlachend terzijde had gestaan, verklaarde ter zitting dat zij het was geweest die die enge man (Koos) had ingesloten, al was het maar om haar jongere zusterleerlingen voor – op z'n minst – verkrachting te vrijwaren. Koos glunderde gevleid. Zijn muzikaal alibi werd ten slotte aarzelend aanvaard.

Het orkest werd – nogal onverwachts – verplicht de resterende tijd uit te spelen. Volgens contract. Alle oponthoud in aanmerking genomen zou dat nog zo'n twintig minuten zijn. Armand stelde voor tienmaal achter elkaar hetzelfde stuk te spelen; de alweer bleek wordende leider werd uitgelegd dat dát maar een grap was.

De muzikanten pakten hoofdschuddend hun instrumenten weer uit en de leerlingen die kwaad, verbaasd en vereerd tegelijk waren, dansten niet meer maar keken als een meedogenloze jury toe. Toch gaapten de jongsten nu en dan; ze zagen er dan niet langer onbenullig, maar regelrecht stupide uit. 'Dat heeft eerstdaags allemaal stemrecht,' mompelden de twee trompettisten tegen elkaar.

Koos' trompet deed een grillig soort anorganische boete door uitstekend te functioneren. Koos had er direct z'n humeur door terug. 'Je moet dat ding vaker van een stoel af smakken,' zei men opgelucht.

Toen na twee nummers symbolisch aan de scheidsrechterlijke gesprekseis was voldaan, werd het feest afgelopen verklaard. Even dreigde nog ernstige ruzie te ontstaan met de afrekening, daar de organisatoren een kwartier gage in mindering wilden brengen. 'Ik trek alles van de muren omlaag hier,' dreigde Tom, die aan de opgehouden hand van zijn vrouw dacht. Maar alles werd geregeld. Tenslotte wist niemand precies wie nu schuldige, wie schuldenaar was. Iedereen vertrok met een onzekere grijns.

Bij de uitgang hield zich nog een devote vriendin van de blonde op, een kop kleiner maar met de zichtbare intentie haar meesteres in strijdbaarheid langszij te komen. 'Ik vind het maar rotmuziek die jullie maken,' zei ze met een geen tegenspraak duldende glimlach die van een lerares afgekeken kon zijn. 'Over gebrek aan smaak valt niet te twisten,' antwoordde Tom, een orkestclassic die hij voor zulke gevallen bij de hand had.

Het 'meerjarig goede contact' met de school was wel verbroken. 'Alweer een vaste snabbel kwijt,' zei men op de terugreis. Niet onmogelijk dat de scholen in de omtrek ook bekoeld raakten.

Op die urenlange nachtelijke reis voelde Koos met z'n vurige schram zich held en boeteling tegelijk, maar hij viel in slaap nadat men nog eerst onder gezamenlijk ritmisch handgeklap een scabreus lied had uitgekraamd waarvan de tekst vrijwel bestond uit aaneengeregen kindersynoniemen voor vrouwelijke lichaamsdelen. De leider, die daar niet aan deelnam, schudde mistroostig het hoofd. Hij vroeg zich af wanneer hij in zijn leven nu eindelijk eens met volwassenen van doen zou krijgen. Maar hij glimlachte er ook een beetje bij want het waren in ieder geval toch de door hém gesorteerde jongens.

Om een uur of drie in de morgen sliepen ze weer allemaal, behalve Armand natuurlijk. De onrustig doezelende leider beduidde hem te stoppen bij een chauffeurscafé voor koffie.

Op het eerstvolgende werk, een avondfeest van een middelbare school in het westen des lands, spraken Tom en Armand de meisjes aan de schooldeur aardig, nee: correct aardig toe. Ze willigden al direct kleine eisen in.

Men overwoog zelfs – uit een soort bijgelovige boete op voorhand – met de eerstvolgende reis eens een of twee van de eigen vrouwen mee te nemen; als iedereen wat inschikte kon dat wel. Zij die er het langst om gezanikt hadden dan maar eerst in godsnaam.

'Wat doen júllie eng tegenwoordig,' zei de invaller-bassist.

De herhaling

VAN KAMPEN WERD WAKKER. Het stormde. Hij stond op en strompelde op levenloze voeten naar het raam.

Hij schoof het gordijn open. De huizen aan de overkant waren nog bleek en er was geen mens op straat. Hij draaide de gaskachel hoger; het vuur raasde, stof verbrandde en dat rook naar een onheil van lang geleden.

Hij ging weer op bed liggen en hief één been krom omhoog. Het leek of een kolom lood langzaam uit zijn voet begon te zakken.

Voor zijn scheerspiegel dacht hij aan die fotograaf van zestig jaar geleden. Hij was vijf toen, en op z'n hoede. 'Kijk eens naar het vogeltje,' had de man gezegd. Dat het geen echte vogel was begreep hij, maar volwassenen waren gek genoeg om een houten gedrocht uit het toestel te laten springen. Een grap. En dat ding kon je gezicht treffen.

Er was toen niets gebeurd. Hij had stil moeten staan naast een bloementafeltje van geel hout.

Van Kampen waste zijn gezicht. Het bleef grauw, even grauw als zijn dunne haar. Hij wist niet waarom hij met heimwee aan zijn kindertijd dacht, want hij was toen overal bang voor.

Zijn oudste vrees kwam van een uitstapje. Bij de ingang van de Haagse Dierentuin verschenen loslopende ganzen, even groot als hijzelf. Ze waggelden recht op hem af, onder kwaad gegak en met hun snavels op de hoogte van zijn keel. 'Ze doen niks,' hadden moeder en tante gezegd.

Bij de buren stroomde het bad vol. Van Kampen ergerde zich aan de vrouw van de apotheker: ze lag dagelijks een uur te weken. Een cultus waarbij geen bacterie overbleef om dat lijf strijdbaar te houden; het werd uitgeloogd. De apotheker, begin veertig, tenger en bedachtzaam, zou dat moeten weten. Door de muur drong een lucht van geparfumeerd warm water.

Van Kampen wilde vandaag zijn eeuwig meegaande houding eens grondig herzien.

Het was negen uur voor hij aangekleed en geschoren was. Hij at een snee brood. Het was zondag. De storm nam af maar de straat bleef leeg. Het was een dag om wat te gaan werken.

Maar eerst zou zijn dochter met man en kinderen op bezoek komen, op koffietijd. Van Kampen ging naar de keuken, waar hij wat afspoelde en opruimde. Dat werd converseren vanmorgen. Wim, zijn schoonzoon, had de debatteerziekte, zoals veel dertigers. En dat werd giftige koffie drinken, haastig en luidruchtig gezet door zijn dochter. Koffie dronken ze in hun eigen huis de hele dag; de stumpers schenen dat het volle leven te vinden.

Van Kampen hoopte tegen beter weten in dat nu eens alleen dochter en kleindochter zouden komen.

Op het tekenbord, nog uit zijn jaren bij het architectenbureau, legde hij een schrift met aantekeningen klaar. Voor 's middags. Hij geeuwde van slaapgebrek.

Rond elf uur verscheen de Volkswagen Golf. De familie stapte uit. De vader riep: 'Geertjan, laat dat.' De jongen gaf zijn zusje een duw. Van Kampen opende de voordeur.

Hij keek naar zijn dochter. Ze werd dik. In een te korte rok wrong ze zich als laatste uit de auto.

'Hallo vader!' galmde Wim. Hij deed zijn best. De kinderen groetten amper en drongen langs hun grootvader het huis binnen.

In de huiskamer was het direct warrig van kakelbonte kinderjasjes. Van Kampens dochter Ada liep door naar de keuken en hij hoorde haar de koffiemachine vullen. Wim riep dat hij straks wel in zou schenken. Hij bewoog zijn kop daarbij naar voren als een doffer.

'Hoe gaat het, vader,' zei Ada toen ze de kamer binnenkwam. Ze keek niet naar hem, gaapte met open mond en ging zitten. Wim rolde langdurig sigaretten en likte traag het vloeipapier dicht. Pas daarna ging hij naar de keuken en kwam terug met koffie en frisdrank.

Hij zei de vorige avond zo gelachen te hebben om een oude film op tv. 'Zwart-wit nog, weet je wel? Heb je niet gekeken? Op drie.'

'Op twee,' zei Ada.

'Opa,' zei de kleinzoon, 'mogen we in de tuin?' Het werd toegestaan.

Wim vertelde over die film. Van Kampen dacht: ik begrijp er niets van, een kind zou het nog beter doen. Het scheen een oude toekomstfilm geweest te zijn, en wacht eens, een erotische dans van een robotvrouw, dan zal het wel *Metropolis* zijn.

Hij vroeg hoe die film heette. Wim keek met open mond naar zijn vrouw, maar die haalde haar schouders op.

De oude man luisterde verder, maar door de saaie stem nam zijn slaap nog toe. Hij verstond niets meer.

Toen hij een kind was maakten filmers zich een voorstelling van de toekomstige wereldstad. Meestal was dat een opeenhoping van krankzinnige wolkenkrabbers, doorkruist met wegen op verschillende hoogten. Schijnwerpers boorden de nacht in vanaf koepels en spitsen. Vliegtuigen koersten kalm langs de bovenste raampartijen.

'Ja, schoonpa!' riep Wim, 'dat was pas een stad, in die film! Wel even wat anders dan dat Almelo waar jij vandaan komt!' Van Kampen lachte maar mee. Hij had vaak uitgelegd dat hij in Den

Haag geboren was, maar in de bezettingstijd bij familie in Almelo gewoond had.

In *Metropolis*, die hij in zijn leven viermaal gezien had, huisde in de hoogste wolkenkrabber de 'Heerser', die vanuit een controleruimte de werkers in hun onderaardse machinehallen kon bespieden op een scherm. De dakkoepel van dat bouwsel bevatte een wintertuin, concertzalen en bibliotheken. Zonen van de Stichter leefden daar in bovenwereldse luxe. Van Kampen herinnerde zich die robotvrouw, door een spookachtig genie vervaardigd. Ze bracht de arbeiders in hun gewelven in opstand tegen machinemacht en slavenwerk, maar dat kon verholpen worden door een warme handdruk van de Heerser. Een nogal idiote oplossing, vond Van Kampen, bedacht door Thea von Harbou, de vrouw van regisseur Fritz Lang.

Die glazen koepel verspreidde een vreemd licht in de film. Want het leek altijd nacht in die oude toekomstverbeeldingen: in Masereels spooksteden, in de mistige aquarellen van Ferris en Holingworth, en in de angstvisioenen van Fritz Lang en Alexander Korda. Hoe licht en groen stak Corbusiers *Plan Voisin* – wérkelijk profetisch – daarbij af.

De schoonzoon stond plotseling op en keek borend de tuin in. 'Geertjan! Houd daarmee op!' snerpte hij, 'verniel dat tuintje niet, daar heeft je grootvader nou nog wat plezier in.'

Hij ging zitten, tevreden over zichzelf. 'Waar was ik gebleven?' vroeg hij.

Ik geef geen moer om die tuin, dacht Van Kampen.

Hij spande zich in zijn ogen open te houden. Die film speelde in het jaar 2000, nu zo dichtbij, toen zo onoverzienbaar ver weg. Maar veel ingrediënten voor een toekomstbeeld stonden in '26 al klaar. De stalen meubelen, nu aangeprezen als het nieuwste, waren toen al te koop. En ook was er al twijfel gerezen aan de Vooruitgang. Het 'Utopia van de Ingenieur en zijn heilgeesten' wankelde; daar ging die film over.

Van Kampen schrok wakker omdat zijn schoonzoon zweeg. Hij dacht: waarom heb ik zo'n misselijkmakende slaap. Waarom luister ik niet beter naar die man, die toch de keus is van mijn dochter. Wim had een vraag gesteld, maar welke.

'Vader, luister je eigenlijk wel?' vroeg Ada. 'We komen voor jóúw plezier hoor.'

'Zeker luister ik,' zei de oude man, 'het interesseert me dat het mensen van nu nog boeit, zo'n primitieve ouwe film.' Hij loog, want hun oordeel vond hij van geen enkel belang.

Men zweeg. 'Dus vertel vooral verder,' zei hij. Wim zei het merkwaardig te vinden dat men toen al televisie voorzien had. De gastheer antwoordde dat er in '26 al volop geëxperimenteerd werd met tv.

De schoonzoon lachte toegeeflijk. 'Toen had je nog maar net rádio!' zei hij. Van Kampen stond op en rommelde in een boekenkast, maar zijn dochter vond dat te lang gaan duren: 'Dat ken ik, dat gezoek in die ouwe boeken van je.'

Een afschuwelijke schreeuw klonk uit de tuin. Kleindochter Moniek was gestruikeld en duwde met een hand zwart van aarde op het puntige bot van haar elleboog. Er was wat bloed.

'Niet met je vuile hand aan dat wondje,' riep de moeder, door de keuken op weg naar de tuin.

Het kind, een en al snot en tranen, werd binnengeloodst. Ze kreunde. De vader nam haar hand weg en drukte voorzichtig met een vingertop op een vreemde plek bij het gewricht. Het meisje gaf een kreet die Van Kampen trof als een nekslag. Hij hoestte. 'Ik heb wel jodium,' zei hij.

Wim vroeg haast vijandig of er verband in huis was. Dat was er niet. 'Geef dan maar een zakdoek,' zei Ada, 'een schóne hoor.' Ze strekte alvast een arm om die aan te pakken.

Ze wasten de wond met koud water en verbonden de elleboog. Eenmaal met haar arm in een handdoek als mitella bewoog het kind haar bovenlijf heen en weer van pijn. De ouders keken elkaar aan.

Van Kampen zei dat zijn huisarts zondagsdienst had, maar alle initiatieven kwamen nu van het echtpaar. 'Ik ken die hele vent niet,' zei Ada, 'we gaan maar naar het Academisch, dat lijkt me beter.'

Geertjan had al die tijd naar de grond gekeken. Hij moest vlug zijn jas gaan aantrekken. Monieks jasje werd haar als een cape om de schouders gehangen. Ze lachte even. Haar grootvader wilde haar wat chocolaatjes meegeven, maar ze kon die niet goed aanpakken met haar linkerhand. Daarom stopte hij er twee in haar mond, met de vlakke hand zoals men bij een pony doet, voorzichtig en haast plechtig. Want het kind kon zo prachtig kijken, vond hij: met één wenkbrauw licht opgetrokken over de domheid van volwassenen, en eigenlijk alles wetend. De moeder bracht haar naar de auto.

Van Kampen zag de weerzinwekkend gezwollen aderen op zijn handrug en liep naar de keuken om die hand onder de koude kraan te houden. Maar Wim volgde hem, keek schuw en sloot de keukendeur achter zich. Hij zei dat het interessant was geweest over iets te praten met iemand die daar veel verstand van heeft. Van Kampen zweeg.

Wim opende zijn mond, wachtte even en zei: 'O ja, wat ik nog zeggen wou...'

De oude man keek hem vijandig aan. 'Nee,' zei hij. 'Kijk nou eerst maar eens hoe zich dit ontwikkelt met je dochter.'

'Maar ik vraag het juist voor háár,' zei de schoonzoon, 'ze zou misschien niet gestruikeld zijn als ze een paar behoorlijke schoenen...'

Er klonken vrouwenhakken in de gang. De keukendeur ging open en Ada vroeg: 'Kóm je nou?'

Van Kampen keek de familie na aan de open voordeur. Het was bijna één uur. Hij was kwaad, maar dat werd getemperd door vrees. Daarom wuifde hij vriendelijk.

Hij ging snel een boterham eten. Dan had hij de hele middag nog vrij. Hij bracht de koffiekoppen en de glazen naar de keuken, schoof stoelen op hun plaats en schraapte zwaar ademend zwarte tuinaarde van het vloerkleed.

Hij ging aan zijn tekentafel zitten. Eigenlijk moest er een grote eindstrijd komen, dacht hij. Op het trompetgeschal voor alle decente mensen zou ook hij nog aantreden. Ze zouden voorzien worden van overjarige wapens uit oude arsenalen. Ze zouden oefenen op vuil grasland, achter dichtgespijkerde fabrieksbouwvallen. Behoorlijke mensen, verenigt u! Strijd de goede, hopeloze strijd. Vernietig uw eeuwige vijand.

Hij stond op. Toch eens opzoeken wat die druiloor Ter Braak over *Metropolis* te zeggen heeft, dacht hij. Hij bladerde in *Cinema Militans* en las: 'Naar *Metropolis* vraagt, wanneer de reclame is uitgewerkt, geen sterveling meer.' Nou, dat was dus al direct niet het geval: de film werd in speciale theaters nog regelmatig vertoond. Van Kampen maakte een aantekening in zijn schrift, ging even op de bank in de huiskamer liggen en sliep.

De telefoon ging. Hij werd wakker met een onduidelijk gevoel van nalatigheid of erger, en meldde zich met dunne stem.

Het was Ada. Ze vroeg of die zakdoek voor Moniek schoon was geweest.

'Ja, natuurlijk,' zei Van Kampen, 'die kwam zó uit de kast.'

'Maar ze heeft wel een soort infectie, denk ik, aan die elleboog.'

De oude man zweeg, want er kwam angst op.

'Ben je daar nog?' vroeg Ada.

'Ja,' zei hij, 'zijn jullie al naar het AZ geweest?'

'Wim is met haar naar het Academisch. Ik weet wel dat jij hem niets toevertrouwt, maar dat kan je aan hem overlaten.'

De grootvader bond in. 'Houd me op de hoogte als je wilt,' zei hij.

Van Kampen bleef onrustig. Die ruzietoon was zijn fout. Ook leek het wel of niet alleen eigenschappen in de genen huisden, maar ook gebeurtenissen. Dat kleine schepsel, elf jaar, was nu aan de beurt. Hij trommelde met zijn vingers op het tekenbord en dacht erover Ada meteen terug te bellen. Maar wat dan te zeggen?

Hij pakte het schrift dat klaarlag, en dat chaotisch vol stond met notities over vroege avant-gardefilm. Maar hij schreef: Misschien waren we bedoeld dieren te blijven, van een rustig soort, weinig ondernemend en onnozel. We zouden tevreden zijn met ons lot en dat van onze nakomelingen. Er zou verwekt en gebaard worden op z'n tijd en zonder vrees. We zouden geen kleinere dieren verscheuren en ons voedsel zou zuiver zijn. Safraan en kaneel en van die smetteloze kokos.

Van Kampen gaapte net als zijn dochter die morgen, maar dan met een hand voor zijn mond. Alles wat hij haar had geleerd, had ze zich afgeleerd. Misschien moet het zo gaan, dacht hij. Iedere volgende generatie moet alles kunnen herhalen – ook ongeluk – voor een eigen begrip.

Hij noteerde nog: Maar we zijn geen dieren, we zijn altijd bezig met de toekomst, met die van over een dag of over een halve eeuw. Die laatsten zijn de genialen, zoals Corbusier.

Van Kampen begon alweer over zijn kleindochter te denken. Hij had haar in de tuin laten spelen, een natte najaarstuin, glad van rottende bladeren. Een duwtje van haar broer was voldoende geweest. Gebeurtenissen zijn erfelijk.

Hij legde zijn pen neer. Er was nog steeds tijd genoeg om iets van de zondag te maken. Van Kampen pakte een stapel afleveringen van *Filmliga* en bladerde. De naam Fritz Lang kwam een paar maal boven, steeds in ongunstige zin. Alleen zijn *Nibelungen* scheen ermee door te kunnen.

Dat Van Kampens 'onderzoek' naar de film-avant-garde nog niet verder kwam dan zijn aantekeningen, hinderde hem vandaag niet. En wat *Metropolis* betreft, als hij keek met Wims oog leek het naar niets. Zonder iets om de tijd van ontstaan te geven bleef ieder ding dood. Je moest van vergissing of halve mislukking kunnen houden, en het niet beter willen weten dan de tijd zelf.

Maar hoe dat uit te leggen! Voor Wim en Ada was er geen charme in een vroege poging. Ze vonden alle verleden meelijwekkend, en putten daar zelfvergroting uit. Hun tijd, dat was het.

Van Kampen zelf hield ook meer van de grotere namen uit die epoche, zoals Ruthmann of René Clair, maar misschien kwam hij er door zijn schoonzoon nog toe ook wat over Lang te schrijven.

Hij zocht eindeloos in een kast naar een paperback genaamd *Screen Fantasies*, waarin een interview met Lang moest staan van kort voor diens dood in '76. De man begreep zelf de nieuwe interesse voor *Metropolis* niet helemaal.

De telefoon ging. Van Kampen nam op en snauwde: 'Ja?' Ada meldde zich. Moniek was terug; er was een splinter van dat bot en die wond zag er niet goed uit. Ze had een soort zalf gekregen met een pleister, en morgen werden er foto's gemaakt. 'En nou maar weer afwachten of het overgaat.'

'Natuurlijk gaat het over!' riep Van Kampen. Hij bood aan even te komen kijken, en zei nogal wat van die materie af te weten.

'Ach vader, je bent toch geen arts! Bel nou morgenmiddag na vieren maar even.'

Hij wenste haar en Moniek het beste en zei gehaast: 'Ik heb nog iets aardigs te melden. Door dat gesprek met Wim ben ik toch begonnen aan een hoofdstukje over die film waar hij het over had.'

'Ja, daar staat m'n hoofd nou echt niet naar, vader.'

Van Kampen bleef bij de telefoon zitten en staarde nijdig. Als dat kind maar niet blijvend beschadigd was. Of invalide werd. Zweet brak hem uit. Hij had mee willen gaan naar die arts, om dan te zeggen: ik dacht dat jullie na vijftig jaar verder waren dan een pleister met zalf.

Hij stond opeens op, liep naar de vestibule en trok zijn jas aan. Hij ging de buurman raadplegen. Een apotheker wist wel wat over die zalf. En over bijzondere botbreuken.

Hij belde aan. Het duurde lang maar eindelijk hoorde hij geschuifel en de voordeur week in een damp van artificiële bosbessen. Even verwachtte hij een vrouw in ragdun ondergoed, maar de buurman verscheen in badjas en op pantoffels. 'Ik sta juist op het punt even een bad te nemen,' zei hij. Hij keek verlegen.

'Dat dacht ik al,' zei Van Kampen met een gezicht of hij vies was van huis, straat en buurt.

Thuis trok hij zijn voordeur hard achter zich dicht. Hij ging tv-staren. Idioot gezonde jongens en meiden vertoonden op een Grieks eiland met lachwekkende arrogantie kleren die al driemaal eerder in zijn leven in de mode geweest waren.

Hij deed de tv uit. Toen hij vader werd, lang geleden, richtte zijn oude vrees voor allerlei onhandig ongeluk zich direct op zijn dochter. Bij iedere klaaglijke kreet in de nacht vloog hij zijn bed uit. Op zijn werk was hij vaak humeurig en schold op die Delftse heren met hun pannenkoekenarchitectuur.

Maar Ada bleek gezond en die zorgen verdwenen. Tot ze trouwde en Moniek kreeg.

Op maandagmorgen was hij weer vroeg wakker. Het regende hard. Zulk weer had het gisteren moeten zijn, dacht hij. Dan waren die kinderen niet in de tuin gegaan.

Hij kleedde zich aan, at brood en wachtte. Om tien uur belde hij zijn dochter. Hij vroeg of hij iets kon doen, maar Ada zou niet weten wat. 'Of wacht eens, nou ja, laat ook maar.'

Van Kampen besloot vanaf dat moment meer contant geld bij zich te steken.

Het was koud en hij zette de gaskachel hoger. Er was weer die lucht van schroeiend stof en hij herinnerde zich de brand, een paar straten van zijn ouderlijk huis. Hij was de volgende ochtend door zijn vader meegenomen naar het verbrande huis, als een kuur voor zijn vreesachtigheid. Er waren zwarte gaten in plaats van ramen en in de achtertuin lag geblakerd huisraad. Ze liepen om het huis en de kleine Van Kampen stapte op een verkoolde balk die inzakte en brak als beschuit. Hij viel in het bruine gras; het was niets en hij stond snel op. Maar zijn schouder ging branden en hij werd misselijk. De huisarts draaide de arm weer in de kom maar het sleutelbeen brak daarbij. Op een kleine wond kwam zalf.

Die middag, aan zijn tekenbord met al die punaisegaten van vroeger in de hoeken, dacht Van Kampen aan zijn opleiding. Eén meisje in die hts-klas. Hij had een lichte botafwijking, maar ze vond het niet erg. Misschien maakte dat euvel hem te meegaand en te verontschuldigend, en dat gaat tegenstaan in een huwelijk.

Tegen vier uur nam hij de bus naar de binnenstad. Hij kocht wat lekkers voor zijn kleinkinderen. En een rood portemonneetje voor Moniek, waar hij drie rijksdaalders in deed. Kinderen zowel als groten waren het best te troosten met geld. Ze staakten hun spitsvondigste klachten bij het oplichten van munten.

Hij kwam de huiskamer van zijn dochter binnen, waar de smaak van het ogenblik gevolgd was zonder een sprank eigen voorkeur. Hij zag een nieuw tweezitsbankje van wit leder.

'Had nou even gebeld dat je kwam, vader,' zei Ada, 'dan had ik koffie gemaakt.' Ze liep naar de keuken.

Moniek zat aan tafel, met haar arm nog in de draagdoek. Ze zat er onwennig, met rechte rug, alsof het geen pas gaf op een schooldag thuis te zijn. De grootvader vroeg of het nog pijn deed; ze zei van niet en dacht over een week wel weer naar school te kunnen. Er was niets gebroken. Alleen een barst! Ze lachte superieur en Van Kampen bewonderde dat.

Hij werd kwaad op de moeder, die overdreven had, en daarna melig van opluchting. Met grappen die eerder pasten bij een vijfjarige, gaf hij Moniek zijn geschenken. De portemonnee stak ze met haar linkerhand snel weg. Haar broer liet zich niet zien.

Ada kwam binnen en vroeg haar vader even naar de keuken te komen. Terwijl ze grote bekers koffie inschonk, zei ze dat Moniek er te licht over dacht. Misschien moest er wel geopereerd worden, met zo'n botsplinter.

Van Kampen, direct weer vol onrust, tastte naar zijn portefeuille. 'Je zal wel extra kosten krijgen,' zei hij.

'Nee, dat hoeft echt niet vader,' zei Ada; ze keek naar de grond. De oude man vond haar dikte meelijwekkend; hij zweeg over het lenen aan Wim en over het nieuwe bankje. Hij genoot half kwaad van zijn oude toegeeflijkheid en reikte haar een paar bankbiljetten aan. Ze werd rood en stak haar hand uit.

Van Kampen dronk een beker koffie mee en wachtte nog op de thuiskomst van zijn schoonzoon. Hij zou dan maar zeggen dat het gesprek over *Metropolis* van nut geweest was voor zijn artikel. Geld en goede woorden wilde hij vandaag kwijt, als een tegenwicht voor zijn gedrag op zondagmorgen.

Wim kwam de kamer binnen, ging zitten en zei te moe te zijn voor discussies. Hij vroeg zijn dochter niet hoe het ging en liet zich bier inschenken. Hij stak zijn grote kop vooruit naar het te volle glas en slurpte luidruchtig de schuimkraag op. Toen het glas leeg was zei hij even onder de douche te gaan. Van Kampen nam afscheid.

Buiten haalde hij overdreven diep adem. Bij de bushalte dacht hij: ik heb niet eens gevraagd wanneer het volgende onderzoek is.

De bus was nog niet in zicht en de zon stond laag. Van Kampen vond niet veel wijzer geworden te zijn over zijn kleinkind; toch floot hij voorzichtig een oud lied.

Aan de overkant liep een aardige vrouw. Hij grinnikte, want hij dacht aan een zotte passage in Thea von Harbous romanversie van *Metropolis*. De steenrijke Zonen van de Wintertuinkoepel kregen dienaressen toegewezen: 'porseleinachtige wezens met sneeuwwitte pruiken en ogenmaskers'. Van Kampen had liever die van de overkant.

Eenmaal thuis kwam hij in een nogal goed humeur. Je kon niet te ver vooruitkijken. Voor het moment ging hij nog eens zoeken naar *Screen Fantasies*; hij vond het boek niet, maar hij had nog een hele avond voor zich.

Na wat gegeten te hebben begon hij toch weer aan Moniek te denken. Hij dacht aan een ingreep, en aan het inwendig richten van fractuurstukken of splinters met stalen pennen of schroeven. Hij dacht aan complicatie en dood.

Zweet brak hem uit. Broosheid van botten, daar kom je niet zomaar aan. Bij de buren hoorde hij het bad weer vollopen.

Hij ging hun nummer bellen, in de hoop de buurman te treffen. Die nam aan. Van Kampen vroeg of hij even mocht komen met een medische vraag. Over die botkwestie. De apotheker was verbazend vriendelijk. 'Kom nu maar even,' zei hij. Van Kampen dacht: je moet de mensen nooit raad géven, maar raad vrágen, daar laten ze alles voor staan. Hij trok snel zijn jas aan.

De apotheker had zijn studeerkamer boven. Er was een plank met medische encyclopedieën en een aantal ordners op alfabet. Er lagen stapels brochures over geneesmiddelen en het rook hier naar Odol.

'Ga zitten,' zei hij met het handgebaar van een huisarts. 'Het gaat over osteogenesis imperfecta?'

'Ja, zoiets, geloof ik,' zei Van Kampen. Hij grijnsde verlegen.

De buurman zei dat de koffie opstond; hij pakte een deel van een encyclopedie en bladerde gewichtig. Van Kampen wachtte op het komende oordeel.

Hij zuchtte voortdurend en dacht: toen Ada destijds met die

man aankwam heb ik mijn mond gehouden over wat er allemaal gebeuren kon, en over de verschrikking van een slechte verbintenis. Nu is het te laat, maar dat kind van haar moet gered worden.

'Hier! Juist!' zei de apotheker. Hij las voor: 'Aseptische beennecrose, als gevolg van stagnerende bloeddoorstroming van een deel van het skelet.'

Van Kampen werd wit. Hij dacht aan zijn dode voeten bij het opstaan 's morgens.

'En hier!' zei de buurman. 'Dít is het: osteogenesis imperfecta is een erfelijke afwijking, waardoor beenderen zeer breekbaar zijn.' Hij keek Van Kampen welwillend en afwachtend aan.

Die wist genoeg. Toch vroeg hij nog gretig of die erfelijkheid alleen in de mannelijke lijn bestond. De apotheker bladerde opnieuw en mompelde een stuk tekst voor zich uit. Dan keek hij op en zei: 'Daar staat hier niets over.'

Van Kampen ging die avond vroeg naar bed. Zijn leeslamp liet hij nog aan en hij keek de dunne maandagavondkrant in.

Hij las niet en dacht aan zijn kleindochter. Hij overwoog zijn huisarts over haar te raadplegen. Ook kwam de gedachte op, wat geld voor haar vast te zetten waar niemand bij kon.

De volgende ochtend was het zonnig en kalm weer. Van Kampen was uitgerust en besloot de afspraken met arts en notaris nog even aan te zien. Dat kon de hele week nog. Wel kleedde hij zich snel aan om, vóór alles, naar de schuur te gaan, de bezem te pakken en alle bladeren bij elkaar te vegen en weg te werken.

Het oponthoud

I

IN HET BEGIN VAN DE bezettingstijd bezocht ik de Academie van Schone Kunsten en Technische Wetenschappen in Rotterdam. Ik woonde in de omgeving op kamers.

Mijn studie was werktuigbouwkunde. De leerlingen van de kunstafdeling spraken niet met ons technici. Ik keek ze na met spijt.

In januari '42 vond mijn vader dat ik bij hem in Voorburg moest komen wonen; die kamer in Rotterdam werd hem te duur.

Mijn ouders waren al jaren gescheiden en moeder maakte geen bezwaar tegen m'n verhuizing. Ze vroeg niet of ik weer bij haar in huis wilde komen; voedsel en steenkool begonnen schaarser te worden en ik was achttien en at veel. Wel zou ik de weekends bij haar in Leiden doorbrengen.

Na een eerste verkennende week begon mijn vader aan mijn aanwezigheid te wennen. Hij zag me bijna alleen met het avondeten, want tot middernacht werkte ik aan m'n huiswerk op een kabinetje boven.

Aan tafel vertelde hij soms hoe hij die dag de Duitsers had beetgenomen. Hoe hij de hoeveelheid wijn, die zijn importfirma voor de bezetter verborg, 'eerlijk verdeeld' had. Het fijne ervan verzweeg hij me, want onnozelen zijn gevaarlijk. Zijn mooie vrouw, Louise, glimlachte geheimzinnig. Ik was zo decent de nieuwe dingen die zijn kamers vulden over het hoofd te zien.

Mijn belangstelling voor de oorlog was niet groot; ik had genoeg met mezelf te stellen. Toch geneerde ik me wel eens voor die afzijdigheid, want behalve vader vertelde ook moeder me van heldendaden tegen de bezetter. Ik kon daar niets tegenoverstellen.

In Leiden had ik al gehoord dat moeder opzettelijk naar de nazifilm *Jud Süss* gegaan was, en dat ze na een kwartier het theater verlaten had, hardop 'Schande!' roepend.

Ik keek steeds geïmponeerd bij zulke verhalen. Zelf had ik het idee de oorlogsomstandigheden voor eigen doel te kunnen gebruiken, want die opleiding beviel me niet.

Met de studie werktuigbouw vlotte het niet. Ik nam me voor zo nodig de schuld te geven aan de vele mutaties onder de leraren. De uitweidingen van een invaller voor natuurkunde bijvoorbeeld kon ik niet volgen. De nerveuze man liet voortdurend zijn zuinig krijtstompje vallen en dat leidde af.

In werkelijkheid besefte ik wel geen bètamens te zijn. Ik had geen technisch bloed. Dat ik op deze school zat was de diepe wens van mijn ouders, die vonden dat ik zo handig met mijn handen was.

Dat was misschien waar, maar ik was niet handig met mijn hoofd. Ik nam wiskunde te letterlijk. Dat men, bij een formule die nota bene de Harmonische Slingerbeweging heette, de versnelling van de zwaartekracht moest delen door de lengte van een gewichtloos gedacht touwtje, kwam me ongeloofwaardig voor. Men kan ook zeggen: ik had er geen zin in.

Januari '42 werd een maand met veel ijs en sneeuw. De temperaturen daalden tot 18 graden onder nul. Het leek wel of de lijken in Europa steriel gemaakt moesten worden.

Op zo'n vriesdag, met meer gedachten aan ijsvrij dan aan leren, werd ik bij de directeur geroepen. De man keek me enthousiast aan en beloofde me bijlessen wiskunde in de middagpauzes. Van een zekere Kleinjan, een leerling uit de hoogste klasse. Hij drukte me vol vertrouwen de hand. Het zweet brak me uit.

Al de volgende dag manoeuvreerde ik zó dat ik mijn eerste pauzeles misliep. 'Een misverstand,' zou ik zo nodig zeggen. Mijn opstand tegen de school was begonnen. Ik dwaalde in die lunchtijd maar wat door de gangen, waar meisjes van de tekenacademie ongenaakbaar passeerden met waterverfbakjes of gipsmodellen.

De strenge vorst kwam mijn plan te hulp. Het materieel van tram- en spoorwegen werd sleets en kon door de oorlog niet vervangen worden. Vertragingen, vooral bij sneeuw, werden steeds talrijker en ik kwam 's morgens vaak veel te laat, wat mijn wiskundige zwakte iets verschoonbaars gaf.

Maar met mijn Voorburgse kabinet was ik voorlopig tevreden. Boven Rotterdam rommelde steeds vaker afweergeschut en hier zat ik veilig. Hier ook, in alle afzondering, verborg ik tussen stapels studieboeken andere, die niets met werktuigbouw van doen hadden. Ik wilde lezen en las. In Voorburg en in de weekends in Leiden. In de trein was het onmogelijk: de wagons waren volgepropt, ik moest altijd staan en de verlichting was tot een minimum beperkt.

's Morgens vroeg, in het aardedonker van de verduisterde stad, was mijn vader het eerst op. 'Kom je d'r nog uit?' riep hij vaak geprikkeld aan de trap. Hij had plezier in zijn avontuurlijk leven. Goed gekapt en gekleed reed hij het land door op zoek naar buit, per trein, want de zakenauto was verstopt voor de vijand. Hij haatte vaste slapers.

Niet om hem of om de school strompelde ik dan toch nog net op tijd de kamer in voor het ontbijt. Want er was een meisje met witte sokjes dat ik iedere morgen in de trein zag stappen. Voor haar worstelde ik me wakker. Vader schoor zich fluitend in de keuken. Ik zweeg. Louise sliep.

De Blauwe Tram bracht me naar het station Leidschendam-Voorburg, dat niet veel groter was dan een schuur. Daar wachtte ik kleumend op de kleine elektrische van 1908, die nog zelden op tijd was. Ik had een ochtendhumeur als een oude man.

Die stemming verbeterde als de trein Pijnacker naderde, waar het meisje woonde. Ik keek naar haar rustig instappen bij het eerste daglicht, en dat was alles. De treinen waren veel te vol om haar compartiment te bereiken en in het gehavende eindstation Rotterdam Hofplein raakte ze snel uit het oog tussen de drommen reizigers.

Een andere forens, die in Nootdorp op de trein kwam, zocht ik juist te vermijden. Dat lukte doorgaans. Het was mijn klasgenoot D.

Soms probeerde vader me, op zichtbare aanwijzing van Louise, op te monteren. Aan tafel zei hij eens: 'Als de oorlog afgelopen is krijgen jullie wél direct werk! Denk maar eens aan al die vernielde bruggen!' Ik snauwde: 'Ik studeer geen wáterbouwkunde!' Louise, die in de dertig was, rijzig en rossig, bloosde. Maar even later zat ik met vader in mannelijke eensgezindheid naar de verboden Engelse zender te luisteren, vergevingsgezind of juist boetvaardig. Alles was nog diffuus in mij. Singapore was gevallen en de opmars van de Japanners interesseerde vader. Ik bracht enige interesse op.

Op een van die koude januariavonden bleek Louise ziek: griep. Mijn vader had net zo'n pesthumeur als vroeger in Leiden, wanneer moeder ziek was. Hij stond midden in de kamer, krabde op zijn hoofd en staarde. Louise zat rillerig in een peignoir; vader knipte met zijn vingers of ik een ober was en zei: 'Haal jij eens even haar pantoffels van boven.' Ik slenterde de trap op, ging de echtelijke slaapkamer binnen en stak het dreinerig plafonièrelicht aan. Het was een overwinnaressendomein; een verpletterend saaie tempel, die tot niets dan gapen en slapen uitnodigde. Er is in heel de wereld niets saaiers dan een geelhouten slaapkamerameublement van kort voor de oorlog. Er stond een hoge linnenkast in glanzende stroomlijnrondingen, gesloten en vijandig. Het brede bed, met golvende fineerplaten aan hoofd- en voeteneind, benam me de adem van belachelijke Hollywoodpraal. Nog erger was een lage kaptafel, met een spiegel die randloze zijvleugels had als halvemanen. Het was er koud. Wat doe ik in dit huis, dacht ik opeens; ik moet hier weg en van die school af.

II

Op een zaterdagmorgen sneeuwde het hevig. Langzame vlokken als vóór de oorlog, die zowel kinderlijke als manbare verlangens boven brachten. De Blauwe Tram verscheen te laat en ik miste de trein en het rituele instappen in Pijnacker. Maar ditmaal was iedereen te laat en de leraar ontbrak op het eerste uur. We hadden zin in lachen. Ik tekende op het bord het meisje uit de trein; de krijtwitte sokjes lukten nog het best. Er waren machteloze en bronstige commentaren en al tekenend besefte ik dat wij jongens niets waren. Alleen meisjes waren iets; ze werden gezien en liepen ernaar.

Ik geloofde dat ik voor mijn plan eerst nog vollediger tot nul zou moeten naderen. Een doel als een vacuüm. De pauzelessen saboteerde ik, maar soms ontkwam ik Kleinjan niet. Ik geeuwde ondankbaar bij zijn inspanningen. Hij had al oude aderhanden en ik begon hem te haten.

Om 12 uur die zaterdag, vol verlangen naar Leiden en mijn eigen kamer daar, stond ik een uur aan de tramhalte bij de school. De grauwe sneeuwval maakte alles donker of het avond was. De trams naderden geluidloos met dichtgesneeuwde ruiten. Er hingen trossen mannen op de treeplanken en alleen ik kon er steeds net niet bij. Het leek een slechte droom. Ik wás al niets.

D., uit Nootdorp, was de enige NSB'er in onze klas. Hij zag er frisgewassen uit en had de opgewekte stem van de belijder. Door zijn zware bril nam hij ons minzaam op of we verdoolden waren. Zijn grijze ogen zochten bekeerlingen. En soms steun, want hij stond alleen hier. Als hij geen NSB'er geweest was had ik hem misschien wel aardig leren vinden. Maar goed en kwaad lagen duidelijk onderscheiden.

Op een morgen wilde hij ons allemaal een kleurig boekje over de geschiedenis van de Duitse luchtvaart cadeau doen. Hij stond met een stapel voor de banken en glimlachte wervend. We weigerden bedrukt. Onze leraar mechanica, kaal en met loeroogjes, trok er onrustig bij aan zijn pijp.

Ik maakte een soort balans op: ik had een onbereikbare vriendin in de trein, en twee mogelijke vijanden: Kleinjan en D., die ik beiden ontliep. Het werd tijd een vriend of lotgenoot te vinden.

Daarom begon ik me aan te sluiten bij een paar jongens die ook niet uitblonken. Vóór een natuurkundeles bij de invaller, bij wie toch alle proeven mislukten, slopen we met z'n drieën de school uit en gingen wandelen op de Nieuwe Binnenweg.

Er was zon op de sneeuw en we waren uitgelaten, met open jassen, oorlog of niet. In een bioscoop liep *Alcazar* en de oudste, Van Velzen, stelde voor erheen te gaan. De lange, gereformeerde Scholten en ik protesteerden, maar Van Velzen, die al een herenpak droeg, zei dat het een film van lang voor de oorlog was en dat we het dus konden doen. Ik zwichtte. Scholten niet. Hij liep alleen terug.

De film ging over de belegering van het Alcazar in Toledo, in '36. Pas langzaam begreep ik dat het natuurlijk toch Duitse propaganda was: de dode Francohelden verheerlijkt.

Na afloop bleek de zon weg. Van Velzen en ik zwegen beschaamd. Ik besloot vooral niets in Voorburg of Leiden te zeggen. De platgereden sneeuw begon weer te bevriezen en glad te worden. Ik kreeg spijt, ook over de richting die ik mijn leven gaf. En tegelijk wilde ik nader kennismaken met die timide, maar standvastige Scholten.

Op een ochtend stond ik schijndood van slaap op. Aan de tramhalte was het snijdend koud en de ruiten van de Blauwe Tram waren dichtgevroren. Daardoor stapte ik een halte te vroeg uit, dwaalde door donker en sneeuw en miste mijn trein. Op school geloofde men niet in vertraging – D. was op tijd – en ik mocht niet in het lokaal. Ik ging in de kantine zitten, toch kwaad.

Daar, bij de glimmende lege tafels en in slaperige stilte, dacht ik aan Scholten. Zelfs van hem, de slechtste leerling van de klas, zou nog wel wat terechtkomen, meende ik: winkelchef bijvoorbeeld. In gereformeerde kinderkleding.

Na een paar minuten zitten en staren kwamen tot mijn verbazing Van Velzen en Scholten binnen. Ze grinnikten schaapachtig. Het spijbelen bij natuurkunde was ontdekt en ze waren eruit gestuurd. Van Velzen kwam naast me zitten, poetste zijn bril als een oude man en haalde uit zijn streepjescolbert een lijst van zwarte koopwaar, die hij mij aanbood. Ik had geen cent en geen interesse, maar ik schreef de lijst over. Voor vader. Het kon te pas komen hem mild te stemmen.

Van Velzen liep naar buiten en nu nam Scholten zijn plaats in. Zijn betrouwbaar gezicht met de grote wangvlakken zag bleek. We praatten gedempt in de lege ruimte. We wisten van elkaar dat we niet over zouden gaan naar de volgende klas en sloten vriendschap. Scholten vergaf me blijkbaar mijn bioscoopbezoek.

Opeens vertelde ik Scholten, die van pure lengte en beleefdheid zwak leek, maar die ik een geheimzinnige kracht toeschreef, dat mijn ouders 'dingen deden' tegen de Duitsers. En dat ik zelf niets deed. We keken beiden naar de deur, maar D. zat toch in z'n klas opgeborgen. Ik vroeg mijn nieuwe vriend of hij niets voor mij te doen wist, iets kleins voorlopig. Scholten, met zijn ernstige hondenogen nog op de deur, dacht na. Hij kwam dichterbij zitten en zei aan m'n oor: 'Je zou wat kunnen helpen verspreiden natuurlijk.' Hij kon aan het verboden blad *Vrij Nederland* komen. Mijn wankele zelfbeeld had zo'n rechtvaardiging nodig en ik antwoordde: 'Graag.'

Vanwege D. zou Scholten de exemplaren niet mee naar school nemen. Ik moest de komende zaterdagmiddag maar met hem mee om ze af te halen. Intussen was het twaalf uur geworden en de meisjes en jongens van de tekenacademie kwamen de kantine binnen. Ze lachten luidruchtig. Wij leken te verdampen bij die zonnen en zwegen verder.

Over mijn opzet van die school af te komen lichtte ik niemand in, en vooral mijn ouders niet. 's Morgens liet ik na hard over de beijsde houten buitentrap van het station Leidschendam-Voorburg te stormen om mijn trein nog te halen. Dat kon redelijk lijken: men waagde zijn schedel niet voor een trein die toch wel ergens langs de lijn een halfuur oponthoud zou krijgen.

Ook mijn twee nieuwe vrienden verzweeg ik mijn lijdelijk verzet, evenals Louise. Toch had ik een kleine verstandhouding met haar. Want aan tafel hing mijn vader soms opeens tegen mij de wijzere volwassene uit; ik knikte dan en beaamde alles quasigeïmponeerd. Louise glimlachte daarbij, of knipoogde naar me, alsof we samen een kind voor de gek hielden.

Maar ook voor haar hield ik mijn komedie van ijver vol. Laat in de avond tikte ze wel eens op de deur van mijn kabinet en bracht me in kimono nog een kop warme chocola. Ik schoof dan snel een verboden roman tussen mijn studieboeken en opende de deur. Ze schudde meewarig het hoofd over zóveel huiswerk en ik bloosde.

De vrijdag vóór de afspraak bij Scholten kon onze klas vroeg naar huis door ziekte van een leraar. Bij het laatste daglicht zag ik vader met Louise lopen in Voorburgs nauwe centrum. Ze leken een paar uit een vooroorlogse winterjassenadvertentie. Ik volgde ze niet maar wachtte een kwartier in een leeg tramhuisje, waarom weet ik niet meer. In de verte naderde de staccatozang van marcherende Duitse soldaten, met telkens twee slagen op de grote trom in een maat rust. Die Teutoonse dubbelslag in de dunne vrieslucht klonk verschrikkelijker dan geschut. Ik vreesde mijn afspraak met Scholten voor de volgende dag.

Ook had ik mijn goedgeklede vader en zijn modieuze vrouw even met moeders oog gezien. Al had ik nog nooit iets houdbaars op schrift gezet, nu nam ik me voor een roman te schrijven getiteld *Haat*. Ik zag het oxbloodlederen bandje voor me, met de titel in gejaagd cursieve goudletters.

Er kwam niets van. Maar met die dreunende tromslag vibreerde mijn geweten mee. Want ik bedroog de volwassenen met de gebaren van studie-ijver. Daartegenover zou ik een daad stellen. Ik zou een 'illegaal' blad rondbrengen vanaf de volgende middag.

III

Op die zaterdagmorgen, na een treinrit vol onverklaarbaar oponthoud, liep op het perron van Hofplein het meisje met de witte sokken vlak voor me uit. Klein van stuk en mooi. Donker haar. Kinderschoenen nog haast. Ik volgde haar.

Bij de uitgang hield ze de deur voor me open, met een soort lachje. Maar er was iets met me; ik werd wit en liep de andere deur door naar buiten. Ze liet haar deur met een slag dichtvallen. 'Graag of niet,' zeiden haar zwarte ogen. Ik had haar beledigd. Ik had me idioot gedragen en het was niet meer goed te maken.

Urenlang bleef ik kwaad. Alles ging erger fout dan ik bedoeld had. In die drieluikspiegel van de Voorburgse slaapkamer had ik mezelf driemaal zien staan, maar driemaal nul bleef nul natuurlijk.

Zonder een sprank zelfvertrouwen volgde ik Scholten na twaalven naar zijn huis in een Rotterdamse buitenwijk. Zijn moeder was blijmoedig en vriendelijk, met tegelijk iets geamuseerds én eerbiedigs, of ik een twaalfjarige was, maar van een hogere kaste. De grijze vader had nog minder geloof in mij en verbeet onrust. Ze zwegen lang over hun voorraad *Vrij Nederland*. Pas na een gesprek over de oorlog in het algemeen, en een kop surrogaatthee die naar bakeliet smaakte, vroeg de moeder hoeveel exemplaren ik mee wilde hebben. Ik telde in mijn gedachte mijn kleine familie na: vader, moeder, grootmoeder en een tante in Leiden. 'Twintig,' zei ik overmoedig. Ik kreeg er vijftien.

Het was wel een verdachte dikte in mijn binnenzak, maar zo'n heuvel zou tenslotte ook een passerdoos of een vademecum kunnen bevatten.

Men stond op; de visite was afgelopen. Scholten en zijn ouders waren nu ernstige mensen, recht en mager en in ouderwetse kleren, bij wie ik me een zondaar voelde. Ik moest beloven hun naam en straat nooit te noemen. Ik knikte als een geheim agent. Ik slenterde naar het station D.P. en reisde naar Leiden, als iedere zaterdag.

De eerste die ik een exemplaar overhandigde, dezelfde dag nog, was mijn grootmoeder. Ze zat rond vier uur in toenemende duisternis achter het raam van haar Leidse bovenhuis en bespiedde met één oog dichtgeknepen de kwaadaardig geworden wereld buiten. Op een kozijnhoek, onzichtbaar van de straat, stond zoals gewoonlijk een rol toiletpapier.

Die rol was een attribuut van haar vaderlandsliefde. Belde een glimmend zwartgeüniformeerde nationaalsocialist aan, met zijn blad *Volk en Vaderland* dweepziek opgeheven, dan schoof de boerenvrouw het raam op, stak de rol naar buiten en riep: 'Ik héb al.'

Ze was niet zo ingenomen met mijn plotselinge deelname aan het wereldgebeuren. 'Kijk jíj nou maar uit met die rommel,' zei ze, 'dat ze je niet pakken. Je gaat zó een kamp in.' Toch schoof ze het gordijn dicht, stak licht op en las mijn blaadje. Voor mij. Ze knikte instemmend en borg het goed weg in een la, achter slot. 'Heb je d'r nog meer?' vroeg ze bezorgd. Ik knikte. Ze zweeg.

Ze slofte naar de keuken en kwam terug met een kop warme, vooroorlogse tomatensoep. Ze had die blikken gehamsterd. Ik proefde met vrome aandacht; er zat zelfs rijst in.

Maar men krijgt niets voor niets op aarde. Grootmoeder rommelde in een gangkast en reikte me een forse, maar verroeste zaag aan. Of ik in de poort naast haar huis een boompje wilde kleinzagen voor haar kachel.

Buiten zaagde ik met m'n knieën op de vochtige grond tussen onkruid. Het hout was levend en taai. De zaag haakte en bolde. Grootmoeder kwam nog kijken en zei: 'Doe de rest maar eens een andere keer, het wordt nou te donker.' Haar stem klonk dun buiten, en teleurgesteld. Ik huiverde; m'n schouder brandde en ik gaf het op.

Om halfzes liep ik naar moeders huis. Ver weg dreunden vliegtuigen zoals altijd bij heldere maan. Ik was moe. Ik verlangde naar het meisje uit de trein met een lichte krankzinnigheid. Ik wilde alleen maar dat het vrede was om haar op een vakantiedag in zee drijvend te houden op mijn armen. Die armen waren slap van het zagen, maar in het water was ze gewichtloos en zo dreigde geen nieuw fiasco. Ik sprak tegen haar in de golfuitlopers: ik vergaf haar iets kleins, wuifde dat weg, voor het eerst geruststellend volwassen.

Moeder begroette me in de vestibule met 'God nog toe, wat ziet je jas eruit. Het lijkt wel of je op de grond hebt liggen rollen. Een béétje zuinigheid is toch waarachtig niet te veel gevraagd in deze tijd.' Er volgde een tirade over gasloze uren, gebrek aan zeep, eindeloos versteld goed enzovoort. Ik geneerde me over de kleinheid van onze oorlog. Alles draaide langzamerhand om bonnen, zeep en hakhout. Ook daarom bood ik moeder in de huiskamer direct een nummer van *Vrij Nederland* aan, na een triomfantelijke greep in m'n borstzak.

Ze werd rood in haar gezicht. 'Kijk in godsnaam uit met die dingen,' zei ze kwaad. 'Dat je geen anderen nodeloos in gevaar brengt. Ik vind het niks voor jou, eigenlijk.' Ze borg het blad niet op, las niet en bleef ermee in een licht bevende hand zitten. Dan gaf ze het terug. 'Zorg dat je ze zo gauw mogelijk kwijtraakt,' zei ze nog, 'ik wil ze niet hier in huis hebben slingeren.'

Bij aankomst op maandagmorgen in Rotterdam was het ongewoon druk. Het was nog halfdonker en er hing een damp boven de sneeuwresten. Ik wachtte met andere scholieren op de tram. Het was glad.

Een Wehrmachtscolonne, slordig voor Duitsers, strompelde voorbij. Ze keken naar hun glijdende laarzen en hun koppen stonden niet *fröhlich*. We deden maar of we niets zagen.

Ik zag met opzet de Duitse vrachtauto's in de stad niet, en de open vlakte van het Duitse bombardement vulde ik in gedachten in met oude huizen. Zo deed ík de vijand afbreuk. Tot dusver.

De tram verscheen niet en we gingen lopen. Het naakte stratenplan lag voor ons als een vervuilde stadskaart, en ik zag opnieuw het meisje met de sokjes, ver voor me uit. Behalve haar schooltas droeg ze nu ook een grote citybag. Ze raakte uit het oog achter een verzameling Duitse richtingborden op palen.

Op school trof ik mijn klas leeg. Steeds panischer rende ik door lege gangen en over trappen. Ik had weer een roosterwijziging gemist door te laat komen; overal zag ik onbekende gezichten boven het matglas van de lokalen. Een gelach steeg op toen ik eindelijk mijn klas vond: ze hadden me al eerder langs zien stormen.

Ook in eigen oog werd ik langzamerhand lachwekkend. Ik miste proefwerken en zat meer in de kantine dan in de lokalen. Geen jongere wil belachelijk zijn en ik besloot diezelfde avond in Voorburg op mijn schreden terug te komen. Door mijn studie weer goed op te vatten was ik bovendien verzekerd van een alibi tegen tewerkstelling in Duitsland. (Maar die veertien illegale bladen kon ik niet teruggeven natuurlijk, die moesten nog verspreid worden.)

Al de volgende dag wilde ik een goede beurt maken op school. Het absolute, dacht ik – gebogen over eigenlijk onbegonnen werk – is volgens Einstein de snelheid van het licht. Maar die is weer de deling van afstand door tijd, beide volgens Einstein zelf relatief. Ik zei zoiets aan de mechanicaleraar, die zijn rattenoogjes naar het plafond sloeg, zuchtte, en doorging met waar hij gebleven was. Ik was opgegeven. Ook besefte ik mijn dubbele blunder, want NSB'er grijnsde me waarderend toe.

Op een ochtend bij dooi, en aardig op tijd, haspelde ik vreemd met mijn zware tas en de lange tekenkoker over mijn schouder bij het uitstappen op station Hofplein. Daardoor lette ik éénmaal niet op en ontliep D. niet. Hij bood met zijn beste glimlach aan die koker te dragen. Zweet brak me uit en ik zei: 'O, dat kan ik zelf wel.' Hij grinnikte vreemd en gaf een half boze, half speelse ruk aan de koker.

In de tram kwam hij naast me staan en zei luid dat hij altijd overtuigd nationaalsocialist zou blijven. Ik probeerde zo te kijken dat de passagiers begrepen dat ik niet bij hem hoorde. Na de rit liep hij naast me op in de richting school, maar ik glipte een zijstraat in. Daar veegde ik het karton van de koker met mijn mouw af of het besmet was.

Maar in de school wachtte hij me op bij de trap. 'Waar was je nou?' vroeg hij. 'Ik moest nog even een H3-potlood halen,' beweerde ik. Hij zweeg. We liepen de trap op.

Boven zei hij: 'Je schijnt die Scholten nogal te mogen?' Ik dacht: nu niet rood worden, of erger, wit. Ik zei: 'Nou ja, hij is ook niet zo'n beste leerling. Dat geeft een soort band. Soms help ik hem met Engels, en hij mij met natuurkunde.'

'O, op zo'n manier,' zei D. Het klonk niet overtuigd en ik was bang dat hij iets af wist van mijn veertien nieuwsblaadjes. Ze begonnen al kreukelig en vaag te worden in mijn binnenzak en ze moesten weg.

Intussen onderhield ik werkelijk een soort vriendschap met Scholten. Hij vroeg me boeken te leen die hij van zijn gereformeerde ouders niet in huis mocht hebben. Door de tijdsomstandigheden waren we gek op Engels, dat bovendien de charme van het verbodene had, en Scholten nam op een ochtend een boek voor me mee genaamd *I am a Spy*; de naam van de auteur vergat ik. Het was geen boek voor mij, maar ik vond het goed bedoeld en begon het maar te lezen. Uit broederplicht, of ik dacht zo de vraag uit te kunnen stellen die onvermijdelijk toch kwam: of ik al door mijn voorraad *Vrij Nederland* was. 'Bijna,' loog ik.

Op school kon ik mijn achterstand niet wegwerken; mijn kunstmatige leermoeilijkheden waren werkelijkheid geworden. Ook stapte het meisje uit Pijnacker niet meer in 's morgens. Misschien was ze ziek.

Toch gaf ik in mijn dagelijks leven nog het meest om mijn treinreizen. Overvolle wagons, dringen of stompen, deden me niet veel. Het reizen was voorlopig mijn nuttigste handeling van de dag, al bestond het alleen uit aanwezig zijn om vervoerd te worden. Ik was een reiziger, en ik was er nogal handig in geworden, haast als mijn vader. Ik kon staande slapen en bij mijn bestemming wakker worden. De absolute forens! Zo had ieder zijn verdienste, vond ik.

Met al dat dagelijks falen zou het kunnen lijken of mijn pubergestalte een verheven mystiek niets aan het naderen was, al dan niet zelf opgeroepen. Alsof enig formaat in versterving mij niet te ontzeggen viel. Maar die bedenkelijke bijval bleef me bespaard: in werkelijkheid had ik een hardnekkige hoop op zekere aardse voldoening, zij het op de allerlangste baan. Want ik wilde schrijver worden, niets minder dan dat.

In die gedachte werd ik gesterkt door een leraar die mij beslist niet afwees, al haalde ik voor de proefwerken in zijn vak – het Duits – niet meer dan vieren en vijven. Hij schreef die slechte cijfers toe aan de tijdsomstandigheden en ik liet dat dankbaar zo.

Het was meneer Maas. Hij was rustig, ondanks alles. Hij permitteerde zich met kraaienpoten te grinniken om onze flauwe grappen, waar andere leraren geërgerd zuchtten. Soms noemde hij, op de voorste bank gezeten, de namen van Nederlandse schrijvers en vroeg wie er wat van gelezen had. Ik was zo vaak de enige, dat ik mijn vinger maar een seconde opstak, maar hij zag het, als een veilingmeester, en hij knikte me toe met instemming.

Daardoor mocht hij me. Hij prees mijn vertalingen uit het Duits, die 'weliswaar fout' waren, maar 'er mooi op stonden'.

Het verduisterde Rotterdam bij morgenschemer begon te benauwen. Op een ochtend was er een lichte bom gevallen, niet ver van de school. Een straat was afgezet en om een lantaarnpaal stond een fiets dubbelgeslagen, er lag een mannenschoen bij. Het stormde en er dreef een losgeslagen kabelballon boven de stad.

Gelukkig werden de dagen in februari lichter en er kwam een ochtend waarop ik de eerste drie uur vrij had. Een leraar was ziek. Eindelijk kon ik uitslapen. Vader was al weg en ik kreeg echte thee op bed van Louise. Ze zat sierlijk op de rand van mijn opklapbed in haar bronzen ochtendjas en bloosde licht. Ze knikte en knipoogde met twee ogen. Ik stond met branderige keel op het punt van bekentenissen over mijn falende schoolleven, want alleen Louise, geloofde ik, vermoedde iets anders in mij dan een technicus. Maar tegelijk besefte ik dat die vertrouwelijkheid in Leiden verkeerd zou vallen. De concurrente eerder ingelicht dan moeder zelf. Tegen het verlangen naar woorden hield ik me goed voor dat Louise zó uit die weerzinwekkende geelbruine slaapkamer kwam. Ze vertrok. Ik nam me voor nog die dag aan mijn roman te beginnen.

Comfortabel in een bijna lege trein te zitten, bij vol daglicht, gaf een vreemde beklemming. Alsof onverklaarbare straf wachtte. Het bleef bij een gewone conducteur, die het niet eens was met mijn weekkaart, waarmee men vóór negen uur op z'n bestemming moest zijn. Hij stelde me voor de keus: uitstappen aan het volgende station – Pijnacker! – of bijbetalen. Even lichtte de naam Pijnacker op als een nieuw Jeruzalem, maar ik betaalde bij.

IV

Het was in maart weer gaan vriezen en de vertragingen, het te laat komen en het buiten de klas gesloten worden begonnen opnieuw.

Langs de straten ontstonden bevroren, zwart glinsterende sneeuwruggen. Zelfs het keurige Voorburg werd armoedig: in tuinen lagen onbekende zaken onder schimmelig zeildoek. Stookhout waarschijnlijk.

Intussen bezetten de Japanners Batavia. Mijn vader was voor het eerst even onder de indruk van de oorlog. Hij krabde op zijn hoofd en zei 'Tjézus!' Hij had op Java gewoond en gewerkt in zijn jonge jaren.

In gespeelde saamhorigheid had ik met hem de eerste berichten aangehoord op de ultrakortegolf van zijn grote Telefunken.

Als hem eindelijk iets anders interesseerde dan handel liet ik genadig belangstelling blijken. Ik ging zelfs zo ver lang in mijn tas te zoeken naar het lijstje met zwarte koopwaar van Van Velzen, dat ik vader nú wilde aanbieden als een soort troostprijs. Een zoon met koopwaar achter de hand, dat moest hem goeddoen. Ik rommelde steeds haastiger in de volle tas, maar het papier was weg.

In Leiden probeerde ik nog wat van mijn veertien exemplaren *Vrij Nederland* kwijt te raken. M'n tante weigerde. 'Neem alsjeblíéft mee dat ding,' siste ze, griezelend of het een spin was. 'D'r is zo al ellende genoeg. Het helpt immers toch geen steek, die blaadjes.'

In de maandagse trein naar Rotterdam repeteerde ik hoe Scholten in te lichten dat het niet ging met *Vrij Nederland*. Want hij had me intussen vol vertrouwen doen weten dat er twintig nieuwe nummers op me lagen te wachten.

Op school bleek Scholten niet aanwezig. Dat viel mee. Het stelde mijn bekentenis van onkunde uit. Misschien had hij griep, als zovelen nu het plotseling was gaan dooien.

Hij bleef die week weg en ik liep en reisde maar met mijn nog steeds puilende colbertje. Verscheuren dorst ik de blaadjes niet, uit eerbied voor de illegale drukkers en Scholtens steile ouders.

Het weekend thuis was er kalmte, bij mild weer. Onzekerheid werd zekerheid: ik wilde weg uit dat technisch onderwijs. En uit Voorburg. De beslissing kon niet lang meer worden uitgesteld.

Die zondagmiddag moest ik met moeder wandelen, vanwege plotselinge, voorjaarsachtige zon. Ze wilde 'trots' op haar 'grote zoon' zijn, zei ze, en ik moest haar 'een stevige arm' geven. Zoiets had ik ook al eens van vader gehoord: 'Zorg dat we trots op je kunnen zijn.' Ik dacht ook toen al dat om iemand geven niets met trots te maken had, en zweeg puberachtig. Zo sprak ik weer niet over mijn wens de school te verlaten. Mijn familie dacht dat ik een normale leerling was met kans op een einddiploma, maar het kantinezitten op school en het dwalen door de gangen was haast permanent geworden. 'God vergeve me,' schreef ik in mijn schoolagenda, 'maar ik hoor hier niet en wist dat al vanaf het toelatingsexamen.'

Scholten bleef ook de volgende week nog weg en behalve met zijn nummers van *Vrij Nederland* liep ik ook nog met het Engelse boek rond dat hij me geleend had. Ik ging op een middag alleen op de Binnenweg wandelen, met de woorden I AM A SPY uit m'n jaszak stekend. Een grap.

Van grappen was die middag op school geen sprake. Een paar leraren stonden in een groepje op de gang te fluisteren. Ze vertrokken naar hun lokalen toen D. aankwam.

We hoorden, opnieuw gefluisterd, dat Scholten niet ziek gemeld was al die tijd. Waarschijnlijk was hij ondergedoken (dat woord begon gewoon te klinken). Of opgepakt.

De scheikundeleraar had het een uur later over Newton en Bohr. Hij zei: 'Als ze het ooit gedaan krijgen een atoom te splitsen, berg je dan. Zo'n reactie is niet meer in de hand te houden. Een keten van explosies zal over de hele wereld optreden en alles verwoesten wat in z'n baan komt.' We verlieten de school nogal bleek die dag.

Intussen had ik in Leiden een nieuw Salamanderboekje gekocht: *De dood van Angèle Degroux* van Marsman. Meneer Maas, de leraar Duits met z'n voorkeur voor Ter Braak, Du Perron en Marsman, had me erop gewezen. Blijkbaar mocht die herdruk verschijnen van de Duitsers.

Ik vond het een idioot boek, met die volwassen man en vrouw die honderdvijftig bladzijden achter elkaar aan joegen zonder resultaat. (Dat ik het meisje in de trein zelfs niet had durven aanspreken speelde blijkbaar geen rol bij dat oordeel.) En ik zou het Maas wel eens zeggen ook. Tenslotte moest ik later ook met hém breken.

Ik vertelde hem op een morgen, onder vier ogen, van mijn aankoop. ‘Hoe vónd je het?’ vroeg hij warm. ‘Een rotboek,’ stotterde ik. Zijn hartelijk gezicht betrok een seconde. Dan glimlachte hij alweer. Hij knikte langzaam, en met zo weinig mogelijk ironie.

Kleinjan had zijn bijlessen opgegeven, en in een middagpauze slenterde ik, opnieuw alleen, over de Binnenweg. Ik sloeg de richting in van de open vlakte waar ik het meisje met de sokjes voor het laatst gezien had. Het was helder weer.

Het was ook goed vliegweer. Tussen het lawaai van twee trams en een Duitse vrachtwagen dacht ik: ik hoor een bom komen aangieren. Ik sprong voorover bukkend de eerste de beste winkel binnen. Uitgerekend een lampenzaak met tientallen breekbare glazen lampenkapjes. De eigenaar kwam met opgetrokken wenkbrauwen nader. Ik mompelde een verontschuldiging, want het was geen bom. Het was de sirene van een ambulancewagen.

Even later klonken er twee donderende slagen in de stad. Bommen uit de stratosfeer, van Engelse vliegers op onzichtbare en onhoorbare hoogte. Ik liep verder, maar een rennende man met krankzinnige ogen naderde. Hij keek me aan en riep: ‘Twee mensen zonder kop. Allemaal bloed.’ Ik dacht: o wacht even, daar moet ik niet wezen; ik keerde om en liep terug naar de school.

Daar begon het luchtalarm en we moesten de kelder in, samen met de jongens en meisjes van de kunstacademie. Bij de noodverlichting klonk dom gegiechel van de onzen. Ik geneerde me.

De kunstleerlingen waren losser gekleed dan wij en zaten ontspannen onderuit. Ze wisten van wezenlijker dingen dan wij of onze leraren. Dáárbij te horen! En als er een bom viel zouden zíj gespaard blijven, dacht ik.

Aan tafel zei vader die avond: ‘Je mag best eens wat dankbaarder kijken. Je hebt het goed hier. Hele volksstammen verhongeren en jij kan hier van alles mee-eten.’ (Allicht, dacht ik, ik heb mezelf niet verwekt.) Het werd hoog tijd hier op te breken.

Mijn veertien nummers *Vrij Nederland* hadden intussen alle actualiteit verloren. Er waren waarschijnlijk al meerdere nieuwe nummers verschenen. Ik overwoog vernietiging maar aarzelde. Ze waren in feite Scholtens eigendom. En zijn naam had een verlichte bijklank nu. Hoewel zelf onzichtbaar, was hij als enige iemand geworden.

Ik besloot op een zaterdagmiddag naar hem te gaan informeren, zoals het een bezorgde vriend betaamt. De lange weg naar zijn huis liep ik uit in een wolk van jeugdige treurnis die nog niets met Scholtens lot te maken had. Zelfs was het geen vrees voor vallende bommen.

Het was iets anders. Ik rook, buiten taal en rede om, dat ik die dag opnieuw onbenullig zou zijn in eigen oog. Ik had geen verwoordbare theorie dat mislukking in volwassenheid een voorwaarde kon zijn voor de gezochte staat van leven later, maar ik proefde opeens zoiets, zoals men bij schrik bloed proeft.

Scholtens huis stond er gewoon bij, er waren geen gordijnen gesloten. Maar er was een soort extra onbeweeglijkheid.

Ik liep erlangs; voor onopvallendheid hoefde ik m'n best niet te doen, ik wás het al. Ik slenterde, keek even, en zag geen mens. Op de straathoek aarzelde ik, draaide om en wilde nog eenmaal het huis bespieden. Maar een oude man kwam me tegemoet. Ik herkende hem niet en wel; hij leek stram van woede. Van dichtbij deed hij op zijn beurt of hij mij niet kende, maar hij siste uit een mondhoek: 'Ga weg hier, wég.' Het was Scholtens vader. Ik sloeg bevend een zijstraat in, vol schaamte over een blijkbaar domme daad. Voor een oorlog moest je volwassen zijn.

Ik liep eindeloos door, zo los en gewoon mogelijk. Mijn binnenzak met verboden inhoud was niet uit m'n gedachten. Misschien had ik iemand in gevaar gebracht, of zag de vader me voor een verrader aan. Gelukkig doemde bekend terrein op. Ik bereikte het station Hofplein.

Mijn zaterdagse reis naar Leiden begon, als altijd. We moesten in een donker bagagerijtuig staan, want de spoorwegen kwamen personenwagons tekort. In die schemer stonden veel scholieren opeengepakt en ze zongen een simpel radioliedje. Er waren meerdere meisjes met witte sokjes bij, want mode is er ook bij oorlog. Ik dacht nog eens aan het meisje uit Pijnacker; ik had niet minder dan helemaal in haar willen verdwijnen, m'n benen meelopend in de hare. Maar ze vertoonde zich al evenmin als Scholten.

In Leiden ging ik weer eerst naar mijn grootmoeder. Omdat ik wit zag stookte ze de haard voor me op met de stukken boomstam waarvan ik een klein deel gezaagd had. Het hout was nog vochtig en rookte.

Ik vertelde haar van Scholten, en van de vader. Ze leek eerst niet te luisteren, maar zei dan haast kwaad: 'Heb je nou die krantjes nog?' Ik wees op mijn binnenzak.

'Geef eens op,' zei ze. Ze keek, met haar ene oog dicht, op het bovenste nummer, alsof ze het opnieuw ging lezen. Dan wierp ze de stapel in het vuur.

Eind maart kwam de directeur me ook al te hulp. Ik werd bij hem geroepen. Hij keek op mijn komend paasrapport en zei: 'Je saboteert het onderwijs. Je ontloopt m'n bijles. Waarom?' Ik zweeg. Hij wachtte een lange halve minuut en zei dan, waarachtig vaderlijk, dat ik beter van school af kon gaan per 1 mei. Ik knikte. Een wonderlijke angst kwam op.

Op paaszondag vertelde ik moeder dat ik van school af wilde, of moest; het rapport overhandigde ik niet zonder schaamte. Ze huilde. Ik keek kwaad. Zo zou men het voortaan wel laten mij een richting uit te drijven, goed bedoeld of niet.

Na de paasvakantie lichtte ik mijn vader in. Mijn vertrek uit zijn huis stemde hem opgewekt. 'Je weet nooit waar het goed voor is,' zei hij bij het afscheid aan de voordeur. (Soms lijken volwassenen bijna gelovig.) In ieder geval is het goed voor zijn voorraadkast, dacht ik in de Blauwe Tram terug naar Leiden, met een tas uitpuilend van schoolboeken en mijn tekenbord onder de arm. Louise had gezwegen, alsof ze vond zich in mij vergist te hebben.

Begin mei moest ik nog eenmaal naar Rotterdam, om mijn laatste schoolzaken op te halen, waaronder de dure rekenliniaal waarmee ik nooit had leren rekenen. Ik nam van niemand afscheid, behalve van Maas. Hij had me Marsman vergeven, want hij schudde me lang de hand en knikte me geruststellend toe. Hij leek de enige die m'n manoeuvre goedkeurde.

Voor het laatst liep ik op de Binnenweg, ondanks Maas met een zwart deserteursgeweten. Het was stralend voorjaarsweer. Tussen in de zon slenterende voorbijgangers, maar apart als een bewegend eiland, liep een groepje van vier mensen. Ze droegen de pas verplichte gele ster en keken voor zich. Ze spraken niet. Ik keek weg.

Maar er daagde iets in mijn traag brein. Misschien had het meisje uit de trein nu ook zo'n merkteken. Mijn vermoeden zou niet bevestigd of ontkend worden. En Scholten, die was ook nog altijd weg.

Die nacht, weer thuis in Leiden, had ik een vreemde droom. Het was ook in m'n droom nacht en een geluidloze stroom aan elkaar gekoppelde kabelballons van allerlei vorm en grootte trok razendsnel over ons huis. Ze lichtten van binnenuit op als lampions. De stroom ging eindeloos door. Misschien was het de atoomketen van de scheikundeleraar.

's Morgens werd ik vroeg wakker. Ik stond snel op. Nu ik bevrijd was van Rotterdam en Voorburg kon ik eindelijk gaan beginnen. Ik wilde nog altijd schrijver worden.

Er lag een woestijn voor me aan tijd, en ik was banger voor dit begin dan voor de Engelse bommen uit de stratosfeer in Rotterdam. En men kon opgepakt worden.

Moeder kwam mijn kamer binnenstampen. Waar of ik bleef. Hiér moest gewerkt worden, zei ze. Ik moest bij de bakker in de rij gaan staan, er kon hout gehakt worden in de tuin en er zouden aardappels gehaald moeten worden bij een boer. Mijn nieuwe vrijheid verdampte.

Wel kocht ik op een van die eerste dagen nog een schrift, om me dagelijks in schrijven te oefenen. Alleen de eerste bladzijde werd beschreven. Er stond: '13 mei 1942. Ik wou dat ik een kreupele meid had om aardig voor te zijn.'

Voorjaar

LANSBERGE WAS ACHTENVEERTIG EN zag er jonger uit; niet direct door gezondheid of gymnastiek, maar door late volwassenheid in alles. Hij liep gewoon tien jaar achter en dat was hem aan te zien; z'n mager hoofd had kinderwangen en z'n grauwe ogen stonden moe maar bedeesd. Matiging in alles – noodgedwongen meestal – hielp ook mee de vage indruk van voortslepende onvoltooidheid te bewaren. Jarenlang – zeker tot z'n vijfendertigste – had hij gewild dat hij er ouder uit zou zien, en schaamde hij zich voor spiegel of etalageruit. Kaalheid of een buik zou hij toen niet afgewezen hebben; nu kon het hem niet schelen, ook niet dat hij al z'n kinderachtig vlashaar nog had. Hij was op weg naar Amsterdam en zag vrouwen in de trein die hem kwaad ontroerden. Ze waren van alle leeftijden en maten, maar het aardigste (of begeerlijkste) vond hij die met kleine handen, de enige eis vrijwel die hij nog meende te stellen, al kwam daarbij ook snel de gedachte aan blauwe ogen op. Hij vloekte maar eens goedig binnensmonds en ging opzettelijk naar buiten kijken.

Na Haarlem, waar nieuwe reizigers instapten, was z'n aandacht in de wagon terug. Een bebrild meisje in een ribfluwelen broek met formidabele gulp ging schuin tegenover hem zitten en verder volgden alleen mannen in behaagzieke spijker- of lederpakken.

Lansberge zelf droeg een gewoon colbert en een grauwe broek met te smalle pijpen. Geen stropdas, omdat hij die nooit gedragen had; dat was dus bij hem geen teken van vorderende tijdgeest.

De koepelgevangenis na het Haarlems station draaide langzaam weg, wat hem altijd een onbegrepen notie van gericht gaf. Hij schrok van een woedend passerende trein.

Lansberge stapte in Amsterdam CS uit en keek op de stenen trappen voor zich naar mee afdalende vrouwen in spijkerbroeken. Die veerden daarbij expressief door hun heupen zodat de blauwe stof om hun achterwerk trok. Het spijkergoed was ter plaatse meestal voorzien van opzettelijk aangebrachte wit uitgevreten plekken: een soort antiversiering met religieus-sociale inslag. Sommigen handhaafden die uitmonstering tot aan hun veertigste.

Nog die morgen had Lansberge, net wakker, op de kleine radio naast z'n bed een programma over verkrachting aangehoord, waarin gemaakt objectieve vrouwenstemmen (maar met hoorbare woede) dof klagende slachtoffers interviewden. Daarbij was de huidige filosofie die overal de maatschappij als schuldige aanwijst toch weer mee ingeslopen: de aanranders waren alleen maar verstoken van 'communicatie', dat nieuwste tovermiddel tegen alle euvelen van de wereld. Hun daad 'had doorgaans met seksualiteit niets te maken'. Hier grijnsde Lansberge bij de herinnering aan die stellige woorden; bij alle modieuze natuurliefde aanvaardde men de natuur niet. Mannen waren compleet anders dan vrouwen, ondanks tegenwoordig dezelfde broeken en rechten. Hij drong naar de uitgang en dacht aan een zin uit een alweer oud boek van Alexis Carrel: 'Fysiologische wetten zijn even onverbiddelijk als die van de sterrenwereld; ze kunnen nu eenmaal niet worden vervangen door menselijke wensen en we zijn verplicht ze te aanvaarden zoals ze zijn.'

Hij liep op het Damrak en waakte er ditmaal voor per ongeluk met z'n maar weinig bewegende handrug zo'n nauwverpakte blauwe bil zachtjes te raken. Tenslotte moest alles gekocht en betaald worden in het heelal en zo'n minutieus en onbemerkt vergrijp kon hem later op de dag opbreken.

Later, want z'n vriendin kwam pas om over vijven uit haar werk en hij had nog een hele vrije middag voor zich: het was halfdrie.

De stad was druk zoals in de zomer, ondanks lichte regenvlagen en vrij gure voorjaarswind, maar de voetgangers waren zwijgzamer. Lansberge stak onwennig mee over bij de Dam en slenterde de Kalverstraat in om bij De Slegte te gaan kijken.

Steeds bukkend naar de onderste planken in het antiquariaat begon hij na een kwartier vaag drijvende lichtplekken op z'n netvlies te zien en als hij dan recht kwam hield hij zich in evenwicht aan de boeken. Een beetje bloedarmoede. Toch kon hij niet ophouden met verder zoeken. Hij trok een geurig oud boekje tevoorschijn, sloeg het open en glimlachte: 'Maar ik ben zoo dikwerf teleurgesteld met fraaye beloften en aardige uitvluchten, jufvrouw,' las hij.

Hij vond niets, ook niet voor z'n vriendin van wie hij een kaartje met titels in haar handschrift zo goed als op z'n hart droeg. Maar omdat rug en knieën waarschuwden en hij bovendien voelde dat z'n gezicht nog witter werd dan anders verliet hij de zaak en had nog één wens: te zitten. Er deed zich in de directe omtrek niet anders voor dan een soort cafetaria waar hij lang wachtte tot een humeurige vrouw aan de teek hem met opgetrokken wenkbrauwen aankeek, wat scheen te beduiden: zegt u het maar. 'Koffie graag,' zei hij dan ook, 'en zo'n appelpunt.' Ze zweeg en verdween.

Lansberge voelde zich in het beste humeur. De tredgang van iedere dag was doorbroken en het zoeken in antiquariaten was eigenlijk z'n beste ontspanning. Iets vinden was geen strikte voorwaarde.

Toen hij naar buiten kwam was het bijna kwart voor vier en hij had dus nog zo'n anderhalf uur voor zich. Hij aarzelde tussen een overdekt terras op het Damrak of verder de Kalverstraat in.

Er was nog tijd voor het laatste. In een open winkelpui trad hij hoekig binnen, althans tot in het voorportaal met de hoge automaten. Even zag hij omlaag in het souterrain op de eindeloze uitstalling tijdschriftjes met rozerood vlees. Hij zocht een gulden en liet die in een der automaten glijden. De zijne weigerde natuurlijk. Hij wilde niet opvallen door z'n geld terug te vragen en probeerde de kijkkast ernaast. Daar zag hij in versleten schittering (zoals toen hij klein was in de bioscopen op de kindermatinees) wat trage beelden. Een roze vrouw stond slaperig zekere ontucht toe. Hij liet het nog voortsnorrende apparaat in de steek en wist niet of dat goed of schijnheilig was. Kwaad liep hij terug richting Dam en staarde verbijsterd naar de linker etalage van de speelgoedwinkel van Merkelbach. Er kwam angst op, die ongedaan gemaakt werd door nogmaals De Slegte binnen te gaan, nu niet voor hemzelf of z'n vriendin.

Lansberge nam plaats op een krakend bruine rietstoel op een te nauw terras tegenover de Beurs. Hij kwam terecht tussen een dame met een vroege zonnebril en een grote kale zakenman met diplomatenkoffer. Hij achtte zich onnozel. De ober dacht er juist zo over en hield pas na een kwartier even bij hem stil ten teken dat een bestelling, op dat ogenblik althans, in overweging genomen kon worden. 'Een pils graag,' zei Lansberge vriendelijk en bedacht te laat dat de lucht van bier z'n vriendin misschien zou hinderen. Hij durfde niet te herroepen. Met schrik herinnerde hij zich bovendien dat hij wat drank voor haar zou kopen, dat werd straks toch nog weer haasten.

Ongeweten oudachtig opeens, met een gezicht waaruit alle geest geweken was, wachtte hij op de pils. Maar zo was hij wél ontvankelijk. De steen van de brede stoep voor hem begon op te geuren onder een vage regenvlaag; daardoor dacht hij aan een rolschaatsend meisje uit z'n klas dat hij voorttrok op z'n fiets, zo'n vijfendertig jaar eerder. Hij voelde het zwart ribbelig celluloid van z'n toenmalig fietsstuur. Blijkbaar hadden handen een beter geheugen – zoals ook de neus – dan de voertuigen van andere zinnen. De tijd leek geen invloed te hebben op vingertoppen. De houten ornamenten van de fauteuil uit z'n geboortehuis, mét de ingelegde kronkelmotieven van de zware bekleding, kon Lansberge zich hier op het Damrak niet visueel herinneren maar wel na veertig jaar navoelen in wijs- en middelvingers. En zo ruimtelijk die stoel reconstrueren alsof hij gisteren in die kamer was.

Blijkbaar heb ik als kind al vaak liefhebbend gestreeld, dacht hij met gegrinnik om opkomend beklag: geen mens valt op dat ik het nóg kan. Hij overwoog dat als hij onverwachts iets hoorde, rook of tastte uit eigen oudste verleden, hij besefte hoe intens je eenmaal geleefd had. Daarom is passief herinneren zalig en echt. Opzettelijk herinneren vervalst en is zonder intensiteit. Hier, als bij alle 'scheppen', is de wil spelbreker. Zo had hij, misschien dan té willoos, alweer weken niet aan z'n artikel gewerkt over 1673. Het was niet afgekomen voor het herdenkingsjaar. Bij De Slegte had vandaag niets bruikbaars gelegen en dat was misschien teken genoeg. (Hij dacht kwaad aan de schoenmaker en z'n leest.)

'Dan weet ik niet wat u bedoelt,' zei de grijze winkelier ongeduldig en Lansberge haastte zich een andere cognac aan te wijzen. 'Geeft u die dan maar,' zei hij, toch geërgerd, in plaats van de zaak uit te lopen.

Ze doen verdomme allemaal maar, dacht hij buiten, maar in de drukte week hij oudergewoonte uit voor iedereen. Men rekende daar ook lomp op.

Hij liep steeds sneller want de tijd drong en ten slotte stond hij in de rommelige, stille straat met hoge huizen voor de deur van de vriendin die z'n vriendin niet was, al geloofde niemand dat. Hij zocht opnieuw nauwkeurig tussen de vele naamplaatjes en belde. Het bleef stil. Ze was er dus nog niet. Hij ging zitten op een blauwstenen trapje een paar meter verder en bewaakte de deur.

Die sprong toch nog open en hij begon de kale trap, die vol lag met kranten en reclamefolders, te bestijgen. Hij hijgde wat boven in een donker gangetje en begon aan de volgende trap. Hij sloot z'n ogen even voor de zolderdeur en ademde diep in en uit. 'Ja, kóm maar,' riep een vrouwenstem binnen. Maar dat was ze niet. Er giechelde een kind. De overloop rook vijandig naar potloodslijpsel en balken zoals op de lagere school.

Lansberge opende de zolderdeur en schoof langs een te gevulde kapstok. Nu drong een warme knoflookgolf hem tegemoet.

Hij zag een vrouw in een dikke ribfluwelen broek waar hij het plaatsvervangend warm van kreeg. (In thermische zin dan, met erotiek had het al zó niets van doen, hij haatte haar een seconde omdat ze Jopie niet was.) Ze roerde in een stomende pan, niet in een keuken natuurlijk, maar in een hoek van de grote woonzolder met palmen. Er klonk namaak-opstandige mandolinemuziek uit Griekenland. Daarmee herkende hij de vriendin van z'n vriendin. Ze zwaaide vanachter het gasstel. 'Ik kom zo hoor,' riep ze. Ze tilde het deksel van de pan en een bloedbrij werd zichtbaar. Een Chileense schotel, vreesde Lansberge. 'Wat maak je?' riep hij. De vrouw lachte vibrerend. 'Jopie komt iets later,' zei ze, 'het zal wel halfzes worden.'

'Ja, geeft niet,' zei hij.

De vrouw ging borden klaarzetten op de lange tafel; ze glimlachte, maar niet te welwillend. Intussen was haar elf- of twaalfjarig dochtertje vanachter een plantenbak opgedoken en achter Lansberges stoel komen staan. 'Denk je om Jopies palmen, Liedje,' riep de moeder.

'Jaaaaaa, Ma,' knerste het kind vlak bij z'n oor. Ze zoende hem daarna op z'n wang en zei: 'Zo Lans!' Hij glimlachte gevleid.

'Mag die lullige muziek af, Ma,' riep ze nog.

'Nou zeg,' zei de moeder.

'Wat wil jij dan dat er gedraaid wordt,' vroeg Lansberge gretig.

'Nou iets goeds, die Ma met d'r zielige landen, iets van Genesis zit erbij.' Ze wees naar een slordige stapel lp's op de grond.

Lansberge rook een kans voor enige wraak op mensen en zei:

'Maar dát is erg progressief hoor, Genesis; moderne akkoorden gebruiken die jongens zelfs.' Hij keek schuin naar de moeder die bestek neerlegde. 'Ja,' antwoordde het kind grinnikend, 'het is niets voor Ma.'

'Nou dan moet ze maar een beetje met d'r tijd meegaan, zet óp, die plaat,' zei hij glimlachend. Het kind grabbelde in de stapel. Het volksgedrein van de mandolines hield tenminste op.

Intussen slofte iemand de trap op. Even keek Lansberge verwachtingsvol en nerveus naar de deur. Maar het was het broertje van Lied. Hij was even klein en tenger als zijn zus. Hij groette vluchtig en ging op een bank zitten. Hij had dezelfde donkere glansogen als het meisje en net zo'n smal aristocratenbekje. Lansberge vond dat hij voorbestemd leek om bij een nieuwe horderevolte als een tsarenjong doodgeknuppeld te worden. 'Waar is Jopie, Ma?' vroeg de jongen en Lansberge knikte even verstandhoudelijk. Het meisje kwam intussen opnieuw achter z'n stoel staan en legde haar luttele onderarmen kruiselings om z'n keel. 'Waar denk je aan, oompie Lans?' Hij zei: 'O, aan niks natuurlijk weer.' Ze zou door die horde verkracht en aan haar voeten opgehangen worden. Hij schrok en pakte een smal boekje van een rieten tafeltje. Het had een omslag in jaren 20-stijl: een vrouw met hoed achter een zwarthouten autostuur. Hij tikte met z'n wijsvinger op de naam van de uitgever; Liedje keek toe. 'Toen ik zo oud was als jij, en veel stommer,' begon hij, 'zag ik bij de naam Arbeiderspers altijd een grote stalen pers voor me met een geplette arbeider tussen de helften.' (Hij vernederde zich weer tegenover het schone.) 'Hè get,' riep het kind, liet hem los en wipte naar de keukenruimte. Op haar tenen hing ze om haar moeders hals en fluisterde die wat in het oor. 'Ach, hij is gek, dat verzint-ie maar,' antwoordde de vrouw. De jongen glimlachte genadig of licht verveeld. Ook hij keek nu en dan naar de deur.

Hoe kwamen zulke lelijke dertigers (of beginveertigers?) aan zulke mooie kinderen. De vrouw zat zeugachtig in haar broek geperst en de vader, herinnerde Lansberge zich vaag, had nog iets van direct-naoorlogse armoe in zijn lang, maar kalend haar. De natuur is bij de voortplanting vergevingsgezind.

Hij schrok opnieuw ongemakkelijk en dacht aan z'n eigen voortzetting in het vlees. Genesis zong met modieuze treurnis. Er was een halfpoëtische synthesizer en een harde tekst die zich jong beklaagde over de inrichting van de wereld. Hij waardeerde die klaagzang vertederd. Z'n eigen dochtertje had ook die platen. 'Nobody needs to discover me,' verstond hij.

Te midden van knoflookwalm en elektronisch geweld ging de deur open en z'n vriendin trad met aarzelende glimlach binnen. Lansberge keek onzeker in haar oplichtend grijsblauwe ogen en zag haar kleine neus met de holle lijn. Hij vroeg zich af waarom hij niet lánger gezocht, en een boekje voor haar gevonden had. Ze was klein, een kleine kin en mond, kinderwangen die waarachtig iets kleurden, ze leek een lange reeks jaren jonger dan ze was in haar spijkerbroek en trui. Ze was zalig geruststellend altijd dezelfde de jaren door dat hij haar kende. Zelfs het halflang meisjeshaar bleef gelijk.

Een kennis dus. Hij stond op uit zijn krakende rietstoel (gelijk met de jongen) en zoende haar verjaardagachtig summier op de wang. Ze knipperde komisch. De twee kinderen keken onderdrukt giechelend toe. 'Zozó Lans,' zei Jopie. 'Ja!' zei Lansberge. Hij was nerveus van verlegen genegenheid en nog iets.

Men ging eerst wat drinken. Lansberge opende z'n aktentas en overhandigde kleurend de fles cognac van het verkeerde merk. 'Niet te zuipen waarschijnlijk,' zei hij. Jopie lachte. De vriendin, die Jeannet bleek te heten, hij vergat die naam steeds, droogde haar handen en kwam erbij zitten.

Dan werd er gegeten.

Lansberge hield aan tafel nog steeds een trilling over zich tot de verwachte vraag van Jopie viel: hoe is het met je dochter? 'Goed! Goed!' antwoordde hij en hij wreef zich even in z'n handen als bij opperste gezellige ontspanning. Het werkte ook: het trillen hield op. Ze vroeg ook niet verder.

'Wil je nog een beetje,' vroeg de plaatsvervangende gastvrouw met een hoofdknik naar de geopende pan met brij. Ze hield het druipende deksel in haar hand. Lansberge had knoflook geproefd met uitsluiting van alle andere smaken of geuren ter wereld. Hij haatte snobisme. 'Nee, echt niet,' antwoordde hij, 'ik eet altijd maar weinig, dank je, het is anders heerlijk.'

'Hij lust het niet hoor, Ma,' zei Liedje proesterig. (Zijn eigen kind was aardiger, maar hij lachte toch mee.)

Hij ging zitten kijken naar de twee vrouwen die kauwden als scheepswerflassers: traag met de onderkaak tegen de stilstaande bovenkaak. Proletarisch was mode. Ze protesteerden zwaar etend tegen hun afkomst, die niet arm genoeg geweest was naar hun zin.

Nog aan tafel werd er opnieuw wat gedronken en Lansberge vergat benauwenissen. Hij vertelde zelfs wat: over z'n werk. Hoe een jongere collega van z'n afdeling, als ze samen de kaartenbakken doorliepen, hem bevaderde: Je stelt je eisen te laag, zei die altijd, als je meer vraagt houden ze er vanzelf rekening mee. (Hij keek daarbij tussen z'n oogharen naar Jopie, die het wel hoorde maar zweeg op de rand van spreken.) En verder luisterde hij naar de absoluut evenwichtige en in zichzelf rustende praat van de anderen. 'Ik was zelf af, hoor,' zei Jopie.

'Nee, jij hebt de hele dag gewerkt,' zei Jeannet.

'Nee, Sjennèt,' riep Jopie opzettelijk in stadsidioom; ze sprak anders in wat Lansberge voor zichzelf hoger Middelamsterdams noemde, met een goed gearticuleerde r: 'Dat tdeft' zei ze nu juist, terwijl ze 'Dat treft' bedoelde. Lansberge grinnikte vergenoegd, hij voelde zich feestelijk brutaal worden. Hij streek over Jopies onderarm, de korte blote arm die z'n leeg bord wegpakte. 'Nou zeg,' zei ze, maar heel zacht. Hij hield haar tegen aan die arm. 'Wanneer gaan ze weg,' fluisterde hij aan haar oor, 'laat je ze ook komen als je die bril op bezoek hebt!?' (Hij wist dat de helft van alle daad en woord uit jaloezie komt, dus moest hij dat affect oproepen om zich waarschijnlijk te maken.) 'Nee, dán niet!' zei Jopie plagerig. Ze keek geamuseerd en zei: 'Ze gaan zó weg.' Lansberge mompelde dat het ook eigenlijk niet veel verschil maakte. 'Niet zeuren, Lans,' fluisterde Jopie.

Na de koffie en een halfuur tv voor de kinderen vertrokken de gasten. Het jongetje gaf Lansberge een koel handje. 'Dag,' zei hij. Het meisje hing met één stokarm om z'n hals. 'Nou, Lied, doe niet zo gek,' zei Jopie waarachtig. Lansberge keek haar verbaasd aan. De moeder stak hem een zakelijke hand toe. Terwijl Jopie het drietal naar beneden bracht keek hij beschaamd de zolder rond. Hij zag de planten en de blankhouten boekenplanken. Hij vond dat hij te weinig tegen die Jeannet gezegd had. '*De Socialisten*, van Quack,' prevelde hij. 'Zou ze het gelezen hebben?'

Ze kwam terug. Vrede en rust. Hij drukte haar een beetje tegen zich aan. Ze maakte zich met duwende handen los.

'Nou, niet zo gek hoor.'

'Is dat gek?' zei hij. 'Het lijkt hier wel 1874 in plaats van 1974.' (Emancipatie en seksuele revolte, in werkelijkheid was er natuurlijk niets veranderd. Overal blijft bezit bezit.)

'Wil je een pils,' vroeg ze verpleegsterachtig afleidend.

Hij knikte.

Ze dronken nog wat en zaten ontspannen onderuit. Jopie op de bank. Na verloop van tijd kwam Lansberge naast haar zitten op de zachte kussens. Ze spraken elkaar open en half ernstig over hun leven: Jopie over haar vriend met de bril, die natuurlijk getrouwd was, en Lansberge over z'n dochtertje met wie hijzelf al even dagelijks verweven bleek. Ze spraken met wederzijds begrip en in feite over zichzelf. Toch zweeg hij veel: hij hield zekere essenties binnen als gold het een mystiek en onverklaarbaar geloof.

De drank (bier op cognac) ging het nog winnen en na een voor zijn doen baldadig luchtige samenvatting dat hij ook niet meer dan z'n uiterste best kon doen, draaide hij z'n bovenlijf een kwartslag, boog naar haar over en liet z'n hoofd op haar borst rusten. Hij snoof haast eerbiedig haar huid door lagen stof.

'Nou hoor!' zei ze. 'Moet dat nou.'

'Ja,' zei hij opgewekt en hij knorde behaaglijk in haar zwarte truitje. Daarop begon haar tors in toenemende mate te schokken van onderdrukt gegiechel, zodat z'n hoofd hinderlijk meebewoog. Hij ging verstoord rechtop zitten en keek haar aan met opgetrokken wenkbrauwen.

'Nou ja zeg, daar moet ik om lachen,' zei ze met roze hoofd.

'Dat merk ik ja,' antwoordde hij.

'Ik kan er niets aan doen.'

Z'n ontroering en z'n bloed keerden terug naar hun stelling.

'Ik wou wel eens een vrouw zonder zo'n krachtig gevoel voor humor, zo een die naar het behang gaat staren als je je aan haar borst koestert en die dan betraand door je haar strijkt.' (Hij lachte.)

'Zo'n vrouw ben ik niet.'

'Ik zie het.'

'Zullen we dan nog wat eten? Ik heb nog kaas.' Jopie was niet te mager maar at graag wat.

Ze aten wat en praatten weer gewoon. Over De Slegte en het boek dat hij niet voor haar gevonden had. En of hij nou eindelijk zijn artikeltje af had voor dat historisch tijdschrift. 'Ja en nee,' zei hij kleintjes; 'het is praktisch af, maar ik wil het toch eerst eens laten lezen aan een vakhistoricus.'

'Zal ik vragen of Cees het eens bekijkt?'

'Die bril? Nou ja, nee, of ja, ik breng het wel eens mee.'

(Ze schudde haar hoofd een beetje; hij streelde, half bevreesd over haar aanbod, haar smalle pols.)

Hij begon juist iets te zeggen over z'n Willem de Derde en diens '*zogenaamde* schuld aan de afslachting door het grauw van de De Witten' toen hij zichzelf onderbrak: 'Godzalme, jesis Jopie.' Ze gaapte en vroeg lui wat er nu weer was. Hij grabbelde in z'n binnenzak naar het kaartje met de tijden van de twee laatste treinen.

'Dat haal ik niet meer. En ik had nog je raad willen vragen over...'

'Nou,' zei ze lief laconiek, 'dan blijf je toch hier slapen.'

'Kan dat?' (Hij voelde dat hij te opgewekt keek.)

'Ja, ik zou niet weten waarom niet, alleen, dat weet je, ik bedoel, je kent m'n voorwaarde: geen gezeur.'

'Ja, natuurlijk,' zei hij snel, 'dat weet ik toch.'

'Je kan wel in mijn bed slapen, en ik hier op de bank.'

Hij vond dat ze in haar eigen bed moest en dat hij best op die bank kon. 'Nee,' zei ze beslist, 'niet eigenwijs zijn.'

(Hij beaamde alles en vond zichzelf goed: weerzinwekkend goed.) Hij vroeg en verkreeg haar raad over z'n wicht.

Ze dronken nog één glas cognac en besloten toen te gaan slapen. Lansberge in het brede oude bed met de twee hoofdkussens, dat door een dwars staande kast aan het oog onttrokken was van de bank. Hij hoorde hoe Jopie zich uitkleedde. Ze verscheen in een pyjamabroek met halve pijpjes en een kort jasje. 'Nou,' zei ze afscheidachtig en zat nog even op de rand van z'n bed. Hij lag al onder het voluptueuze donzen dek en sloeg z'n arm om haar lijf ter hoogte waar het jasje week. Hij voelde een koele huid met diepe warmte daar vlak onder. Hij snoof opnieuw plechtig die huid. Ze gaapte zó dat haar kleine neus bijna verdween tussen haar optrekkende kinderkonen.

Er brak plotseling een gehaaste grijns bij hem door; hij zei snel:

‘Waarom was je nou kwaad op Liedje toen ze om m’n hals ging hangen?’

Jopie keek hem verbaasd aan en dacht na met haar ogen kindachtig naar het plafond gedraaid, zodat hij alleen het wit zag.

‘Deed ik dat?’

Hij lachte. ‘Als je nou hoorde dat ik een vriendin had waarmee ik sliep?’ probeerde hij nog.

‘Dan zou ik geloof ik wel jaloers zijn toch,’ antwoordde ze onverwachts (en wonderbaarlijk eerlijk, vond hij).

Hij was lui ontroerd. Het was best. Hij was tevreden. Ze maakte zich vriendelijk los uit z’n arm en stond op van de bedrand.

Ze greep in de kast en haalde iets tevoorschijn met zeker lachje. Hij zat recht in het brede bed en keek.

Op geen meter afstand van hem drukte ze een pil uit een plastic strip en stak die met een vlakke hand geroutineerd in haar mond. Ze slikte. ‘Weer haast vergeten,’ zei ze, ‘gisteren ook, kijk maar.’ (Er zat werkelijk nog één zo’n roze tabletje op z’n plaats.) ‘Wel ja,’ zei hij, nog niet echt kwaad, ‘met de complimenten aan die bril.’ Ze giechelde.

Alleen in het brede bed met de twee kussens kon hij niet slapen. Ze wist best van z’n krankzinnige angst voor zwangerschap. (Niet nóg een kind de wereld op.) Vandaar die zichtbaar overgeslagen pil als afschrik? Of was het alleen modieuze onverschilligheid, of nog iets anders. Treiteren verwierp hij; dat deed ze nooit.

Hij bleef wakker en had de pest aan z’n eigen lijf dat bot bleef begeren en niet van slaap wilde horen. Hij wilde bij haar liggen zonder spokenvrees. Hij had haar zo vaak lang en geduldig aangehoord over haar minnaars dat hij opeens meende daar recht op te hebben. (Maar ‘recht op’, dat was eigenlijk socialistengeouwehoer; in de natuur van het heelal heerst alleen noodzakelijkheid en catastrofe.) Nadat een carillon twee uur geslagen had zakte hij half weg in een hallucinatie van de trouwhartigste vriendinnentroost ter wereld (of een troostprijs toch?). Hij stond plotseling kwaad op en wilde zich aankleden en de stad in. Ze bleek ook wakker en zei dat hij niet zo gek moest doen. Hij antwoordde (alweer grinnikend, die eeuwige rol): 'Zelfs de vrome Luther vond tweemaal paren per week wel het minste, en ik heb al jaren niemand die...'

'Dat ligt aan jezelf,' zei ze geeuwend.

'Dat is niet helemaal waar,' zei hij licht gebelgd, 'dat weet je best.'

'Ga nou maar slapen,' zei ze geduldig.

Maar hij sliep niet. Met de subtiliteiten van een moe mens vroeg hij zich af of volwassenen soms afgunstig waren op z'n voortdurende beschikbaarheid voor dat kleine wezen thuis. Het was jammer dat het geen zoontje was: vrouwen schenen bij dochtertjes godbetert aan mild incestueuze gemoedstoestanden te denken. Maar hij staakte die malende gedachte. Hij begon plannen te beramen voor nu, en verwierp ze. Hij wist heel best niet verwacht te worden op die bank.

Dat maakte half kwaad. Lansberge hoorde de torenklok van halfdrie en drie uur nog en wentelde zich met demonstratieve zuchten om en om. Maar ook Jopie scheen wakker te blijven of ademde onhoorbaar. De handen, waarvan hij op het Damrak beweerd had dat ze zo goed strelen konden (maar Jopie had misschien niets bijzonders bespeurd) hadden impulsen binnengekregen van huid en van haar en bleven ontevreden met de afwikkeling.

Lansberge was toch nog in slaap gevallen. Hij droomde dat hij in z'n eigen stad terug was, midden op een onbekend plein in het oudste deel. Alles was eeuwen op de tijd teruggelopen (1672? Het rampjaar dat eindigde als een best sprookje?). Grijze huizen in kleine baksteentjes lichtten hel op als in hoogzomer, maar dan zonder zon: ijl en schaduwloos. Hij kon niet uit dat oude uitgestorven stadsdeel raken en tweemaal doemde de gevel van Merkelbach op.

Een telefoon rinkelde; hij dacht: O God, nee; afrekening. Hij hoorde z'n vriendin ritselen als een smal dier, dan hield het bellen op. Ze geeuwde en zei ver weg: 'Ja met mij', en 'O Jesis', en dan: 'Ja ik kom, nee ik kom wel, nee ik heb niemand.'

Hij was wakker maar hield zich slapend. Hij kon achter de dwarskast niets zien maar hoorde hoe iets met een elastiek erin om haar lijf omhooggetrokken werd. Ze zuchtte en mompelde wat; hij lag stram van angst. Angst begon altijd met een greep op de slapen. Z'n hoofd werd er smal van. De botten van z'n onderbenen leken wel hol en gevuld met een soort lava die bros ging maken tot aan vermoeden van breuk toe.

Maar het ergste waren de gloeiende wangen. Alsof hij bloosde, maar in een spiegel bleven ze wit met hoogstens een roze vlek. Dat wangvlees werd gevoelloos als bij dronkenschap, het week skeletachtig. Toch was hij alleen daar verdoofd, de rest van zijn lijf leefde. De zolder was er roerloos van en de boeken en palmen werden grauw als bij te wijd open pupillen, zoals wanneer in de nanacht iemand onverwachts licht opsteekt.

Het was acht uur in de morgen. Lansberge stond op en wilde naar Jopie toe, maar lopen werd een bewuste en dus onzekere handeling in slecht evenwicht. Hij stootte zich aan een stoel met kleren en vloekte fluisterend. In de angst was hij ondeelbaar in het nu, er was geen wijken mogelijk naar andere tijden. Melancholie, verdriet of onvrede achtte hij luxe gevoelens met mogelijkheid tot uitwijken en afstand. Angst ís.

Als er maar niet iets met het kind was. Niet wéér. Maar zo staande naast z'n vriendin werd hij pas goed wakker en hij lachte. Want Jopie zei twee woorden: 'M'n moeder.' En toen hij haar rustig vragend aankeek: 'Ik zal erheen moeten. Ze is weer ziek. Hoor je me, Lansberge, eigenlijk?'

'Ja!' zei hij krankzinnig opgewekt. 'Ik dacht even...'

Ze knikte, ging gehaast koffie zetten en bracht hem een grote kop. Ze zat weer even op de rand van z'n bed en dronk slaperig mee met starende ogen. Hij was kuis ontroerd. Ze liet hem zien hoe hij straks de gashaard op de waakvlam moest zetten als hij wegging.

'Wil je douchen?'

'Nee, maar niet, dank je,' zei Lansberge ontspannen.

Ze namen vluchtig afscheid, hij duwde even met z'n hand aan haar halflang nekhaar zoals men bij kinderen doet. Hij keek nog een seconde indringend naar haar mond en vond zijn gebruikelijk en als ironie bedoelde slotwoord: bedankt voor het gebodene. Eén kleine voortand werd zichtbaar toen ze lachte; meer doorschijnend porseleinachtig dan wit.

Lansberge zat even in de rieten stoel en kleedde zich dan aan. Hij rekte en geeuwde. Hij bekeek nog eens haar boeken en ook glimlachend de slordige hoop vrouwenkleren op een stoel. Ze voelden koud aan. Tot slot deed hij de kachel uit zoals hem gezegd was en daalde de kale trap af, die hol klonk op dit vroege uur. Het bleek opnieuw koud en regenachtig in de stad.

Al lopend besefte Lansberge het best naar z'n zin te hebben, of tenminste te hebben gehad. Dat beduidde vooral ook dat hij wist zich later de vrije dag te zullen herinneren als goed.

Toch liep hij in de snerpende wind nog even langs de wallen, maar daar was op dit uur niets te zien dan ladende of lossende vrachtauto's. In feite een vrolijke bedrijvigheid. Hij wist ook best dat zijn half beledigde treurnis van de nacht eigen spot verdiende. Iets niet hebben kan ermee door, hebben is meestal erger. Of was dat misschien berenbluf?

De volgende maandag op kantoor vroeg de jongere collega van de kaartenbak giechelend aan Lansberge of hij nog naar Amsterdam geweest was.

'Jazeker,' zei Lansberge levendig, 'ja, dat is nog doorgegaan.'

'Hoe was het daar?'

Lansberge glimlachte breed en in volle overtuiging zei hij: 'Erg leuk. Veel zitten kletsen met wat te drinken erbij. Daar gegeten, met nog een paar kennissen. Heel ontspannend.'

'Dus jij kan er voorlopig weer tegen!'

'Ja,' zei Lansberge, 'zéker.'

Hij loog niet; het geheugen is dikwijls groothartig en bovendien: het goede of goedaardige had die avond wel degelijk ruim overheerst. Alleen, pas wanneer al het aardige op een rij gezet wordt, riekt het voor derden al vaag naar ongeluk.

De collega zei tenminste niets, maar de manier waarop hij bevestigend voor zichzelf knikte over de kaartenla, bracht zekere consideratie over. Zoals bij een korte handdruk.

Veertien dagen later belde Lansberge Jopie op en zei: 'Ik wilde morgen langskomen, maar dan kan je zeker niet?' Ze antwoordde dat ze het inderdaad druk had en nogal moe was. Haar moeder was ook nog niet helemaal beter. Hij dacht aan de bril, maar beaamde.

Die vrijdag ging hij toch naar Amsterdam, zocht naar boeken en keek, toen hij daar passeerde, haar lege straat in.

Toonkunst

I

TOEN IK MIFF MOLE TROMBONE HAD horen spelen met Red Nichols' avant-gardegroep uit midden twintig – op de plaat natuurlijk – wilde ik nog maar één ding in m'n leven: musicus worden. Al zou ik er dood aan gaan.

Mijn eerste trombone kocht ik in de zomer van '42 in Leiden, de stad dicht bij mijn woonplaats. In een smal huis aan de Papengracht haalde een oudere vrouw het instrument tevoorschijn als een relikwie. 'M'n zoon heeft er nog geeneens op gespeeld,' zei ze bedroefd. Het was oorlog en ik durfde niet verder vragen. Ik betaalde de vijfenveertig gulden die de annonce in het *Leidsch Dagblad* geëist had en verdween.

Ik was achttien en kwam diep verheugd met mijn aankoop thuis. M'n moeder was juist in een lacherige bui en zei: 'Wat een eng ding! Het lijkt wel een stofzuiger!' Ik trok me gekwetst terug op m'n kabinet en zocht naar een goede plek om het instrument veilig te stellen.

Later was het juist moeder die vond dat als ik werkelijk in het muziekvak wilde, ik les moest gaan nemen. Als ik genoegen nam met minder zakgeld, zou dat te financieren zijn. (Bij m'n vader en zijn vrouw hoefde ik niet aan te komen voor lesgeld; hij had die vijfenveertig gulden al gegeven, een onverdiende schenking, zei hij, omdat ik 'nog niets gepresteerd had' in mijn leven.)

Toen ik hoorde dat ik bij de Leidse 'Mij. voor Toonkunst' privéles kon krijgen van niemand minder dan Lodewijk Schweitzer, de eerste trombonist van het Residentie Orkest, was mijn keus bepaald. Het lesgeld leek moeder mee te vallen.

Op een dinsdagmiddag in september van dat jaar liep ik naar het Rapenburg voor mijn eerste les. De lange Rijnsburgerweg, toegangsweg tot de stad, was grauw van regen en al schemerig om halfvier, maar het weer had geen invloed op mijn stemming. Zelfs de oorlog telde nauwelijks. Ik meende dat passerende Duitse soldaten mij extra onverdacht zouden vinden met mijn speeltuig: Böse Menschen maken geen muziek. Daar kwam bij dat mijn trombone mij een onzichtbaar verbond toescheen met de wereld van het goede: die van onze Angelsaksische bondgenoten. Dáár kwam 'mijn' muziek vandaan.

Ik liep onbekommerd en probeerde rond te kijken met het intellectuelen-spotlachje van Miff Mole op de ene foto die ik van hem had. De weg was mooi; het huis van de fabrikant Bosman met z'n uitgestrekte gazon lag er majesteitelijk bij als in vredestijd. En dichter bij het station stond nog de grote luchtkoker van Storm van Leeuwen hoog op het dak van diens astmakliniek, monument van neutrale wetenschap boven de ziekte van ideologieën. God, laat me nooit astma krijgen, dacht ik, dat zou fataal zijn voor een blazer.

Ruim voor tijd liep ik de hardstenen buitentrap op voor de ingang van het imponerende Toonkunstgebouw. Ik belde aan; vrees voor het nieuwe overheerste nu, vooral toen niemand opendeed. Maar de grote dubbele deur bleek niet gesloten; ik kwam een schemerig portaal binnen en aarzelde daar lang. Een toevallig passerende leraar verwees me naar boven.

Ik vond de kamer van Lodewijk Schweitzer en wachtte in de gang, want binnen klonk nog het afschuwelijk bolle geluid dat een leerling voortbracht. Precies om vier uur hield dat op en een dikke boerenjongen kwam de deur uit. Ik bleef wachten.

'Ja, komt u maar binnen,' kraakte een oude mannenstem.

Ik kwam binnen. Adolescenten houden er een vreemde esthetiek op na waar het gezichten betreft. Ik schrok van Schweitzer. Misschien had ik hem mij voorgesteld als de welgekapte en goedgeschoren trombonisten in smoking van jazzorkesten. Voor mij stond een oude man, met holle kaken, een oude bril en een afstotelijk grijs broskapsel als van Colijn. Zijn kleurloos bruine pak had lubberende broekspijpen. Hij keek onaangenaam en bewoog op doorgezakte knieën. 'En u bent?' vroeg hij. Ik noemde mijn naam. Zijn moe hoofd pretendeerde geen enkele interesse.

En dan sprak hij ook nog het woord trombone op z'n Frans uit, wat ik aanstellerij vond. Hij bekeek mijn instrument, dat het merk B&F droeg; geen grote reputatie in het vak blijkbaar, want hij schudde meewarig het hoofd. 'Enfin,' zei hij.

Hij vroeg me of ik al wat blazen kon. Ik zei bevend het te zullen proberen maar m'n mondstuk was zo koud dat er geen toon startte. 'U moet uw mondstuk nooit in uw instrument laten zitten maar altijd in uw broekzak steken als u niet speelt,' zei hij, 'dan is dat alvast op temperatuur.' Het was de eerste praktische raad die hij me gaf uit een lange reeks.

Hoewel ik de man niet sympathiek vond, en dat gevoel geheel wederkerig leek, veranderde alles na een koel kwartier. Want op zijn vraag waarom ik juist trombone wilde gaan spelen, wist ik mijn maniakale belangstelling voor dat instrument, hoe hakkelend ook, toch over te brengen. Ik sprak kleurend van mijn bewondering voor Mole, over diens kleine, heldere toon en raadselachtige techniek. Ik zei dat ik de trombone het mooiste én het lelijkste blaasinstrument vond, dat hing maar af van wie erop speelde. Zo'n vette toon als van die leerling vóór me wilde ik niet krijgen, voegde ik er tactloos aan toe. Schweitzer knikte met bijna iets van een lachje. Hij kende Mole natuurlijk niet, maar het enkele feit dat ik begeistert een ideaal had leek hem milder te stemmen.

Omdat ik de toonopvatting van Schweitzer niet op voorhand vertrouwde, en ook om tijd te winnen, vroeg ik of hij eerst iets wilde voorspelen. Bijna alsof hij bij mij een auditie had. Hij zei dat hij z'n toon dan maar niet wagneriaans zou uitzetten, pakte zijn lelijke trombone uit en speelde een solopassage uit Weils *Dreigroschenoper*, met de vereiste douceur en met vibrato. Hij kwam m'n voorkeuren daarmee wat tegemoet. Hij blies prachtig en ik dankte hem blozend. Zelf probeerde ik vol zenuwen de melodie van 'I've got a Feeling I'm Falling' te spelen. Een symbool haast die titel, maar toen het uit was knikte Schweitzer vergevensgezind en we werden vrienden.

We werden zelfs zó bevriend dat hij om vijf uur, na afloop van die les, vroeg welke kant ik op moest. Ik wees. 'Mooi,' zei Schweitzer, 'dan kunt u met me oplopen tot het station.' Hij trok zijn jas aan en zette tot m'n afschuw een lichtgrijze ribfluwelen reispet op. Hij leek nu een oude Amerikaanse toerist zonder camera. Ongetwijfeld had hij geweigerd lid van de 'Kultuurkamer' te worden en moest hij met lesjes aan beginners in leven blijven. Misschien was die pet een herinnering aan z'n vroeger leven van door Europa reizend orkestmusicus.

Benauwd en vereerd liep ik naast de grote man door de regen. Ik zocht panisch naar conversatie maar dat was overbodig: hij mummelde aan één stuk. Over muziek en muzikanten. Over het Residentie Orkest. Over dirigenten en gastdirigenten. Enzovoort, tot het smoezelige station in zicht kwam. 'Tot volgende week,' zei hij op de brede stoep voor Zomerzorg en stak het stationsplein over. Ik was met mijn leraar verzoend en vergaf hem die pet. Eén ding bleef ergerlijk: hij sjokte de stad door met z'n trombone-etui achterstevoren.

II

Thuis studeerde ik met krankzinnige overgave. Acht uur per dag. Ik beklaag, achteraf, de geduldige buren. Mijn kamer was onverwarmd maar ik voelde het niet, en dat het voedsel schaarser en smakelozer werd telde ik amper. Alleen het hoge register van m'n instrument gaf me zorgen. De hoge *bes*, ook al probeerde ik die noot vierentwintig maal achter elkaar, werd niet meer dan een reutel of een kraak. Ik herhaalde die pogingen tot in het absurde, maar het ging niet. Woedend liet ik op mijn platen Mole die hoge *bes* zingen of aantippen. Die had er geen enkele moeite mee. Ten slotte begon ik te begrijpen dat het aan mijn goedkope en prullerige instrument moest liggen. Ik zou Schweitzer vragen wat te doen.

Ondanks de oorlog, die nog voornamelijk uit vliegtuiggeronk en geruchten bestond, waren mijn gedachten alleen bij mijn grammofoonplaten en lessen. De muziek die ik aanhing was door de bezetter verboden, maar ik bleef zoeken naar platen in tweedehandswinkeltjes. In de Burchtsteeg was er een; het rook er naar koud eboniet, een koningsgeur. De kleine eigenaar, met z'n bruine deukhoed achter op het hoofd, weigerde me soms binnen te laten omdat ik honderden platen bekeek en zelden iets vond. Ik pleitte dan en smeekte. Of beloofde in ieder geval één plaat van vijftig cent te kopen. 'Wat zoekie dan?' vroeg hij vaak kregel, en dan volgde zijn vaste muziekcollege: 'Je heb maar drie soorten meziek: zangmeziek, vioolmeziek en orgelmeziek.'

Het werd weer dinsdag en ik beklom de buitentrap van 'Toonkunst' wat vrijer. Schweitzer liet me toonladders spelen. 'U moet niet bij iedere aanzet met uw ogen knipperen,' zei hij, 'dat vermindert uw concentratie.' Ook verbood hij me de maat mee te tikken met mijn voet. Dat liep over te veel spieren en gewrichten. Dat leidde af. 'U moet de maat dénken, met uw kop.' Ik onthield die aanwijzingen en bleef ze trouw.

Een week later studeerden we samen op een eenvoudige tweestemmige etude die ik als huiswerk opgekregen had. Toen we die doorgenomen hadden zei mijn leermeester niets, maar liep de kamer uit en de trap af. Hij kwam terug met de directeur. Ik groette die man verschrikt. Werd mij de les voortaan ontzegd? Had ik toch nog te weinig gestudeerd op die etude?

De heren zwegen. Schweitzer ging zitten met z'n trombone en zei: 'Overnieuw. Ik tel af.'

We bliezen. Door de starende directeur en mijn onbegrip ging het slecht. Ik speelde onzuiver en miste drie, vier noten. De directeur, geërgerd, draaide zich om en verdween. Schweitzer sloeg een figuur, door mij. Ik begreep te laat dat hij m'n vordering had willen laten zien. 'Zenuwen,' mompelde hij; 'enfin.' Hij keek ondoorgrondelijk. Ik schaamde me en durfde nu niet over die hoge *bes* te beginnen.

Soms denk ik met verbazing aan die jaren. Aan de intensiteit van leven en willen, met zoveel dood rondom. Het maniakale vervuld zijn. De volheid per minuut.

Het luisteren. Ik kon alle complexe solo's van Mole meeneuriën in dankbare herkenning en begrip. Geen gehelmde Duitser kon zo in z'n vaderland, partij of Führer opgaan, meende ik, als ik in Mole.

De avant-garde uit het eerste kwart van deze eeuw! Alles werd nieuw. De wereld ging open. Mijn platen maakten daar deel van uit. Hoewel er vijftien lange jaren verstreken waren sinds die opnamen, wist ik dat die muziek moderner was dan de dode 'Swing' van '30 en '40. Naar de geest, technisch en harmonisch.

Waarom verdwenen nieuwe bewegingen na hun doorbraak? Door welke neerwaartse spiraal? Crisis en oorlog hadden veel nieuwe dingen zoekgemaakt, maar niet in míjn kamer, vond ik.

Mijn passie werd een vruchtbaar vertrekpunt. Ik wilde alles weten over die jaren, ook over andere bewegingen in andere kunsten. 's Zaterdags zocht ik op de Koornbrug aan de boekenstallen naar gegevens.

Eenmaal had ik het plan een koffergrammofoon te huren en mee te nemen naar het Rapenburg. Met een paar uitgelezen platen van Mole. Maar ik was juist oud genoeg voor realistische reflectie. Schweitzer sprak de taal van die muziek niet en zou misschien z'n schouders ophalen. Ik bespaarde de geest van Mole de strenge onwetendheid van Schweitzer.

Ik wist met welke tovermogelijkheden de trombone door Mole uitgegroeid was tot een solo-instrument. Schweitzer niet; ziehier waardoor de negentienjarige beginner zich soms niet eens zoveel de mindere voelde van de zestigjarige crack.

Eens had ik een geestige passage van Mole met veel moeite opgetekend. Ik schoof Schweitzer met bonkend hart het vlekkerig papiertje toe en vroeg of hij het spelen wilde.

Hij deed het, naar de letter, niet naar de ziel.

'Zo goed, meneer?' vroeg hij zonder lach.

'Nee,' antwoordde ik, rood wordend, 'zó niet.'

Ik moest maar eens uitleggen wat er fout aan was. Maar woorden schieten tekort voor muziek.

De afschuw die ik voelde voor de Duitse vijand was er óók een voor de platte domheid van z'n snoevende marsmuziek, waarmee onze straten vergeven werden. Ook voor de Duitse radioliedjes met de vette L van Liebe. En niet te vergeten de wagneriaanse fanfares bij de extra nieuwsuitzendingen, wanneer weer zoveel honderd bruto registerton Engelse scheepsruimte tot zinken gebracht was. 'Mijn' muziek zouden die speknekken nooit kunnen begrijpen.

III

De oorlog werd grimmiger, de geruchten en berichten verontrustender. De vrees opgepakt te worden werd sterker. Begin februari '43 zette mijn moeder de radio aan voor Goebbels' rede; ze hoopte op tekens van zwakte bij de vijand. Maar Goebbels schreeuwde dat de tegenslag bij Stalingrad 'Nur ein Alarm' tot totale 'Kriegsanstrengung' was. Hij kreeg orkaanachtige bijval in het Sportpalast. Maar ook de geallieerden waren vastbesloten en hun eerste grote luchteskaders kwamen over op weg naar Berlijn.

Ondanks die gebeurtenissen spraken Schweitzer en ik met geen woord over de oorlog. Zijn kamer in het gebouw aan het Rapenburg was onaantastbaar neutraal gebied, al trilden de ruiten soms van afweergeschut. Hij speelde mij passages voor van verboden componisten en ik mocht over mijn platen spreken zonder vrees. Hier was het vrede.

Buiten waren we voorzichtiger. De gezamenlijke wandelingen naar het station werden voortgezet: wel praatte Schweitzer de hele weg via Prinsessekade, Blauwpoortsbrug en Steenstraat, maar het waren alleen onschuldige anekdotes over het Residentie Orkest. Eenmaal zei hij, misschien om mij een plezier te doen: 'Op een dag dat de *Bolero* van Ravel op het programma stond in het Kurhaus was ik juist ziek. We hebben toen, alleen voor de trombonesolo in dat stuk, een jazzmusicus gehuurd. Die speelde de solo met al die hoge noten zonder de minste moeite. Na afloop, achter de coulissen, blies hij die passage nog even snel door, een terts hoger!'

Ik lachte triomfantelijk. 'Wie was die muzikant?' vroeg ik.

'Een zekere Lambrechts,' zei Schweitzer.

'Juist,' zei ik eigenwijs, 'van Melle Weersma's orkest. Die kan er wat van.' Schweitzer knikte kort.

Juist na dit verhaal wilde ik alles doen om de hoge *bes* te kunnen spelen. Daarom liet ik eerst een kleine deuk uit de beker van mijn instrument halen, bij Guldemond in de Haarlemmerstraat. Dat zóú kunnen helpen. Dan vroeg ik Schweitzer een beter mondstuk voor mij te willen kopen. Ik wilde die – misschien overbodige – aankoop voor mijn familie geheimhouden en daarom 'verloor' ik het goede polshorloge dat m'n grootmoeder me op m'n negentiende verjaardag gegeven had. Dat wil zeggen, ik bracht het naar een opkoper aan de Nieuwe Rijn en kreeg er vijftien gulden voor.

Schweitzer bracht een professioneler mondstuk mee, een week later. 'U hoeft het nog niet direct te betalen,' zei hij goedmoedig, maar ik betaalde, gretig, alsof ik die *bes* kon kopen. Het was alles tevergeefs. De hoge *bes* bleef weg. Ik was woedend.

Op de volgende les begon ik er direct weer over. Ik beklaagde me over m'n primitieve trombone. 'Het is geen doen,' zei ik, 'het is absoluut onmogelijk op dit goedkope ding een hoge *bes* te spelen.'

'O nee?' zei Schweitzer geduldig.

'Nee,' snauwde ik. 'U krijgt van mij zó tien gulden als u op mijn trombone een hoge *bes* blaast.'

'Geef eens hier dat ding,' zei hij. Hij pakte het instrument aan, zette zijn eigen mondstuk erin en blies een volmaakte, volle hoge *bes*.

Ik verschoot van kleur, lachte dom maar zei gauw: 'Nee, ik bedoel eigenlijk: met mijn mondstuk erop.' Ik veegde zenuwachtig mijn nieuwe mondstuk droog met een schone zakdoek en gaf het hem. Hij speelde ook daarmee een prachtige, zangerige hoge *bes*. Hij speelde die noot lang, kort, smal, breed, luid en zacht. Er kwam een vaag lachje om zijn magere kaken.

Ik zat verstomd van bewondering. En ook van schrik: ik had nog maar twee gulden in m'n portemonnee.

Schweitzer gaf me m'n eigendom terug. 'Nou,' zei hij, 'ik zal u maar niet aan uw woord houden. Maar ik zou voortaan niet te gauw een weddenschap aangaan, als ik u was.' Ook stelde hij me gerust: dat hoge register kwam wel, later. Lipspieren hadden jarenlange training nodig.

Hij leerde me nog veel dat niet in leerboeken staat. Een zekere notie dat de geest kan wonen in verzilverd of vernikkeld koper en doen naar zijn wil, bracht hij me bij. Het hoge register begon te komen.

Maar er kwam ook een dag waarop in het gebouw aan het Rapenburg een papier werd opgehangen: met ingang van de komende maand werd 'Toonkunst' voorlopig gesloten. Brandstof werd steeds schaarser en de grote lokalen waren niet meer te verwarmen. Men hoopte in mei te heropenen.

Mijn moeder kwam dat goed uit. Alles werd maar duurder en ze kon de lessen eigenlijk niet meer betalen. Ik moest maar van die school af.

Een soort paniek overviel me. Ik wilde dat instrument leren beheersen en daarbij had ik Schweitzer nodig. In mei moest ik zeker terug kunnen komen; ik had hem nog van alles te vragen.

Er waren nog twee maanden om aan lesgeld te komen. Iets om te verkopen had ik niet meer, maar ik zon op wat anders. Ik bood me aan bij familie om de bomen in hun tuinen om te zagen en op maat te hakken voor hun haarden. Ik zaagde in regen en mist maar men gaf mij ten hoogste een paar kwartjes en soms alleen een handdruk en een boterham. Daarna speelde ik met de gedachte mijn vader opnieuw om geld te vragen, en wanneer hij weigerde een fles jenever uit zijn drankvoorraad te lichten: de prijs van gedistilleerd steeg met de maand. Er zou niets van komen, maar ten slotte kreeg ik een inval die uitvoerbaar leek.

Op een middag wachtte ik vol ongeduld op het vertrek van mijn moeder, die een paar uur naar een vriendin zou gaan. Ik liep de huiskamer in om te zien waarom ze nog niet weg was; ze zat aan de tafel en gaf snelle klopjes op haar wangen met een stuivende poederdons, oorlog of niet. Ze tuitte haar mond daarbij.

Toen ze eindelijk de voordeur achter zich dichttrok rende ik naar boven, rolde de kleine gangloper op en stak een schroevendraaier in de naden van een luik. Ik wrikte, bevend van schuldigheid. Het luik kwam bolderend los en ik tastte gehaast in de donkere ruimte. Van tussen andere zaken haalde ik een antieke koperen kandelaar naar boven, die daar verborgen lag sinds de zomer van '41, toen alle koper aan de bezetter moest worden ingeleverd. Ik verstopte hem in m'n eigen kamer. Als ik er op de Nieuwe Rijn vijftien gulden voor kreeg, kon ik in mei weer met m'n lessen vooruit.

Op de voorlopig laatste les, eind februari, speelden Schweitzer en ik met onze jassen aan, en m'n oude leraar zag grijs van moeheid en kou. Ik stelde voor op te houden, maar hij bleef, tot vijf uur precies. Hij liep met verkrampte rug de trap af, en beneden belde hij een taxi. Het sneeuwde. We wachtten in de gang en rilden. Mijn hielen voelden als steenscherven en zijn pet leek hem te groot geworden. We grinnikten.

In de taxi was spreken onmogelijk. De wagen reed op gas en de extra voorzieningen rammelden. De halflege gasballon op het dak klepperde als een grote vlag.

Op de Steenstraat moesten we stoppen voor marcherende WA-mannen, die 'Wij zijn de zwarte soldaten' zongen. De chauffeur en ik keken weg, maar Schweitzer gaapte met wijd open mond recht in hun richting.

Voor het station stapte mijn leraar moeilijk uit. Ik pakte zijn trombone aan en wilde die het station in dragen. Maar hij nam het instrument over.

'Nou, tot betere tijden zullen we maar zeggen,' zei hij; blijkbaar geloofde hij niet in een heropening in mei. Hij gaf me voor het eerst een hand, een koude en benige. Dan verdween hij in het station, zijn trombone achterstevoren als altijd.

Schweitzer kreeg gelijk. In begin mei moesten alle mannen zich opgeven voor tewerkstelling in Duitsland. Hitlers verscherpte Arbeitseinsatz begon. De meesten meldden zich niet en verborgen zich. Zo ook ik. 'Toonkunst' bleef gesloten.

Ik verliet mijn huis en onze stad. Maar voor het zover was brak ik nog eenmaal het klemmende luik open en bracht de kandelaar op z'n plaats.

Op weg naar het station zag ik dat de monsterluchtkoker van de astmakliniek ontmanteld was. Het was een vreemde lege plek, maar het stelde me vaag gerust, alsof astma daarmee de wereld uit was.

Ik hield het niet lang uit zonder mijn instrument en keerde op goed geluk naar mijn huis terug. Daar studeerde ik weer dag in dag uit, maar op zolder en met een demper, zodat de Vijand me niet zou horen. Zo kwam ik de oorlog door.

Dan werd ik vreemd moe en wilde vaak kort op bed liggen. Ik hield dat voor ondervoeding maar een longarts schreef totale rust voor. Van trombonespelen kon voorlopig geen sprake zijn, maar astma had ik gelukkig niet, zei hij. Astma ging niet over, dit wel.

Schweitzer zag ik niet terug. Twee jaar later liep ik voor het eerst weer wat rond en probeerde op mijn nog verboden trombone een toonladder. Dat ging niet; mijn lipspieren waren week geworden als van een beginner, na zoveel rust. Ik zocht in paniek naar Schweitzers Haagse adres en hoorde van zijn dood.

Duistere jaren

I

HET SMALLE ZAALTJE MET ZIJN hoge ramen was zuinig verlicht. Ouders keken toe met een zelfingenomen glimlach; ze volgden hun kind, en soms nog welwillend dat van hun buren. Er hing een lucht van leer, sportzweet en touw.

Er was betrouwbaarheid in die lucht, en onschuld. Kleine jongens kromden zich verlegen aan een wandrek, en grotere meisjes sprongen zakelijk over een bok, met strakgespreide benen. Hoe eerbaar keek de gymnastiekleraar daarbij. Onbewogen en met kennis van zaken – kennis van de anatomie zeker ook – deed hij z'n uiteenlopende plichten. Hij ving vérspringende meisjes op zonder mimiek.

Ik keek mee met mijn nieuwe vrienden Will en Noortje naar hun dochtertje Alice (ze spraken die naam op z'n Engels uit). Het kind hing ondersteboven in de ringen. De iets oudere zoon Hans beëindigde een turnoefening met arrogante perfectie. Ik applaudisseerde.

Na afloop werd ik aan de leraar voorgesteld. Hij was breed en goed, met grauw broshaar en diepliggende schippersogen. Hij heette De Boer. Een paasheuvelsocialist, leek me. Hij drukte mijn hand zonder belangstelling. (Ik was geen spartaan.) Het was in de herfst van het crisisjaar 1932.

Nu, een halve eeuw later, denk ik aan die mensen door de geur in net zo'n zaaltje, voor één dag stemlokaal.

In 1932 was ik drieëntwintig en 'kwekeling', wat haast vanzelf betekende: met akte en zonder werk. Mijn vader, een kleine man met een SDAP-sikje, was hoofd van een lagere school geweest in Den Haag. Het sprak voor hem vanzelf dat ik zijn roeping zou volgen en ik deed dat. Mijn zwakte is dat ik aardige mensen niet wil teleurstellen.

Juist toen ik mijn akte had stierf hij. Hij had in schrikbarende zuinigheid wat geld belegd, en dat een deel daarvan verdween met de krach van '29, tastte z'n hart aan. Hij had het voor míj gedaan, zei hij soms huilerig, en op een dag lag hij dood in de keuken met een verontwaardigd gezicht dat leek te zeggen: wel ja, ook dat nog, dood natuurlijk.

Moeder was al jaren eerder gestorven (Hellendoorn) en ik erfde vaders kleine Haagse huis, met hypotheek belast, en de rest van z'n spaargeld: een krappe achthonderd gulden. Ik dacht dat het niet op kon.

Bovendien kreeg ik werk op een boerenlagereschooltje in het Westland. Eerst lang op proef en onbezoldigd, dan met een voorlopige aanstelling van een jaar. Ik kocht een fiets en een hoed.

De kinderen waren nogal vies. Ik gaf colleges in wassen en tandenpoetsen maar ze grinnikten er oudachtig om. Een andere innovatie deed me de das om: ik verbood mijn leerlingen ieder ogenblik naar de toiletten te lopen. Op een ochtend drong een verbijsterende stank mijn neus binnen. Ik keek op en zag een wit ventje onbeweeglijk recht in z'n bank zitten, met een priesterlijke gelaatsuitdrukking. Ik begreep wat er gebeurd was en alarmeerde zijn grotere zus uit de zesde, die het slachtoffer van mijn opvoedkunde met een gestrekte arm op afstand naar huis bracht. 's Middags na vier uur, juist toen ik wilde wegrijden, had ik een woedende moeder aan mijn fiets. Het was een godsschandaal, zei ze, ik haatte kinderen zeker, en ik zou er meer van horen.

Dat laatste was waar. Ik werd 'minder geschikt' bevonden en ontslagen. Dat kwam het schoolhoofd goed uit want de regering

Ruys de Beerenbrouck gelastte overheidsbezuinigingen bij ambtenaren en in het onderwijs. De klassen werden tot in het absurde vergroot om leerkrachten uit te sparen. Ik werd uitgespaard.

Dat ik kinderen zou haten was overdreven. Ik vond die van Will en Noortje De Concourt aardig en goed streng opgevoed, zoals het toen hoorde. In begin '32 maakte ik kennis met die mensen; ik was toen al weken werkloos.

Will was zesendertig; hij had een hoog kalend voorhoofd, droeg een zware bril, was knokig en deed soms jongensachtig. Z'n vrouw was volwassener, klein en sterk. Ondanks de tijd waren ze opgewekt en soms goed gek. Ik hield daarvan, na veel ernst thuis.

Will had een zachte, snelle stem waarmee hij me graag vaderlijk beleerde. Hij verbeterde mijn Nederlands; mijn 'Tot kijk' na afloop van m'n dinsdagavondbezoeken werd corrigerend beantwoord met 'Tot ziens hoor'. Ook duldde hij geen flauwe grappen op boeren of Belgen, en hij ried me aan niet in het grootwinkelbedrijf te kopen.

Het was trouwens op een Nijverheidstentoonstelling van onze buurtmiddenstand dat ik Will en Noortje ontmoette. Ze slenterden langs de stands in een grote circustent, waar het naar zaagsel en slappe koffie rook. Het was er wel kleurig en ik herinner me de mooie belettering als van Zwart of Schuitema. (Er was nog geen nostalgie, men wilde voor alles modern zijn.)

Will vergat z'n tas bij een stand van encyclopedieën; ik pakte die tas op, volgde hem en tikte hem op de schouder. Hij keek met een ruk om, geschrokken. 'Ja?' zei hij onvriendelijk. Ik hield de tas omhoog. Hij stotterde erkentelijk en we werden vrienden. Ik kon mee naar hun huis voor een kop thee.

Hun huis was naar de mode ingericht en er stonden leren clubfauteuils die meer vrije tijd suggereerden dan een mens hoorde te hebben. Er hing een ingelijste reproductie naar Willink: een oud huis als een slechte droom.

In meerdere dingen bleken we belangstelling te delen zoals in de nieuwe vormgeving van gebruiksvoorwerpen. Ik zag een zware boekenkast vol titels over wereldpolitiek, de nieuwe fysica en over chemie, Wills vak.

Het echtpaar was begaan met mijn werkloosheid en bij mijn afscheid in de vestibule vroeg Will decent, terwijl hij scheel z'n bril poetste, of ik interesse had in wat tijdelijk typewerk, tegen vergoeding vanzelfsprekend. Dat had ik – m'n geld slonk – en hij zou me een schrift bezorgen met het reglement van een vereniging. Het moest in vijfvoud worden uitgetypt. 'Heel graag,' zei ik.

Op een namiddag in oktober '32 zat ik in mijn huis en rookte. Boven de kleine suite was alleen de vliering waar ik als kind geslapen had; de mogelijkheid een deel te verhuren ontbrak. Voor mijn ontslag had ik mijn vaders oude mahoniemeubels verruild voor moderne; m'n 'kapitaal' was daarmee gehalveerd. Ik doofde m'n sigaret in mijn nieuwste en voorlopig laatste aanwinst: een verchroomde asbak. Hoewel Will zei dat chroom de nieuwe romantiek was – een stalen stoel gaf men toch weer een verhullend 'mooi' laagje mee – hield ik van dat gladde materiaal. Het stond geen decoratie toe en vorm werd hoofdzaak.

Het was stil in mijn woonwijk. In mijn herinnering zijn die beginjaren van '30 verregend en vroeg donker. Men bleef thuis en de stadstrams gleden leeg voorbij.

Ik ging achter de gehuurde schrijfmachine zitten en typte artikel acht van Wills reglement.

'Ieder lid is van rechtswege verplicht het reglement en deszelfs bepalingen na te leven, ook wanneer die hem financiële verplichtingen opleggen.'

Het was halfzeven en er werd gebeld. Ik liep naar de voordeur, draaide het buitenlicht op en opende de deur op een kier. Er schoof snel een vuile schoen in de opening. Ik zag een glimp van een kerel met een rossige snor. Hij bood pleister en Leukoplast te koop aan.

Ik weigerde – het was de zoveelste werkloze die week – maar kon de deur niet sluiten door die voet. 'Haal die poot weg,' riep ik angstig en ik greep m'n vaders zwarte paraplu. De man week niet en bedelde om 'een kleine bijdrage'. Ik vond een dubbeltje in m'n broekzak en gaf hem dat. Hij vroeg of dat alles was en haalde z'n lompe schoen niet weg. Daarna stootte ik, meer als teken en vrijwel zonder kracht, de afgeronde paraplupunt op z'n wreef. De man vloekte sissend en verdween overdreven hinkend de donkere straat in. Ik had een vijand gemaakt.

Een halfuur later, in m'n eethuis, bestelde ik twee belegde broodjes. Ik moest op eten besparen. Een bleke dienster bracht ze me en schreef het bedrag op een kassabon. Ze boog daarbij bijziend over m'n tafeltje en ik bedwong de neiging haar op het gespannen achterwerk te tikken. De tijd verwachtte vaderlandsliefde en preutsheid, zeker van een schoolmeester.

Het was dinsdagavond en ik belde aan bij de Concourts, voor mijn wekelijks bezoek. De zoon Hans, veertien en in plusfour, opende de deur en ik hoorde grammofoonmuziek. Elgars *Pomp and Circumstance*-marsen. Will had een voorkeur voor alles wat Engels was, misschien omdat hij werkte in de Nederlandse vestiging van een Engels bedrijf.

'Ze zijn weer aan het cirkelen hoor,' zei de jongen, en hij verdween de trap op naar z'n kamertje. Ik ging naar binnen en De Concourt, Noortje en de kleine Alice lagen onderuitgezakt in de fauteuils met gesloten ogen. Ze maakten langzaam cirkelende armbewegingen voor zich uit, met vibrerende handen. Ze leken mystieke apen. Ik moest meedoen.

'Vóél je de muziek?!' riep Noortje door het thema heen dat men later 'Land of Hope and Glory' is gaan noemen. 'Ja, nou!' zei ik maar. Want door dat armdraaien zou de muziek beter doordringen tot lichaam en ziel. Mysterie hoorde bij het leven zei Will.

Na kant twee van de plaat was de seance afgelopen. Het liep

trouwens tegen achten en de radio ging aan voor de nieuwsberichten. Men luisterde stil en met gebogen hoofd, als naar de aanzegging van ramp of dood.

De zware stem door de fijngeaderde bakelieten luidspreker zei dat het aantal werklozen in Engeland 'thans' was toegenomen tot drie en driekwart miljoen en dat een gewezen Lagerhuislid, wiens plannen tot werkverruiming waren afgewezen, nu een nieuwe eigen partij gesticht had. Will knikte; 'Dat krijg je dan,' zei hij, 'allerlei nieuwe kleine partijen!' We begonnen weer over de internationale toestand te spreken. Dat wil zeggen: Will sprak, ik luisterde. Hij wilde me een discipel maken.

Alice had zich boven in pyjama gestoken en kwam goeienacht wensen. 'Welterusten kind,' zei ik, en omdat ik een uur eerder die dienster ongemoeid gelaten had gaf ik nu maar een plaatsvervangend tikje op de kleine bil. 'Wees tevreden met een heel klein beetje' luidde de titel van een afschuwelijk radioliedje. Het meisje hief een hand naar me op, maar als een speels katje met ingehouden nagels. Haar buitenste ooghoeken zakten triest omlaag als ze lachte.

Noortje kwam binnen met koffie en we scholden huiselijk op de regering Ruys. 'Ik had vanavond weer zo'n werkloze sloeber aan de deur,' zei ik. Noortje kreeg er zeker vijf of zes per dag, met garen en band, postpapier of drukknopen, potloden, punaises of schoensmeer. Ik verzweeg m'n charge met de paraplu maar.

We kwamen over de werkverschaffingskampen te spreken en over het simuleren daar om er weer uit te komen. Will hoorde daarover van z'n huisarts en vriend De Vroom, medeoprichter van de vereniging waarvoor ik het reglement typte. De Vroom moest soms keuringen verrichten voor die kampen.

Er was bij hem een volksvrouw op het spreekuur gekomen die, letterlijk op haar knieën, gesmeekt had of meneer de dokter alsjebliéft haar kerel wilde goedkeuren, omdat hij thuis niet langer te harden was. De Vroom kende de man nog uit z'n diensttijd; hij liet de ex-korporaal zich op de keuring uitkleden, controleerde hem zorgvuldig en keurde hem goed voor het werkkamp. De werkloze was razend en wilde De Vroom te lijf; de tengere dokter wist niet beter te doen dan, als vroeger, 'In de houding, verdomme!' te brullen. De man, spiernaakt, gehoorzaamde model. 'Aankleden en ingerukt,' had De Vroom nog geroepen. Dat gebeurde, maar toen hij 's avonds aan tafel zat met vrouw en kinderen, vloog boven een kei door de ruit van de spreekkamer. Een onvoorstelbare hoeveelheid glas lag tot op de bovengang en de trap. De nog kleine kinderen wachtten bevend bij hun moeder op het langdurig scherven rapen en stofzuigen van hun vader en Martha, de Duitse dienstbode. 'Immer Unheil,' had de meid gezegd.

Ik hoorde dit verhaal aan in verwarring. 'Het is allemaal géén doen,' zei ik. Will zei dat we het daar dus over eens waren en dat ik maar eens moest komen kijken op de volgende oprichtingsvergadering van z'n vereniging.

Het gesprek kwijnde. Noortje gaapte en ik nam afscheid.

II

De volgende dag bracht ik weer voor een groot deel door met sollicitatiebrieven schrijven. Vacatures in het onderwijs waren er niet bij. Eén advertentie beantwoordde ik in mijn mooiste hand, kalligrafie bijna. Het betrof thuiswerk voor een schriftelijke onderwijsinstelling in Amsterdam: het nazien van cursistenhuiswerk in de moderne talen. Ik vermeldde m'n akten in die talen, al was ik voor Duits nog bezig. Driemaal maakte ik die brief over.

De middag besteedde ik weer aan het reglement en om halfvijf ging ik m'n brieven posten. Ik haalde een troepje slenterende werklozen in. Dat ik bleek zag door thuiszitten en slecht eten wist ik, maar niet dat het ging opvallen. Een van die kerels riep: 'Daar hébbie die meelbiet!' Ik liep snel door. Op de stoep van een stille zijstraat stond de kleine inboedel van een faillissement.

In een sigarenwinkel kocht ik een avondblad, voor de rubriek 'personeel gevraagd'. Ik moest ervoor in de rij staan want op stadsbaantjes ging men direct af. Ook nam ik een nieuw nummer van *Het Leven* mee. Op straat sloeg ik het blad open en bekeek de foto's: rondtrekkende werklozen sliepen in een Londense ondergrondse en een vrouw woonde in een kartonnen doos in New York. Maar ook was er een advertentie voor een verzorgde kerstweek naar Parijs per touringcar, voor fl 105,-. Als iemand dát nog kon betalen moest het kapitalisme als stelsel inderdaad vastgelopen zijn, dacht ik. Of ik praatte m'n vader na.

Op het eind van die week ging ik met Will mee naar de vergadering van z'n vereniging, als afgesproken. Behalve hij waren in het bovenzaaltje van een buurtcafé aanwezig professor Vosz – een streng heertje met een rood v-vormig gezicht en puntbaardje – en de gymnastiekleraar De Boer, mij al bekend. Hoe gespierd en nobel die laatste ook keek, hij was intussen ook ontslagen door de inkrimping bij het onderwijs. De kleine dokter wiens ruit was ingegooid moest nog komen.

Hij was er ook na twintig minuten nog niet en De Concourt verzocht me hem te gaan halen. Ik dacht aan komend betaald typewerk en ging.

Ik liep alleen in de donkere buitenwijk bij vochtige kou. Hoog in de lucht stormden wolken voorbij. Op het pleintje bij het doktershuis stonden een paar mannen met petten onbeweeglijk met hun handen in de jaszakken. Ze zwegen.

Het huis was hol en star als op de Willink-reproductie. Ik opende het ijzeren tuinhek en knerpte over het grindpad. Een emaillen plaat vermeldde De Vrooms naam en spreekuren. Ik voelde ogen in m'n rug.

Op m'n bellen week de deur een decimeter en het dienstmeisje staarde me aan. Ik zei dat ik namens De Concourt kwam. 'Komt u schnell weiter,' fluisterde ze. Ze sloot de deur direct achter me.

Dit moest Martha zijn. Ze had holle wangen, bolle huilogen en modieus geëpileerde wenkbrauwbogen. Ze verbeeldt zich op Garbo te lijken, dacht ik. 'De dokter kan nicht naar boiten,' zei ze, 'met die grauselige Männer dort.' Ze staarde me aan. 'Immer Unheil,' zei ze.

We overlegden. Martha vond dat ik maar samen met de dokter het huis door de achterpoort verlaten moest. Ze zou het haar heer gaan vragen.

Even later verscheen hij, klein en grauw, en met een vette plakscheiding. We gingen op weg. Ik verzweeg m'n vrees dat de groep mannen zou omlopen en ons opwachten aan de poortuitgang. Maar toen we de stille zijstraat in glipten hoorde ik in de verte gesmoorde kreten en geschraap van beslagen laarzen. Had De Vroom de politie gebeld? Of werd het loerende groepje werklozen door concurrerende nachtslenteraars verjaagd?

We bereikten veilig de vergadering. De Vroom vertelde van de dreiging aan z'n voordeur en hoe die in het niets opgelost was. 'Misschien verjaagd door die Baarsjongens die hier rondsluipen,' zei De Boer. Maar de prof, die een eerbiedwaardige kraak in z'n stem had, zei: 'Dat lijkt me niet; die Baars is zelf een steuntrekker.'

De heren gingen om een tafel zitten en de vergadering begon. Eerst praatte men over de regering, die niet wilde ingrijpen in het economisch proces, uit principe nota bene. Maar zo ging het niet langer, daar was men het over eens. Vosz gaf het woord aan De Concourt.

Wills gezicht stond geleerd en zwak tegelijk. Hij gaf een eigen samenvatting van – natuurlijk – een Engels boek. Hij sprak haast verontschuldigend. In die tijd verhulde men z'n 'denkbeelden' nog niet met wetenschapsjargon; dat maakte zo'n betoog helder maar mager, en wat geen steek hield was sneller bloot te leggen.

Het individu, stelde Will (of z'n Britse voorbeeld) had nu eenmaal meer verstand dan de massa, en een zwakte van de democratie was de vrees voor de *group-law*. De horde dicteert, en die is beïnvloed door de slogan. De staatsman verlaagt zijn standpunt naar het niveau van de kleinste intelligentie, evenals de krant. Maar we moeten die gestage degradatie een halt toeroepen. De standaard van het denken moet binnen de democratie verhoogd worden.

Er viel een stilte. Will vroeg om een glas bier en kreeg dat. Hij ging verder met een gespannen blik op z'n uittreksel. Men moest de massa weer bewust maken van de waarden, zodat ze niet langer het gemakkelijkste en laagste wensten; men moest ze leren lezen, denken en oordelen.

'Het lijkt het programma van de Wereldbibliotheek wel!' riep Vosz, en De Boer lachte judasachtig. 'Wacht nou even!' zei Will, zelf grijnzend en nogal zenuwachtig. Hij nam een slok en zei snel: 'Er ís al vooruitgang, de massa is al minder bruut; verhef de democratie en je zult zien...' Nu grinnikte de kleine dokter.

Het gesprek werd algemeen en verliep. Men vertelde elkaar berichten en geruchten. In Amsterdam zou de politie in het geheim gepantserde overvalauto's met schietsleuven hebben laten overkomen van het leger, in verband met te verwachten grote onregelmatigheden. Dan kwam men op Italië. De Concourt verwierp de afschaffing van het parlement: er was geen reden spraak te vervangen door stokken. Opnieuw dacht ik aan m'n paraplustoot en zei maar gauw: 'Een Mussolini zou hier geen week bestaan.' Maar ik moest voorlopig alleen lúísteren, zei de prof.

Er werd koffie gebracht door een nederige kroegbaas in hemdsmouwen. Het eerste kopje van z'n blad zette hij de prof voor. 'Wat is nou je conclusie eigenlijk,' vroeg die aan Will.

De Concourt zocht opnieuw ernstig in z'n papier. 'Aristocratie is het antwoord,' las hij; 'maar dan die van de geest. Intelligentsia aller landen, verenigt u!' Er klonk welwillend gelach, waaraan ik meedeed, toegestaan of niet. 'Weersta de mening van de massa,' besloot Will. 'Vlei haar niet. Geef de waarden door, het erfgoed van de traditie.'

Het was uit. Will borg z'n papier met licht bevende vingers in zijn binnenzak. Er was een kort applaus. Ik vond de conclusie vaag maar was toch geïmponeerd. Ik was drieëntwintig en vereerd met De Concourts vriendschap.

Will vroeg me de toespraak in vijfvoud uit te tikken. Dan konden de heren het gebruiken als leidraad voor het nog te vormen program. Ik accepteerde graag.

Er werd nog over een naam voor de vereniging gesproken. *Verbond* leek te veel op een bestaande groepering; hetzelfde gold voor *Unie*. Omdat *Vereniging* te slap was, bleef eigenlijk alleen *Bond* over.

Bond van Verontrusten leek niet slecht maar de afkorting BVV zag eruit als een Beverwijkse veehouders (of vrouwen) vereniging. Men kwam tot *Bond der Verontrusten*, BDV, en de vergadering werd gesloten. We werden wel verzocht onze koffie beneden af te rekenen. Geld was nog niet in kas.

We daalden af en Vosz maakte zich kwaad dat de trapdeur niet goed gesloten was. Z'n wangen werden paars of ze met een pannenspons geschuurd waren. De sik maalde. 'Ik wens geen meeluisteraars,' beet hij de kroegbaas toe. Die knikte met bange ogen.

De volgende morgen stond ik bij nog diepe duisternis op; lang slapen leidde tot achteruitgang, had Will gezegd. De post bracht een gestencilde oproep uit Amsterdam van de onderwijsinstelling; de komende week mocht ik daar solliciteren.

Pas in de namiddag hield ik op met typen en zag dat het te laat was om geld te gaan opnemen. Ik had zelfs voor brood en boter te weinig en fietste daarom naar de Passage, waar altijd een onbeweeglijke Chinees stond te slapen met een grote pet op en een broodtrommel voor de borst. Bij hem kocht ik drie pindablokken, en at die thuis op. De pinda's werden door gesmolten rietsuiker bijeengehouden en kleefden aan de verpakking. Ik spuwde voortdurend stukjes vetvrij papier.

Een dag later ging ik met vers geld rond vijf uur iets kopen voor Alice. 's Avonds moest ik naar haar verjaardag.

Het motregende. Er was een kleine oploop bij de sigarenwinkel: een van de werklozen die op het avondblad wachtten lag bewusteloos op de grond tegen de pui. Eerst dacht ik dat het alleen een jas was.

Wat te kopen? Tot sluitingstijd doolde ik rond in een speelgoedwinkel. Een jojo vond ik idioot; ik keek al met Wills ogen. Men zag er zelfs werkloze kerels mee bij de stempellokalen. 'Untergang des Abendlandes', zou De Concourt zeggen. Tenslotte kocht ik een ander dwaas modeartikel: een patent dubbeltjeshouder, een verchroomd buisje met drukveer. Het ding was de zuinige tijd ten voeten uit, maar kinderen vonden het aardig, zag ik.

Thuis typte ik nog eerst snel het slot van het reglement, om het te kunnen meenemen.

'De ondergetekenden vormen het bestuur van de vereniging en zijn tevens de stemgerechtigden ter Algemene Vergadering. Den Haag, december 1932.' En dan volgden de namen van de prof, de dokter, Will, De Boer en tot m'n verbazing die van mij als administrateur. Ik weigerde voorlopig mijn naam over te nemen.

Daardoor kwam ik die avond wat onzeker bij mijn vrienden. Maar eerst maakte ik een goed figuur bij Alice; ik had het spaarbusje gevuld met dubbeltjes en het kind was er armoedig blij mee. Ze zoende me op de wang en rook naar gazeuse.

Will vroeg me, verjaardag of niet, hoe ik zijn rede op papier vond. 'Goed,' zei ik, iets te mat. 'Maar?' vroeg hij. Hij werd roze. Noortje beduidde me met haar donkerbruine ogen iets. 'Nou,' zei ik maar, 'het stuk is natuurlijk op de praktijk gericht en daarom kort gehouden. Ik zou het niet kunnen, zo'n samenvatting van het essentieelste.' Even was ik bang dat dit als subtiele hoon klonk, maar Will knikte verrast. Mensen zijn gek met zichzelf.

Ik had de vriendschap gered en liet nu het reglement nog maar even in mijn tas. Ik bezat nog geen andere vrienden dan de Concourts en nam geen tweede risico.

Had iemand me naar een vriendin gevraagd dan zou ik gelachen hebben. Een werkloze hoorde geen vriendin te krijgen. Jonge vrouwen zochten mannen met werk en wat geld en dat waren oudere mannen. Jarenlang zag ik op straat en in restaurants heel jonge meisjes met grijzende heren. In treincoupés vlijden ze hun blonde haren slaperig tegen bijna vaderlijke maatcolberts. Dat nam ik ze niet kwalijk; ik nam me mijn werkloosheid kwalijk. Honderdduizenden mannen leefden in die beginjaren van '30 in onthouding als bedelmonniken in boetekleed.

Dat al dat afzien in het westen nieuwe creativiteit in de wereld zou brengen, zoals ik toen las, daarvan bleek weinig. Integendeel: de schilderkunst, zo bloeiend en extreem in '20, verdorde. Kleur verdween. Nu nog, in 1982, huiver ik bij het zien van Koch, Hynckes en Willink. Waarom keerde ijselijk nauwkeurig realisme nog terug? 'De behoefte aan bezinning op duurzame waarden,' antwoordde een criticus toen. De Concourts 'waarden'? Maar diezelfde criticus schreef ook: 'Die Avondlandkunstenaars voelen het onheil grauwer en de dood zwarter.'

De verjaardag verliep rustig. De Boer kwam nog langs; Noortje bloosde vereerd. De man verdween net zo lomp als hij binnengekomen was, z'n gouden zeemanseerlijkheid etalerend. Tegen mij had hij uit de hoogte 'Zo, beste vrind' gezegd.

De radio werd aangezet; Daventry. Er werd wijn ingeschonken en geklonken op Alice. Dan was er een deftige BBC-nieuwslezer; Baldwin had in het lagerhuis gewaarschuwd: er is geen macht ter wereld die een bommenwerper kan tegenhouden. De enige verdediging was de aanval; we moesten de vrouwen en kinderen van de vijand sneller kunnen doden dan zij de onze.

'Wat een wereld,' zei Noortje. Alice had het nog niet verstaan.

Er volgde onberispelijke, preuts gespeelde dansmuziek van het BBC-dansorkest. 'Geacheveerd,' noemde Will dat. Het werd gezellig. Hans kwam van boven, op de muziek af, en Noortje schonk nog eens in. Bij een langzaam nummer met een melancholiek gestopte trompet zakte de familie weer onderuit en begon te 'cirkelen', het dwaze draaigebaar met de sidderhanden. Ze proestten er ditmaal gesmoord bij en het duurde niet lang.

De dansmuziek uit die periode was timide geworden en vol mineurakkoorden. Een soort castraat zong:

Life is so uncertain, and no-one seems to know
how long we have to linger on;
tomorrow we may both be gone.

Ik luisterde en was schandelijk bedroefd, als een puber. Terwijl ik een dak boven m'n hoofd had! Alice was op haar vaders knie gaan zitten als een klein kind, maar zij en haar moeder keken me aan met zachte scheve vrouwenogen. De kopstem ging verder.

Let me feel your arms and let me feel your
kiss!
If this great big world must end, well, let it
end like this.

Ik was een beetje kwaad op die tekst. Dat er nog meer *Unheil* zou komen, uitlopend op een gasoorlog met bommenwerpers, was tóch wel duidelijk.

Hans zat erbij in een tijdschrift te lezen. Het had een roodzwarte omslag met gestileerde bliksemschichten. 'U zou altijd nog eens mijn kamer komen bekijken,' zei hij opeens. Ik gaf dat toe, en de jongen ging me voor op de trap en opende z'n kabinet. Het was er steenkoud. Hij had het blad nog in z'n hand.

De ombouw van z'n opklapbed lag vol radio-onderdelen. Ik wist dat Hans zich voor zijn vader vooral moest interesseren voor wetenschap en techniek; 'ondergangsexcessen' als wielerzesdaagsen of marathondances waren als gespreksonderwerpen taboe.

Hans zweeg overigens. Het tijdschrift, dat hij neergelegd had, bleek een onschuldige aflevering van *Radio Expres* te zijn.

Ik bekeek het kamertje. Aan een wand hing een grote kaart van een transatlantische vliegroute. Er stonden vliegboten op afgebeeld en het portret van een Zuid-Europees type met een sik als de prof. 'Wie is dat?' vroeg ik. 'Italo Balbo natuurlijk,' zei de jongen. Ik vroeg waarom die vliegtuigen twee rompen hadden; Hans glimlachte en zei: 'In die ruimte tussen de fuselages kunnen torpedo's opgehangen worden. Of bommen.'

'Zo?' zei ik.

Terug in de huiskamer vroeg Will me of ik het reglement al klaar had; ik overhandigde het alsnog. 'Ik heb mijn naam er alleen nog niet onder gezet,' zei ik zo luchtig mogelijk, 'ik wilde eerst nog even het program afwachten.'

'Natuurlijk,' zei Will – zonder glimlach – 'maar ik dacht eigenlijk dat je een administratief bijbaantje goed gebruiken kon.' Het was pijnlijk. 'Ja, dat zeker,' antwoordde ik maar. We zwegen. Ik kon het nu niet over mijn typeloon hebben.

Alice redde me door me te vragen ook háár kamer te bekijken. Ik ging mee en ze vertoonde een bleek vertrekje met cactussen. De blouse en rok van een jeugdclub hingen aan een haak. Op de schoorsteen waaronder de kachel ontbrak stond een wekkertje in de 'teardrop'-vorm die symbool geworden was van snelheids- en vooruitgangsgeloof ondanks alles. Stroomlijn, nu gek gevonden voor zo'n statisch voorwerp, wees naar een toekomst die clean en smooth zou zijn. De wereld na '29 werd sober en Norman Bell Geddes noemde zijn stroomlijnontwerpen zowel 'organisch' als 'een platonisch ideaal'.

Het klokje was een verjaarsgeschenk, maar Alice kwam dicht naast me staan en fluisterde dat ze een Monopolyspel gevraagd had en niet gekregen. Haar vader vond dat zo kapitalistisch.

Beneden in de schemerige gang wachtte Noortje me op. Ze fluisterde: 'Nog maar niet naar het geld voor je typewerk vragen; hier is alvast de helft.' Ze gaf me snel een rijksdaalder. Ik streek even langs die hand.

In de huiskamer vertelde ik nog van mijn komende sollicitatie in Amsterdam en kreeg de raad met de 'wilde' taxidienst te gaan. Dat spaarde een paar gulden op de trein uit.

III

Dingen die ik aardig vond verdwenen uit mijn huis, zoals de verchroomde asbak en bureaulamp. Ik bracht mijn rookstoel naar een uitdrager en verkocht wat boeken en mijn vaders paraplu. Zelfverwijt kwam op: misschien had ik toch nog niet intens genoeg naar werk gezocht.

M'n geld was tot minder dan honderd gulden geslonken en er viel nog van alles te betalen. Ik probeerde van tien gulden per week te leven. Veel in het huis was kapot; dak en kranen lekten, een gebroken vlieringraam bleef gebroken en mijn wastafel hing voorover. Dat mijn goedkope schoenzolen altijd doorweekt waren als karton, was ik normaal gaan vinden. Wel vond ik het vervelend dat ze soms, ook na dagen droog weer, nog vochtafdrukken achterlieten op de lichte vloerkleden bij de Concourts.

Steun wilde ik niet aanvragen. Dan kreeg je controle thuis en dan zou ik de paar boeken die ik nog had eerst moeten verkopen. Ik zou zelfs naar geen film mogen, en ik was bang voor de werkkampen.

Op de ochtend van mijn vertrek naar Amsterdam was ik verkouden, zoals altijd die winter. Pasgewassen zakdoeken staken nog vochtig in mijn broekzakken toen ik naar de standplaats van de wilde taxi's liep.

Het waren jaren oude Grahams die daar klaarstonden, en die er verwaarloosd uitzagen, in harmonie met mijn ergerlijk werklozenuiterlijk. Er gingen zeven passagiers in, die een gulden betaalden voor een enkele reis. De slap geworden achterveren zakten onder die last zó door, dat de voorwielen, onder te weinig druk, soms rammelend 'shimmyden'. De oude blauwe kasten reden hard, om zo veel mogelijk diensten per dag te halen.

Ik zat geperst tussen mannen met jassen die stonken naar hond, want het regende weer. De hele lange weg veegde ik m'n rode neus beschaamd. Ik ademde traag bij bochten om niet wagenziek te worden. Misschien kwam dat ook omdat ik wel zeker wist die baan niet te krijgen. Ik had m'n akte Duits niet. De hele rit diende eigenlijk om een goede indruk op Will en Noortje te maken.

In Amsterdam moest ik in de Spuistraat zijn. Er stond een lange rij mannen bij wat ik voor een stempellokaal hield, maar het was het adres. Ik sloot aan.

Na een uur was ik aan de beurt en ik volgde slordige pijlen op karton naar boven. Daar zaten twee mannen in een leeg lokaal achter een geelhouten tafel. 'Naam en adres,' zeiden ze. Ik noemde die. 'Diploma's?' Ik overhandigde mijn akten. De een schreef het op en de ander riep: 'Volgende.' Ik kon gaan.

Ik liep nog wat door de stad. Er waren hele straten met lege huizen waarop in chaotische verscheidenheid bordjes met Te Huur. Ook hier slenterden troepen werklozen, en op het Damrak patrouilleerden bereden agenten.

Op de terugweg gingen de voorwielen van de Graham weer goed tekeer en voor de smalle Deylbrug onder Leiden zaten we bijna op een afremmende stroomlijnbus, ook een 'wilde'.

Thuis lag er een vodje papier in de brievenbus, met potlood beschreven en anoniem. Er stond: 'Jullie kennen beter opbouwen met dat samenrotten boven de kroeg. Je ben gewaarschuwt.'

Ik zou niets op mijn sollicitatie horen. Dus schreef ik nieuwe brieven en liep door de stad op zoek naar tijdelijke baantjes. Nieuw typewerk voor Wills Bond liet op zich wachten, want over het program konden de heren het niet eens worden. Maar ik had nog een rijksdaalder te goed.

Bij m'n eerstvolgende bezoek aan de Concourts stonden vestibule en gang vol vrouwen, die langs elkaar gluurden als buffels. Noortje had een advertentie voor een naaister gezet. Ik wilde doordringen tot in de huiskamer maar Noortje riep dat ik maar even moest wachten in Hans' kamer.

Ik wachtte een nutteloos uur boven in de kou. Hans werkte intussen arrogant zwijgend aan een radio. Z'n soldeerbout siste op en in het vertrekje hing de scherpe geur van warm wordend bakeliet. Tegenover die scholier voelde ik me nietswaardig.

Diezelfde avond kreeg ik een oude winterjas van Will, die nog goed was maar voor mij iets te groot. Noortje lachte toen ik hem paste. Ze pakte de stof ter hoogte van m'n maag en trok eraan. 'Als gegoten!' giechelde ze. Will zei: 'Je kan er nog zwanger in worden ook.' Ik lachte mee en had Noortjes hand ondanks de dikke jas door heel m'n lijf gevoeld. Ik had opeens half de pest aan mijn weldoeners; Noortje, altijd zuinig, had het bedacht en ik wilde haar wel straffen met een soort liefderijke aanranding. Of iets dat er aardig op leek.

De jas was warm maar niet geëigend persoonlijke sollicitaties te doen slagen. In die gevallen trok ik m'n trenchcoat maar aan.

De week daarop had ik griep en ditmaal goed. Ik lag in bed met een koorts die hang naar vrouwen eerder opdreef. Omdat ik op de vaste dinsdagavond ontbroken had kwam Hans aan m'n deur, de volgende middag. De jongen nam een briefje voor zijn ouders mee. Het was goed vrienden te hebben.

Slapen kon ik niet. In m'n straat speelden kleine jongens Japan tegen China; ze slaakten vreemde kreten en keken met scheefgetrokken ogen over een borstwering van afbraakstenen.

Noortje kwam die middag al. Met Alice als een soort jonge chaperonne. Misschien had ik de moeder met het passen van die jas een seconde te lang aangekeken.

Noortje ging op de rand van mijn bed zitten en vroeg wat ik

nodig had. 'Jou,' wilde ik zeggen, maar ik durfde niet. Ik keek waarschijnlijk te smeltend; ze ging tenminste thee voor me zetten in de keuken. Ze vond geen suiker en stuurde Alice weg naar de kruidenier. Ik sloop naar de keuken en trok de vrouw van mijn vriend tegen me aan. Ik zocht haar mond niet vanwege mijn griep. 'Nee, schei nou uit, Jan,' zei ze, maar ze stond enig gehaast tasten toe. Ze gaf een vergevingsgezinde streel over m'n wang en zei iets onverstaanbaars.

Seksualiteit leek een vijand van de besloten veiligheid waar men naar haakte in die jaren. Mijn tegenwoordige voorstelling van de kleinheid van die Grootsche Tijd komt óók door de heimelijke verhalen over het tobberig geslachtsleven van die decade. Latere vrienden, en op die woensdagmiddag zelfs Noortje, beklaagden zich over hun eeuwige angst voor zwangerschap. Ik kreeg een afschuw van het woord huwelijk. Op de rand van mijn bed, waar ik maar weer in was gaan liggen, sprak Noortje opeens steriel over de noodzaak, in deze wereld, van geboorteregeling in het algemeen. Alsof we op een medisch-hygiënisch congres zaten. De sterke neiging haar mooi lijf uit balans te trekken bekoelde daardoor snel. Ik verbeeldde me zelfs dat m'n koorts afnam.

Alice kwam terugrennen met suiker en aspirine. De thee was intussen getrokken. We dronken die vredig en m'n bezoek vertrok. 'Ik kom nog wel eens kijken,' zei Noortje maar ze kwam niet meer. Na twee dagen dreef honger me naar buiten.

Ik keer een moment terug naar het heden, naar 1982. Is de mensheid nu 'bevrijd' en voelt ze zich beter? Nooit hoorde ik meer getob. Men krijgt alles dubbel als Job in z'n ouderdom en werpt zich starend op Jung of nog griezeliger profeten. De beide geslachten staan elkaar naar het leven.

Onlangs stond ik 's morgens op en zette m'n radio aan. Er klonk een wezen op met het adenoïde geluid van vrouwen wie het hindert dat er nog een ander geslacht bestaat dan het hunne op aarde.

Ze liet weten dat ze zichzelf bevredigde, sinds wanneer, waarom en hoe. Ik haast me te melden dat daarna een man aan het woord kwam die minstens zo erg teemde dat hij 'seksueel niet gelukkig' was met z'n vrouw.

Hoewel men went aan de vooruitgang dacht ik: moeten die huilebalken voor de microfoon op m'n nuchtere maag? Daar is een gewone parkexhibitionist een armzalig kuise amateur bij.

Ik wilde opeens dat het einde nabij was. Dat huizenhoge ijsschotsen op Rijn en Maas verschenen. Alles bevroor. De te dikke lijven van die klagers sisten eerst en smolten dan. Ze werden tot water met vetkringen. (Ondanks de nieuwe crisis eet men zich puilpensen.)

IJskoude kou. Niets. Lege reinheid. Ik poetste m'n tanden. Misschien had men die twee in de Hilversumse studio op elkaar los moeten laten. Maar met de microfoon dicht graag.

IV

In januari '33 gebeurde er zoveel, dat het werk van Wills Bond opgeschort werd. De wereld vol ongewisse stilte was een heksenketel geworden. In Duitsland werd rijkskanselier Von Schleicher weggewerkt door zijn vijand Von Papen. De laatste stelde Hitler voor als betere keus. De oude Hindenburg weifelde en gaf toe, en de bruinhemden marcheerden met fakkels door de Brandenburger Tor. De Rijksdag werd ontbonden; het gebouw brandde af. Hitler profiteerde bij nieuwe verkiezingen. Z'n tegenstanders werden gearresteerd en afgevoerd. Of afgemaakt.

Midden op zo'n januaridag, terwijl ik de krant op tafel spreidde om te zien wat er in Duitsland gebeurde, viel er iets in mijn brievenbus. Ik dacht aan het vergeten vodje papier en ging kijken met zekere huiver. Het was een enkel biskwietje, verpakt in cellofaan waarop de woorden *Met echte roomboter bereid*, gevolgd door een besteladres. Hier bleef alles klein. Pas een maand later was men in rep en roer: over de muiterij (en de bom) op de Zeven Provinciën. De heren van de Bond ontwaakten en kwamen tot een Voorlopig Program.

De kamer werd ontbonden en er volgden nieuwe verkiezingen. Een lijst van vierenvijftig partijen. Veel van hun affiches waren mooi; men bleef grafisch z'n best doen die jaren. De prof raadde het bestuur van de Bond aan Colijn te stemmen. Die keuze stelde me gerust, want ik begreep het program soms niet.

Soms betreurde ik het zo gebonden te raken aan de Concourts. Ik hielp, om wat terug te doen voor aanspraak en een incidentele maaltijd, Alice met haar huiswerk. Ik kwam er te vaak nu.

Eigenlijk luisterde ik het liefst naar Will 's avonds laat, als de kinderen naar bed waren. Hij ging dan vaak over op z'n andere terrein: de nieuwe fysica. Hij deed dat met smeulend enthousiasme en met mooi metende handgebaren. Hij leek dan verlicht door de conceptie dat alles manifestatie is van eenheid, en goed zoals het is. Zijn politiek amateurisme was daarmee in strijd; hij wist beter raad met Niels Bohr dan met Hendrik Colijn.

Eens trof ik Will somber aan. Hij leek aan eigen Bond te twijfelen. Hij had die week een brochure ontvangen van de Britse conservatief die uit het parlement getreden was. Diens New Party was interessant, volgens Will, maar balanceerde op de rand van antidemocratie. Will balanceerde mee; we kregen woorden. Hoe meer de tijd vorderde, hoe vaker hij zag dat ik geen volledig toegewijd leerling van hem was. Dan kreeg hij iets pesterigs, met dunne lippen. Toch vroeg hij me mee naar de volgende oprichtingsvergadering van zijn club. Ik wilde niet weigeren.

Ik zou me vooral het slot van die vergadering herinneren. Na afloop moest ik de dokter weer naar huis begeleiden en op straat volgden twee mannen ons hinderlijk. Ik vroeg De Vroom fluisterend of één misschien die ruiteningooier was maar hij ontkende dat. De twee haveloze figuren begonnen met kiezelsteentjes te gooien; ik voelde er een tegen m'n rug en draaide me nijdig om. In het duister van de buitenwijk geloofde ik de rosse snor te herkennen. 'Vuile Faksist,' riep hij. Ik schrok en tikte op m'n voorhoofd. 'Wat een warhoofd,' mompelde de dokter voorzichtig.

Ik mocht met De Vroom mee naar binnen en kreeg een glas wijn. Martha bracht de glazen. We spraken nog over de vergadering en of daar afgeluisterd werd aan het trapgat. Ik verzweeg het dreigbriefje; De Vroom zag zó al bleek genoeg.

Martha liet me uit met haar treurigste Heimwehblik. In de schemerige vestibule pakte ik, door wijn beneveld, haar bij de magere bovenarm. Ik bekeek haar van dichtbij schaamteloos of ze een voorwerp was. Ze wachtte lamentabel af. Lantaarnlicht viel door het kleine tralieraam van de buitendeur en ze stond met neergeslagen huilogen. Ik kuste die oogleden gespeeld teder en knelde haar dan, met de handen aan haar puntig bekken, tegen me aan. Ze was tóch een soort vogelvrije. 'Lieber Herr Gott,' fluisterde ze. Ik groette hardop, opende zelf de buitendeur en vertrok.

Op straat wilde ik Martha met haar zenuwachtige neusvleugels snel vergeten en ik probeerde me te herinneren wat er eigenlijk was gezegd op de vergadering. Will had weer met deemoedige wetenschapsstem uit zijn Engelse boek geciteerd. 'Waar vindt men relatief nog de meeste voldoening in het leven?' had hij gevraagd. 'Onder de bohemiens. De artiest denkt alleen aan idee en vorm. Hij vergeet voedsel; oude kleren volstaan. Economische groei is helemaal geen voorwaarde tot geluk. Geef de gewone man niet meer géld, maar meer waarde voor z'n geld, zodat hij goede, eenvoudige dingen kan kopen. Leer van de kunstenaar.'

Vosz zuchtte. De dokter keek kregel en De Boer geeuwde stom.

Men kwam nog iets verder met het program, maar typeklaar raakte het weer niet. Onbetwistbare punten waren alvast:

Een krachtig gezag onder Oranje. Geen leidersbeginsel. Opvoeding der Jeugd tot hogere waardenstandaard. Geest boven geld. Kosteloze studiemogelijkheid voor jonge werklozen. Bestrijding van het grootwinkelbedrijf.

Over een 'aanpassing van het kiesstelsel in Nederlandse zin' kon men het niet eens worden. Daaraan zou de prof een volgend maal nog wel wat essentiëlers toe te voegen hebben, zei hij.

'Nog steeds niets?' vroeg Will bij mijn volgende bezoek. 'Er móét iets voor je te vinden zijn.' Hij zag kregel roze. 'Je verpáúpert zo,' zei Noortje, ook nogal bits. Aangemoedigd door Wills rede over de kunstenaar en door het programmapunt van studiemogelijkheid voor werklozen kwam ik er eindelijk toe te zeggen dat ik het liefst tekenaar en graficus in het reclamevak zou willen worden. Dat ik hier in de stad naar de vrije academie zou willen. Maar nu bleek de praktijk anders dan de leer in wording. 'Ja, dat kan nou eenmaal niet,' zeiden m'n vrienden verbaasd, 'wie zou dan voor je onderhoud moeten zorgen?!' Een dwaze hoop vervloog.

Om iets terug te doen haalde ik eindelijk het verkreukeld dreigbriefje uit m'n binnenzak. Will werd eerst roze en dan wit; hij ging naar de gang om op te bellen.

Ik bezocht nu regelmatig de arbeidsbeurs, waar altijd groepen mannen rond een potkachel stonden, juist als op de bekende houtsnede van Peter Alma. Na weken had ik iets: ik kon tijdelijk een man vervangen in een fietsenstalling bij het station Hollandsche Spoor. Will kende de beheerder wel en was mijn voorspraak. De chef daar keek bedenkelijk naar mijn kantoorhanden toen ik me meldde. 'Denk d'r an dat het zwaar tillen is,' zei hij. Ik lachte dat weg.

Hij had gelijk. Vrouwen mochten hun fietsen in de gelijkvloerse rekken zetten, maar als die vol waren moest ik hun eigendom op de hoge stelling tillen. Ook kwamen er broze heertjes met Raleighs, en officieren die met laarzen en sporen aan naar het ministerie van Oorlog fietsten; beide groepen lieten het omhoogtillen aan mij over. Ik wachtte tot de eigenaars uit zicht waren en smeet die herenfietsen de stelling op, omdat snelheid de inspanning verkleinde. Maar de fietsen van meisjes behandelde ik met liefde. Ik veegde gratis met een stuk krant hondenpoep van hun banden.

In de stillere uren verdiende ik soms wat bij met het plakken van een band. Ik had er een pest aan: de bandenlichters schoten bij mij weg van de spaken en ik schaafde m'n nagelriemen open bij het opleggen van de taaie buitenbanden. Heel de schemerige ruimte stonk naar rubber en solutie. Maar ik had werk en toonde me de eerstvolgende dinsdagavond bij de Concourts spraakzamer en eigenwijzer.

Martha beklaagde zich tegenover haar patroon over mijn vestibulegedrag en de dokter vermaande me luid en zogenaamd grappig op Wills verjaardag. Hij was bang die goede en goedkope Duitse meid kwijt te raken, die hem trouwhartig hielp de boze tewerkgestelden van de deur te houden. Noortje hoorde de berisping mee aan en negeerde me verder die avond. Zelfs Alice deed uit de hoogte.

Maar ik bleef terugkomen. Ik had die avonden nodig en het echtpaar kon me gebruiken. Mij werd gevraagd op een zaterdagavond in februari vroeg te komen en met de kinderen bij Heek te gaan eten. Will en Noortje gingen uit. Ik accepteerde en kreeg drie gulden mee.

Alice was m'n zondeval vergeten; ze trok een feestjurk aan die de pas verkozen naaister voor een gulden in elkaar gezet had.

We gingen lopen. Het stormde en we leunden voorover tegen de wind. Ik hield m'n hoed vast, en ook m'n hart; waarom weet ik niet.

Bij Heek was het warm en druk. Hans en Alice wilden gebakken aardappels als alle kinderen. Een podium was omlijst door brede golvend geperste houtplaten in de tint van pistache-ijs. Het was wat men nu 'very thirtyish' en grappig vindt, maar het was armoedig. Er nam een orkestje plaats met een rozige oude trompettiste in lange jurk. Een oma met een gouden bril. Ze speelde alles foutloos en moedeloos. Nederig als een non. Alice giechelde hardvochtig.

Het leek of Alice wijn op had; onder de kleine tafel drukte ze haar shantoengknie dankbaar een seconde tegen m'n broekspijp.

Het orkestje speelde gedeprimeerde wijsjes – het Avondland begon de moed te verliezen – maar men werd hier vriendelijk bediend. Bestek en laken waren schoon. Ik denk hierbij aan een bezoek, onlangs in '82, aan een restaurant aan zee. Het was er goor geworden en de obers schreeuwden naar elkaar. Eén gaapte er met wijd open bek in mijn gezicht, waarbij hij de pils gedeeltelijk naast het glas schonk. Het publiek gedroeg zich navenant; het rochelde en smakte. Een man verhief zich boven z'n zetel om een wind te laten; een jongeman die daar bezwaar tegen maakte kreeg een trap in z'n zij zodat zijn glas omviel. Nog even en men zal in verwende heerszucht de borden na de maaltijd verbrijzelen en de restaurantvloer als waterplaats gebruiken. Wie kritisch kijkt zal met gebroken voortanden en een gescheurd netvlies naar buiten wankelen.

Niet dat het 'vroeger' – dat vervelende woord van m'n leeftijdgenoten – altijd beter was. Op de terugweg van Heek, láát, om die kinderen te plezieren, werd ik opnieuw gevolgd door de rode snor. Hij was alleen en riep bescheiden 'Meneer!' Hij glimlachte mak alsof hij 'faksist' terug wilde nemen. Alsof hij toch nog bedanken wilde voor m'n dubbeltje aan de deur. Ik liep op de man toe, ook met een grijns. Terwijl Hans en Alice wachtten greep de man van onder z'n lange jas een staaf als een wisselijzer van de tram. Ik deinsde achteruit maar hij plaatste het zware ijzer op de wreef van m'n rechtervoet. Ik kreunde maar voelde haast niets dan een wollige verdoving. De man verdween snel, zelf bang.

Er begon iets te dalen vanuit m'n schedeldak, tot beneden m'n ogen. Ik zag Hans en Alice nog staan, met de hoofden gebogen als bij de nieuwsberichten. Dan veranderden ze in een brij. Zweet brak me uit. Ik haalde diep en regelmatig adem.

De brij trok op. 'Loop naar huis,' riep ik hol, 'ik kom wel.' Ze vroegen iets met boze ogen, als kippen die een zieke kip zien. Ik verstond niets en herhaalde kwaad 'ik kom zó!'

Een paar minuten zat ik hijgend op een hek en schoof dan traag in de richting van de verdwenen kinderen. M'n voet zwol en smoorde in m'n schoen. Ik boog als dronken bij een paaltje en trok die schoen uit. Dan hinkelde ik naar het huis van de Concourts.

Hans stond bij de open voordeur op me te wachten. Alice kwam erbij; ze keek bang de straat in. Binnen kalmeerde ik haar. Nee, het had niets met haar vaders Bond te maken: het was een persoonlijke wraakneming. 'Er gebeurt heus niks verder,' zei ik. Hans vergrendelde toch de voordeur.

Ik zat met dichte ogen in een stoel; de voet werd monsterlijk en blauwzwart. Alice haalde als een volwassen verpleegster een handdoek in azijn gedrenkt. 'Dank je, liefje,' zei ik idioot bedroefd en tegelijk blij. Ze bloosde niet.

Will bracht me laat die avond naar huis, nogal kregel, achter op z'n fiets. Een zotte vertoning, vonden we allebei. Met zijn struikelende stem zei hij: 'Je moet wél oppassen dat je niet zo'n type wordt waar altijd wat mee aan de hand is.' Ik zweeg. Gelukkig was het zaterdag, en de volgende dag had ik geen zondagsdienst in de stalling.

Op maandag werd ik ontslagen. Ik verscheen hinkend in de stalling met een slof en een schoen en de chef vond dat geen gezicht. En dat ik met de fietsen smeet, vrouwen aanstaarde en een uur deed over een band plakken beviel hem eigenlijk ook niet. Bovendien had ik geen overall. Voor mij honderd anderen.

Ik ontving nog het loon van de vorige week: zes gulden, waarvan er één ingehouden werd wegens schade aan de fietspomp. Ik fietste vloekend naar huis.

Op de gebruikelijke dinsdagavond vertelde ik het Will. 'Tja,' zei hij kinwrijvend, 'de man had wél een beetje gelijk natuurlijk.' Ik vroeg m'n vriend of het geen tijd werd steun te gaan vragen bij de Gemeentelijke Dienst. Mijn geld was bijna op. Will keek me lachend aan: 'Zet dat maar uit je hoofd,' zei hij; 'je bent nu invalide. Alleen gezonden, in te zetten in het productieapparaat, krijgen steun.' Will was in slecht humeur; hij kreeg binnenkort salarisvermindering. Noortje, toch al zuinig, zette geen verse koffie meer 's avonds. Ze berispte Will over te lange sigaretteneindjes in zijn asbak. Ze liep met een lip of ze vond dat armoe haar niet toekwam. Muziek en armgezwaai bleven ook deze avond uit evenals gesprekken over wereldpolitiek of fysica. Ik dacht aan het programpunt Cultuur boven geld en vertrok vroeger dan anders.

Twee dagen later moest ik naar Leiden voor een sollicitatie. Will moest die dag naar een bijeenkomst in de RAI in Amsterdam en met z'n nieuwe zuinigheid vroeg hij me naar de goedkope taxiverbinding. Ik zei dat het best te doen was.

Zelf ging ik fietsen, m'n voet was nog te dik voor een schoen. Natuurlijk regende het en ik kwam op m'n bestemming met een vochtige slof. Ik zag wit als een spook. Een dame achter een bureau schudde het hoofd maar noteerde mijn adres.

Toen ik met een grijns langs de andere sollicitanten naar buiten gehinkt was viel er juist een stilte over de brede weg. Een waterzon brak door. Dan begonnen sirenes te huilen en een groot aantal ziekenwagens stormde voorbij in noordelijke richting. Wandelaars waren blijven staan en spraken elkaar aan. Ik stapte trillend op mijn fiets en dacht aan een spoorwegongeluk, of een luchtramp, ver weg.

Ik reed langzaam naar huis. Alle pedaalkracht moest van één

voet komen. Ik dacht aan Will en merkte dat ik een hekel aan hem begon te krijgen, of aan z'n belerende gesprekken. Die opgezette voet en m'n ontslag wilde ik opeens zinvol vinden: het bracht verwijdering en onafhankelijkheid. Ook nu, na een halve eeuw, heb ik het niet zo op dertigers. Ze blijven elkaar het leven uitleggen, nu in duistere psychologieën die ze bescheiden glimlachend improviseren. Wat stel ik dan, als grijsaard van drieënzeventig, tegenover dat gezwets? Alleen dat iets moois mooi is.

In de avond pas thuis was ik te moe om de kachel aan te maken of brood te snijden. Ik gooide wat kleren uit en ging rillend in bed liggen. Eerst dacht ik aan niets, en dan opeens aan Alice. Ik wilde haar beschermen tegen alle boosheid, als een vader. Tegen een complete gasoorlog zelfs. Naast mijn bed lag nog een van Will geleende brochure getiteld Gasbevelen.

Ik sliep en droomde van de toekomst. Alice was hetzelfde gebleven, alleen langer, en we zaten met gasmaskers in een kelder. Ik bedaarde haar door mijn hand om haar bovenarm te sluiten. Bovendien had ik voor ieder een pakje zwavellever en natriumhydroxyde klaarliggen, als aanbevolen in de brochure.

Ik werd wakker. Het liefst zou ik een bad genomen hebben, maar de zinken teil in de keuken lokte niet. Er liep iemand langs m'n raam en er werd gebeld, nogal lang. Het was over negenen en een werkloze zou het wel niet meer zijn. Toch was ik bang, en ik dacht aan m'n vijand. En ook aan Martha.

Ik ging in badjas naar de voordeur. Schrik en begeerte traden tegelijk op: het wás Martha. Ze zag er behuild uit, maar dat zag ze altijd. In de vestibule schudde ze het hoofd als bij amateurtoneel, zuchtte, opende haar tasje en overhandigde me een beschreven receptenblaadje.

'Amice,' las ik, 'Will heeft hedenmiddag een ernstig ongeluk gehad. Z'n taxi raakte voorbij Leiden op de linker weghelft en ramde een paar tegenliggers. Hij ligt in het academisch ziekenhuis in Leiden. Noortje en de kinderen zijn daar. De Vroom.'

Het is niet fraai, maar ik dacht: dat wordt heen en weer hinken naar Leiden zonder een cent. En in de volgende seconde zag ik me tussen schone lakens liggen, bij centrale verwarming, naast Noortje. Het was koud in de vestibule. Intussen knikte ik plechtig naar Martha en zei: 'Tja.' Ze keek in m'n ogen als een UFA-tragédienne. 'Bedank de dokter en zeg dat ik hem morgen zal bellen,' zei ik gauw en opende de deur.

De volgende morgen meldden de ochtendbladen het ongeluk waarvoor ik de ambulances had zien uitrukken. Er zou een defect aan de stuurinrichting geweest zijn. Er waren twaalf gewonden. Ik ging naar het postkantoor en haalde het laatste geld – 40 gulden – van mijn boekje, dat opgeheven werd en ritueel voor mijn ogen verscheurd. Even trad daar angst door op. Dan belde ik De Vroom. Hij zei dat Will nog buiten bewustzijn was, maar dat de volgende vergadering moest doorgaan; het zaaltje was gehuurd en Will zélf zou het zo gewild hebben. Hoewel De Vroom zei dat ik 'er niets aan had' vertrok ik naar Leiden.

In het academisch ziekenhuis daar, dat men betrad door een dreigend poortgebouw, vond ik Noortje en de kinderen in een gang. Ik drukte ze om beurten de hand of ik een bezoekend staatshoofd was. Een verpleegster kwam de familie halen, ik moest wachten in de gang.

Het duurde eindeloos. Een arts snelwandelde woedend langs met openwaaiende witte jas.

Na bijna twee uur klonk er gerucht. Ik keek op en zag de verpleegster en Hans achteruit de zaaldeur uit komen. Ze trokken iets voort; het was Alice, die als een onwillige kat met gekromde rug en gestrekte ledematen weerstand bood. Haar moeder duwde haar de gang in.

Noortje liep op me toe en zei dat Will dood was. Ik knikte; bijna leek het instemming.

Die avond vond ik dat ik de vergadering moest bezoeken, om nog íéts te doen. (Ook nam ik me voor een omslag te ontwerpen, in oranje en blauw, voor Wills program.) Ik stak met opzet te weinig geld bij me om te eten; het moest maar een pindamaal worden.

Ik fietste naar de passage met m'n ene slof. De pindaman stond er niet. Altijd was hij er, bij regen of sneeuw, maar nu niet. Ik dwaalde door Den Haags sjieke centrum vol glanzende stroomlijnauto's, met af en toe de vraag aan een voorbijganger: heeft u ook een pindaman gezien ergens? 'Verneuk je soort,' antwoordde een werkloze me. En dat was het: ik was het verkeerde soort, geen echte werkloze. Ik zou m'n huis nog moeten verkopen. Net voor sluitingstijd kocht ik een pakje Verkades Korstjes, die ik op de bank van een plantsoen opat.

De prof opende de vergadering. Met trillende sik stelde hij dat Wills vrouw en kinderen niet in de steek gelaten mochten worden. (Alleen De Boer zou zich daaraan houden.) Hij hield een herdenkingsrede die opgeschreven leek geweest en waarvan ik dacht: die wordt aan de uitgang aangeboden à tien cent per exemplaar. Hij zei dat als er een regering geweest was die regéérde, de schandelijke wilde taxidiensten zouden zijn opgerold. (Colijn zou, wat later, die taxi's en bussen letterlijk aan de ketting laten leggen.)

Na die woorden nam de prof de leiding op zich. Hij wist zéker dat Will het daarmee eens geweest zou zijn. Hij vond, vooral na de gebeurtenissen met de Zeven Provinciën, de Bond te vaag. Wat onze betreurde vriend aangaf was zeker niet onjuist, maar een uitstekende Nederlandse bron, *De Crisis van het Gezag* van Westerman, ging verder. De democratie uitbouwen met het consultatief referendum was geen oplossing. Niet iedereen heeft van alles verstand of bij alles belang. Men moet zoeken naar een organische structuur en naar vakkundig oordeel. Nieuwe publiekrechtelijke lichamen van belanghebbenden en deskundigen moeten het parlement aanvullen.

De Vroom schreef iets in een zakagenda. Men zweeg en van de kroeg beneden drongen trage stemmen door. Ik onderdrukte een gaap. Eigenlijk had ik meer honger dan interesse. Vosz zeurde door en sprak van de dictatuur van de middelmaat, of zelfs de ondermaat. 'Het gaat om de cultuurmens,' snerpte hij; 'de geldmens is te machtig en de vreetmens te talrijk. De mensheid moet geordend worden naar z'n wáárde! Gelijkheid is een droom.'

Ik geeuwde dat mijn ogen traanden. Eigenlijk vond ik er niets bijzonders in, na veel gepraat van Will. Laat staan iets fascistisch, zoals de man met de rode snor me toegeschreeuwd had. Maar ik werd wakker toen de prof zei: 'Ik denk dat het beter is de Bond op te heffen en op te doen gaan in een groter geheel. Ik voor mij ga m'n licht opsteken bij Nationaal Herstel.'

De Boer zette grote ogen op en vroeg iets. 'Welnee, man,' snauwde Vosz, 'je bent in de war met de Nationale Unie, van Gerretson en Blok. Je haalt de boel door elkaar.' De Boer kreeg een rood hoofd en zweeg verder. Beneden klonk enig gejoel.

De prof eindigde extra retorisch over de jeugd. Oceaanvluchten en luchtschepen spraken jonge mannen nog wel aan, maar er kwam toch wantrouwen in vooruitgang en wetenschap. Romantisch bijgeloof stak de kop op. 'Ongeduld richt zich tegen de democratie, en onze Bond had richting moeten geven aan de gedachte dat...'

Beneden klonk een klap als een explosie, gevolgd door glasgerinkel en gevloek. De dokter werd lijkwit. Vosz, De Boer en ik stonden plechtig op als de bemanning van een getorpedeerd schip en liepen, niet al te graag, de trap af.

De grote ruit van het café lag aan splinters. De oude kroegbaas stond erbij en verplaatste een scherf met z'n schoen. 'Dat is geen brand en geen inbraak,' zei hij, 'dus daar gaan m'n spaarcenten.' De prof beloofde vergoeding; het bedrag zou door de Bondsleden worden opgebracht.

Ons troepje liep naar buiten en weer terug. Het was niet alleen knap koud zo zonder jas, maar aan de overkant stond een zwarte klomp mannen ons op te wachten. '*Vuile* kapitalisten!' riepen ze uitgerekend. 'Broeders!' riep de prof nogal dun terug, 'wij denken beslist antikapitalistisch.' Een gillend hoongelach steeg op.

Ik werd door angst en kou plotseling wakker. Misschien wás de Bond, die intussen niet meer bestond, verdacht. En nu Will toch dood was en ik hem er niet mee kon kwetsen, griste ik opeens m'n jas van de kapstok, rende naar buiten, pakte m'n fiets tussen de scherven uit en reed weg. Iedereen kon de pest krijgen en bovendien wilde ik mijn laatste vijfendertig gulden niet opmaken aan een caféruit, daartoe verplicht door mijn zelfgetypte artikel 8.

Een van de kerels uit de groep rende achter me aan in de donkere straat en pakte m'n bagagedrager in ijzeren greep. Ik stond stil, kantelde half en trapte naar m'n belager die losliet. Ik reed weer. Een ander volgde me op de fiets en haalde me in. Hij greep m'n stuur en ik verloor m'n slof. Ook was ik de weg kwijt. Ik zag dat hij een zwarte broek droeg met rijglaarzen. Waarschijnlijk een ANFB'er. Nu vervolgden fascisten ons ook al, hoewel ze anders werklozen, roden of elkaar te lijf gingen. De man reed me klem tegen de stoep van een pleintje en vroeg met een preiadem wat dat moest, boven die kroeg. In plaats van te antwoorden sloeg ik traag om, kreeg liggend een schop, stond op en rende naar de overkant. Door angst voelde ik niets van die laars. 'Martha, hilfe!' riep ik, want ik had het plein opeens herkend, en het doktershuis. Ik duwde het tuinhek open en de vent aarzelde; dan stoof ik met m'n sok over het grind, de deur week en een magere vrouwenhand trok me binnen. Martha sloot snel de deur en schoof er een grendel voor.

Ik danste op één schoen als een derwisj van het gesteek in m'n voet, en zakte op mijn achterwerk, geleund tegen een gaskastje. Ik eet te weinig, de laatste tijd, dacht ik. Dan zag ik Martha's ogen heel dichtbij; ze waren roze en star als van een vogel.

Het graniet van de vestibule was koud en ik stond snel op. Martha, zuinig, ging eerst mijn fiets ophalen. De man had die keurig overeind gezet tegen een min boompje; het recht op eigendom stond waarschijnlijk in zijn program. Alle ideologen zijn gek.

'Kom,' zei Martha. Voet voor voet besteeg ik de trap, gesteund door haar stokarm. Ik werd in een bed gekanteld en mijn ene schoen werd uitgetrokken. De wereld was goed.

Ik lag in een afschuwelijk logeerkamertje. Van de Geest door de Bond geprezen geen spoor. Er hing een plaat van een romantisch maanlandschap.

Ik hoorde de dokter thuiskomen. Hij mompelde kwaad iets over mijn vlucht. 'Laat hem vannacht nog maar hier liggen,' zei hij Martha. Alsof ik een lijk was. Opeens vond ik dat ik Will eigenlijk vermoord had; de dokter kwam de trap op en ik repeteerde in mezelf de volzin: 'Will heeft eerst zélf naar die taxidienst gevraagd.' Maar De Vroom daalde weer af en het werd stil.

Diep in de nacht schoven mijn dekens langzaam weg. Als door een spook. Ik was ziek van slaap en werd nauwelijks wakker. Een rillerig lichaam vlijde zich tegen me aan.

Later werd ik opnieuw wakker en nu goed. Ik had niet gedroomd: met haar rug naar me toe lag een vrouw, met de koude slappe billen van armoe en verbanning.

Ik ging rechtop zitten in het bed en huiverde. De boektitel *Als de Natuur roept* kwam hatelijk bij me boven. Met spijt dacht ik aan de huiskamer van Will en Noortje, centraal verwarmd en met zachte dansmuziek, die avond bij het passen van Wills jas.

Martha ontwaakte Duits tragisch, we fluisterden gesmoord en ik sliep met haar. Er was niets om zich later over op de borst te slaan. Het leek nergens op. Ik was vreesachtig en verzwakt en deze zenuwachtige liefde was van een kleinheid perfect in harmonie met de tijd.

Martha was 's morgens verdwenen en liet me achter in snel opkomende angst. *Na de feesten van het vlees, keert de geest en rijst de vrees*, had Slauerhoff gedicht. Ik wilde liefst een grote verzamelboete doen – mijn mogelijk aandeel aan Wills dood inbegrepen meteen maar – door een rit bij nacht en ijzel in een van de oude Grahams bij voorbeeld.

Ik verscheen, bij voorbaat erger hinkend dan ooit, in de keuken. Martha verwelkomde me met een paardenblik. 'Nu hören wij zusammen,' zei ze. (O God, dacht ik.) Ze zette thee voor me. Ik had eerst honger, maar haar groet benam me de eetlust. Ik zag een toekomst als een onweer met een Duitse vrouw en een Duits kind in misverstand en honger. Om toch opkomende verliefdheid te smoren hield ik me snel voor dat ze wel een nazispionne kon zijn.

V

Ik ontliep het doktershuis en ook de woning van Noortje. Bij die laatste kwam ik nog éénmaal: op de begrafenis van Will. Ik hoefde niet mee naar de begraafplaats, want ik moest op Alice passen, die na een geluidloze scène thuis bleef. En die bij mij, onwaardige, op schoot zat met haar hoofd tegen mijn borst, tot ze de zwarte auto's hoorde terugkeren.

Daarna zag ik Noortje niet meer. In die tijd bezocht een loslopende jongeman geen jonge weduwe. Noortje had trouwens onmiskenbaar afscheid van me genomen. Ze zei met een klein weduwenpensioen niets extra's meer te kunnen doen, en bedoelde mijn mee-eten op incidentele zondagen. Dat afscheid kwam me goed uit. Ik wilde een onwankelbaar democraat zijn, zoals mijn vader me bijgebracht had. Will was op tijd doodgegaan. Ik wilde onverdacht zijn.

Ik had trouwens al schuld bij de hypotheekbank. 's Nachts vulde ik mijn maag soms met koud water en ik werd zweterig overdag en zweverig in twee betekenissen. Ik wilde dwepen met iets en koos de paar nieuwe grafici waarvan ik de namen kende.

Hans sprak ik nog eenmaal in de stad, in juli van dat jaar '33. Hij was vol van een fietstocht naar Amsterdam, Schellingwoude, waar hij het eskader van Balbo had zien opstijgen voor een tweede oceaanvlucht. Duizenden Nederlandse toeschouwers hadden met vlaggetjes gezwaaid naar de Italiaanse luchtheld, die met een aan hem opgedragen gedicht van d'Annunzio in de borstzak (zo meldde een ochtendblad) als eerste opsteeg. Z'n Savoia vliegboot droeg het opschrift *Vertude duce comite fortuna*, wat niet wegnam dat een van de vierentwintig toestellen omsloeg, waarbij een vlieger verdronk. Blaasmuziek en een donderende vliegersyell waren dit incidentje voorafgegaan. Ik schudde het hoofd als een oude man. Een journalist schreef dat als zo'n eskader zó moeilijk opsteeg, en overal zó lang gewacht moest worden op gunstig weer, het met de luchtdreiging in een volgende oorlog wel mee zou vallen.

Dat die oorlog zou komen was voor iedereen duidelijk. Men hoefde het beest in Berlijn met z'n doorschijnende zeepbel-ogen maar rancuneus te horen brullen over Versailles (in oktober dat jaar) en men was ingelicht. Zelfs Nederlandse fascisten waren anti-Duits, nu er nog geen Italiaans verbond met Duitsland was. Er kwamen alarmerende berichten over nazicellen door heel de wereld tot in Egypte en China toe. *Mein Kampf* verscheen alleen al in achttien Indiase talen. Pas later, toen ook Italië doorzien werd, verloren de Nederlandse antidemocraten veel aanhang. Vosz en De Vroom zouden het kwijnende Nationaal Herstel weer verlaten.

Noortje, met haar weduwenpensioen, wachtte eventuele armoede niet af. In de zomer van '34 trouwde ze met De Boer, die intussen weer werk had. Ik had haar gebloos bij zijn bezoeken niet vergeten, maar was toch verbaasd. Zo'n nobele krachtpatser. Maar nood breekt wet misschien.

Zelf kreeg ik werk, na een korte periode steun, op het Bureau Statistiek. Het was meer zoeken door het gebouw naar verloren gemelde documenten dan werken, maar ik had een inkomen. Ik verwijderde het bordje Te Koop op mijn huis en at wat bij. Dan kocht ik een duivenvleugel, schietlood, houtskoolhouder en de harde potloden die voor toelating tot de tekenacademie nodig waren. Het bleef daarbij. (Later kwam ik toch in het onderwijs terecht en na mijn pensionering heb ik nog wat geschilderd.)

In de herfst van '35 zag ik Hans en Alice terug op een woensdagmiddag in de stad; ze marcheerden in een jeugdclubuniform achter trommels, met verheven, haast ascetische gezichten. Ze droegen kwartiermutsjes en hun ogen, met griezelig offerbereide sterren erin, keken ver boven me uit. Achter in de rij liep De Boer als leider mee. Ik keek beter – er waren zoveel dergelijke clubs in die jaren – en zag dat het de 'Jeugdstorm' van de NSB was. Bijna zeker had De Boer door die beweging werk gekregen.

In plaats van die twee misleide kinderen met consideratie te bezien, draaide ik mijn hoofd af, zoals voor alle NSB'ers. Het leek of ze hun wankelmoedige vader wilden overtreffen. Ik negeerde De Boers groet. Mijn standpunt was dat van alle gewone en aardige mensen. Ik had genoeg van duistere groepen en verbonden.

De Boer en Alice waren de enigen die ik na de oorlog terugzag. (Hans zou aan het Oostfront vermist zijn.) De oud-gymnastiekleraar duwde kort na bevrijdingsdag een kruiwagen vol aarde over een verlaten schoolplein aan de rand van de bevlagde stad, samen met een handvol andere gevangengenomen NSB'ers. Hij was stokoud en krom, droeg een touw om z'n haveloze broek en keek niet op. Ik vond het wel goed zo, al liep ik gauw door.

Alice trof ik op de stralend warme vijfde mei. In het hart van de feestende stad stond ze wankel op een handkar, met een jonger meisje. Ze hielden elkaar struikelend vast en hun hoofden waren diep gebogen. Een zwijgende menigte sloot zich om de kar.

Twee kerels met in het zonlicht blikkerende scharen klommen op de handwagen, die nu een schavot leek. Ze pakten de smalle nekken en duwden die nog lager. De dunne armen van de vrouwen bungelden als van gehangenen. Hun lokken vielen in grote happen in de kar. Het volk, het rechtvaardige, mompelde onduidelijk.

Toen beiden kaal waren geschoren en hun schedels glommen als kazen, één met een klein bloedspoor, schoten ze weg. Ze verbeten hijgend tranen, als kinderen die van de tandarts komen.

Er was een mysterie aan Alice voltrokken. Haren maken de vrouw. Ze was nu een amoebe, een geslachtloos wezen als in *De Schreeuw* van Munch. Ik dacht: het zal wel verdiend zijn, maar dan rende ik haar opeens achterna.

Sommige kerels moedigden me aan, ze dachten misschien: daar heb je nog een felle, die vindt het niet genoeg, die slaat ze op hun lazerij. Andere keken me aan alsof ze zeggen wilden: de vuilak gaat die vogelvrije vrouwtjes grijpen. Niemand verwachtte dat ik Alice zou willen koesteren en troosten als in de droom met de gasmaskers.

Alice keek nog eenmaal om, met haar buitenste ooghoeken lager dan ooit. Of ze me herkende weet ik niet maar ze begon harder te rennen. Met x-benen, als vrouwen doen, en met opgetrokken onderarmen. Ze schoot een steeg in en was verdwenen.

Ik liep verder de stad in om de bevrijding mee te vieren.

Werkweek

DE RIJNSBURGERWEG LICHTTE WIT op in het halfdonker van de vroege januariochtend. Alleen de smalle baan sneeuw naast de rails was tot een grauwe brij gesmolten door de pekelwagen van de Blauwe Tram. De bomen waren stug verijsd en kraakten af en toe.

Het voorwiel van m'n fiets gleed steeds weg en ik zou wel te laat komen. Van de beugel van een stadstram knetterden blauwe vlammetjes.

Ook in de stad was de sneeuwlaag dik en hard gebleven: sommige auto's reden met sneeuwkettingen. Op de Nieuwe Rijn ging ik maar lopen en om óver achten draaide ik de nauwe straat in van het fabriekje, dat er nu meer dan ooit uitzag als een verdwaalde bollenschuur.

Het kwam me goed uit dat ik die morgen juist te werken had in het kantoortje, waar een potkachel brandde; de werkplaats was onverwarmd. Hendrik Vos keek op z'n polshorloge toen ik binnenkwam, maar gelukkig was de baas er nog niet. Was die er wel geweest dan had Vos bescheiden vragend naar hem opgekeken en de baas zou alsnog m'n te laat komen hebben opgemerkt. Hij zou tekeergegaan zijn. Nu trok Vos plaatsvervangend z'n wenkbrauwen op en maakte de bedenkelijke tuitlip van een schooljuffrouw. Ik zei haast onhoorbaar dat het glad was buiten.

Ik mocht facturen boeken. Iedere werkzaamheid werd hier aangekondigd als een gunst, of het nu in de werkplaats was of op kantoor, want ik was vijftien jaar en leerling.

De tijd ging deze morgen wel heel traag. Ik dacht steeds aan de veranderde witte stad en aan het door sneeuwbermen en bevroren wielsporen avontuurlijk onbegaanbare fietspad van de weg naar huis.

Om kwart over tien kwam de baas pas binnen, hij blies en stampte en zag roder dan ooit. Hij vloekte krachtig op het weer; het leek of de volwassenen zich geneerden voor het verborgen plezier dat ze misschien toch aan de sneeuw beleefden. In Vos' bruine kraalogen had ik in ieder geval nog iets verkneukelds gezien als hij naar buiten loerde, en hij was toch minstens vijf jaar ouder dan ik.

Met de baas erbij scheen de tijd helemaal stil te staan. De ernst van Vos' gedempt overleg met hem sloeg op mij over en ik probeerde genoeg kolommen af te krijgen om m'n loon – al was het maar zakgeld – waard te zijn. Intussen verbaasde het me dat alles vanmorgen z'n gewone gang ging, terwijl toch niets helemaal hetzelfde was. Ingesloten door nog ongerepte sneeuw van de kleine binnenplaats werd het grauwe kantoortje ongewoon zonnig verlicht en leek niet bestemd voor z'n saai doel. Eigenlijk verwachtte ik ieder ogenblik gelach vanuit de nu extra spelonkige werkplaats en dan de stem van de baas die zou roepen: 'Nou, gáán jullie dan maar.' Maar het was hier geen lagere school meer en de brede krijtstreeprug van de baas, en die van Hendrik Vos (bruine visgraat en de helft smaller), bleef over blauwdrukken gebogen. Tot de nek van de baas er rood van opzwol en hij steunend overeind kwam.

Met z'n vierkante kop, z'n slobberige oogleden en wat dreigende gestalte leek de baas veel op de door hem vereerde buitenlandse staatsman die pas in de naderende oorlog populair zou worden. Dat hij deze gelijkenis bewust nastreefde, met een onverwacht kinderlijke ijdelheid, bleek uit z'n dagelijkse attributen: gespikkelde vlinderdas en sigaar. Pas na die oorlog zou ook het plotselinge onbeweeglijke kijken naar een ondergeschikte, met de kop wat omlaag maar de ogen hoog in de kassen, me bekend voorkomen. Of leek de baas alleen maar werkelijk op z'n illustere idool en heeft de Heer maar een beperkt aantal mallen bij z'n scheppingen in gebruik? In ieder geval bleek de baas overeind te zijn gekomen om mij met zo'n zelfde blik aan te zien: streng en toch vaag, alsof hij me niet herkende. Spoedig kwam er een harder blauw in z'n ogen en dan een wegdraaien van misprijzen. 'Het is over elven jôh, zou je niet eens geld gaan halen! Verdomme, een andere jongen van jouw leeftijd was allang weg geweest.' Ik was blij en kwaad; ik wist dat ik iedere vrijdagochtend om halfelf naar de bank moest en wachtte nu al een halfuur op het teken van de baas te kunnen vertrekken. Maar juist nu, met dit feestelijk weer, zei hij niets en ik had stil afgewacht omdat ik rijden door de sneeuw een nauwelijks verdiende gunst achtte.

Buiten kreeg ik wat ik verwachtte: prikkelende ijle lucht, zon en vrijheid. Onbekommerd vrijaf zijn, al moest ik dan naar de bank en zo gauw mogelijk terug. De Breestraat was tegelijk lawaaiig en stil, kleurig en wit. De stadstrams gleden ongewoon geluidloos maar hun bel klonk hard en vrolijk in de vrieskou. Een rode vrouwenmantel was roder boven de sneeuw in de zon, alleen de eeuwige schutting om de stadhuisrest bleef kleurloos. Ik beroerde m'n fietsstuur als een artiest z'n penseel en floot baldadig: het was morgen zaterdag en ik had een opdracht die ik aankon en die toch belangrijk was; m'n rijden kreeg zo betekenis en zin mee.

In het grote grijze bankgebouw aan het Kort Rapenburg veegde ik lang m'n voeten want in m'n overall waande ik me een gewantrouwde gast. Op de tenen benaderde ik een ironisch wegkijkend loketier, die mij zonder haast honderd zilveren guldens voorzette in stapeltjes van tien. Ik telde een stapeltje na en vergeleek de hoogte met die van de andere. Dan ging alles in een blauwjute geldzak. Er was één zo'n glimmend nieuwe gulden voor mij bij. Met die geldzak los aan m'n stuur reed ik terug langs de sneeuwruimende werklozen, die meer op hun handen bliezen dan bukten met hun schep.

In de donkere werkplaats waar ik door moest om in het kantoor te komen, stampte ik de sneeuw van m'n schoenen. Sterker dan anders nog rook ik de lucht van roest, petroleum en zaagsel, en ook van vochtige steen, want de grond tussen de dicht opeengehoopte werkbanken en machines was dezelfde als die van de oudste steegjes in de stad en bestond uit kleine zwarte straatklinkers. In de namiddag rook het hier bovendien naar verbrand gas uit de gloeikousjes.

Op het kantoor, dat extra klein leek nu, wachtte de oude juffrouw al met ongeduldige kraaloogjes. Zoals altijd groette ze niet terug en richtte zich tot haar zoon – de baas – om mij via hem te laten weten dat ik laat was. Ze trok me wel zelf de jute zak uit de hand en begon de guldens op een tekentafel uit te spreiden en na te tellen. En zoals iedere vrijdag boog ze ook nu haar klein verschrompeld hoofd tot vlak boven de open boeken en keek na met één oog gesloten. Nu en dan vroeg ze krakend: 'Wat is dát?' en hield een gebarsten gele duimnagel bij een post. Na een geërgerde toelichting van de baas – ik begreep hoe hij zich voelen moest met Vos en mij als zwijgende toeschouwers – antwoordde ze altijd met een vragend 'O?', alsof ze het bedrag van uitgave maar half vertrouwde.

Nu volgde het uitbetalen en het om beurten binnenroepen van de werklui. Eerst moest ik Borst, de draaier, uit de werkplaats gaan halen; een korte, borstelige man die er vervaarlijk uitzag maar altijd grappen maakte. Misschien kwam dat omdat hij een goed vakman was en onmisbaar. Hij nam z'n twintig guldens met zelfbewuste ironie zwijgend op, de dikke wenkbrauwen boven z'n zwarte ogen opgetrokken alsof hij het een fooi vond. Hij had het sterke broshaar dat men gestileerd terugvond op SDAP-affiches. Na hem kwam de ernstige, magere en halfkale Blankerts binnen, de religieuze sektariër met de paardenblik, de man die zich eens gegeneerd had voor mijn verklaring aan de baas, om een griepje thuis te zijn gebleven. (Hij vijlde toen overdreven geconcentreerd door; later voerde hij een gesprekje met mij waarin hij verlegen wegkijkend zijn geloof aanbeval tegen mijn kwalen). Dan volgde de chagrijnige Rensdorp, voor wie het altijd maandag leek te zijn. Hij deed z'n werk met nijd en walging. Zelfs als ik hem riep voor z'n loon smeet hij z'n vijl neer alsof hem onrecht aangedaan werd. Hij zweeg meestal met opeengeperste lippen. Soms lachte hij opeens zonder merkbare aanleiding hardop en honend, maar zelfs dat was een soort verademing en ik grijnsde dan verschrikt mee. En ten slotte verscheen de lange, jonge Haverman, wie het allemaal niet kon schelen, met het elastiekje om z'n witblond artiestenhaar. Die was ook altijd opgeruimd en een vriend van de veel oudere Borst. Ik geloofde dat hij blij was met de wetenschap hier zó weer weg te kunnen; het bleek uit z'n vrijgezellengrappen. Op hem drukte in ieder geval geen werkloosheidsvrees. Hij sprak van het bedrijf als 'ze', nooit 'we', maar hij deed z'n werk goed. De baas mocht hem zelfs, misschien omdat Haverman de enige was naast Borst die niet bang voor hem was. Toen hij z'n vijftien rinkelende guldens los in z'n overall liet vallen, mompelde hij grinnikend: 'Heil De Geer.'

Als ook Hendrik z'n geld had, kwam ik als laatste aan de beurt voor mijn gulden. Ik aarzelde dan bedeesd in het kantoortje en meestal was het Hendrik die mij – na me eerst verbaasd vragend te hebben aangezien – het geldstuk toestak. Zo niet vanmorgen. Vos had z'n wenkbrauwen omhoog en trok z'n preutse mond. Ik had dus wat misdaan en was geen gulden waard. Het was de oude vrouw die de reden aan de baas uiteenzette: 'Sla hem maar gerust eens over, hij hep weer een gloeikousje gebroken.' Het was mogelijk, ik had de vorige dag een paar meter lang bintijzer gehaald van de Nieuwe Rijn en daar raar mee door de werkplaats gemanoeuvreerd. De baas werd weer rood, keek met walging in m'n richting en draaide z'n ogen vermoeid weg. Hij vroeg hoe dat nu weer in godsnaam mogelijk was. Op die manier kostte ik geld. 'Neem nu eens die tweeënvijftig guldens per jaar aan loon,' zei hij tegen Vos – die opeens vol glimlachend begrip was, het hoofd in intelligent scheve luisterhouding – 'en neem dan eens de zegels, hoeveel is dat per jaar? Dat is bij elkaar toch gauw een tachtig, negentig gulden!' Vos knikte en zei: 'Dat is het zéker wel.' Ik duizelde mee van dit bedrag en keek naar de grond. 'En dan nog breken ook, dat gaat zo niet langer.' Ik werd voor de rest van de ochtend naar de werkplaats gestuurd en zag nog hoe de oude vrouw tevreden grijnsde in haar gele rimpels. Ze had de zaak naar behoren gediend, dacht ik wrokkig. Dat dit commentaar van de volwassenen met wat ironische overdrijving kon zijn opgediend – te mijner opvoeding – kwam niet in me op.

Het was bijna twaalf uur. Ik trok m'n overall uit, stopte hem in de la van de werkbank en ging naar huis. Ik groette met bedeesd opgestoken hand, maar niemand merkte dat op. Toen de vermolmde deur van de werkplaats openging, schoof een baan schel licht naar binnen: zon en sneeuw. Ik was het bijna vergeten.

Er was er een die niet binnengeroepen werd met het uitbetalen. Onder de grommende assen aan het zwart plafond en bij het nijdige klappen van de scheef door elkaar lopende drijfriemen stond hij dan alleen aan z'n draaibank, als een kapitein op een zinkend schip, terwijl de anderen in het kantoortje praatten of hun geld telden. Dat ik aan een kapitein dacht, kwam door de gehavende schipperspet die hij droeg. Hij stond daar dan met een glimlachje en werkte fier door. Het was Gerrit, de broer van de baas. Iedereen sprak hem zo aan. Toen ik op mijn eerste dag hier meneer Van der Aa tegen hem zei, begreep ik niets van het hoongelach van Borst en Haverman. Gerrit zelf had breed gegrijnsd vanonder z'n te grote pet, maar z'n waterig blauwe ogen (dezelfde als van de baas maar toch anders) bleven beleefd vriendelijk. Ik begreep het niet best: Gerrit was een goed draaier die moeilijke werkstukken met aandacht en liefde stond te maken. Maar al de volgende dagen bleek waarom niemand hem behandelde als de broer van de baas, of zelfs maar als de volwaardige vakman die hij was: hij kwam niet op de loonlijst voor, hij werkte hier voor kost en inwoning in z'n moeders 'winkel' en hij was een beetje gek. Dat alles nam hij zoals het viel en van z'n broer sprak hij als van de baas, hij sprak hem ook zo aan.

Een bruikbaar mens dus. Maar toen Borst eens langs Gerrits draaibank liep en de werktekening snel en ongemerkt ondersteboven zette, moest Gerrit, toen hij dat document wilde raadplegen, heel lang kijken en nadenken; dan had hij z'n machine stilgezet om ten slotte z'n werkstuk uit de klauwkop te nemen en het er achterstevoren weer in te plaatsen. (Een lang besproken en belachen succes voor Borst.) 'Gekke Gerrit' werd z'n voor de hand liggende bijnaam; een kleine man van niet te schatten leeftijd die uitgehoord, omgepraat en voor de gek gehouden kon worden. Soms lachte hij zelf mee en de rimpels onder z'n ogen werden dan zwarte puntzakken.

Zaterdagmorgen was de beste werkdag van de week, de beloning voor een week doorstaan onvermogen, voor een groot geduld met de klok ook. Het was de morgen waarop de minuten even traag kropen, maar waarop het klokkijken en het inwendig seconden tellen zelf een vervulling waren omdat iedere minuut regelrecht de vrijheid nader bracht in plaats van gelijke en gevreesde volgende werkdagen. Nu was de tijd geen dof afwachten maar beleven; vreemd dat nú juist het werk uit afwachten bestond want er werd – zeker na halfelf – niets meer gedaan dan wat schoonmaken en opruimen. Iedereen had zich al aan de zaterdag overgegeven, men klungelde en kletste tevreden de resterende tijd uit alsof die gerekt moest worden in plaats van bekort. In het opdwarrelende stof van Gerrits bezem (het vuil lag in een hoek een meter hoog: splinters, krullen, zaagsel, vijlsel, zand en roest) stonden de andere mannen met hun handen over elkaar. Zelfs Rensdorp scheen dan niet ontevreden; met een bijna ontroerende ernst poetste hij, steeds met die verbeten lippen, z'n bankschroef – als was het ondanks alles zijn liefste bezit.

Op de volgende maandagmorgen moest ik naar het magazijn om een driemillimeterboortje te halen. Eerst een donker gangetje door langs het kantoor en dan via een matglazen deur de brede witte gang in van het woonhuis aan de achterliggende gracht, het huis van de oude vrouw. Ik begon aan de drie trappen met hun vochtige, muffe lopers. Hoger komend viel het laatste geluid van werkplaats en stad weg; achter welke vale deur de oude verblijf hield werd nooit duidelijk. In een volkomen stilte en in het stoffige licht van een altijd ongezeemd raam met roetige gevelfragmenten erachter vond ik dan het houten trapje naar de zolder die als magazijn ingericht was. En zoals altijd wanneer ik op de bovenste treden aankwam, klonk ook ditmaal een hese stem uit het van de zolder afgeschoten vertrekje naast het magazijn: 'Wie is dat?' Ik antwoordde weer: 'De jongen', tegen die onzichtbare jongere vrouw, vlakbij achter het dunne schot. Ik hoorde haar bed kraken, ze ging zeker rechtop zitten.

Er was één schuin klein dakraam in dit zolderopslagplaatsje; er ging nooit iets aan dat glas voorbij, geen wolk, geen zon, erachter was alleen een ijl licht. Het maakte de hele vliering onwezenlijk, alsof ze oneindig hoger gelegen was dan haar aardse vier verdiepingen.

Ik schrok opnieuw van de stem zo dichtbij: 'Wat mot je hebben?' Altijd wilde ze dat weten en altijd hóórde ze waar ik liep op de zolderplanken, want als ik haar gezegd had wat ik zocht riep ze steeds dat ik verkeerd was en snauwde ze aanwijzingen als 'meer naar links' of 'kijk dan in die bak rechts bij het raam, sufferd'. Als ik er te lang over deed werd ze razend. 'Heb je het nou of niet?' schreeuwde ze dan met zo'n gepiep in dat laatste 'niet' dat het zweet me uitbrak ondanks de kou hier. Net als de oude vrouw scheen ze bang te zijn dat ik zou luieren, terwijl ik juist te haastig was, misschien wel door die stilte (de vrouw scheen niet te ademen) of door die bijzondere soort kou, waarin alle gereedschap zo volstrekt roerloos glansde. Misschien dat die veelheid van koud ijzer (honderden bouten, splitpennen, ringetjes, moeren, vijlen, boren) de indruk van beweginglooshei en verstreken tijd versterkten: hoeveel jaren lag alles zo al onaangeroerd in deze toevallige opstapelingen? En hoelang lag die vrouw daar al en hoe verdroeg ze die stilte? Misschien was ze blij als iemand in het magazijn kwam zoeken en gebruikte ze haar stem alleen dan. Of was ze boos om mijn sluipende inbreuken op haar dagenlang gesluimer. Nooit hoorde ik bezoek; ze lag doodstil, er was zelfs geen omslaan van boekbladen of krantengeritsel.

Ik maakte me snel uit de voeten met m'n boortje; die hijgende stem in dit vacuüm boven alle leven en geluid was geen seconde langer te verdragen.

Op dinsdag was de week nog onafzienbare opgehoopte tijd. Maar ditmaal liep ik 's morgens al achter de handwagen met gereedschap in de richting van Katwijk, op weg naar een melkfabriek. Er waren reparaties te doen. Rensdorp wachtte daar op me. Naast de vrees voor moeilijke opdrachten van nu juist de humeurige Rensdorp, schonk het duwen van de ratelende kar – en zo hoorbaar en zichtbaar deel uitmaken van het grote wegverkeer – een zenuwachtige voldoening. Volwassenen, als vrachtwagenchauffeurs en trambestuurders, hadden met mijn aanwezigheid rekening te houden.

Het werd een morgen zonder klokstaren. Voorlopig was het duwen nog zinvol bezig zijn genoeg. Er waren werklozen op de been om m'n zware wagen over de hoge bruggen in de stad te helpen. Er was weer zon maar het dooide en de straten waren niet glad meer. Zo was er ook geen excuus voor te laat komen en ik leunde sterker voorover om snelheid te winnen. Bij Posthof zaten schoolmeisjes op de lage muur voor het huis van Jesse; ze staarden lui door mij en m'n wagen heen of we van glas waren.

De fabriek lag bij een beroete binnenhaven; met klimmende ongerustheid zag ik kolengruis, sintels, een sidderende stoomketel, een peilglas dat snerpend puntige waaiers stoom verloor en het stug overleggen van Rensdorp met een machinist, in het schroeiend warme ketelhuis. Ik kreeg direct angst om mijn te smalle, onbruikbare handen, en voor de overal trillende lucht en de grommende vuren; ik werd bang Rensdorp niet te zullen verstaan in het tumultueuze sissen van de stoom. Het was geen overbodig voorgevoel. Ik zag Rensdorps kaken bewegen maar z'n stem werd dubbeltonig vervormd door al het geluid rondom. Ik moest gereedschap uit de wagen gaan halen, maar – in godsnaam – welk? De kar stond nog aan de rand van het zwart fabrieksterrein en ik liep met vlerkerige bewegingen in die richting. Ik kwam met iets volkomen willekeurigs terug en de man met de vissenogen vloekte tweetonig maar zeer verstaanbaar. Met z'n perslippen wijd open, zodat er bruine tandstompen zichtbaar werden, brulde hij me toe: 'Klootzak, luister dan wat ik zeg!' Ik kromde me laf en wist het nu helemaal niet meer; terug bij de wagen graaide ik twee, drie stuks gereedschap mee. Rensdorp schudde het rossig hoofd en zuchtte zonder glimlach, maar gelukkig kon hij een van die dingen gebruiken. (En toch kreeg ook ik, met mijn nutteloze zweet en smeer, in het schaftuur van de fabrieksbaas een hele, ijskoude literfles melk.)

Terwijl ik met de zwijgende mannen dronk in het gloeiende ketelhuis, als was ik vakman met de vakleden, kwam nieuwe verwarring bij me op. Want ik had gezien dat Rensdorp, nadat hij 'klootzak' geroepen had, mij een ogenblik met een schichtige, in plaats van met z'n gewone koude vissenblik had aangekeken. Afkeer en schrik tegelijk. Al langer geleden had ik zoiets raadselachtigs ook gezien van Borst. Ik moest die toen voor de baas gaan opzoeken in z'n laag zwart huisje in een straat bij de gasfabriek. Ik ben vergeten wat ik zeggen moest, en waarom Borst thuis was en niet aan het werk. Hij was zelf in bretels aan de kleine voordeur verschenen, ongelovig, geprikkeld, en met de ondoordringbare kogelogen van proletarisch wantrouwen. Toen de boodschap die ik overbracht hem mee scheen te vallen, kwam onder z'n gevaarlijke borstelwenkbrauwen even diezelfde aarzeling als nu bij Rensdorp: een schuwheid door de brutaliteit heen. Even zagen deze twee mannen eruit als met de pet in de hand draaiende horigen, ze waren op hun hoede, niet voor mij natuurlijk, maar voor de baas. Ze hielden er rekening mee dat ik, met m'n te nette uitspraak en m'n leerlingschap, toch een protegé van hun werkgever kon zijn.

De volgende morgen was ik met de handkar op weg door de binnenstad. Het vroor opnieuw bij een dunne zon en de straten werden weer gladder. Rensdorp had twee zware, gedeeltelijk gietijzeren bloempotmatrijzen voor een steenfabriek ingeladen en mij wantrouwend toegemompeld dat ik de wagen goed in balans moest houden, want die had voor- noch achterschot. Weer hielpen de grijsgepette werklozen, die zich daar tóch altijd ophielden, mij tegen de bolle bruggen op. Maar nooit gingen ze mee met de afdaling, de wagen stortte zich dan ratelend naar beneden en ik kon niets anders doen dan rennen, schreeuwen en bijsturen. Zo ging het ook bij de laatste brug vóór het plein met de gele vrachtwagens, waar ik mijn lading af moest leveren aan het bodehuis. De wagen stoof omlaag, hij dreigde voorover te dompen, ik zweefde nu en dan met de voeten boven de beijsde grond en de matrijzen bonkten hol op het hout. De kar verloor richting en hoewel de grachtkade niet zo smal was, meende ik te moeten afremmen voor een gele vrachtwagen die van het plein kwam. Zwaar hing ik op de handbalk, maar hierdoor kreeg de bak een stoot omhoog van een oneffenheid, de matrijzen gleden naar voren, de wagen dompte en keerde nijdig in de richting van het water. Ik bad met gesloten ogen voor m'n kwetsbare lading en toen ik dorst te kijken lagen de beide donkere vormen tot op twee centimeter voor de waterkant roerloos in de sneeuw, vlak voor de wagen die met veel gekraak tot stilstand gekomen was. 'Je boft maat,' zei een rimpelig mannetje in pilopak, en met een superieur grijnsje hielp hij me de matrijzen in de bak tillen. Ik beefde: de stalen snijmesjes waren beschadigd. Ook boog ik trillend een paar houtsplinters dicht, vóór aan de wagen, zodat het witte, verse hout niet zichtbaar was. Toch bracht ik de matrijzen naar de bode, hopend dat die de schuld zou krijgen. De oude man had ik zonder geluid bedankt.

Terug in de werkplaats – met nog steeds wat getril in armen en knieën – moest ik weer verder met het boren van splitpengaatjes in een paar honderd kleine asjes. Het dunne boortje schampte herhaaldelijk uit het centerpunt van de zich plotseling onder de druk wegwentelende asjes; de drie eerste gaatjes werden scheef en bij het vierde asje liep het snel draaiende boortje warm en vrat zich vast – ondanks mijn rijkelijk knoeien met koelolie. Die smering verbrandde tot een zure geur en na de korte tik van de allang gevreesde breuk was het moeilijk de halve boor uit het asje te wrikken. Vooral omdat niemand het zien mocht. Zo moest ik dan opnieuw naar het magazijn om een driemillimeterboortje. Toestemming aan de baas vragen was uitgesloten zo vlak na de vorige breuk en ik zou dus de vrouw boven in bed moeten overtuigen van het legale van m'n komst. Voor mij een moeilijke opgaaf, maar het lukte, voor eenmaal. Zakgeld had ik immers niet gehad, zodat zelf boortjes kopen ditmaal niet doorging.

Een dag later was ik alles vergeten en werkte ik rustiger aan m'n boormachine, waar het clandestiene boortje goed werk deed. Die morgen was er iets van voorjaar in de lucht geweest, iets weeks dat mij, terwijl ik op m'n fiets eindeloos wachtte voor de gesloten overweg, plotseling een onzekere eis om welbevinden had doen prevelen, met gelijk de pathetische overtuiging dat zo'n eis nooit ingewilligd zou mogen worden. Als was ik met iets ongeoorloofds bezig. Ik weet niet of het kinderopstandigheid was of weeë puberoverdrijving, maar de leikleurige goederenwagens rangeerden ook zo dreinend en de stoom stonk naar armoedig slootwater. En achter de overweg begon de stad, die ik onnodig was gaan haten omdat ze het fabriekje bevatte, de gracht en het huis met de twee vrouwen. En ook klonk de drietonige sirene van de touwfabriek weer spookachtig hees over heel de stad. Toch stond ik wat later met voldoening te boren; het ging en ik dacht niet meer aan de overweg.

Tot er consternatie was aan de voordeur van de werkplaats. Door de beroete bovenlichten, gedeeltelijk gebroken en met stukken karton afgedicht, had ik het al zien aankomen en begrepen: iets groots en geels stopte dreigend en geruisloos. Een bodewagen, die mijn twee matrijzen voor de steenfabriek retour kwam brengen; ze waren beschadigd – volgens een begeleidende brief – en zo onbruikbaar. Gerrit stond er zonder begrip bij, maar Rensdorp rukte hem de brief uit de hand en zei met de mimiek van vertel mij wat: 'Ach die jongen heeft ze natuurlijk uit z'n poten laten vallen.' Ik verweerde me zwak en moedeloos tegen Rensdorp en de uit het kantoor gekomen baas, ik loog niets van vallen te weten en gaf grif het vervoer per bode de schuld. Dit weinig geexalteerde verweer scheen nu juist de baas te overtuigen; in ieder geval liet hij me teruggaan naar m'n boormachine. Maar Rensdorp, in de zeemkleurige overall die maar weinig contrasteerde met z'n haar, draaide z'n vissenogen nog enkele malen naar mij om, vol misprijzen. Natuurlijk beefde ik en brak opnieuw een boortje, het derde in drie dagen.

Er stond mij niets anders te doen dan weer ongezien naar boven te glippen en tegen de zieke te beweren dat ik iets kwam halen in opdracht van de baas. Ik trilde nu nog erger want ik wist dat ze het ditmaal niet geloven zou. Na enig bleek gedrentel besloot ik Gerrit in vertrouwen te nemen. Gerrit vond dat altijd prettig: hij werd dan gewichtig en grijnsde verlegen. Hij zette z'n pet af en keek in de binnenvoering – dat deed hij meer bij problemen – en gaf me de raad om boven te zeggen dat het voor hém was, ditmaal. Z'n ogen rolden onrustig en op z'n kale schedel kwam zweet toen hij het eenmaal gezegd had, maar ik was al op weg. Langs het kantoor komen was kritiek, want de baas – of Vos, dat was nu hetzelfde – zou het zonder toestemming betreden van het magazijn nóg erger vinden dan materiaal breken.

Op de tenen kwam ik achter de matglazen deur en liep nu verder gewoon de stille trappen op naar de zolder. Daar kraakte het bed weer en de stem als van een blazende kat riep: 'Wie is dat?' Op de vraag: 'Wat mot je nou weer?' antwoordde ik vrij rustig: 'Ik moet wat halen voor Gerrit.'

'Wat moet die dan hebben?' vroeg de stem achter de wand al met argwaan. Ik kreeg de ingeving te zeggen: 'Een paar splitpennen' en even scheen ze hierdoor misleid. Ik liep snel door naar de houten bak met driemillimeterboortjes, trok er een uit een doosje en stond gelijk aan de grond genageld: 'Héééé!' riep het wijf, en het bed steunde mee, 'jij belazert mij niet, jôh. Leg neer die boor en maak dat je wegkomt. Als je breekt betaal je maar.' Ik legde de boor goed hoorbaar terug en stond stram in de mat glanzende ruimte. Duidelijk rook ik de soort schoollucht van oud hout en ijzer. 'Nou, ben je nog niet weg, donder op alsjeblieft.' Het klonk reutelend en vermoeid en ik rende naar beneden zonder boor. Ik vergat de voorzichtigheid en Hendrik Vos staarde me na vanuit de kantoordeur, z'n onderlip krulde naar binnen en hij streek over z'n geplakt bruin haar. Langzaam volgde hij me tot in de werkplaats. Daar tobde ik nutteloos met m'n boorloze boormachine; Gerrit gooide z'n draaibank stil – zo gek was hij niet of hij had allang gezien dat het fout gegaan was – en kwam op Vos en mij toe. De pet ging zenuwachtig af en op en z'n waterblauwe ogen zwommen nadenkend. 'Ik heb hem naar boven gestuurd,' zei hij onzeker tegen Vos. Die glimlachte weer geamuseerd, maar schudde het hoofd om te laten zien dat hij alles doorhad. Die ouwe man misbruiken, dat was niet mooi, wel? Zelf moest ik leren voor m'n fouten uit te komen. En dat gelieg – dit tegen Gerrit – daar leer je hem niets mee. Gerrit verwijderde zich mopperend maar schuw en rood. Op de vraag hoe ik nu wéér een boortje had gebroken, zweeg ik met hangend hoofd. Nog minder kon ik verklaren waarom ik, als ik dan tóch naar boven was geweest, geen nieuwe meegebracht had. Eindelijk gaf Vos me de opdracht alsnog naar boven te gaan, maar het geld zou natuurlijk vrijdag afgehouden worden.

Opnieuw beklom ik de trappen, begrijpend dat de vrouw er nu niets meer van zou begrijpen. Op de bovenste trap bonkte m'n hart oproerig, hoewel ik nog vage hoop had dat ze sliep. De bakken met metaal glinsterden extra ziekelijk in het halve donker en daar begon de bekende dialoog alweer. Maar nu scheen het wantrouwen van de zieke toch over te lopen. 'Blijf staan!' gilde ze en ze begon met een voorwerp op de grond te bonken. Bijna gelijktijdig klonk van de onderste treden een langzaam getik, gekraak en gehijg.

Twee groene rimpelogen vol trollig argwaan verschenen in het trapgat. Een smoezelige wandelstok tikte nog na. Een mummelmond bewoog een tijdlang gesloten kauwend; de ogen rolden besluiteloos. Toen zei de moeder: 'Wat mot jij, hè?' op een toon alsof ik haar zieke dochter belaagde. Ik voelde me bijzonder puistig en bleek, en opgesloten boven de wereld met een kobold en een spook. Er moet een wolk voor het raam gekomen zijn want de moeren en bouten doofden hun glans, alsof ook zij de adem inhielden en zich kleinmaakten.

Mijn stamelen maakte me nog verdachter. De moeder plantte plotseling haar magere benen wijd, zodat haar lange blauwe bloemetjesjurk spande, en bonkte nu ook met haar stok op de houten vloer tussen haar voeten. Gelijk begon achter het schot dat andere getimmer weer, samen een infernaal gedreun op de anders zo stille vliering.

Ditmaal waren het mannenstappen op de trap, haastig, in paniek misschien. Eerst kwam de baas boven, rood van het lopen, en dan Borst, stampend en met wenkbrauwen opgetrokken tot aan z'n rechte kuif. De baas keek me niet alleen aan, hij zág me nu en vloekte voluit. 'Wat hebben we nou weer,' riep hij met wat aangezette vertwijfeling. Borst proestte het uit – zonder een idee van m'n vrees – ik voelde de spetters aan m'n voorhoofd. Er volgde een verwarde, schreeuwerige discussie waarvan Borst zich onthield om de anderen om beurten met minachting te kunnen aanzien. Even meende ik bondgenootschap te bespeuren, maar het bleek naïef van de bourgeois-leerling om sympathie van de arbeider-vakman te verwachten. Intussen kwamen ook Gerrit en Vos kijken, maar die werden door de oude vrouw kijvend weggestuurd. Ik bad dat het niet uit zou komen van het eerste boortje dat ik zonder toestemming weggehaald had. Dat gebeurde niet, maar wel werd ik door Borst – op een teken van de baas – in m'n overall-kraag gepakt en naar het trapgat geduwd. Hij deed het met een gestulpte mond van ingehouden genoegen. 'En nou boren!' schreeuwde de baas, 'en ik breek je benen als je weer een boor breekt. Je had me moeder hier wel een beroerte kunnen bezorgen, verdomme, met dat gegoochel.'

'Gooi die zak d'r toch uit,' zei de oude, rochelend en ogen rollend. Juist toen ik de afdaling begon en nog even omkeek zag ik dat ze grijnsde. Toen lachten ze allemaal, behalve de zieke in haar bed. Ik begreep er niets van. Ik begreep hun spottende halve consideratie nog niet en ze genoten ervan.

Die avond leende ik thuis met zekere moeite, want dat moest geen gewoonte worden, wat kleingeld en kocht de volgende morgen vroeg in de nog donkere stad twee boortjes van drie millimeter. De ijzerhandel was nog leeg en er brandde maar één kale lamp aan een draad. Maar ik had stiekeme voorraad. Een kleine wraak.

Mij kon zo niets meer gebeuren in de werkplaats behalve misschien de korte vissenblikken van Rensdorp als die nu en dan achteromkeek, terwijl hij met nijdige rukken stond te vijlen aan mijn matrijzen, aan de bramen die ik veroorzaakt had. Zelfs met z'n rug wist hij ergernis uit te drukken. Maar ik zou nog meer geïmponeerd geweest zijn als ik die bange grimas niet gezien had op het fabrieksterrein in Katwijk.

Juist nu ik boortjes had moest ik met boren ophouden en zette men mij aan een onschadelijk karwei: oude bakstenen afwassen in een teil op de binnenplaats. Het waren stenen van een afbraak, met klei, kalkresten en aarde eraan, en ik moest ze onder water tegen elkaar schoon schuren. Het vroor nog wat en het water leek kouder dan sneeuw en ijs. Maar toen ik paarse handen begon te krijgen bracht Gerrit mij een grote schep zout voor in de teil. Het hielp en ik was geroerd: zo'n halve gek was nog niet zo gek. Of deed hij het alleen om z'n broer ongehoorzaam te zijn? Want op het moment dat het zout in de teil gleed had ik het kantoorgordijntje zien wijken en de baas hoofdschuddend zien toekijken.

Zo werd het weer vrijdag en alles was vergeten wat fout gegaan was want ik mocht 'hakken'. De uiteinden van dikke, korte assen maakte ik zeshoekig. In het met rood krijt bestreken ijzer dreef ik met mannelijk gedreun mijn beitel steeds dieper; krulletjes gloeiend materiaal sprongen via de muur terug op mijn voorhoofd en handen maar ik vond het een genot, ik verdroeg die kleine pijn met trots en beitelde zo los als een kunstenaar in steen. Het was het enige van het vak wat ik goed deed. Ik keek die dag zelden op de klok en snoof de lucht van het heet metaal op als een goed bakker de geur van z'n brood.

Havermans maakte mij zelfs een compliment, met een grijns en een knipoog voor mij alleen. 'Je doet het waarachtig beter als Blankerts!' En Blankerts die tussen ons in stond vijlde hard door, nadrukkelijk onverstoorbaar en afzijdig als altijd. Voor hem was er alleen Werk en Waarheid; niet de waarheid van de stof, van vijl en ijzer, van de voldoening de stof te ordenen, van iets te maken;

het was de waarheid van de plicht disponibel te zijn. De kale man met z'n droeve ogen was geobjectiveerde gezondheidsplicht, zijn god genas de mensen om ze te kunnen laten werken.

Het was een beste ochtend, behalve voor Blankerts en Rensdorp, voor die twee waren alle dagen gelijk: werken omdat het moest, de een met instemming, de ander met wrok.

Maar Borst en Havermans maakten hun Leidse grappen. Soms een haast dadaïstische bewuste onzin. 'Hebbie die hond nog?' vroegen ze elkaar voortdurend; geen van beiden had ooit een hond bezeten. Deze morgen betrokken ze mij zelfs in hun opgewekt cynisme. Misschien omdat ik goed hakte. Of keek ik nu eens niet zo benepen als anders? 'Jij hebt vast wel een lekkere zuster, breng die maar eens mee.'

'Kan ze eens kennismaken met Blankerts, die heb wel een verzetje nodig.' (Geproest.) Blankerts blies ijzervijlsel van z'n werkstuk, z'n ogen hield hij kritisch gericht op het nu glanzende oppervlak. Zelfs Gerrit grijnsde verlegen mee onder z'n pet. Straks mocht ik nog geld halen bij de bank, buiten. Bovendien was het morgen zaterdag. Verder wilde ik nu niet op de tijd vooruitlopen en aan de trage tijd daarboven, bij de bouten en de moeren en de vrouw in het bed, dacht ik helemaal niet meer. Ik wilde dat Hendrik Vos nú eens de werkplaats in kwam.

Met het uitbetalen zei de baas door z'n sigaar (geheel op de manier van de latere oorlogsleider) en met begeleidend hoofdgeknik van de oude vrouw, dat ik de nieuwe week maar niet meer terug moest komen. Ik geloofde in Hendrik Vos' decent wegkijkende ogen een deftige kleine triomf te zien.

De envelop

I

MOEDER WAS IN DE EERSTE MAAND na haar scheiding zeker tien pond afgevallen en zag er opeens veel jonger uit. De grotere roklengte voor 1933 leek haar ook minder kort te maken. Hoewel ze een zenuwfrons ontwikkeld had meende ik dat als vader haar nú terugzag, hij misschien spijt zou krijgen. Eindelijk was er de 'slanke lijn' waarover ze lang geleden half gekscherend gesproken hadden. Wat met vasten niet bereikt was, vermocht de scheiding in luttele weken.

Moeder had ondanks een gekozen expressie van verdriet iets modieus gekregen. Haar vroeger felle bruine ogen waren nu dampig en vaker geloken, en haar sterk gezicht kreeg iets ongewoon verlegens. Maar misschien kwam die onzekere blik pas 's avonds, met de onrust de nacht in een nieuw vreemd huis alleen met haar twee jonge kinderen te moeten doorbrengen. Ik nam me voor aardig te zijn, wat voor een elfjarige voornamelijk neerkwam op gehoorzamen.

Het werd een drukkende voorzomer. Moeder huilde nog vaak, ook 's nachts. Op een van die lichte, warme meiavonden vatte het strodak van een huis in de omgeving vlam. De hele nacht hoorden we het dreunen van de motorbrandspuit, een gestaag zeurend geluid in de diepe stilte dat moeder zó nerveus maakte dat ze mij naast zich liet slapen in het grote, voormalige huwelijksbed. Ik waakte voor haar, zelf bang en halfkwaad, terwijl het dak bleef smeulen. Door de lucht van brandend riet vergaf ik moeder haar vrees en het onflatteuze haarnetje dat ze 's nachts droeg. (Haar permanent wilde ze handhaven.) Het was nu geen tijd voor ergernis. Wereldopstand en oorlogsvoorbereiding smeulden óók.

Van eigen verwijt aan vader herinner ik me niets. Wel jammer vond ik het dat de betrekkingen tussen moeder en grootmoeder snel verslechterden: die laatste maakte zich blijkbaar schuldig aan eenzijdige stellingname. Een laveren tussen beide dicht bijeen liggende kampen begon, en ten slotte trad een ongeformuleerd verbod in grootmoeder te bezoeken.

Des te vreemder kwam het m'n veertienjarige zus en mij voor dat ons nog in de nazomer van datzelfde jaar door moeder opgedragen werd vader eens te gaan bezoeken in z'n nieuwe verblijf in Haarlem. Hij had daar na z'n definitief vertrek een kamer gehuurd aan het Staten Bolwerk. We noteerden dat adres in onze opschrijfboekjes.

Ik had vader die zomer nog eenmaal teruggezien. Hij bezocht mij vanwege een kinderziekte die lang aanhield een uur op een zondagmiddag. Hij droeg een nieuwe blazer op een tennisbroek. Hij was vrolijker dan in jaren en vertelde grappen uit z'n metier waar hij zich vroeger beperkt had tot omzetcijfers. De open achterkamerdeuren veroorloofden hem het leeuwendeel van de bezoektijd in de tuin door te brengen, waar hij een sigaret kon opsteken. Ik zag hem voornamelijk op de rug, want het sportveld achter ons nieuwe huis boeide hem. Terwijl hij in de felle zon naar de trainende gymnastiekmeisjes keek, floot hij de laatste schlager van de Comedian harmonists (de zanggroep die zich met de machtsovername in Duitsland intussen Das Meistersextett moest noemen). Hij floot: 'Wochenend und Sonnenschein', het Duitse equivalent van 'Happy days are here again'. Misschien verried z'n rustige lege blik op het veld dat z'n handelingen in het vervolg met opzet en instemming halfbewust zouden zijn. Hij had genoeg van het gewetensgraven dat aan de scheiding voorafging. Hij was sterk gebruind van het tennissen en ook hij leek jonger en slanker dan ooit.

Ondanks vaders niet meer herhaalde en naar moeders oordeel veel te vluchtige ziekenbezoek, ondanks alles eigenlijk, stonden m'n zus en ik op een zondagmiddag achter in augustus klaar voor vertrek naar het Haarlemse Staten Bolwerk. Met een hoofd vol gerepeteerde vragen en mededelingen, die moeder ons opdroeg. 'Je zegt het hem maar eens goed,' zei ze nog eens in de vestibule, 'en denk om het geld.'

Dat laatste kon zowel op het reisgeld slaan in ons onnozel kinderportemonneetje, als op dat wat een hoofddoel van de excursie leek geworden: de klacht overbrengen dat moeder het 'arm' had en niet uitkwam met de alimentatie.

We hadden ondanks die nuttige opdracht een vaag gevoel van ontrouw en dat maakte extra onrustig. Het begin van de reis, met de tram naar het station Leiden, had een kleinigheid kunnen zijn als de overweg er niet was, die soms zo eindeloos lang gesloten bleef. We moesten er niet aan denken daar machteloos onze eigen trein te zien passeren.

We vertrokken extra vroeg en fronsten nu even geprikkeld als moeder. We kenden onze lafheid beter dan menig volwassene en begrepen dat het schipperen zou worden met die vragen. Vooral als vader z'n nieuwe, aardige humeur zou hebben.

De lange rood-witte spoorbomen daalden hatelijk toen we daar naderden. Een stoomlocomotief, al haast detonerend in de juist begonnen stroomlijnwereld, rangeerde mallotig met één goederenwagen waarop het hoge remmershuisje naar de vorige eeuw verwees. We verlieten de wachtende stadstram en renden over de houten luchtbrug in wolken stoom naar het stationsgebouw met de hoge boogvensters. M'n zus, met het rode portemonneetje in de hand, moest wachten aan het loket terwijl de elektrische al als een groene duivel binnenstormde. We duwden en trokken elkaar erin en hijgden glimlachend na.

Het was een lege trein en dat wekte groeiende onrust. Kort na het vertrek kwam een grijze conducteur veel te lang de kaartjes bestuderen. Hij vroeg waar we heen moesten. De verkeerde trein dus; nu goed, veel meer kon er niet fout gaan. We berustten, zij het met buikpijn. Ook kwam een geniepig soort grijns boven: waarschijnlijk konden we nu niet meer naar Haarlem.

De trein minderde al snel vaart en stopte traag en definitief in Warmond. De conducteur zei ons uit te stappen en hier te wachten op de stoptrein die over een uur zou komen. Hij stak z'n dienstregeling in z'n zak en verdween met onze trein terug in de richting Leiden.

Het was een miniatuurstationnetje met een kort perron in straatklinkers waartussen gras groeide en er heerste een ongelofelijke stilte. Er was niemand. Er bewoog niets. Alleen een grijze vrouw verscheen even uit een baanwachtershuisje met een speelgoedtuintje: ze riep haar kat binnen.

De tijd kroop of viel stil. Toen we meenden een eeuwigheid gewacht te hebben begonnen de rails te zoemen en stormde sarrend de trein voorbij waar we in hadden moeten zitten. (Het gras aan de overkant boog mee en een geel stuk krant sprong op en dwarrelde dom. We lachten.)

'Als vader nou maar niet denkt dat we exprés te laat komen,' zei m'n zus, licht hoofdschuddend over de grillige volwassenen.

De stilte trad weer in en er kwam tijd in overvloed om na te denken. Waarom bijvoorbeeld niet nee gezegd tegen vader, die gevraagd had eens aan te komen, of tegen moeder, die misschien ondanks zichzelf toestemming gegeven had. We luisterden scherp en keken als eksters naar een trilling in de zwarte draadkabels langs de rails, die voorlopig alleen resulteerde in het verspringen van een seinpaal.

Dat uur leek een dag. Er was niets te beleven dan de schrale zon, de al lange schaduwen, de geur van weide en ijzer en de lauwe wind die geen wolk bewoog. Alleen de telegraafdraden waren soms vaag hoorbaar. We zaten op een bank tegen de stationsgevel, zwegen en lieten onze voeten die de grond niet raakten kinderachtig schommelen. Het was zo zondagmiddag als een zondagmiddag maar zijn kan.

Eenmaal in de trein vergaven we onszelf onze stommiteit en wachtten af. Vader was tóch aan het Haarlemse station, wat ik een onbegrijpelijk wonder achtte. Hij was verlegen maar opgeruimd, zoals ik gedacht had. Hij hoorde ons reisverslag met licht ironische glimlach aan en zei alleen: 'Ja, dát dacht ik wel,' alsof de verkeerde trein eigenlijk toch moeders schuld was. In een witgepleisterd herenhuis, dicht bij het station, loodste hij ons via een smalle trap naar z'n riante kamer, waar het gezellig vol meubels stond. We zakten wee glimlachend in te diepe fauteuiltjes. Het rook hier bekend, met sigaretten als hoofdbestanddeel. Ik keek lijzig naar vaders oude grammofoon, die hier misplaatst neutraal stond opgesteld. Vader greep dat staren aan om z'n nieuwste Meistersextett te draaien en zó het nog stokkend gesprek te overbruggen. We prezen de zoetelijke plaat en ik dorst niet vragen of hij z'n Whitemans nog had, want het was nu 1933 en je moest niet stil blijven staan.

Het hinderde me dat het bezoek op een vrolijke middag begon te lijken, in plaats van op een noodgedwongen en terughoudende bespreking. Ik keek naar m'n zus of ik haar aan haar missie wilde herinneren, maar ze zat met een ongeoorloofd liefderijke blik naar vader te kijken, die thee binnenbracht. Er lag een duur gebakje op onze schoteltjes, waarvan ik me voornam aan moeder te zeggen dat het niet te eten was.

M'n zus, die er groter en mooier uitzag dan op het Warmondse perronnetje – ze had haar ijzeren bril in haar tasje gestoken – kletste nu met vader over haar school. Ik luisterde verveeld naar de plaat die opstond. Weer die zes zingende Duitsers.

Vader vertelde nog wat leuks over z'n werk: de wijnhandel. Z'n firma importeerde een nieuw superieur product, maar wat hij dáármee beleefd had bij een klant! We begrepen dat hij het verhaal verzon, maar lachten. Onze ogen dwaalden af door de kamer, waar we nu meerdere voorwerpen van thuis zagen staan, zoals de oranje geëmailleerde Batschari-asbak. Maar we achtten herkennen ongepast.

Vader, eerst ook wat geremd, werd steeds vrolijker. Hij liet zich z'n nieuwe eenzaamheid smáken, na zestien jaar huwelijk. Er werd geklopt en z'n hospita verscheen, een grijze dame in het zwart, met een groot dienblad. Ze had pannenkoeken gebakken voor bij de thee. Vader keek zoals vroeger op sinterklaas. Ik bloosde; men kon het ook te gek maken.

Na de thee kregen we ieder een kwartje zakgeld en daarna raadpleegde vader z'n horloge. Na nog wat dralen stond hij op en zei: 'Zo, en nu ga ik jullie langzamerhand weer eens naar het station brengen; ik krijg trouwens straks een collega op bezoek en daar hebben jullie toch niks aan.'

We stonden direct op. Ik keek m'n zus aan. Maar waarschijnlijk vond ze dat na zo'n stomme reis, of na de pannenkoeken en het zakgeld de kans voor onaangename boodschappen verkeken was. We daalden de trap af. 'Hou je in godsnaam vast hoor,' zei vader, 'als jullie je nek breken zal je je moeder horen!' Dat gaf een aanknopingspunt. 'O ja,' zei m'n zus, 'moeder vroeg, nee, ze zei...'

Vader keek grappig verbaasd. Hij had z'n hand al aan de buitendeurknop. Zus bloosde. 'Moeder zei dat ze het zo arm had.'

'Is het waarachtig?' zei vader.

Hij bracht ons tot op het perron en zwaaide nog, mannelijk kort, toen onze trein vertrok.

In onze coupé werden we baldadig. We hadden het mooi voor moeder 'opgenomen' (haar eigen formule) en we konden zelfs beweren over zakgeld gesproken te hebben – een der programmapunten – want het bewijs zat in de rode portemonnee. Alleen een klacht over het steeds te laat opsturen van de alimentatie was erbij ingeschoten, en, we gaven het toe, iets over een ziekenfonds. Moeder hoorde ons relaas bij thuiskomst somber aan. Ze zag eruit of ze nog vragen had, maar ze zweeg.

II

Ik was intussen rond m'n dertiende jaar begonnen grootmoeders huis te mijden. Van moeder hoorde ik over laakbaar gedrag van de oude vrouw: roddel jegens haar en partij kiezen voor vader.

Grootmoeder verscheen nu af en toe 'toevallig' voor m'n school op aanvangsuren en overhandigde me soms met een of twee woorden een rol drop. Ik achtte die drop een soort bloedgeld en gaf het aan een blond meisje op de bank vóór me. (Die stak daartoe een arm achter haar rug en snaaide de rol weg zonder woorden.)

Ik vond als een man moeders zijde te moeten kiezen, nu en duidelijk. Daartoe wilde ik grootmoeder bestraffend tarten. Ik wist feilloos hoeveel ze om me gaf en verscheen in één week tweemaal per fiets voor de grote showroom van de garage direct naast haar huis. De buitengesloten oude vrouw vóélde m'n aanwezigheid, verscheen in haar erker en wenkte bedrukt. Ik zat voor die garageruit op m'n stilstaande fiets en bestudeerde met quasitechnische blik de nieuwste glanzende Studebaker. Ik 'zag' grootmoeder niet. Ik vertrok zwierig en het oude hoofd, vanuit m'n ooghoek bij de draaiing van m'n fiets nog juist gezien, verkreukelde.

Na de tweede maal verwachtte ik enig applaus voor m'n stellingname en vertelde moeder m'n straffende heldendaad. Ze schrok. 'God bewaar me, kind, hoe kom je dáár nou weer bij!' riep ze met een zenuwvlek boven haar wenkbrauw, 'nou denkt die vrouw natuurlijk dat ík je dat opgedragen heb.'

Ik moest ('mocht' vond ik zelf) nog diezelfde dag naar grootmoeder. Zonder vrees reed ik na schooltijd naar haar huis, zette m'n fiets tegen het tuinhekje en liep op de voordeur toe. Die week al en grootmoeder, met een zweem van een grijnsje, stond daar. 'Ik wist wel dat je je verstand terug zou krijgen,' is al wat ze zei. Ze ging een 'vers bakje' thee zetten. 'Hier, eet op,' zei ze toen ik in een van de enorme met gouddraad en zwartfluweel beklede fauteuils zat. Het was een verse tompoes, zo van de bakker, alsof ze me verwacht had.

Grootmoeder en ik bleven goede vrienden. Ze knipte dingen voor me uit kranten waarvan ze onthield dat ze me interesseerden. Ze vertelde me weer – op mijn nadrukkelijk verzoek – over oude tijden, over de eerste auto's in haar stad, over Willem III, over Louis Bouwmeester, Speenhoff en Olieslagers of over de mobilisatie (die van '14). Ik luisterde en grinnikte. We waren zeer verzoend. 'Nou moet ik wel weg,' zei ik dan tot slot schuldig blozend. 'Het is krap vijf uur,' antwoordde grootmoeder meestal. Ik loog dan nog een boodschap te moeten halen en drong naar de voordeur. Want te lang wegblijven zou móéder weer wonden.

Eenmaal dreigde het opnieuw mis te gaan. Ik achtte bij die gelegenheid grootmoeder weerzinwekkend. Ze keek me in haar kamer niet aan, stond met haar rug naar me toe en roerde lang en nodeloos in de theepot die al uitgeschonken was.

'Eh...' zei ze, 'wat ik zeggen wou, heeft je moeder weer een vriend of zo, tegenwoordig?'

'Ik zou het niet weten,' snauwde ik.

'Nou ja, het kón toch,' zei ze kwaad. We zwegen bokkig en ik ging lang voor vijven weg.

(Over vader zweeg grootmoeder. Dat onderwerp bestond niet. In haar spreken met mij was hij net zo dood als grootvader.)

Vanaf het moment dat ik een middelbare school in Leiden moest bezoeken verhuisde grootmoeder naar een pand op de weg waar ik nu dagelijks tweemaal langs zou fietsen. Ik vond dat niet zo prettig. Het was de eerste duidelijke aanslag in m'n leven van een vrouw op m'n directe vrijheid. Want vooral in de late namiddag, als ik prikkelbaar van school kwam met een tas vol huiswerk waarover ik zorgen had, tikte de oude vrouw frenetiek tegen het glas van haar raam op de eerste etage. Ze stond rechtop achter dat raam, zo goed mogelijk zichtbaar van de straat, en wenkte. Ze wenkte nijdig als ze merkte dat ik in tweestrijd was en geneigd na wat laf zwaaien door te rijden.

Soms, met haast – want thuis wachtte het avondeten om zes uur – reed ik over een nieuwe weg achter grootmoeders huis, om haar en mezelf dat ruitentikken te besparen. Maar ze róók het en verscheen als een verschrompelde wraakfurie op haar kleine achterbalkon, tussen teilen en drooglijnen, en wenkte met armbewegingen of ze nieuws over leven en dood had te melden.

Meerdere malen zwichtte ik en keerde terug, kwakte m'n fiets in de heg bij haar voordeur, trok aan het touw dat klaarhing uit de brievenbus en slofte de trap op, waar het naar etensresten geurde. Grootmoeder stond dan in het trapgat van de schemerige gang en glimlachte weerloos. 'Wat is er?!' zei ik de eerste keer, maar later niet meer. Er was niets.

Ze gaf me bij die korte bezoeken altijd iets mee. Niet zelden was dat een zachtgekookt ei, dat, los in m'n regenjas gestoken, meestal al twee straten verder brak, zodat ik bevend op de stoep met een oud stuk krant m'n jaszak probeerde droog te wrijven.

Dat breken zou men met wat overdrijving psychisch kunnen noemen, want iets van voedsel thuis meebrengen zou niet in goede aarde vallen vreesde ik. Moeder zou ongetwijfeld zeggen: je grootmoeder denkt zeker dat ik je geen eten genoeg geef, is ze nou gek!

Overigens dácht m'n grootmoeder dat ook, kwaadaardig of alleen bezorgd vanwege de moeilijke tijden. Misschien ook kende ze het povere bedrag van vaders alimentatie. Ze bezag m'n puberale magerte met kregelige zorg. Eenmaal gaf ze me een gebraden biefstukje mee in een vetvrij papier. Ik wist geen andere raad dan het onderweg een hond te voeren.

Op een middag dat ik goed op tijd terug was uit school – nog vóór halfzes, ik had grootmoeder in hoog tempo fietsend overgeslagen – proefde ik in de vestibule al ijzig onbehagen. In de huiskamer vond ik moeder en zus zwijgend tegenover elkaar. Ze groetten niet. M'n zus, die nu zeventien was, stond recht met hetzelfde smalle blanke voorhoofd als vader en met zíjn ver wegstarende blik. 'Hoe is het godsterwereld mogelijk,' riep moeder met een al te echte wanhoopstraan, 'dat gelieg! Net je vader! Maar ik zál het eruit krijgen. Je schrijft nu, hier, direct een brief aan je vader en vertelt hem precies hoe het werkelijk zit.' M'n zus gehoorzaamde lijdelijk en zwijgend. Ze liep traag naar een kast en pakte postpapier.

Het bleek dat ze eerder die week opdracht gekregen had, vader schriftelijk om geld te verzoeken voor schorten en uniformen die haar huishoudschool voorschreef. Om die gênante vraag te verzachten meende ze, niet zonder fantasie, te moeten beweren die zaken uit eigen, jarenlang moeizaam opgespaard zakgeld te hebben bekostigd. Dat zou vader vertederen en sneller naar de beurs doen grijpen. Maar natuurlijk had vader een kwade brief naar moeder gestuurd en nu boette zus haar leugen aan de huiskamertafel diep gebogen over een blocnote en met moeder tegenover zich als een uiterst alerte redactrice en correctrice. Ik sloop weg naar m'n kamertje en hoorde een halfuur later, toen ik met honger de trap af zakte, moeders stem nog met onafgezwakte hevigheid roepen: 'Óver die brief! Óver! Net zo lang tot-ie goed is.'

Om beurten stelden we moeder teleur. Niet lang na dit incident was ik het die mistastte, terwijl ik beter had moeten weten met m'n dertien jaar. Een morsig oud wijf uit een huis verderop hield mij staande en vroeg met de loeroogjes van volkse sensatielust 'waar of dat m'n vader toch was'. Ik antwoordde voornaam: 'Ik héb geen vader', en vond mezelf zo goed op dreef dat ik eraan toevoegde: 'nooit gehad ook!' Het leek me afdoende. Ook dit kwam moeder ter ore en haar wanhoop was andermaal ongespeeld. Ze vroeg me of ik zo onnozel was, bij god, niet te snappen dat ik haar door zo'n antwoord tot een hoer gemaakt had. Ik snapte het inderdaad niet.

III

Twee jaar later stopte vaders zakenauto in een middagpauze onverwachts voor de technische school die ik in Leiden bezocht. Ik verbleekte enigszins. Hoe vader te begroeten in een kring besmeurde jongens in overall die uit gewoonte op de grond spuwden of obscene kreten slaakten. Vader bereed intussen een fonkelnieuwe Ford v8 en ik wilde dat glanzend voertuig zo mogelijk niet merkbaar herkennen. De voorgeschreven klassenstrijd zou zo'n onverwacht teken van bezit onder gelijken als schandelijk bedrog aan de kaak gesteld hebben. Want al had ik m'n medeleerlingen verteld dat moeder met kamerverhuur aan de kost moest komen – eerbare armoe viel in goede aarde dacht ik – toch hield men mij voor een vrij 'rijke stinker'. Autobezit zou die rijkdom buiten proporties gebracht hebben. Toen vader mij onloochenbaar wenkte om in te stappen heb ik dan ook nog snel betoogd dat de wagen niet van ons was maar van vaders baas. De waarheid klinkt echter meestal twijfelachtig, vooral bij sociaal achtergestelden, en ze geloofden me maar half. Zo bracht vader mij en ik hem in verlegenheid. Want ik keek niet verheugd.

Hij wilde mij verrassen met een ritje; hij moest toch in de buurt zijn, zei hij. Ik had hem lang niet gezien. Hij had intussen z'n vroegere Al Jolson-blik vervangen door een modernere Fred Astaire-mimiek: hij leunde elegant met de kin op z'n naar binnen gebogen handrug – elleboog op het stuurwiel – waarbij z'n wenkbrauwen rezen. Hij leek wel wat op deze beweeglijke filmheld en z'n maatpakken pasten hem even *impeccable*. Z'n van grootmoeder geërfde nuchterheid belette hem gelukkig in een tapdance uit te breken, maar hij zag er wél naar uit. Althans z'n gespierd tengere gestalte, want z'n blik was eerder verlegen nu hij wat met me rondreed en we een kop koffie dronken in De Vink, waarvan hij de baas beweerde goed te kennen. Hij had die man pas nog honderd fles Douro-port verkocht. De eigenaar, een kleine grijze man met een gezicht vol verachting voor handelsreizigers, reageerde overigens nauwelijks op vaders joviale groet. Ik spaarde vader door dat niet te zien en weer, als vroeger, in al z'n honderd flessen te geloven.

Wachtend voor de gesloten overweg dicht bij m'n school nam vader een pakje sigaretten uit een dashboardvakje. Ik zag met zekere gêne dat daar *De Lach* in verborgen zat, het tijdschrift met meiden in badpak dat moeder hem vroeger hoofdschuddend ontzegd had. Z'n bevrijding had hij compleet gemaakt als een schooljongen.

In dat restaurant had ik m'n brood niet kunnen opeten en ik deed dat later op school stiekem onder de les. 'Heeft je dure pa je niet eens te vreten gegeven?' hoonden de jongens grinnikend en ik lachte mee. Je moest met ze schipperen, net als met volwassenen, en misschien hadden ze ditmaal gelijk. Zuinigheid was in die jaren bij grote mensen een ziekte geworden.

Het was natuurlijk maar gedeeltelijk waar van die kamerverhuur die ons staande moest houden: de alimentatie verzweeg ik m'n medescholieren beschaamd. Deze bijdrage, als brief verstuurd en intussen thuis decent 'de envelop' genaamd, kwam steeds onregelmatiger binnen, met als gevolg huilbuien van moeder en aan ons de opdracht schriftelijk of telefonisch om dat geld te verzoeken. Toen ik zestien was en vader eens aan de lijn had in de gang bij welwillende buren (de enigen met telefoon in de straat) om hem hakkelend op z'n verzuim te wijzen, antwoordde hij me met vakbekwame vertegenwoordigersmonterheid. 'By the way,' zei hij me, 'wanneer denkt meneer de technische student eens zelf wat centjes te gaan verdienen, ik word óók een dagje ouder!' M'n mond viel open: deze opzettelijk jeugdige, oergezonde, goed uitziende en modieuze man, met een pest aan alle ouderdom, over z'n eigen graag verzwegen leeftijd in die zin te horen uitpakken! Geld brengt de mens tot alles: zelfs tot zelfverloochening.

Tientallen jaren, tot aan z'n dood op gevorderde leeftijd, heeft vader kans gezien die 'envelop' steeds later te sturen, vrijwel zeker om te proberen eenmaal één keer één maand in te lopen en zo dat kleine bedrag uit te sparen. Het lukte nooit dankzij moeders uiterste waakzaamheid en, later, de tussenkomst van advocaten pro Deo.

Op een winteravond bij oostenwind en vorst klonk er bij vlagen muziek, hol en ver, tot in onze achterkamer. De bron van dat geluid lag op zeker vier kilometer, zodat stemmen onhoorbaar bleven. Maar ik wist dat die stemmen er waren. En gekras van staal op ijs: de bijna hatelijke virtuositeit van een scherpe draai waarmee jongens en ook meisjes tot staan kwamen vlak voor of naast elkaar. Meisjes in zwarte trainingsbroeken.

Er was vanaf hier niets te zien. Ik hield nu en dan de gesloten overgordijnen voor de tuindeuren wat open en keek in het zwart. Vochtige kou drong uit het glas en omdat de huiskamerlamp spiegelde trok ik de beide gordijnhelften over m'n rug en stond zo in een kleine koker van glas en pluche. Het rook zelfs door het raam avontuurlijk naar vorst. Aan de overkant van het donkere sportveld waren vaag de zwarte silhouetten van huizen zichtbaar, maar verder niets. Geen lichtvlek: alleen het geluid bepaalde de plaats:

het was ongetwijfeld De Krocht, de ondergespoten tennisbaan, waar een grote luidspreker aan een paal hing.

Ik kende de platen wel die ze daar draaiden; ik herkende de te zoete wijzen, die kregel naar liefde deden verlangen op een afziende crisismanier. Met m'n neus haast op de ruiten, zodat ik nu en dan m'n zakdoek moest trekken om de aanslag van m'n adem weg te vegen, mompelde ik titels en orkestnamen. 'Whispers in the dark' hoorde ik, van Bob Crosby's orkest en 'Please be kind' van Goodman.

'Hè! Heb je nou nóg niet de tafel eens even afgeruimd!' zei moeder, die van de keuken binnenkwam. Ik stapte uit de pluchecabine en kneep m'n ogen tot spleten tegen het lamplicht. 'Doe dat gordijn goed,' zei moeder geërgerd, 'zo komt er niets dan kou door en dat kost weer extra steenkool; jullie hebben geen cént zorg.' Ze begon zelf hardhandig borden in elkaar te zetten. 'Zóveel is het toch waarachtig niet wat ik jullie vraag te doen.' Ik zuchtte hoorbaar en hielp mee. Ik vond moeder weer wat te dik worden.

'Heb je je huiswerk af?' vroeg ze nog met indringende blik.

'Nog niet,' zei ik en verliet snel de kamer, vóór de tirade over de 'moeilijke tijden' begon, waarin 'keihard' gewerkt zou moeten worden om nog een kansje in de maatschappij te krijgen.

In de schemerdonkere en vorstkoude vestibule bukte ik naar m'n schooltas om die in de kamer met een slag op de nu afgeruimde tafel te zetten. Atlas en schriften werden op het roodbruin geblokte tafelkleed gegooid en één steenrood stukje inktgum sprong van het dikke kleed op de grond. Ik negeerde dat.

'Óprapen!' riep moeder, met haar grote bruine ogen opengespalkt, 'en gauw.' Ik bloosde en bukte en kon het voorwerpje niet meer vinden. 'Zóéken,' gebood moeder, 'net zolang tot je het hebt, ben jíj gek! Die humeuren bevallen me helemaal niet. Dat zal me gebeuren, dat je net als je vader wordt!' Ik dacht aan de stemming waarmee vader lang geleden de avonden en zondagen uitgezeten had en schrok.

Bij vage vleugen dansmuziek van buiten schreef ik de namen van steden en rivieren op een kladblaadje. Krimpen aan de Lek. Misschien was ook de Lek dichtgevroren en schaatste men daar. Er waren altijd mensen die de tijd hadden.

Ik werkte met tegenzin en schoot niet op. 'God, kind,' zei moeder, 'als je nu dóórwerkt kan je straks nog even naar buiten!' Ik haalde puberaal schouders en wenkbrauwen op. Het leek me dan nog nauwelijks de moeite en bovendien kon ik amper schaatsen.

Er werd gebeld; moeder ging opendoen. Het was de avondpost, die een aangetekende bracht. 'Godzijdank, eindelijk,' zei moeder toen ze met de bekende envelop binnenkwam. Haar bedrukt gezicht klaarde wat op. Ze opende de brief toch weer, als altijd, met beverige vingers en een wantrouwige frons. Er was een briefje bij ditmaal dat haar handen nog erger deed beven. Ik keek ongerust toe.

'God zal mij bewaren!' stootte moeder uit met dezelfde stem als wanneer ze struikelde over iets wat een ander in huis had laten slingeren. Ik sloeg m'n ogen naar het plafond en dacht: wat nou in godsnaam weer. Het bleek dat vader de helft van de alimentatie gestuurd had: hij 'zat even moeilijk' en de rest zou zo snel mogelijk volgen. Een nieuwe chicane in moeders oog. Ze brieste hartverscheurend, haar haren sprongen los, ze snoof rood aangelopen om haar tranen te bedwingen.

Ik leerde van schrik snel m'n aardrijkskunde, en maakte zonder gemok m'n stereometrie. Na een uur was alles af en ik zei zacht en zeer verontschuldigend tegen moeder, die in een krant bladerde: 'Ik ga toch nog maar even kijken op De Krocht.'

'Wel ja,' antwoordde ze toonloos, 'iedereen moet maar precies doen waar hij zin in heeft.' Maar tegelijk herstelde ze zich. 'Enfin,' zei ze, 'ga maar dan, maar om uiterlijk halftien terug.' Ze keek me even aan en haar nu zwarte ogen hadden de dreigende waterglans van huilen.

Het wéér niet voor haar opgenomen, dacht ik, zittend op m'n

fiets achter het hoge hek van de ondergespoten tennisbaan. Ik keek naar een meisje dat ik nog van de lagere school kende: ze reed juist kundig en snel achteruit met haar achterste uitdagend uitgestoken. Ze keek er laatdunkend als Ginger Rogers bij.

Begin augustus 1939 – ik was zeventien en puisterig – moest ik andermaal, en dit keer alleen, eropuit om de door moeder 'achterstallig' genoemde alimentatie te gaan ophalen. Het was al de vierde en er was 'nog weer niets binnen'. Vader woonde intussen op wat hij decent een vakantieadres noemde in het Noord-Hollandse Bergen. Ik overviel hem daar natuurlijk niet, maar sprak af.

Hij haalde me op met een nog weer glanzender Ford v8 van het station in Alkmaar, en ik kwam tot m'n ongemak terecht in een duinvillaatje vol dames en heren in tenniskostuum. Het rook er gematigd naar wit linnen en niet armoedig, sportief zweet. Ik wist niets van tennissen en was bleu als een vaars. Ik keek weg van de blote, gebruinde vrouwenbenen.

Vader was ongebreideld vrolijk. Hij sprak baldadig tegen die vrouwen in korte, smetteloos witte plissé-tennisrokjes, en hartelijk tegen de mannen. Ze waren allen jonger dan hij, maar erg viel het niet op. 'Is dat nou je zoon?' vroeg een mooie gebruinde blonde met enige teleurstelling in haar hese alt. 'Ja, liefje,' antwoordde vader met komische pruilstem, 'als ik tegenwoordig met hem over straat loop, kijken ze niet meer naar míj, maar naar hém!' (Het was grappig gezegd maar ik geneerde me en bloosde dom. Bovendien liep vader nooit naast me op straat natuurlijk.) De jonge vrouwen schaterden met hun sporthoofden achterover of hun uiterst volwassen torsen voorover en riepen dat zíj wel naar hem keken, heus wel, en dat hij dat best wist. Vader grinnikte gevleid en keek waarachtig naar me met de blik die zegt: nou, wat zeg je dáárvan?! Ik glimlachte zo geamuseerd mogelijk mee en kreeg een glas witte wijn van hem.

Eindelijk vertrok het gezelschap, door vader aan de voordeur warm nagezwaaid. Er werden nog grappen over en weer geroepen. Ik stak een namaak joviale hand op.

'Zo,' zei vader binnen, en 'tja'. Na enig peinzen vroeg hij hoe het op school ging. Ik wees hem er vrijwel verontschuldigend op dat ik 'eigenlijk' niet meer op school was, maar praktijkervaring opdeed in een machinefabriekje. 'Ach jezus ja, dat ís ook zo!' riep vader haastig met een tik tegen z'n eigen voorhoofd. Hij kleurde verlegen. Maar ik kon mezelf beter een tik geven, want ik had moeder beloofd 'nog maar niet' over die fabriek te spreken omdat ik daar zakgeld verdiende. Ik vroeg maar gauw naar 'de envelop'.

Vader toonde hoogst verbaasde wenkbrauwen. 'Heeft je moeder die nog niet ontvangen, hoe kan dát nou,' riep hij. 'Die heb ik vorige week vrijdag al op de post gedaan in, eens kijken, ja, in Edam was dat, want ik was net bij een kruideniertje daar geweest, een klant, al jaren, en ik had hem toch nog tien fles advocaat in de maag gesplitst.' Hij kon niet goed liegen, kleurde en gebruikte te veel details. Hij beloofde het 'toch nog even na te gaan' en droeg me op moeder te verzekeren dat 'het' de volgende morgen in haar brievenbus zou liggen. (Het werd drie dagen later.)

Als afscheid kreeg ik nog een kop koffie in De Rustende Jager. Een ober, die natuurlijk kameraadschappelijk gegroet werd want vader kende het hele Nederlandse horecabedrijf bij naam, overhandigde met badinerende ernst een krant, die in forse opmaak van de dreigende Europese oorlog sprak. 'Ziet er niet zo best uit, niet?' zei vader opgewekt, 'dat wordt een beetje gedonder!'

'Enfin, de betonmolen staat vóór,' antwoordde de kalende ober, naar buiten wijzend waar zo'n machine stond te grommen bij nieuwbouw.

'M'n moeder zegt dat het hier ook wel eens oorlog zou kunnen worden,' zei ik nog. 'Ben je gek,' zei vader, 'kom nou, die heeft altijd ellende, geloof ik.' Ik glimlachte opgelucht.

Nederland ging recht op een nieuwe oorlog aan en moeder wist het, hoezeer een historicus ook later schrijven zou dat alleen SDAP-leden op de hoogte waren. Ze werd er niet onbezorgder van. Naast haar occupatie met kamerhuurders en advocaten werkte ze moeizaam aan een bescheiden voorraadje houdbare levensmiddelen voor de Krieg. Daarnaast begon heel de oude tweeledigheid van aanleg of karakter van vóór haar scheiding weer boven te drijven. Zeer verdiept in de troostende religie, devoot kerkbezoek, bijbellezingen en christelijk-sociale politiek, kon men haar in de laatste vooroorlogse jaren even vaak in restaurants aantreffen bij zigeunermuziek, bessenrood en een schoteltje gezouten pinda's, in gezelschap van een grijzende vriend. Deze laatste, die mij al eens bevreemd aangezien had toen hij mij in overall in huis trof, moest nadrukkelijk voor grootmoeder verzwegen worden. Misschien was moeder bang dat de oude vrouw weer, scheiding of niet, met een ruk van haar tanig hoofd zou zeggen: 'Stel je niet aan zeg', zoals vroeger, wanneer moeder een dwaas geachte inval had. (Grootmoeder had nooit moeders voornaam over haar lippen kunnen krijgen: altijd bleef het bij 'je' of 'zeg'.) Aannemelijker is dat moeder geen schijn van hoop wilde wekken dat de alimentatie ooit zou kunnen ophouden. Alle partijen dachten in klinkende munt, met als verzachtende omstandigheid de Nood der Tijden, zoals de wereldcrisis in blad en periodiek nog altijd genoemd werd. In ieder geval sloeg ik stelselmatig grootmoeders steeds subtieler omklede vragen naar moeders vriend bot af. Ik herhaalde eenvoudig m'n grauwende 'Weet ík dat!'

Geld was voor moeder van een bijna metafysische betekenis geworden. Het rook voor haar niet naar slijk, maar naar veiligheid voor de haren en misschien zelfs naar liefde. Want het leek wel of vaders maandelijkse postzending haar het laatste bewijs van een laatste rest genegenheid was. De 'envelop' werd pas gaandeweg een kwaad symbool: een teken dat 'die man' niet terug wilde komen, ja zelfs dat die laatste rest alleen een koude plicht was waaraan hij bovendien zocht te ontkomen.

Sinds de inhaalmanoeuvre met de geldzending werd doorzien, was de desillusie compleet. De breuk was nu pas voltrokken. Van '33 tot '39 had de onzichtbaar kleine hoop geleefd.

Hoe graag had moeder willen zeggen: 'Dát moet je hem nageven: dat geld zendt hij tenminste prompt.' Het was haar niet vergund.

Natuurlijk kwam haar gerichtheid ook gewoon voort uit een aards ontbreken van hard nodig geld in een zorgelijk decennium. Moeder was overal op koopjes uit als alle huisvrouwen die jaren, maar haar verbetenheid was groot en ze spelde alle reclamedrukwerk. Ze telde bezweet en met verwarde haren de washandjes en zakdoeken van haar pensiongasten driemaal over als de waszak van de goedkope wasserij terugkwam. Ontbrak er één zakdoek, dan ontstak ze in een woede die ons kinderen onevenredig leek aan dat klein verlies. En niet gauw vergeet ik de kreet die moeder slaakte als we bij avond ons huis naderden en ze vóór in de straat al een verlicht venster bij ons meende te zien: 'O God, beware me! Jullie hebben het licht weer laten branden!' (Ze rénde vooruit.) Het leek op den duur of ze nog liever de alimentatie op tijd had dan vader terug.

De oorlog, die vurige smeltkroes, wierp ook haar wensen en denken om, althans tijdelijk. Want op de tiende mei 1940 leek het er nog even op of, ondanks de enveloppenstrijd, een verzoening ophanden was. Althans in moeders oog.

Terwijl moeder en ik die ochtend in de achtertuin stonden en, met de hand boven de ogen tegen het stralend zonlicht, elkaar de vliegtuigen aanwezen die dubbeltonig gierend en met een rookstaart achter zich aan begonnen neer te storten uit het blauw, werd er gebeld. Omdat de eigen voordeur toch belangrijker leek dan het luidruchtig wereldgebeuren stapten we beiden naar voren en stonden plotseling tegenover vader in de vestibule. Hij hield een ongewoon plechtig gezicht omhoog boven een zeer lichtkleurig kamgaren zomerkostuum. Hij probeerde nu meer op generaal Reynders dan op Fred Astaire te lijken. Hij vroeg (met de hoop op tegenspraak al in z'n stem) of hij 'iets voor ons kon doen' en voegde er terloops bij, nu met de droeve blik van alsnog gevonden levensernst, dat hij zich zojuist met een collega van de zaak aangemeld had voor dienstneming in het Nederlandse Leger. 'Maar we bleken net iets te oud te zijn,' liet hij er treurig op volgen. Daarbij keek hij mij aan alsof hij wilde zeggen dat ik, met m'n achttien jaar, er wel eens iets aan zou kunnen doen. Ik was echter een afwijkende mening toegedaan en zweeg.

Vader bracht een pakje hagelslag en koffie mee, waarmee we de Blitz wel overleven zouden en moeder heeft jarenlang, ook nog na de oorlog, peinzend gezegd dat ze 'altijd geloofde' dat hij haar toen, op die tiende mei, terug had willen hebben. Zoon en dochter geloofden eerder dat hij die dag z'n aanmeldingsdrang verbaal wilde maken en naar ons dorp gereisd was bij gebrek aan een gelovig gehoor in z'n woonplaats. (Z'n nieuwe vrouw, die met de warme alt uit het Bergense duinhuisje, zal hem uitgelachen hebben.)

Het bleef overigens bij dit eenmalig vaag aanbod van hulp. De hele bezetting door zagen we hem niet meer aan de deur. En trouwens ook later niet. Evenmin als grootmoeder, die ik bleef bezoeken.

Moeder verbande in de loop der jaren het geloof en de wens dat vader ooit zou terugkeren volledig. Ze was ook steeds verder boven hem uitgegroeid. Hij bleef *De Lach* vervoeren in z'n zakenauto tot aan z'n pensionering; zij zwoegde over Barth en Tillich tot aan haar dood. Maar hoewel de herinnering aan de aardige jongen van haar keuze uit haar prille jaren vervaagde, bleef de breuk zelf tellen. Ze werd zwaarmoedig en later ziek. In de liefde doen we elkaar de dood aan.

Verschil in opvoeding en omgeving had ze nooit geacht in haar jonge idealistische jaren: ze zou als Higgins een man van 'denken en zoeken' van hem maken. Later wist ze dat *never the twain shall meet*.

Vader en moeder zijn dood, al jaren. Vader als eerste; hij stierf met een glimlach op z'n gezicht, in z'n slaap, zonder ziekte. Of ze elkaar weer zullen zien?

Toen moeder stervende was in een druk Leids ziekenhuis, waar duwende horden belusten in het bezoekuur hun snerpende stemmen en gelach niet wilden dempen, zodat ze vermoeid haar laatste traan vergoot, zei een rimpelig oud vrouwtje in het bed naast het hare: 'Niet treurig zijn! Nou kom je toch gauw weer bij je mannetje!'

De predikanten van nu geven geen uitsluitsel meer over het hiernamaals. En ik weet niet wat te hopen: of de bokken en schapen daar gescheiden zijn of niet.

Verantwoording

De gekozen verhalen verschenen eerder in de volgende bundels bij De Arbeiderspers:

'Onrustige dagen', 'Vrouwen winnen' en 'De tramrace' in:
Dood weermiddel (1976)

'Ernstvuurwerk', 'Voorjaar' en 'De auditie van mevrouw Stulze' in:
Ernstvuurwerk (1977)

'Werkweek', 'De envelop' en 'Liefde' in: *Proefspel* (1980)

'De thuiskomst', 'De leerkracht' en 'Duistere jaren' in:
Duistere jaren (1983)

'Liebestraum', 'Het oponthoud' en 'Toonkunst' in: *Eb en vloed* (1987)

'De vertegenwoordigers' en 'De herhaling' in:
De vertegenwoordigers (1996)

MIX
Papier van
verantwoorde herkomst
FSC® C004472